DAS PERFEKTE PAAR

WEITERE TITEL VON SUE WATSON

All die kleinen Lügen

Die Schwägerin

Der Urlaub

Das perfekte Paar

IN ENGLISCHER SPRACHE

PSYCHOTHRILLER

The Wedding Day

The Nursery

The Resort

The New Wife

The Forever Home

First Date

The Sister-in-Law

The Empty Nest

The Woman Next Door

Our Little Lies

LOVE UND LIES SERIE

Love, Lies and Lemon Cake

Love, Lies and Wedding Cake

ICE-CREAM CAFE SERIE

Ella's Ice Cream Summer

Curves, Kisses and Chocolate Ice-Cream
Snowflakes, Iced Cakes and Second Chances
The Christmas Cake Cafe
Bella's Christmas Bake Off
Summer Flings and Dancing Dreams
Snow Angels, Secrets and Christmas Cake

SUE WATSON
DAS PERFEKTE PAAR

bookouture

Die Originalausgabe erschien 2020 unter dem Titel
„First Date"
bei Storyfire Ltd. trading as Bookouture.

Deutsche Erstausgabe herausgegeben von Bookouture, 2023
1. Auflage April 2023

Ein Imprint von Storyfire Ltd.
Carmelite House
50 Victoria Embankment
London EC4Y 0DZ

deutschland.bookouture.com

Copyright der Originalausgabe © Sue Watson, 2020
Copyright der deutschsprachigen Ausgabe © Bookouture, 2023

Eine erste Übersetzung dieses Buches aus dem Englischen ins Deutsche wurde mit DeepL erstellt und der daraus resultierende Text von einer erfahrenen bilingualen Lektorin bearbeitet.

Sue Watson hat ihr Recht geltend gemacht, als Autorin dieses Buches genannt zu werden.

Alle Rechte vorbehalten.
Diese Veröffentlichung darf ohne vorherige schriftliche Genehmigung der Herausgeber weder ganz noch auszugsweise in irgendeiner Form oder mit irgendwelchen Mitteln (elektronisch, mechanisch, durch Fotokopie oder Aufzeichnung oder auf andere Weise) reproduziert, in einem Datenabrufsystem gespeichert oder weitergegeben werden.

ISBN: 978-1-83790-661-1
eBook ISBN: 978-1-83790-660-4

Dieses Buch ist ein belletristisches Werk. Namen, Charaktere, Unternehmen, Organisationen, Orte und Ereignisse, die nicht eindeutig zum Gemeingut gehören, sind entweder frei von der Autorin erfunden oder werden fiktiv verwendet. Jede Ähnlichkeit mit tatsächlichen lebenden oder toten Personen oder mit tatsächlichen Ereignissen oder Orten ist völlig zufällig.

Für Nick Watson, mein bestes erstes Date.

1

»Ich wollte schon immer einen gelben Labrador haben«, sage ich und versuche, in ein Stück Knoblauchbrot zu beißen, ohne dass mir die Butter über das Kinn läuft.

»Nein.« Er lächelt. »Das ist verrückt!«

Ich kämpfe mit den Nudeln und verspritze die Arrabbiata-Sauce in alle Richtungen. Das macht keinen guten Eindruck.

»Du weißt ja, wie die Leute über weiße Lattenzäune und zwei Komma vier Kinder reden«, sagt er.

Mir wird schwer ums Herz. Es lief so gut, aber hier ist er, der übliche Kommentar eines Bindungsängstlichen. »Mmh ...?«

»Der weiße Lattenzaun ist mir egal. Ich will nur den Labrador und drei Kinder.«

»Drei? Das gibt's doch nicht. Ich auch!« Wärme durchflutet meine Adern. Seit dem Beginn unserer Unterhaltung habe ich ein gutes Gefühl bei diesem Kerl. Und hat er gerade Kinder erwähnt? Beim ersten Date? Ich bin hin und weg.

Ich versuche, mit Würde zu essen und nicht übereifrig zu klingen; ich will das nicht vermasseln. Es kommt nicht jeden Tag vor, dass man jemanden trifft, der all das will, was man selbst auch will, dessen Hoffnungen und Träume mit den eigenen übereinstimmen – bis hin zu der Hunderasse, die man sich wünscht. Aber ich darf mich nicht zu sehr begeistern. Noch nicht.

»Also ... Musik. Worauf stehst du?«

»Ich liebe die Neunziger, sie erinnern mich an meine Jugend. Ich bin ein großer Oasis-Fan.«

»Nein! Ich LIEBE Oasis«, rufe ich.

»Lieblingsalbum?«, fragt er.

»*What's the Story, Morning Glory?!*«, sagen wir beide wie aus einem Munde und lachen.

»Das musste so sein. – ›Wonderwall‹ ist drauf«, sagt er.

»Ja, ›Wonderwall‹ liebe ich auch«, sage ich erstaunt. »Also – lass uns das weiter testen – wo machst du am liebsten Urlaub?«, frage ich eifrig.

Er denkt einen Moment lang nach. »Ich schätze, die Jungs, mit denen du normalerweise ausgehst, fahren an coole Orte wie Hawaii oder, ich weiß nicht, Island?«

Ich schüttle den Kopf.

»Ich werde einen sehr langweiligen Eindruck machen, fürchte ich.« Er seufzt. »Aber mein Lieblingsurlaubsort ist vermutlich Devon ...« Er überlegt einen Moment. »Ja, Devon. Als Kind habe ich dort tolle Ferien verbracht. Ich denke oft, dass ich gern dorthin zurückkehren würde.«

»Wirklich? Ich auch.«

»Jetzt wird es langsam unheimlich.«

»Ja! Ich *liebe* Devon. Ich war schon ewig nicht mehr dort, aber erst kürzlich habe ich zu meiner Freundin Jasmine gesagt, dass ich am liebsten für ein Wochenende hinfahren würde, um ein kleines Fischerhäuschen am Meer zu mieten und dann Devon Cream Tea zu essen, bis ich so satt bin, dass ich mich nicht mehr bewegen kann.« Wir kichern beide bei dieser Vorstellung. Was ich nicht erwähne, ist die Tatsache, dass ich zu Jasmine gesagt habe, dass ich dabei an ein *romantisches* Wochenende denke, und dass ich mir einen umwerfenden

Mann als Begleitung gewünscht habe. Und jetzt, während wir uns bei Kerzenlicht ansehen, staune ich darüber, wie das Leben einem manchmal genau das gibt, was man sich wünscht.

»Okay, wir wollen also beide Hunde, drei Kinder und Devon?« Er lächelt. »Was ist dein Lieblingsessen? Ich liebe Französisch.«

»Ah, schade, mein Lieblingsessen ist Italienisch. Vielleicht sind wir doch keine Seelenverwandten«, scherze ich.

»Nun, es gibt noch eine Chance. Ich liebe auch Italienisch.« Wie zum Beweis isst er die Pasta Primavera auf seinem Teller auf und nimmt einen Schluck Merlot.

»Ja, ich liebe Pasta«, sage ich überflüssigerweise. Meine Stimme versagt und mein Inneres schmilzt, als er mir in die Augen blickt.

»Okay, vielleicht können wir dann doch noch Seelenverwandte sein.« Seine Augen lächeln, ohne dass das Lächeln auch seinen Mund erreicht. Es ist, als hätte er ein amüsantes Geheimnis, das er teilen möchte, sich aber nicht traut. Ich möchte *alle* seine Geheimnisse kennen.

Ich stelle mir vor, wie wir im nächsten Sommer gemeinsam am Strand spazieren gehen. Wir halten uns an den Händen, laufen einem orangefarbenen Sonnenuntergang entgegen und kehren später in dieses romantische kleine Häuschen zurück, dessen Tür von Rosen umrankt wird. Bei dem Gedanken daran fühle ich einen Hauch von Erregung.

Jetzt lehnt er sich zurück und beobachtet mich. Noch immer lächelt das Geheimnis aus seinen Augen. »Also, Hannah Weston, sind wir füreinander bestimmt?« Er beugt sich vor. Seine Hand streift meine auf dem Tisch, sodass ein Stromstoß meinen Arm hinauffährt.

»Wollen wir wirklich die gleichen Dinge im Leben, oder hast du dich auf meiner Facebook-Seite herumgedrückt und kennst daher meine Lieblingshunderasse und meine Leidenschaft für die Südwestküste Englands?« Er verdreht die Augen in gespieltem Misstrauen und stützt sein Kinn auf die Hände, sodass es aussieht, als würde er mich mustern.

Er lächelt und nimmt einen weiteren Schluck Wein. Die Flasche hat er bestellt, bevor wir ankamen – offenbar sein Lieblingswein, und zufällig ist es auch meiner. Wie viele Zeichen brauchen wir noch, um zu wissen, dass dies Schicksal ist? Warum fragt er mich nicht einfach, ob ich ihn heiraten will, und dann ist Schluss mit dem Smalltalk? Ich lache über meine Verrücktheit. Ich gebe zu, dass ich ihn in den sozialen Medien gesucht habe, aber auf seinem Instagram-Account war nichts über Labradore oder Devon zu finden, nur namenlose, stimmungsvolle Landschaften und das eine oder andere Selfie. Alex schenkt uns beiden Wein nach und erzählt mir von seiner Arbeit als Anwalt bei Boyd and Walker, einer großen Anwaltskanzlei hier in den Midlands.

»Es muss sehr interessant sein«, sage ich etwas lahm. Ich kann mit Druck nicht gut umgehen und neige dazu, herumzuplappern. Ich will nichts Dummes sagen und den Abend nach einem so fulminanten Start in eine Abwärtsspirale schicken – ich muss ruhig bleiben und bis zum Ende durchhalten, ohne ein Weinglas umzustoßen oder meine gesamte Lebensgeschichte zu erzählen. Ich muss mich ein wenig zurückhalten und darf mich nicht auf ihn stürzen, ehe ich nicht genau weiß, wer er ist. Angesichts einiger schrecklicher Männer, die ich kennengelernt habe, suche ich nach den Fehlern, aber so weit, so gut.

Es ist hinlänglich bekannt, dass die Welt des Online-Datings voller Gefahren ist, von Abendessen mit potenziellen Serienmördern bis hin zu Ausflügen mit bösen Jungs und Muttersöhnchen. Diese Art der Partnersuche hat mich abgeschreckt, nachdem ich meine Zwanziger damit verbracht hatte, mich mit Typen aus dem Internet zu verabreden. Zunächst fing es oft gut an – seien wir ehrlich, niemand wird bei einer ersten Verabredung seine seltsamen Angewohnheiten, sein wahres Alter oder seine geheime Ehefrau preisgeben. Doch schon bald ging es bergab, wie bei dem umwerfenden Mann, der bei unserer ersten und einzigen Verabredung witzig, intelligent und charmant gewirkt hatte und mich nach einem wunderbaren Abendessen auf einen Kaffee zu sich einlud. Ich nutzte die Gelegenheit, aber als wir in seinem Haus ankamen, das einem Mausoleum ähnelte, nahm er mich mit nach oben und fragte, ob er mir mit der Haarbürste seiner Mutter die Haare bürsten dürfe. Sie war seit zehn Jahren tot. Ich erschaudere angesichts des Psychothrillers, den ich mir beinahe eingebrockt hätte, und frage mich, ob ich heute überhaupt hier wäre, wenn ich nicht gegangen wäre.

Bis jetzt wirkt Alex intelligent, sieht gut aus und hat seine Mutter nicht ein einziges Mal erwähnt. Er hat auch nicht auf seine »wunderschöne« Ex verwiesen oder mir seinen »Liebesknüppel« unter dem Tisch vorgestellt, wie es ein früherer potenzieller Partner bei einem ersten Date getan hatte. Es scheint, dass Meet your Match – eine App, die auf beruhigende Weise versichert, dass »dein Seelenverwandter nur zehn Minuten entfernt ist« – die magische Formel haben könnte, nach der ich all die Jahre gesucht habe. Kaum zu glauben, dass ich diesen Adonis vor mir fast für ein indisches Take-away-Essen und einen Abend mit Jasmine im Schlafanzug und Netflix hätte sausen lassen. Und das habe ich Jas zu verdanken, wirklich. Ohne ihre Ermutigung hätte ich noch nicht einmal wieder mit dem Online-Dating angefangen. Mit sechsunddreißig hatte ich das Gefühl, dass es zu spät war. Aber so wie Alex mich über sein Glas Wein hinweg ansieht, fange ich an zu glauben, dass es vielleicht doch noch jemanden für mich gibt.

»Hattest du schon viele Online-Dates?«, fragt er jetzt.

»Ich war für eine Weile in einer Beziehung, ich bin also neu bei Meet your Match, aber ich hatte in der Vergangenheit durchaus ein paar Dates.« Ich rolle mit den Augen. »Und glaub mir, das waren nicht meine Seelenverwandten. Ich habe das seit Jahren nicht mehr gemacht«, füge ich hinzu und gestikuliere von ihm zu mir. »Der letzte Typ, dem ich keinen Namen geben will, schien ganz nett zu sein. Bei unserer ersten Verabredung erzählte er mir, dass er sich jeden Tag die Beine rasiert, weil er ein begeisterter Radfahrer ist. Es stellte sich heraus, dass der wahre Grund für seine glatten Beine der war, dass er gern Frauenkleider trug. Ich habe kein Problem mit –«

»Männern in engen Kleidern?«

»Ehrlich gesagt, habe ich kein Problem damit, jeder, wie er will. Aber wenn etwas ein so großer Teil deines Lebens ist, ist es eine Erwähnung wert, bevor du jemanden zum Kaffee einlädst.«

Alex lacht, also fahre ich mit der Geschichte fort, in der Hoffnung, dass sie ihn amüsiert und er mich nicht für niederträchtig hält.

»Ein Oberteil mit Leopardenmuster, das ich trug, gefiel ihm besonders gut – er fragte sogar, ob er es anprobieren dürfe!«

Alex hört auf zu trinken und sieht entsetzt aus. »Während deines Dates? In der Öffentlichkeit?«

»Nein, als er mich einlud ...« Ich unterbreche mich, weil ich weiß, dass dies einen falschen Eindruck erwecken könnte, nämlich dass eine Einladung zum Kaffee dazu führt, dass ich sofort meine Kleidung ablege. »Es war nur ein Kaffee. Das ist alles«, füge ich hinzu.

Er lächelt und fragt mich nach meinem Beruf, und ich erzähle ihm, wie das Leben einer Sozialarbeiterin aussieht und wie lohnend – und frustrierend – es sein kann.

»Einige unserer Klienten und Klientinnen brauchen so viel Unterstützung, aber wir können sie ihnen wegen der gekürzten Mittel nicht geben. Ich arbeite mit Teenagern. Manches von dem, was sie in ihrem Leben durchgemacht haben, ist wirklich schrecklich, und sie sind Kinder ... immer noch Kinder.«

Er schüttelt langsam den Kopf und starrt mich fasziniert an. Ich mag es, wie ich mich in seiner Gegenwart fühle.

»Ich war zweiundzwanzig, als ich meinen ersten Job

annahm und dachte, ich könnte die Welt verändern.« Ich seufze. Gott, ich klinge wie ein verdammtes Klischee. Ich glaube, es geht mir mehr darum, meine Vergangenheit auszulöschen, als etwas zu verändern, aber ich will ihm in diesem frühen Stadium des Kennenlernens nicht schon meine ganze Last aufbürden. »Nachdem ich vierzehn Jahre lang gekämpft habe, musste ich meine Erwartungen zurückschrauben.« Ich nehme einen Schluck Wein. Zu meiner Überraschung veranlasst ihn das Schweigen nicht dazu, eine eigene Geschichte zu erzählen. Er wartet darauf, was ich als Nächstes sage. »Jedenfalls weiß ich jetzt, dass ich mich getäuscht habe, als ich dachte, ich könnte *alles* ändern«, sage ich und stelle mein Glas ab. »Es gibt nicht genug Geld oder Zeit, um jedes Kind aus jeder potenziell missbräuchlichen Situation zu befreien. Und wenn wir erst einmal alle bürokratischen Hürden überwunden haben, ist es manchmal schon zu spät.«

Er hört immer noch aufmerksam zu. *Ich glaube, ich bin verliebt.*

»Und ... die Kinder werden weiterhin missbraucht und vernachlässigt«, fahre ich fort, und er nickt verständnisvoll. Ich fühle mich, als würde ich verwöhnt. Nachdem ich in meiner vorherigen Beziehung so lange ignoriert wurde, beginne ich jetzt zu begreifen, wie es sein *könnte* – wie es sein *sollte*. »Manchmal komme ich nach einem Tag des Krisenmanagements in meine Wohnung und fühle mich so – nutzlos.« Wahrscheinlich sollte ich aufhören, am Wein zu nippen, denn ich rede zu viel und ich darf das hier nicht vermasseln. »Entschuldigung«, sage ich, berühre den Stiel meines Glases und schiebe es ein wenig zur Seite.

»Du brauchst dich nicht zu entschuldigen, du bist engagiert – und das ist gut so. Aber es macht mich betroffen, dass du so fühlst.« Er sagt das mit einer solchen Aufrichtigkeit, dass ich weiß, dass er es ernst meint. Mein Gerede langweilt ihn nicht, es *berührt* ihn.

»Jasmine, oder Jas, wie wir sie nennen, ist meine Chefin – und Freundin – und sie sagt immer, ich solle mich nicht so sehr involvieren. Sie sagt, das könne die Entscheidungsfindung beeinflussen. Und dass mir die Arbeit leichter fallen würde, wenn ich mich mehr zurücknehmen würde ...«

»Zurücknehmen?« Er lacht. »Das Leben wäre so viel einfacher, wenn wir *alle* distanzierter wären – aber wir sind Menschen, wir involvieren uns, das ist, was wir tun. Ich nehme an, deine Chefin ist ein Roboter?« Seine Augen lachen wieder.

»Nein.« Ich lächle. »Sie ist eine der Guten.«

»Aber zu sagen, du müsstest distanzierter sein, erscheint mir ein wenig hart. Ich meine, es ist deine Freundlichkeit, deine Fürsorge, die dich besonders macht. Wenn du dich zurückziehen würdest, dich weniger kümmern würdest – nun, dann wärst du nicht Hannah – du wärst nicht die, die du *bist*«, sagt er, als würde er mich schon immer kennen. Ich habe das Gefühl, dass er das tut.

»Ich muss einfach professioneller sein. Ich reagiere auf Situationen mit meinem Herzen, nicht mit meinem Kopf«, gebe ich zu.

»Das kann ich nachempfinden.« Er seufzt. »Wenn ich einen Fall verliere, macht mich das wirklich fertig, besonders wenn ich weiß, dass jemand unschuldig ist. Ich habe das Gefühl, dass ich sie im Stich gelassen habe. Ich fürchte, ich verstehe die Leute nicht, die sagen: ›Denke mit deinem Kopf.‹ Das ist was für Banker und Großstadtmenschen ... und für deine Chefin.« Er seufzt erneut. »Nicht für mich.«

Ich gebe ihm recht – es scheint nichts zu geben, worin wir nicht einer Meinung sind. Es ist eine seltsame, aber nicht unangenehme Erfahrung, endlich jemanden zu treffen, der so gut zu mir zu passen scheint. Ich will nicht, dass diese Verabredung endet, und ich bin gern bereit, ein Dessert zu bestellen, um den Abend noch zu verlängern. Er fragt mich, ob ich eines mit ihm teilen möchte, und ich sage nein, weil ich Dessert liebe und es ganz für mich allein haben möchte, was ihn zum Lachen bringt.

Als unsere Nachspeisen kommen, erteile ich Alex die strikte Anweisung, meinem Dessert nicht auch nur nahe zu kommen. Er isst seine Portion des Sticky-Toffee-Puddings und kommentiert für mich. »Er ist klebrig und süß und warm ... Oh, die Tiefe dieses Toffees, der Widerhall der erdigen Schokolade«, schwärmt er und schließt die Augen in gespielter Ekstase.

Ich lache, er sieht nicht nur gut aus, er ist auch witzig.

»Schade, dass du entschieden hast, deine Mousse au Chocolat nicht mit mir zu teilen. Ich hätte dir hiervon etwas abgegeben«, stichelt er.

Ich spiele mit. »Darf ich nur ein klitzekleines Stückchen probieren?«, frage ich und tue so, als würde ich etwas wollen, was tatsächlich gar nicht der Fall ist, denn mein Herz sitzt irgendwo zwischen Brust und Magen.

Er schüttelt den Kopf. »Nö.«

»Ich will deinen Pudding sowieso nicht, ich mag mein Mousse sehr«, scherze ich und tue so, als würde ich schmollen.

»Was ist dein Lieblingsdessert?«, fragt er. »Wenn du irgendetwas haben könntest.«

»Mmh, wahrscheinlich Pistazieneis.«

»Oh, schön«, sagt er, »aber das hier ist besser.« Behutsam führt er seinen Löffel in meine Richtung.

Unsere Blicke treffen sich, und ich nehme den zuckersüßen Pudding von seinem Löffel in meinen Mund. Es fühlt sich intim und sinnlich an, und ich genieße die üppige Süße, während er auf meiner Zunge zergeht. Es ist köstlich, aber ich will nicht mehr. Doch Alex besteht darauf und führt zärtlich einen weiteren Löffel der klebrigen Süßigkeit an meinen geschlossenen Mund. Ich habe keine Wahl, entweder ich nehme ihn oder meine Lippen werden voller Pudding sein, also öffne ich den Mund und er schiebt den Löffel hinein.

Wir verweilen bei einem Kaffee, und ich habe das Gefühl,

dass auch er den Abschied hinauszögern will. Aber als wir uns schließlich umsehen, bemerken wir auf einmal, dass nur noch wir uns im Restaurant befinden und die Mitarbeiter aussehen, als wollten sie nach Hause gehen. Wir stehen auf, um das Restaurant zu verlassen. Ich gehe voraus. Als ich mich umdrehe, sehe ich, wie er unauffällig meinen benutzten Kaffeelöffel und meine Serviette nimmt und sie in seine Hosentasche steckt.

Ich sehe ihn an und lächle verwundert, während ein gelangweilter Kellner uns die Tür aufhält. »Habe ich dich gerade Besteck stehlen sehen?«, raune ich leise.

Zum ersten Mal an diesem Abend verliert er ein wenig die Fassung und scheint nervös zu sein. Einen Moment lang frage ich mich, ob ich nun alles verdorben habe, indem ich es angesprochen habe. Offensichtlich hat er nicht bemerkt, dass ich ihn gesehen habe. Doch als wir in die kalte Nachtluft hinausgehen, scheint er sein Lächeln wiederzufinden.

»Ich habe zu wenig Teelöffel«, sagt er.

»Haben wir nicht alle zu wenig?« Ich kichere und erwähne meine benutzte Serviette nicht. Ich will ihn nicht in Verlegenheit bringen, und ich will auch nicht, dass dieser perfekte Abend durch irgendetwas Seltsames verdorben wird. Also lasse ich es auf sich beruhen. Für den Moment.

Eine Stunde später, als wir im Hauseingang meines Wohnblocks stehen, sagt Alex, dass ich noch etwas Pudding auf der Wange hätte. Er berührt mein Gesicht, und mit der anderen Hand zieht er mich sanft, aber bestimmt zu sich heran. Ich verschmelze mit ihm, er riecht nach Kiefernwäldern und Leder – und einer subtilen Note von etwas anderem, rauchig und dunkel. Ich atme ihn ein, während er mich innig küsst, mich an einen anderen Ort bringt, meinen Kopf mit wunderbarem Unsinn füllt. Ich schließe die Augen und drifte in Nacht ab. Und dann, zu meiner absoluten Überraschung, zieht er sich mittendrin zurück. Ich öffne die Augen, und er sieht auf mich herab. Es ist dunkel, und so sehr ich mich auch anstrenge, ich kann sein Gesicht nicht richtig sehen, um herauszufinden, was passiert ist. Ich fühle mich verwirrt, zurückgewiesen. Er hält mich jetzt von sich weg, seine Hände an meinen Schultern.

Dann küsst er mich plötzlich auf den Scheitel und sagt: »Gute Nacht, Hannah, es war schön.«

Ich sehne mich danach, dass er noch mehr sagt, dass er mich wieder zu sich zieht, dass er mich mit weiteren Küssen neckt, dass er weiter geht, aber er tut es nicht, er dreht sich einfach um und geht davon.

Ich möchte vor Enttäuschung und Verwirrung weinen, als ich ihn weggehen sehe. Die Straßenlaternen werfen ein körniges Licht auf die Straße, die Häuser und die dunkle Gestalt, die davoneilt. Es erinnert mich an seine Fotos auf Instagram, trostlos, unscharf, Regen spiegelt sich auf dem Pflaster. Ich stehe noch lange in der Kälte, nachdem er außer Sicht ist. Heute Abend wurde ich innerhalb weniger Stunden angebetet und zurückgewiesen, und jetzt ist meine Brust weit geöffnet und mein Herz entblößt – sichtbar für jeden, der vorbeikommt, um es zu sehen.

2

Als ich heute Morgen aufwachte, dachte ich zunächst an die letzte Nacht. Ich machte mir eine Kanne Tee und dachte über seine Augen nach, kochte mir Porridge in der Mikrowelle und analysierte alles, was er gesagt hatte, jeden Gesichtsausdruck, jede Nuance. Ich war auf der Suche nach einem Hinweis, aber auf was? Ich verdrängte den Kuss, der so abrupt geendet hatte, und versuchte, mich nicht mit dem Löffel und der Serviette zu beschäftigen, die er in seine Tasche gesteckt hatte. Stattdessen ließ ich die besten Momente des Abends noch einmal Revue passieren. Auf dem Weg zur Arbeit fuhr ich fast über eine rote Ampel, als ich mich daran erinnerte, wie seine Hand meine berührt hatte, wie er mich angesehen und mir zugehört hatte. Wirklich zugehört hatte.

»Wie war's gestern Abend?«, ruft Sameera, als ich bei der Arbeit ankomme und sie ihren Kopf erwartungsvoll aus der Büroküche streckt.

»Gut, gut«, antworte ich, dankbar für die Kameradschaft und die Unterstützung meiner Kollegen, aber gleichzeitig wünsche ich mir, sie würden nicht alles wissen wollen. Mein Fehler, ich erzähle zu viel – aber was ich ihnen nicht erzähle, erzählt Jas, also werden Sameera und Harry, mein anderer Kollege, auf die eine oder andere Weise informiert.

»Hattest du Sex?«, fragt Harry.

»Als ob ich dir das sagen würde!« Ich lache.

»Oh nein, wurdest du reingelegt?« Er lacht. »War er ein sechsundsiebzigjähriger Mann mit Herzproblemen und einem Harem von Thai-Bräuten?«

»Er war wirklich reizend.« Ich lächle.

»Hat er Klebeband und eine Schere in seinem Auto?«

Ich grinse und strecke ihm die Zunge raus.

In diesem Beruf kommt man seinen Kollegen schnell nahe. Wenn man mit den Abgründen des Lebens zu tun hat, braucht man Unterstützung, und man leistet sie auch. Wir sind nur vier Leute im Büro, wir machen jeden Tag viel zusammen durch und sind einander tief verbunden.

»Und, wie ist es gelaufen?«, fragt Jas durch die Glasscheibe ihres Büros. Ich überprüfe gerade mein Handy, um zu sehen, ob er angerufen oder eine SMS geschickt hat. Hat er nicht.

»Komm schon, erzähl es mir, ich will alles wissen«, ruft sie und winkt mich herein.

Jas hat es sich zur Aufgabe gemacht, mein »Dating-Coach« zu sein. Nach meiner furchtbaren Trennung von Tom im letzten Jahr hat sie mich ermutigt, neue Männer kennenzulernen. Jas hat ihren Mann Tony vor mehr als zehn Jahren bei einem Autounfall verloren, und ich kann mir nur vorstellen, wie erschüttert sie gewesen sein muss, als sie in ihren Dreißigern plötzlich Witwe wurde. Ich glaube, Jas hat Angst davor, sich wieder zu verlieben, vor der Möglichkeit, die Liebe wieder zu verlieren, was erklärt, warum sie nur flüchtige Beziehungen sucht und sich stellvertretend durch mich auslebt. Jetzt will sie einen detaillierten Bericht der letzten Nacht. Aber egal, wie gut es meiner Meinung nach gelaufen ist, die Tatsache, dass wir noch keine Verabredung für ein zweites Date getroffen haben, gibt mir das Gefühl, dass ich vielleicht alles falsch verstanden habe. Ich möchte so gern glauben, dass es gut gelaufen ist, aber warum hat er sich von dem Kuss zurückgezogen? Habe ich die Signale falsch gedeutet? Ich bin hin- und hergerissen zwischen meinem Hochgefühl und der Frage, ob ich ihn jemals wiedersehen werde.

Margaret, unsere Empfangsdame und Verwaltungsassistentin, winkt mir vom anderen Ende des Büros zu. »War er so gut aussehend wie auf dem Foto?«, fragt sie, nachdem sie sein Online-Profil in ihrer letzten Pause zusammen mit dem Rest des Büros eingehend studiert hat.

»Besser, falls das möglich ist, Margaret«, rufe ich zurück.

Sie lächelt und zwinkert mir zu. Sie ist so etwas wie die Mutter des Büros, backt sogar Kuchen für uns alle an unseren Geburtstagen. »Ich hatte nie das Glück, eigene Kinder zu haben«, sagte sie einmal zu mir, »aber das Universum gibt einem immer, was man braucht.«

Gestern Abend hat mir das Universum Alex geschenkt. Aber jetzt spielt es verdrehte Spiele und hat vielleicht vor, ihn mir wieder wegzunehmen. Während die Minuten vergehen, ohne dass ich ein Wort von ihm höre, beginnt mein Herz ein wenig zu schmerzen.

»Die Sache ist die«, sage ich zu Jas, nachdem ich ihr die Höhepunkte meines Rendezvous geschildert habe, »ich bin mir nicht sicher, ob er das auch so sieht.« Ich habe ihr von dem Kuss erzählt, aber den »Diebstahl« des Löffels und der Serviette habe ich nicht erwähnt. Es ist nicht wichtig, und sie würde nur ein Drama daraus machen. »Was glaubst du, warum er sich nicht zu mir auf einen Kaffee eingeladen hat, Jas?« Ich bin mir sicher, sie wird eine Theorie haben.

»Oh, Mädchen – es ist eine Weile her, nicht wahr?« Sie lehnt sich in ihrem Stuhl zurück und legt ihre Füße, die in Converse-Schuhen stecken, auf den Schreibtisch. Jas liebt es, ihre Energie in mein nicht vorhandenes Liebesleben zu investieren. Wahrscheinlich ist das eine willkommene Abwechslung zu den traumatisierten Teenagern und verlorenen pubertären Seelen, mit denen wir es jeden Tag zu tun haben.

»Männer wollen heutzutage nicht als aufdringlich erscheinen, sie haben Angst, eines abscheulichen Verbrechens beschuldigt zu werden. Oder vielleicht hat er nur ein Spielchen mit dir gespielt und dich dazu gebracht, ihn zu wollen, um sich dann zurückzuziehen?«

»Zwei solide Theorien, aber was ist, wenn er einfach nicht auf mich steht?«

Sie lacht.

»Ich meine ... meine Fotos auf der App lassen mich ziemlich attraktiv aussehen, aber was, wenn er mich in natura schrecklich findet? Sehe ich älter aus, fetter?«

»Hannah«, sagt sie, »hör bitte mit dieser ständigen Selbstgeißelung auf. Das ist langweilig. Wenn er ein zweites Date nicht erwähnt hat, dann ist das sein Pech – er weiß nicht zu schätzen, wie toll du bist. Männer tun das nie – du bist *umwerfend*, vergiss das bloß nicht.«

»Und du bist nett – oder blind.« Ich verdrehe die Augen. Ich bin nicht gut darin, Komplimente anzunehmen. »Dennoch *schien* es so gut zu laufen. Ich *dachte*, er mag mich. Aber ich habe eine Menge Wein getrunken – Merlot. Wie sich herausstellte, ist das auch *sein* Lieblingswein. Ehrlich gesagt, Jas, wir haben so viel gemeinsam, es ist verrückt.«

»Was, Merlot? Ich hoffe, du fängst nicht an, mit *ihm* Porn-Star-Martinis zu trinken, das ist *unser* Getränk«, scherzt sie.

»Auf keinen Fall. Du wirst für immer meine Porn-Star-Martini-Gefährtin sein.«

»Er war wahrscheinlich sowieso nicht so toll«, sagt sie, um mich zu beruhigen. Du hast ihn nur durch den Boden eines Weinglases gesehen. Es ist leicht für sie, bei einem ersten Date als Traumtypen rüberzukommen, aber glaub mir, ein paar Dates später hättest du einen anderen Kerl gesehen als den, den du gestern Abend wahrgenommen hast.«

Ich weiß, dass sie nur versucht, mich zu trösten, aber es funktioniert nicht. Jas war diejenige, die vorgeschlagen hat, dass ich mich bei dieser verdammten Dating-App anmelde, umso ärgerlicher ist es, dass sie jetzt ihre »Kein-Fisch-im-Meer-der-es-wert-wäre«-Rede hält.

»Jas, wenn du dort gewesen wärst, wenn du ihn getroffen hättest, würdest du wissen, was ich meine – wir *passen* einfach *zusammen*.«

»Da bin ich mir sicher, und es spricht ja nichts dagegen, dass du *ihn* anrufst«, schlägt sie vor.

»Hm, könnte ich«, murmle ich zweifelnd.

Sie zieht die Augenbrauen hoch und hebt ihre langen, in Jeans gekleideten Beine vom Schreibtisch, um mit ihrer Körpersprache das Gespräch zu beenden.

Harry steht in der Tür und wartet auf sie, also stehe ich auf und wende mich zum Gehen.

»Habt ihr beiden die Männer, mit denen ihr letzte Nacht geschlafen habt, fertig besprochen ... nein, seziert?«, fragt Harry.

»Frechdachs«, sage ich und lache. »Ich habe mit *niemandem* geschlafen.«

»Wahrscheinlich ist das auch gut so, denn er *wird* wieder töten«, sagt er mit amerikanischem Akzent, während er langsam seine Hände um meinen Hals legt.

Ich scheuche ihn weg wie eine lästige Fliege. Harry ist erst sechsundzwanzig, und das merkt man manchmal. Wir alle lieben ihn, aber hin und wieder ist er wie ein nerviger kleiner Bruder.

»Sag mir Bescheid, wenn du etwas hörst, oder wenn du ihn anrufen willst«, sagt Jas und ignoriert Harry völlig. »Ich meine, wir sind nicht mehr in den 1940er Jahren.«

»Ich weiß, aber ich ...«

»Wenn ihr beide mit der Dating-Therapie fertig seid, haben

wir neun Uhr dreißig.« Harry gestikuliert mit dem Kopf in Jas' Richtung.

Jas rollt mit den Augen. »Komm rein.« Sie wendet sich wieder ihrem Schreibtisch zu, und ich muss lächeln, als ich die Tür schließe und höre, wie sie sagt: »Und, hast du Gemma schon gesagt, dass du sie liebst?«

Jas liebt es, sich in die Angelegenheiten anderer einzumischen, und wenn sie nicht gerade der Boss ist, ist sie die Kummerkasten-Tante im Büro. Letztes Jahr hat sie Harry davon überzeugt, sich von Natalie, seiner Jugendliebe, zu trennen, weil sie nicht zueinanderpassten. Als sie dann eines Tages in die Brown's Bakery ging, sah sie Gemma hinter dem Tresen arbeiten und beschloss, dass sie »die Richtige« für Harry sei. Seine aufkeimende Romanze mit Gemma ähnelt seither einer täglichen Soap, bei der Jas ihm auf Schritt und Tritt zur Seite steht.

»Ich werde vielleicht Heiratsvermittlerin, wenn das mit der Sozialarbeit nicht klappt«, scherzt sie häufig. Aber es scheint, als hätte Jas tatsächlich einen guten Instinkt für romantische Verbindungen, denn Harry ist jetzt seit fast einem Jahr mit Gemma zusammen, und sie sind unsterblich ineinander verliebt. Harry sucht stets nach Ausreden, um ins Café zu gehen und sie zu sehen, und eine dieser Ausreden ist die, dass er etwas Leckeres und Kalorienreiches holen muss, das er nach seiner Rückkehr bei mir ablädt. Aber ich beschwere mich nicht, denn Gemma backt tollen Kuchen, dem ich selten widerstehen kann.

Harry ist jung und macht sich über die romantischen Sehnsüchte seiner weiblichen Kolleginnen lustig, aber ich glaube, tief in seinem Inneren ist er genauso blauäugig wie der Rest von uns. Einmal hat er mir erzählt, wie Gemma, kurz nachdem sie zusammengekommen waren, Mini-Donuts für ihn gebacken hat, und bevor sie jeden einzelnen zu seinem Mund geführt hat, hat sie sie geküsst. Ich glaube, das ist wohl das Romantischste, was ich je gehört habe. Damals war ich noch mit Tom zusammen, und Harry mit Gemma zu sehen, hat mir bestätigt, wie weit wir von Liebe entfernt waren. Gestern Abend dachte ich noch, dass ich vielleicht doch auf der richtigen Spur wäre, aber jetzt sieht es so aus, als ob ich nicht weiter bin.

Später, als Harry und Jas ihre Besprechung hinter sich haben, schlendert Jas zu meinem Schreibtisch herüber. Ihr dunkles, lockiges Haar umspielt ihr Gesicht, ihre Lippen ein fragender Schmollmund, der sich ohne Worte erkundigt, ob Alex angerufen hat, aber ich schüttle den Kopf, bevor sie fragt.

»Offensichtlich hat er nicht dasselbe gefühlt«, murmle ich und sehe vom Bildschirm auf.

»Ja, er fand dich offensichtlich abstoßend«, sagt sie mit fester Stimme.

Ich scheine überrascht dreinzuschauen, denn sie lacht aus vollem Halse. Ihre roten Lippen umrahmen die perfekten weißen Zähne. Ich beginne ebenfalls zu lachen, und Harry und Sameera schauen auf, um herauszufinden, was es mit dem Lärm auf sich hat.

»Jas meint, ich sei langweilig und hässlich«, sage ich zu ihnen.

»Erzähl mir was Neues.« Harry zuckt mit den Schultern und schlüpft in die Rolle des neckenden jüngeren Bruders.

Sameera wirft ein Papierknäuel nach ihm. »Du bist wunderschön, Hannah«, sagt sie und schaut ihn stirnrunzelnd an.

Nachdem er dem Papier ausgewichen ist, tut er so, als würde er sich auf die Arbeit konzentrieren, aber auf seiner Wange zeigt sich ein Grübchen. Er versucht, nicht zu lachen, und ich kann an seinem Gesicht erkennen, dass er sich eine weitaus schlimmere Strafe für Sameera ausdenkt als ein zusammengerolltes Papierknäuel.

Jas und ich verdrehen die Augen angesichts der beiden »Kinder« im Büro.

Ein Psychologe, mit dem ich zusammengearbeitet habe, sagte mir einmal, dass sich innerhalb einer Gruppe von Menschen immer eine Familienkonstellation herausbilde. Unabhängig davon, wie lange sie sich kennen, nehmen die Menschen unbewusst familiäre Rollen ein. Ich sehe das in unserem kleinen Team jeden Tag. Jas ist Anfang vierzig, sie hat das Sagen und ist so etwas wie das Alphatier, die große Schwester in der Gruppe. Ich glaube nicht, dass irgendjemand meiner Theorie widersprechen würde, dass ich mit meinen sechsunddreißig Jahren die zweitälteste Schwester bin, während Sameera und Harry, beide in ihren Zwanzigern, die widerspenstigen Kinder repräsentieren.

Ich beobachte Jas dabei, wie sie Harry eine Frage über einen seiner Klienten beantwortet. Sie ist auf dem Laufenden, sodass sie genau weiß, von wem er spricht. Sie antwortet klar und deutlich, in Stichpunkten. Sie übt sich in »kontrollierter emotionaler Beteiligung«, etwas, von dem wir alle wissen, dass es das Geheimnis einer guten Sozialarbeiterin ist. Sie kümmert sich, sie versteht, sie fühlt mit, aber sie lässt nicht zu, dass Gefühle ihr Urteilsvermögen trüben. Im Gegensatz zu mir.

Trotz eines Stapels Papierkram auf meinem Schreibtisch und mindestens fünf Hausbesuchen, die ich heute erledigen muss, kann ich nur an Alex denken, und meine Gefühle vernebeln *alles*. Ich beobachte Jas durch das Glas ihres Büros und frage mich, ob sie recht hat, dass er wie alle anderen ist. Wie sie weiß ich, dass es nicht nur an ihm ist, sich zu melden – aber ich möchte, dass er so viel Lust auf ein zweites Date hat, dass er mich anruft und fragt, anstatt dass ich ihm hinterherlaufen muss.

Ein paar Stunden später sehe ich von meinem Computerbildschirm auf und es versetzt mir einen Stich, als ich feststelle, dass er immer noch nicht angerufen hat. Ich frage mich, ob es ihm wie mir geht und er nicht derjenige sein will, der sich meldet. Wie viele große Liebesbeziehungen sind schon gescheitert, bevor sie begonnen haben, weil keiner den Mut hatte, den ersten Schritt zu tun?

Ich hatte die Männer aufgegeben, bis Jas mir von Meet your Match erzählte. Sie hat mich davon überzeugt, nach Tom »wieder aufs Pferd zu steigen«.

»Selbst wenn es nur ein Typ ist, mit dem man ins Kino gehen kann, mit dem man schlafen kann, jemand, der den Abfall rausbringt«, hat sie gesagt.

»Ich will mehr als das«, habe ich geantwortet, als wir an diesem Abend an der Bar des Orange Tree saßen.

»Es gibt keine Männer, die sich binden wollen. Sie wollen alle nur einen One-Night-Stand«, sagte sie, während wir an unseren Porn-Star-Martinis nippten – »unserem« Getränk.

»Aber ich will ein Haus, eine Familie, drei Kinder und … einen Labrador. Ich will einen großen Garten mit einem Trampolin und Ferien in Devon, so wie wir sie gemacht haben, als ich ein Kind war … und …«

»Pina Coladas und Spaziergänge im Regen?« Sie seufzte. »Deshalb findest du niemanden. Ich meine, das Gerede über Labradore und Kinder würde jeden normalen Mann abschrecken. Ich glaube, du musst ein bisschen mehr wie ich werden und deine Ansprüche herunterschrauben. Alles, was ich will, ist, dass ein Mann gut im Bett ist, einen mittelmäßigen Käse-Toast macht, nicht zu viele Fragen stellt … und wer braucht schon einen Hund und Kinder?«

Jas ›trifft‹ jemanden, aber ist nicht in einer Beziehung. Sie schläft seit Kurzem mit einem Lehrer, den sie bei der Arbeit an einem Familienfall kennengelernt hat. Sie leben ihr eigenes Leben und sehen sich nur ab und zu. Sie sagt, dass sie damit glücklich ist, aber in letzter Zeit hat er ihre Anrufe nicht mehr beantwortet und sie erzählte mir, dass sie glaubt, dass er sich mit einer anderen trifft. Ich dachte zunächst nicht, dass es sie besonders stören würde, schließlich hat sie immer gesagt, dass sie sich nicht binden will, nicht wieder verheiratet sein will, aber manchmal frage ich mich, ob sie sich selbst belügt. Sie ist zweiundvierzig und liebt Kinder, und egal, was sie *sagt*, ich mache mir Sorgen, dass sie es bedauern könnte, nicht Mutter zu sein. Vielleicht projiziere ich nur meine Ängste auf sie, denn ich will unbedingt heiraten und Kinder haben, und ich mache mir nicht vor, es nicht zu wollen. Ich weiß, es mag altmodisch klingen, aber das ist es, was ich will: gute, altmodische Werte, jemanden, der verbindlich genug ist, um auch über das nächste Wochenende hinaus bei mir zu bleiben.

Jas verbringt ihre Wochenenden damit, zu viel Wein zu trinken, Arbeit nachzuholen und ihr Haus zu putzen. Ihr Haus ist makellos, die Oberflächen glänzen, es riecht ständig nach Bleichmittel und jeder noch so kleine Gegenstand hat seinen Platz. Sie sagt, das liege an ihrer Vergangenheit.

»Ich war ein Ausreißer, habe mit vielen Typen geschlafen«, erzählte sie mir einmal. »Ich war minderjährig und wild. Ich tat es, um meinen Vater zu ärgern. Er war so streng, dass er versucht hat, mich in meinem Zimmer einzusperren, also bin ich aus dem Fenster geklettert.«

»Wenigstens hat er sich gekümmert?«, schlug ich vor.

»Zu viel«, sagte sie, und ich werde ihren Gesichtsausdruck nie vergessen. »Deshalb habe ich auch keine Tür zu meinem Schlafzimmer.«

Ich erinnere mich, dass ich den Arm um sie legte, und da wurde mir klar, dass wir beide auf sehr unterschiedliche Weise eine verlorene Kindheit hatten. Sie verbrachte ihre auf der Flucht, ich die meine auf der Suche nach einem Zuhause.

Ich war neun Jahre alt, als ich zu meiner ersten Pflegefamilie zog. Meine Mutter kam nicht zurecht, aber ich glaubte, es sei meine Schuld und dass ich mit Fremden zusammenleben musste, sei meine Strafe dafür, dass ich ihr Kummer bereitet hatte. Damals verstand ich nicht, dass ihre Drogensucht der Grund dafür war, dass sie als Mutter versagt hatte, und erst jetzt wird mir klar, wie es mein Leben behindert hat.

Die Begegnung mit Alex gestern Abend war ein kleiner Hoffnungsschimmer, dass ich jemanden treffen könnte, mit dem ich das Leben führen kann, von dem ich immer geträumt habe, und mit dem ich sogar ein richtiges Zuhause haben kann. Ich habe einfach das Gefühl, dass er dasselbe will wie ich, und ich endlich die Chance auf etwas Gutes in meinem Leben bekomme. Wenn er nur anrufen würde.

»Melde dich bei der App an, beweise mir das Gegenteil und finde Mr Right«, hat Jas an jenem Abend vor einigen Wochen im Orange Tree lachend und durch einen Schleier aus Alkohol gesagt. Im Laufe des Abends wurde sie immer beschwipster und wollte unbedingt, dass ich die App ausprobiere. Ich lenkte sie eine Weile ab, indem ich »Wonderwall« in die Jukebox einlegte und mit ihr gemeinsam mitsang, aber Jas ist wie ein Hund mit einem Knochen.

»Als deine Chefin ist es meine Aufgabe, dir zu sagen, dass du zu viel arbeitest. Es ist also an der Zeit, dass du dich entspannst, Sex hast und *Spaß* hast.«

»Ich habe *doch* Spaß«, protestierte ich.

»Oh ja, da bin ich mir sicher, du sitzt jede Nacht zu Hause, schreibst Berichte und kontrollierst Teenager, um sicherzugehen, dass sie in ihrem eigenen Bett liegen und nicht in dem von jemand anderem?«

»Deshalb mache ich diesen Job. Ich versuche, sie zu beschützen.«

»Nun, ich denke, du solltest mehr ausgehen. Oh, der ist heiß.« Sie zeigte auf ein Foto in der App. »Ein gutaussehender Anwalt, der nur wenige Minuten entfernt wohnt und unbedingt eine Frau in den Dreißigern sucht, die sein Leben vervollständigt? Ja bitte«, schwärmte sie. »Hannah, er ist gerade erst in die App aufgenommen worden – das ist wie beim Hauskauf: Wenn ein tolles Haus auf den Markt kommt, muss man sich beeilen.«

»Ich werde mich nicht auf ihn stürzen.« Ich lachte. »Ich habe schon mal Online-Dating ausprobiert – das ist nichts für mich.«

»Hör zu, klick jetzt einfach auf ›Ja‹«, rief sie ungeduldig (in Bars benimmt sie sich immer laut), »und wenn es nicht klappt, nehme ich ihn, er ist umwerfend!«

Angestachelt von ihrem Enthusiasmus und dem Alkohol klickte ich ihn also an, und etwa fünfzehn Minuten später er mich. Plötzlich war ich nervös. Auf was hatte ich mich da eingelassen? Ich sagte Jas, dass ich es mir anders überlegt hätte, aber – typisch Jas – hat sie das nicht gelten lassen.

»Versuch es doch einfach, Hannah. Du gehst zu einem Date, du heiratest ihn nicht, um Himmels willen«, lachte sie. »Hab ein bisschen Spaß, und wenn wir beide mit sechzig immer noch single und kinderlos sind, ziehen wir zusammen.«

Ich lachte und hoffte inständig, dass das nicht alles war, worauf ich mich freuen konnte. Ich liebe Jas, aber sie ist nicht jedermanns Sache. Sie hat so viel Energie, aber manchmal weiß sie nicht, wann sie aufhören muss. Sie kann einem das Heft aus der Hand nehmen, wenn man sie lässt, was manchmal lästig ist. Doch hin und wieder *braucht* man im Leben jemanden, der einen auffängt, der einen wieder aufrichtet und einem mit lauter Stimme ins Gesicht sagt, dass alles gut wird. Und nach meiner Trennung von Tom hat sie all das getan und mich wieder in Ordnung gebracht.

Am Anfang war ich so verrückt nach Tom, dass ich ihn bat, bei mir einzuziehen. Aber ich bemerkte ziemlich schnell, dass es sich nur um Verblendung meinerseits gehandelt hatte, und dass es neben den blauen Augen und dem umwerfenden Lächeln nicht viel mehr gab. Er kam von der Arbeit nach

Hause, schaltete den Fernseher ein, breitete sich auf dem Sofa aus, öffnete ein Bier und telefonierte die ganze Nacht. Ich hatte mir mehr erhofft – anhaltender Augenkontakt oder ein Gespräch wären ein Anfang gewesen. Aber die Dinge änderten sich nicht, und nach den ersten paar Monaten war die kleine Flamme, die es gegeben hatte, einfach erloschen. Es war, als lebte ich mit einem Mitbewohner zusammen; schon bald hatten wir uns nichts mehr zu sagen.

Ich habe es fast ein Jahr lang mitgemacht. Die Sache war, dass er einfach nicht wusste, wie man ein Partner war. Er hörte mir nie zu, und oft hat er mir am Freitag einen billigen Blumenstrauß geschenkt und geglaubt, dass es dann okay wäre, wenn er das Wochenende im Pub verbrachte. Wie Jas damals sagte: »Er ist einfach ein mieser Freund, und er wird sich nie ändern.«

Eines Freitagabends, nachdem alle bei der Arbeit über ihre Pläne für das Wochenende gesprochen hatten und mir klar geworden war, dass ich mein Wochenende nicht mit ihm verbringen wollte, bat ich ihn zu gehen. Es war wirklich schwierig, weil er, wie er sagte, nicht wirklich etwas Schlimmes getan hatte. Ich sagte ihm, ich hätte zu viel Arbeit und keine Zeit für eine Beziehung – aber in Wahrheit liebte ich ihn einfach nicht. »Du bist nur müde«, hatte er gesagt und den Fernseher lauter gestellt, um meine Worte zu übertönen. Damit war eigentlich alles gesagt. Endlich hatte er zugestimmt, seine Koffer zu packen, und zog an diesem Wochenende aus.

Ich hatte mich schuldig gefühlt, aber ich war auch erleichtert. Ich wollte nicht den Rest meines Lebens mit jemandem verbringen, der mir nichts gibt. Ich hatte das Gefühl, dass ich mehr verdient hatte.

Nachdem er an diesem Samstag ausgezogen war, rief ich sofort Jas an, die mir versicherte, dass ich das Richtige getan hatte. Aber Tom fing an, weinend anzurufen, und flehte mich an, ihn zurückzunehmen. Er tauchte sogar auf der Arbeit auf und fragte, ob er mich nach Hause begleiten dürfe. Zu diesem

Zeitpunkt schlief er auf dem Sofa eines Freundes, und ich fühlte mich so schlecht, weil ich dafür gesorgt hatte, dass er obdachlos war. Ich begann zu denken, dass es vielleicht einfacher wäre, ihn wieder einziehen zu lassen. Aber Jas gab mir die Kraft, freundlich nein zu sagen. Und als er später gehässig wurde und mir die Schuld dafür gab, dass er beinahe von seinem Job suspendiert worden war, war sie rund um die Uhr für mich da. Ich weiß nicht, was ich ohne ihre Unterstützung getan hätte.

Jas hatte natürlich recht. Die Beziehung hätte niemals funktioniert und ich hatte sie beenden müssen. Aber ich habe Tom vor ein paar Monaten in einer Bar gesehen und er sah traurig und ziemlich ungepflegt aus, und ich mache mir Sorgen, dass die Trennung einen nachhaltigeren Einfluss auf ihn hatte, als mir bewusst war.

Ich verdränge die beunruhigenden Gedanken an Tom, als ich das Telefon auf meinem Schreibtisch blinken sehe. Ich hebe ab und atme tief durch. Es ist eine Voicemail von Alex.

3

»Ich habe mich gefragt, ob du mich wiedersehen willst? Wenn ja, rufe mich bitte an.«

Kurz, knapp und möglicherweise lebensverändernd? Ich hätte niemals gedacht, dass Alex mich bei der Arbeit anrufen würde. Ich habe ihm die Nummer nicht gegeben. Er muss sie gegoogelt haben. Wenn ich nur seine Stimme höre, möchte ich mitten im Büro einen Tanz aufführen – aber ich widerstehe der Versuchung.

Ich höre die nächste Nachricht ab, auch sie ist von ihm. Ein Moment der Stille, keine aalglatten, geschliffenen Zeilen, nur schöne, unperfekte Sätze, gebrochene Worte.

»Ich ... habe gerade gemerkt, dass ich dir eine Nachricht hinterlassen und meine Nummer nicht durchgegeben habe. Fühl dich nicht unter Druck gesetzt, anzurufen. Ich mag dich, aber ich verstehe, wenn ... Hör zu, ich habe schon öfter Situationen falsch gedeutet, also keine Sorge ... Oh, jetzt schweife ich ab. Tut mir leid. Wie auch immer, ruf mich zurück, wenn du dich amüsiert hast, wir könnten wieder ausgehen, heute Abend, morgen, nächste Woche? Ruf mich an ...« Er nannte seine Nummer und wollte gerade den Hörer auflegen, als er sagte:

»Oh ... außerdem, du hast mir gesagt, wo du arbeitest, also dachte ich, es wäre besser, dort anzurufen und eine Nachricht zu hinterlassen als auf deinem Handy.« Er hielt inne, und ich bemerke, dass ich wie eine Idiotin von einem Ohr zum anderen grinse. »So kannst du die Nachricht ignorieren. Wenn du das willst. Und ... wenn wir uns auf der Straße begegnen, kannst du so tun, als hättest du mich nicht gesehen oder die Nachricht nicht bekommen. Mach's gut.«

Ich bin hin und weg von seiner Ehrlichkeit, von der Art, wie seine Worte einfach aus ihm heraussprudeln, keine Fassade, keine Angeberei – das ist so erfrischend. Er scheint aufrichtig zu sein, und wie einfühlsam von ihm, es auf diese Weise zu handhaben, um mich nicht in eine schwierige Lage zu bringen, für den Fall, dass ich nein sagen will.

Ich rufe ihn direkt vom Arbeitstelefon aus zurück. Er geht sofort ran, und ich fühle mich innerlich ganz zart, als wäre ich wieder dreizehn und würde mit meinem ersten Schwarm sprechen.

»Hey, Alex, ich bin's, Hannah. Ich würde dich gern wiedersehen«, sage ich.

»Toll ... das ist wirklich toll, Hannah. Ich war mir nicht sicher, ob du anrufen würdest.«

Seine Verletzlichkeit berührt mich. »Natürlich. Ich hatte eine tolle Zeit.«

»Ich auch. Also ... wann passt es dir?«

»Jederzeit.« Er spielt keine Spielchen, also spiele ich auch keine.

»Heute Abend?«, schlägt er vor.

»Ja, warum nicht?«

»Toll, toll. Soll ich zu dir kommen und dich abholen?«

»Warum treffen wir uns nicht vor der Weinbar, wie beim letzten Mal?«

»Perfekt, treffen wir uns um acht?«

»Perfekt.«

Ich lege den Hörer auf und fühle mich, als wäre ich gerade in rosa, duftenden Kaschmir gewickelt worden. So sehr ich auch versuche, meine Erwartungen zu zügeln und mich auf Enttäuschungen einzustellen, so sehr will ich auch, dass es klappt. Nachdem ich mir lange Zeit eingeredet habe, dass ich niemanden außer mir brauche, wird mir jetzt klar, dass ich recht habe – ich brauche *niemanden*. Aber ich hätte gern *jemanden*. Und Alex könnte genau dieser Jemand sein.

»Oh Gott, das war die schönste Nachricht«, sage ich beim Mittagessen zu Jas.

Wir essen Sandwiches von Greggs an ihrem Schreibtisch. Sie hat eine schicke Kaffeemaschine in ihrem Büro, sodass wir für gewöhnlich hier sitzen, wenn wir mal Zeit zum Essen haben. Heute bleiben uns etwa siebzehn Minuten bis zu meinem nächsten Hausbesuch und ihrem Treffen mit dem örtlichen Leiter des Sozialdienstes, also haben wir es eilig.

»Ich sage dir, Alex ist aufrichtig«, verkünde ich und genieße seinen Namen auf meiner Zunge. »Er ist aufmerksam, nachdenklich, einfühlsam und er hört zu ... er hört wirklich zu, Jas.« Ich lächle. Mir wird warm bei dem Gedanken an ihn.

Jas wirft mir einen warnenden Blick zu. »Das klingt zu schön, um wahr zu sein. Und wenn jemand zu gut erscheint, um wahr zu sein, dann ist er es auch.«

»Du musst aufhören, so zynisch zu sein«, sage ich und bin enttäuscht, dass sie sich meiner Begeisterung nicht anschließt. »Warum bist du plötzlich dagegen? *Du* hast doch vorgeschlagen, dass ich mich bei Meet your Match anmelde! Du hast gesagt, es sei genau das, was ich brauche.«

»Ja, aber ich meinte, um Spaß zu haben und nicht, um es zu ernst zu nehmen. Du hattest nur eine Verabredung mit diesem Typen und schon redest du von Hunden und Kindern und ... Mit Tom war es genauso, innerhalb weniger Tage bist du ihm auf den Leim gegangen und mit ihm zusammengezogen. Das macht dich verwundbar, und deshalb hat Tom mit dir gespielt, Hannah. Du hast alles für ihn getan, und er hat dir nichts zurückgegeben.«

»Tom war anders. Alex ist ...«

»Ja, ich glaube, wir wissen inzwischen alles über Alex.« Sie rollt mit den Augen. »Du solltest doch nur zum Spaß auf die Dating-App gehen, damit du etwas anderes zu tun hast, als jeden Abend *The Great British Bake Off* zu schauen.«

»Es läuft nicht jeden Abend«, sage ich, ein wenig verärgert über ihre Worte.

»Du weißt, was ich meine. Tut mir leid, ich wollte nicht wie ein Miststück klingen, es ist nur ... du redest schon so, als wärst du wahnsinnig verliebt und du *kennst* den Kerl nicht. Bring dich nicht in eine weitere Tom-Situation.«

»Ich habe dir doch gerade gesagt, dass Alex nicht Tom ist«, sage ich abwehrend.

Sie seufzt verärgert. »Nein, aber der hier ...« Sie hält inne und zieht die Augenbrauen hoch. »Ich denke, die Tatsache, dass er nicht gleich am Abend nach einem weiteren Date gefragt hat, sondern dich warten ließ, um dann am nächsten Tag auf deiner Arbeit anzurufen, ist ein eindeutiges Warnsignal, Babe.«

»Nein, ist es nicht.«

Jas nimmt einen großen Bissen von ihrem Sandwich, während ich meinen Standpunkt vertrete.

»Wenn du ihn gehört hättest, Jas, wüsstest du, was ich meine – seine Ehrlichkeit ist ... nun ja, sie ist ziemlich entwaffnend, und ich glaube ihm, wenn er sagt, dass er mich nicht in die Enge treiben wollte. Glaub mir, er ist ein rücksichtsvoller Kerl, der mich nicht unter Druck setzen will, das ist alles.«

Sie zuckt mit den Schultern, als ob sie sagen wollte: *Das ist, was du denkst.*

»Du gehst also noch mal mit ihm aus?« Sie legt ihr Sandwich ab und steht auf, um Kaffee zu kochen.

»Ja, ich gehe noch mal mit ihm aus.«

»Wann?«, fragt sie.

»Nun, er hat heute Abend vorgeschlagen.«

Sie schürzt die Lippen, sie ist nicht erfreut.

»Was?«, dränge ich.

»Nichts«, murmelt sie, mit dem Rücken zu mir, während sie den Kaffee kocht. Schließlich dreht sie sich um. »Es ist nur so, dass wir heute Abend ins Kino gehen wollten, um den neuen Ryan-Reynolds-Film zu sehen.«

»Oh ... Gott! Mir war nicht bewusst, dass wir uns für *heute Abend* verabredet haben?« Ich war mir sicher, dass wir nichts ausgemacht hatten. Es war nur eine vage Unterhaltung letzte Woche darüber gewesen, dass wir den Film sehen müssen. Aber trotzdem.

»Hör zu, es macht nichts, wenn du dich bereits für heute Abend mit *ihm* verabredet hast, es ist okay. Ich nehme an, wir können auch an einem anderen Abend gehen.«

»Würde es dir etwas ausmachen?«

»Macht es einen Unterschied?« Sie stellt mir einen frischen Kaffee mit Milchschaum vor die Nase.

»Natürlich macht es einen Unterschied. Sei doch nicht so, Jas.«

»Es ist in Ordnung, ich habe dich nur aufgezogen«, sagt sie, aber ich glaube ihr nicht. »Wenn er so gut aussieht wie auf seinem Meet-your-Match-Profil, kann ich es dir nicht verdenken, dass du lieber ihn sehen willst als mich.« Sie setzt sich mit ihrem Kaffee zurück auf ihren Stuhl und nimmt einen Schluck. »Wenn das hier nicht klappt, bekomme ich möglicherweise einen Job als Barista«, sagt sie.

»Ich dachte, du wolltest Heiratsvermittlerin werden, wenn die Sozialarbeit nichts für dich ist?«, scherze ich und versuche, die Situation aufzulockern. Jetzt fühle ich mich schuldig. Sie hat mich mit unserer angeblichen Kinoverabredung ein wenig überrumpelt; was ich für eine vage Idee hielt, wurde von Jas eindeutig als Verabredung angesehen. »Jas, es tut mir wirklich leid, ich hätte Alex nicht zugesagt, wenn ich angenommen hätte, dass du und ich eine feste Verabredung haben.«

»Es ist in Ordnung, es ist in Ordnung.« Sie lässt die Reste ihres Sandwiches auf den Schreibtisch fallen. »Aber es geht nicht um mich oder das Kino – ich finde nur, du hättest ein Treffen morgen vorschlagen sollen. Sei nicht so willig. ›Lass sie warten‹, ist mein Motto.«

»Ja, aber wenn er ehrlich ist und keine Spielchen spielt, warum sollte ich dann warten?« Sie antwortet nicht. Ich glaube, sie ist verärgerter wegen dem Kino, als sie zugibt.

»Hör zu, Jas, das mit dem Kino tut mir leid.«

»Das Kino ist mir egal – ich kann mit jemand anderem hingehen.« Es ist ihr offensichtlich nicht egal.

»Du *musst* nicht mit jemand anderem gehen. *Wir* können morgen Abend gehen«, sage ich entschieden. »Und ich nehme zur Kenntnis, was du sagst. Ja, ich lasse mich leicht vereinnahmen, ich begeistere mich schnell. Aber ich wende deine Regel der ›kontrollierten emotionalen Beteiligung‹ nicht auf mein Privatleben an.« Ich lächle, um die Verärgerung in meiner Stimme abzumildern.

»Das habe ich nicht gesagt. Ich will nur, dass du dich nicht wieder in eine Beziehung stürzt und es dann bereust, Schatz. Manchmal wenn ich mit dir rede, habe ich das Gefühl, ich würde mit einem unserer Teenager reden.«

Ich ignoriere es, manchmal treibt sie es zu weit. Mich mit einem Kind zu vergleichen, das schlechte Entscheidungen trifft, ist wohl kaum angebracht.

»Du sagst mir doch immer, ich solle mich nicht so sehr in die Fälle meiner Klienten einmischen«, sage ich und beiße in mein Thunfischbaguette.

Jas schaut von ihrem Kaffee auf. »Ja?«

»Nun, vielleicht involviere ich mich zu sehr. Aber das liegt daran, dass ich nichts anderes habe, was mich beschäftigt. Und wenn ich mit einem wirklich netten Kerl wie Alex ausgehe, bekomme ich eine neue Perspektive. Anstatt mich um Klienten zu sorgen, kann ich dann an jemand anderen denken, nicht wahr?«

»Vermutlich«, sagt sie und wirft ihr Sandwichpapier in den Mülleimer, womit unser Gespräch beendet ist. »Tut mir leid, Babe, ich muss jetzt mit der Arbeit weitermachen. Ich muss dich rausschmeißen.«

»Natürlich.« Ich stehe auf und verlasse ihr Büro, die Reste meines Baguettes und die Kaffeetasse mit dem Milchschaum in der Hand. Ich kenne Jas nur zu gut: Sie kann ihre Gefühle nicht verbergen und ist wütend auf mich, weil ich das verkörpere, was sie als »schwach« bezeichnen würde. Sie will aber nicht, dass wir uns streiten, also wird sie ihre Gefühle verarbeiten – das weiß ich, weil sie mir erzählt hat, dass ihr Therapeut gesagt hat, sie müsse sich isolieren, wenn Menschen sie wütend machen oder sie verletzen. Ich habe sie nicht absichtlich verletzt, aber aus ihrer Sicht habe ich es getan, indem ich ihren Rat nicht befolgt habe. Sie ist kompliziert. Missbrauch in der Kindheit macht das mit einem Menschen. Und Jas' plötzliche Wut ist nur eine der emotionalen Reaktionen eines Erwachsenen, der als Kind sexuell missbraucht wurde.

In unserer Arbeit haben wir ständig mit geschädigten Kindern zu tun, und genau das sind wir, Jas und ich – wir sind geschädigte Kinder, die erwachsen geworden sind. Aber das macht uns nicht aus. Vor allem sind wir Freunde, und wir verstehen uns gegenseitig. Wir wollen beide, dass der andere sicher und glücklich ist, und sie passt einfach auf mich auf, so wie ich auf sie – ich wünschte nur, sie würde mir manchmal vertrauen, dass ich die richtigen Entscheidungen treffe. Und wenn es um Alex geht, glaube ich wirklich, dass das die richtige Entscheidung ist.

Vor der Bar auf Alex zu warten, ist die Hölle. Nach einem schwierigen Tag bin ich von der Arbeit nach Hause geeilt. Chloe Thomson, eine Sechzehnjährige mit leichten Lernschwierigkeiten, hat mich angerufen. Auch Chloe hat zu Hause ein schwieriges Leben: Ihre Eltern trennten sich, als sie noch jünger war, und ihre Mutter, eine Drogenabhängige, hat gerade erst wieder einen ihrer Freunde in die winzige Wohnung mitgebracht, in der sie gemeinsam leben. Als ich sie heute besuchte, hatte ihre Mutter ein blaues Auge, angeblich verursacht durch einen »Zusammenstoß mit etwas«, was ich natürlich nicht glaube. Ich versuchte, nicht an die arme Chloe zu denken, während ich duschte, mich anzog und Lippenstift auftrug. Ich öffnete mein Haar, sodass es mir locker um die Schultern fiel, und zog einen schwarzen Rollkragenpullover an, der meiner Meinung nach gut zu meinen blonden Haaren passte. Dann rannte ich im Regen den ganzen Weg von meiner Wohnung zur Weinbar, und als ich dort ankam, hatte mein Regenschirm den Geist aufgegeben, also warf ich ihn in den Mülleimer und stellte mich draußen unter ein Vordach. Und jetzt ist mein Haar feucht, kraus und nichts sieht mehr gut aus!

Ich warte hier schon seit dreiundzwanzig Minuten auf Alex. Nach zehn Minuten habe ich drinnen nachgesehen, ob er schon da ist, aber ich konnte ihn nicht sehen. Ich überlege, ob ich mich an die Bar setzen und etwas zu trinken bestellen soll, aber dort steht ein Mann und starrt mich an, und als er einen Hocker herauszieht und ihn tätschelt, gehe ich weg. Es ist so kalt und regnerisch, dass ich überlege, wieder hineinzugehen, aber was, wenn Mr Weirdo immer noch mit meinem Barhocker wartet? Oh, ich wünschte, Alex würde sich beeilen. Jetzt frage ich mich, ob er überhaupt kommen wird, und gerade als ich ihn anrufen will, um mich zu vergewissern, dass ich am richtigen Ort warte, steht er vor mir. Er ist siebenundzwanzig Minuten zu spät, aber er entschuldigt sich vielmals: »Ich habe gerade einen sehr wichtigen Fall, und eine der Anwältinnen, mit der ich zusammenarbeite, wollte, dass ich sie um achtzehn Uhr treffe, um den Fall zu besprechen. Kannst du dir das vorstellen?«

Ich empöre mich ein wenig bei dem Gedanken, dass er eine Kollegin nicht im Stich lassen will, mich aber scheinbar gern im Regen stehen lässt.

»Ich wollte am liebsten sagen: ›Ich sehe diese wirklich heiße Frau für ein zweites Date, macht es dir etwas aus, wenn wir uns an einem anderen Tag treffen?‹ Aber das konnte ich natürlich nicht tun.« Er rollt mit den Augen.

Ich zwinge mich zu einem Lächeln. Arbeit? Ist das seine einzige Ausrede? »Ich wollte gerade gehen«, sage ich. »So habe ich mir den Abend nicht vorgestellt: Warten im eiskalten Regen!«

Seine Miene verzieht sich. »Oh, Hannah, es tut mir so leid. Ich hatte deine Handynummer nicht mehr, also konnte ich dir nicht Bescheid sagen, aber ich hätte in der Bar anrufen sollen, oder? Habe ich es schon vermasselt?«

Ich lächle und gebe nach, als er seinen Irrtum einsieht. »Noch nicht, aber du bist auf Bewährung.«

»Ich verspreche, dass ich nicht gegen meine Bewährungsauflagen verstoßen werde. Gib mir einfach noch eine Chance.« Er scherzt halb, aber ich sehe, dass es ihm wichtig ist, dass es ihm etwas ausmacht, dass er zu spät kam. Er spielt nicht mit mir, aber ich glaube, Jas' Warnung hat mich mehr verunsichert, als mir bewusst war, und sie hat mich dazu gebracht, nach Negativem zu suchen, wo es nichts Negatives gibt.

Wir beschließen, auf einen Drink in die Weinbar zu gehen, und während wir dort sind, unterhalten wir uns über unseren jeweiligen Arbeitstag. Schließlich schlägt er eine Pizza vor. Ich bin am Verhungern, also trinken wir aus und gehen zum Ausgang, aber ein Blick nach draußen verrät mir, dass der Regen jetzt ziemlich heftig ist.

»Wir werden durch und durch nass werden«, sage ich, als wir uns in der Tür zusammenkauern.

»Wo ist dein Schirm?«

»Ich habe keinen.«

»Doch, hast du. Ich meine ... ich dachte ...«, stottert er, »ich ... ich *weiß* einfach, dass du die Art von Mensch bist, die einen hat.«

»Ursprünglich hatte ich einen, er ist im Mülleimer.« Ich nicke zu dem Mülleimer auf dem Bürgersteig hinüber, in dem der Regenschirm klemmt und aussieht wie eine tote Krähe. Die Drähte stehen davon wie Füße. »Sie ist gestorben.«

»Oh je.« Er lacht, zieht seine Jacke aus und hält sie mir galant über den Kopf. »Die Pizzeria ist doch nur fünf Minuten von hier entfernt, oder?«, flüstert er in mein Ohr. Die Berührung seiner Lippen an meinem Ohrläppchen ist elektrisierend. »Sollen wir uns auf den Weg machen?«, fragt er lächelnd.

Nach einem rasanten Sprint zur Pizzeria werden wir zu einem Tisch geführt, wo wir Merlot bestellen. Er nennt es »unser Stammlokal«, und mir gefällt, wie das klingt, als hätten wir beide bereits eine gemeinsame Geschichte, wir gehören zusammen. Trotz der kleinen Panne zu Beginn, als er zu spät kam und ich verärgert war, hat er meine Zweifel ausgeräumt, und es fühlt sich richtig an.

Ich schmecke die Pizza nicht, ich kann mich kaum noch erinnern, was ich bestellt habe. Irgendwas mit Pilzen? Ich kann einfach nicht aufhören, ihn anzuschauen, und seine Augen sind ständig auf meine gerichtet. Was auch immer Jas sagen mag – wenn sie jetzt hier wäre, *wüsste* sie, dass das hier das einzig Wahre ist.

»Du arbeitest also im Strafrecht?«, frage ich zwischen zwei Bissen, weil ich alles über ihn wissen will.

»Ja.« Er lächelt. »Es ist nicht die schönste oder glamouröseste Tätigkeit, und ich verbringe auch außerhalb der Arbeitszeit viele Stunden auf dem Polizeirevier, trinke schlechten Tee und werde beschimpft.«

»Oh, das klingt nach Spaß«, sage ich, übertreibe den Zweifel auf meinem Gesicht und denke, dass selbst das angenehmer klingt als der Umgang mit Chloe Thomsons Mutter. Heute Nachmittag, als ich offenbar eine Frage zu viel gestellt hatte, sagte sie mir, ich solle mich verpissen, und schlug mir die Tür vor der Nase zu.

»Ja, es ist eigentlich ganz okay. Heute habe ich vor Gericht verhindert, dass ein junger Mann ins Gefängnis kommt. Er wurde von seinen älteren Brüdern gezwungen, ihnen beim Autodiebstahl zu helfen. Die Anklageschrift war endlos, und ich habe alle möglichen Tricks angewandt, um eine Bewährungsstrafe für ihn zu erwirken. Am Ende bekam er nur eine Geldstrafe und gemeinnützige Arbeit – und weißt du, was er nach dem Prozess gesagt hat?«

Ich schüttle den Kopf.

»Ich wollte wieder rein, Kumpel.«

»Autsch. Ich glaube, ich wäre versucht gewesen zu sagen: ›Das nächste Mal kämpfst du für deinen eigenen Fall!‹« Ich lege Messer und Gabel beiseite; ich will keine Pizza mehr, ich bin zu satt.

»Ja, aber diese Kinder haben keine Chance, nicht wahr? Es ist, als wäre ihr Leben von Geburt an vorgezeichnet: Gruppendruck, Armut, Drogen, Gefängnis, Missbrauch ...«

»Da komme ich ins Spiel.«

»Ja, ich glaube, da kommst du ins Spiel.« Er schüttelt traurig den Kopf und scheint sich an das zu erinnern, was passiert ist. »Und dann ... es regnete, als wir vom Gericht kamen. Er hatte ein T-Shirt an und kein Geld für einen Bus oder Zug.«

»Das ist traurig«, sage ich, da ich aus eigener Erfahrung weiß, dass das Busfahren für manche ein Luxus ist.

»Also habe ich ihn schließlich nach Hause gefahren.«

Ich spüre, wie mir bei diesem Gedanken das Herz aufgeht.
»Das war nett von dir.«

»Ja, ich hoffe, es hat ihm das Gefühl gegeben, dass ich mich auch außerhalb des Gerichts um ihn kümmere – nicht nur wenn ich dafür bezahlt werde, den Job zu erledigen.«

»Ich bin sicher, dass es das hat. Manche Menschen haben nie auch nur ein bisschen Freundlichkeit kennengelernt.«

Er nickt. »Und wie soll man sich jemals von einem kriminellen Leben lossagen, wenn man nichts hat und keine Aussicht auf irgendetwas? Er ist neunzehn und hat bereits jetzt das Gefühl, keine Zukunft zu haben.«

Ich nicke, ich weiß genau, was er meint. »Meine Güte, du klingst wie ich. Ich habe vor Kurzem einen Artikel für einen Blog zum Thema Sozialarbeit geschrieben und genau das gesagt.«

»Hast du? Den würde ich gern mal lesen.«

Ich erröte leicht und freue mich, dass er sich so sehr dafür interessiert.

»Ich habe ihn in seiner Wohnung abgesetzt«, fährt er fort. »Die Wandfarbe blätterte ab, es roch nach Urin ... Ich gab ihm dreißig Pfund, mehr hatte ich nicht dabei, aber ich schwöre, ich sah Tränen in seinen Augen. Manchmal frage ich mich, warum ich nicht ein reicher Anwalt geworden bin – aber *das* ist der Grund – wegen Kindern wie ihm, die keine Hoffnung haben und niemanden, der für sie kämpft.«

Er sieht mich an, und ich spüre ein Ziehen im Körper. Dieser Typ ist wirklich wunderbar.

Er zuckt mit den Schultern und holt tief Luft. »Also, gibt es heute wieder Nachtisch?« Er hebt die Speisekarte hoch und kümmert sich nicht länger um seinen heroischen Akt der Freundlichkeit.

Auch noch bescheiden.

Ich kann nichts mehr essen, mein Magen ist wie verknotet. Mein Appetit lässt immer nach, wenn ich mich in jemanden verliebe. Bei mir gibt es nur alles oder nichts, entweder bin ich fett und single oder dünn und verliebt.

»Ich bin zu satt für einen Nachtisch«, sage ich.

Er streckt seine Hand über den Tisch. Die Spitzen seiner Finger berühren meine. Das ist so erotisch. Er sieht mir in die Augen. »Ich weiß, es ist erst unser zweites Date, aber es ist ... gut – das hier.« Er gestikuliert zu mir und wieder zu ihm und ich nicke eifrig.

»Ja, es ist gut«, ist alles, was ich sagen kann. Ich möchte so viel mehr sagen, ich möchte ihm erzählen, dass ich mich seit Jahren nicht mehr so gefühlt habe, dass mein Ex mich kaum wahrgenommen hat, dass ich nicht geglaubt habe, jemals wieder jemanden lieben zu können. Es geht alles so schnell, aber im Moment glaube ich, dass es wirklich geschieht. Aber natürlich sage ich all das nicht, ich muss es vorsichtig angehen und will ihn nicht verschrecken.

Doch als er mich wenig später vor meiner Tür küsst und vorschlägt, dass wir uns morgen Abend wiedersehen, antworte ich ihm atemlos: »Ich kann es kaum erwarten.«

Ich laufe die Treppe zu meiner Wohnung hinauf, während er mir hinterhersieht – er ist so lieb und vergewissert sich, dass ich sicher bin, bevor er geht. Aber gerade als ich drinnen auf meine Tür zugehe, höre ich draußen etwas. Ich drehe mich um und ein plötzliches Klopfen an der Tür erschreckt mich zu Tode. Ich weiß, dass ich nicht einfach die Haustür öffnen sollte, aber es könnte Alex sein, der zurückgekommen ist, um mich in seine Arme zu nehmen, und selbst wenn es nicht Alex ist, wird das Klopfen meine Nachbarn im Erdgeschoss aufwecken.

Ich gehe zur Tür und öffne sie vorsichtig – und zu meiner großen Erleichterung ist er es. Beinahe erwarte ich, dass er versucht, mich zu küssen, aber er tut es nicht.

»Tut mir leid, Hannah, ich habe deine Handynummer nicht mehr!« Außer Atem lehnt er in der Tür und schützt sich vor dem Regen. Ich lache, erleichtert, dass er es war, und wir tauschen unsere Nummern aus, bevor er wieder in die regnerische Nacht rennt. Er hält kurz an, um mir zuzuwinken, während ich auf der Türschwelle stehe und ihn dabei beobachte, wie er durch Pfützen trippelt, die von einer Straßenlaterne oder vorübergehend von einem vorbeifahrenden Auto beleuchtet werden.

Als er endlich außer Sichtweite ist, gehe ich hinein und laufe die zwei Stockwerke nach oben, ohne etwas davon zu bemerken. Verliebtheit macht sogar Sport erträglich – ich könnte heute Abend zwanzig Stockwerke nach oben laufen, wenn ich müsste! Drinnen setze ich den Kessel auf, mache mir einen Kamillentee und lasse den Abend in meinem Kopf noch einmal Revue passieren. Es ist, als würde ich einen alten Lieblingsfilm wieder und wieder sehen, mich an jedes Detail erinnern, an jedes Wort, an die Art und Weise, wie sein Lächeln ihm ein Funkeln in die Augen zaubert und sein Gesicht plötzlich aufleuchten lässt.

Ich schüttle den Kopf. Es ist zu früh; ich muss aufhören, ständig an ihn zu denken, Jas hat mich davor gewarnt. Oh, Mist. Mist. *Verdammt. Jas!* Ich habe ihr versprochen, morgen Abend mit ihr ins Kino zu gehen, und ich habe mich gerade mit Alex verabredet. Oh Gott, ich war nie *diese* Frau, die ihre Freundin sitzen lässt, sobald ein Mann auftaucht. Aber andererseits will ich Alex auch nicht absagen. Das hier ist noch frisch, und ich will nicht, dass er denkt, ich mag ihn nicht oder habe meine Meinung geändert – oder dass ich unzuverlässig bin. Was zum Teufel soll ich nur tun?

4

Es stellt sich heraus, dass Jas sich heute Abend auf keinen Fall von mir versetzen lassen wird. Sie hat bereits zwei Sitzplätze reserviert und spricht sogar schon davon, was für ein Popcorn wir während des Films essen werden, und dabei ist es erst zehn Uhr morgens! Ich werde Alex eine SMS schreiben müssen. Ich kann ihn nicht einmal anrufen, weil sie es hören würde, und ich will nicht, dass sie denkt, ich hätte auch nur in Erwägung gezogen, heute Abend mit ihm auszugehen, denn das würde ihre Gefühle verletzen. Ich bin vorsichtig, weil ich nicht noch eine weitere Belehrung von ihr will. Jas hat das Herz auf dem rechten Fleck, aber sie würde einfach nicht verstehen, was zwischen mir und Alex bereits jetzt da ist.

Also schreibe ich Alex eine SMS, um ihm so früh wie möglich mitzuteilen, dass ich mich heute Abend nicht mit ihm treffen kann. Ich erkläre ihm, dass es sich um etwas handelt, dem ich bereits vorher zugestimmt hatte, und schlage vor, dass wir später in der Woche etwas unternehmen. Er antwortet mir nicht sofort, wahrscheinlich ist er beschäftigt.

Wenig später kommt Harry ins Büro und hält ein warmes

Mandelcroissant in einer Serviette. »Für dich, Madame«, sagt er und legt es auf meinen Schreibtisch.

»Oh, danke, aber das solltest du nicht tun«, sage ich.

»Das *sollte* ich, es ist deine Lieblingssorte. Gemma hatte noch ein paar übrig, also habe ich eins für dich mitgenommen.«

»Du hast recht«, sage ich und beiße in das saftige Croissant. »Es ist mein Lieblingsgebäck. Wann wirst du dieses Mädchen heiraten, verdammt noch mal?«

Er lacht, während er zu seinem Schreibtisch hinübergeht. »Ich bin zu jung zum Heiraten. Uns geht es gut damit, wie es ist.«

»Sameera ist normalerweise als Erste hier. Ist sie heute Morgen nicht da?«, frage ich. Sie steht Harry am nächsten.

»Sameera?«, sagt er und schaut zu ihrem Schreibtisch hinüber. »Oh ja, sie ist, äh ...« Er muss sich sein Hirn zermartern. »Sie macht irgendetwas Langweiliges, ein Hochzeitskleid anprobieren oder zum hundertsten Mal die verdammte Torte testen.«

Ich lache. »Du bist so ein Junge, Harry.«

»Nun, das ist doch alles Quatsch, oder etwa nicht?«

»Du magst das denken, aber wir Frauen träumen in einem gewissen Alter von solchem *Quatsch*. Ich jedenfalls tue das.«

Er lacht und schüttelt den Kopf.

»Kannst du dir vorstellen, dass du und Gemma jemals heiraten werdet?«

»Nö.« Er ist noch jung, aber seine entschlossene Antwort überrascht mich; er scheint so glücklich mit Gemma zu sein, so fokussiert auf sie.

»Warum nicht?«

»Keine Ahnung, ich habe nie wirklich darüber nachgedacht. Und Gemma hat mich nie gefragt.« Er zuckt mit den Schultern.

»Ja, sie nutzt dich nur wegen deines Körpers aus, nehme ich an.«

»Hoffen wir es«, sagt er abwesend, während er seine Post sortiert.

Ich logge mich in meinen Computer ein. »Früher war ich wie du, aber wenn man älter wird, ändert sich die Perspektive. Früher dachte ich, die Ehe sei patriarchalisch, archaisch und all das – aber jetzt denke ich, ich könnte mir mich wirklich in weißer Spitze vorstellen.« Ich erwähne nicht, dass ich vor meinem geistigen Auge neben Alex stehe, den ich erst vor ein paar Tagen in Person kennengelernt habe.

Harry schaut auf. »Ein kleiner Fehler in deinem Plan: Du musst einen Bräutigam finden, der zu deinem Kleid passt.«

»Ja, da ist noch diese Kleinigkeit. Aber der aktuelle Kandidat sieht ziemlich vielversprechend aus.« Ich lächle.

»Ach, wirklich?« Ich sehe, dass er nicht sehr interessiert ist. Ich wünschte, Sameera wäre hier, sie wird im neuen Jahr heiraten und liebt es, über Hochzeiten zu reden.

»Ja. Ich mag ihn«, sage ich und untertreibe meine Gefühle. »Es ist noch zu früh – wir hatten erst zwei Dates – aber ich bin ... hoffnungsvoll.«

»Ich dachte, du hättest gesagt, dass du nach Wie-hieß-er-noch-gleich mit niemandem mehr ausgehst«, sagt Harry und wendet sich gelangweilt wieder seinem Computerbildschirm zu.

»Das habe ich, aber sag niemals nie.« Ich hebe das Croissant auf, das er mir gegeben hat, und wechsle das Thema. »Danke, aber du darfst mir die nicht ständig geben, Harry, ich werde sonst fett.« Das ist wirklich ein Geschenk des Himmels – ich habe nie Zeit für ein Frühstück, bevor ich gehe, und wer weiß, wann ich heute zu Mittag essen kann.

Er lächelt und beginnt zu tippen, offenbar ist unser eher einseitiges Hochzeitsgespräch nun vorbei.

Ich beiße in das Croissant und mache mir in Gedanken eine Notiz, dass ich ihm als Dank für all die süßen Leckereien, die er uns immer mitbringt, etwas besorgen muss. Ich schaue auf mein Handy. Alex hat mir wegen heute Abend zurückgeschrieben.

Das ist schade Aber keine Sorge, genieß das Kino. Ich hatte mir überlegt, dir heute Abend etwas zu kochen. Ich muss wieder gutmachen, dass ich bei Date 2 zu spät gekommen bin. Wie wäre es also mit einem Abendessen morgen bei mir – wenn du möchtest?

Ich antworte ihm sofort.

Ja. Danke, klingt gut. Ich freue mich schon darauf. x

Diesmal kommt seine Antwort umgehend.

Ich mich auch! x

Ich fühle mich gut. Ich habe die Situation in den Griff bekommen und alle bei Laune gehalten, was für jemanden wie mich, der es allen immer recht machen will, das einzig Wichtige ist. Alex beweist, dass er so perfekt ist, wie ich dachte. Er trug es mit Fassung und hat auch einem dritten Date zugesagt, *und* er kocht. Er macht alles richtig.

Später, als Jas und ich uns im Kino amüsieren, wird mir bewusst, dass ich meine etwas bedürftige, aber wohlmeinende Freundin mit meinem neuen Freund durchaus unter einen Hut bringen kann, ich muss nur sensibel sein und darf nicht über ihn reden. Stattdessen gieren wir beide nach Ryan Reynolds.

»Gott, was würde ich für eine Viertelstunde mit ihm geben«, sagt Jas, als wir das Kino verlassen und für einen letzten Drink in die Weinbar gehen.

»Ja, ich auch«, plappere ich ihr nach, ohne es wirklich zu fühlen. Was ich wirklich denke, ist, dass ich lieber fünfzehn

Minuten mit Alex verbringen würde, auch wenn ich weiß, dass das verrückt klingt.

»Ich mochte den Film, aber ich hatte den Eindruck, dass die Mutter völlig eindimensional war«, fügt sie hinzu.

Ich stimme ihr zu, und wir setzen uns mit unseren Getränken und sprechen über die mediale Darstellung von Müttern.

»Mütter bekommen eine schlechte Presse«, sage ich.

»Ja, aber sie sind nicht alle Madonnen.« Sie seufzt. »Schau dir unsere Mütter an.«

»Es fällt mir schwer, einen Umgang mit meiner Mutter und meiner Vergangenheit zu finden.« Ich seufze. »Ich denke lieber an die Zukunft, das hilft mir, die Vergangenheit zu bewältigen.«

»Viel Glück bei dem Versuch, *deine* Vergangenheit zu bewältigen. Sie prägt uns, Hannah, und es spielt keine Rolle, wie positiv wir alle zu sein versuchen – unsere Vergangenheit macht uns zu dem, was wir sind.«

»Ja, aber unser Leben ist nicht vorherbestimmt. Nur weil meine Mutter suchtkrank war, heißt das nicht, dass ich es auch bin. Ich habe mit Zähnen und Klauen dafür gekämpft, ein anderes Leben zu führen.«

»Mmh, leider ist mein Leben ein Abklatsch des Lebens meiner Mutter. Der Typ, mit dem ich mich treffe, Richard?«

»Ja«, sage ich.

»Er vögelt eine andere.«

»Oh, Jas, das ist doch Quatsch. *Weißt* du das sicher?«

»Ja.« Sie senkt den Blick. »Ich weiß, wir waren unverbindlich miteinander, aber ich dachte, es würde irgendwo hinführen.«

»Ja, aber so oder so, das hätte er dir in einem Gespräch mitteilen müssen«, sage ich und möchte sie beschützen. Nach außen hin scheint sie so stark zu sein, immer auf alle anderen aufzupassen, sich für ihre Freunde einzusetzen – und doch ist sie selbst genauso verletzlich.

»Genau. Jedenfalls habe ich ihn gestern Abend zur Rede gestellt und ihm gesagt, dass ich ein paar Nachrichten auf seinem Handy gesehen habe. Hannah, was am meisten weh tut, ist nicht der Verrat. Es ist die Tatsache, dass er eindeutig wollte, dass ich sie sehe. Und nachdem er ›gestanden‹ hatte, sagte er, er fühle sich jetzt so viel besser.«

Ich schüttle den Kopf. »Das tut mir leid. Ich wusste nicht, dass du tatsächlich Beweise gefunden hast – Nachrichten.«

»Du warst beschäftigt«, sagt sie mit Nachdruck.

»Nicht zu beschäftigt für dich«, sage ich und fühle mich jetzt schuldig.

Sie zuckt mit den Schultern und nimmt einen großen Schluck von ihrem Getränk.

»Mir war nicht klar, dass es etwas Ernstes zwischen euch war ...« Ich halte inne.

»Was meinst du?« Sie dreht sich abrupt zu mir um und sieht mich an. »Es war nicht so klar, aber ... es tut trotzdem verdammt weh.« Das Aufblitzen von Wut in ihren Augen überrascht mich. Es ist nicht ihre Art, schnippisch zu werden, sie muss verärgert sein.

»Ich will damit nicht sagen, dass du nicht verletzt bist«, füge ich schnell hinzu und lege meine Hand auf ihre. »Ich denke nur, dass man Menschen manchmal von sich wegstößt, bis sie gehen, und dann ist man überrascht. Aber es hört sich nicht so an, als wäre er jemand, den du unbedingt in deiner Nähe haben wolltest«, sage ich und nehme mich etwas zurück, um ihre Gefühle zu schonen. »Ich meine, du hast doch selbst gesagt, dass es sich manchmal wie Gelegenheitssex angefühlt hat ... für beide von euch«, sage ich unbeholfen und möchte mir auf die Zunge beißen, als ich die Worte ausgesprochen habe.

Sie starrt mich an. »Wow.«

»Es tut mir leid, dass das falsch rüberkam, ich wollte dich trösten, dir das Gefühl geben, dass du eigentlich nichts *verloren* hast, aber ...«

»Aber stattdessen hast du es geschafft, meine Beziehung *und* meine Gefühle in einem Satz zu trivialisieren. Gut gemacht, Hannah.« Sie nimmt einen weiteren großen, wütenden Schluck Wein.

»Ich wollte nicht ...«

»Weißt du, was ich denke?«, unterbricht sie mich.

Ich bin mir nicht sicher, ob ich das hören will.

»Du hattest *zwei* gute Verabredungen und meinst plötzlich, die Expertin zu sein, die weiß, was eine Beziehung ausmacht.« Sie kippt den Rest ihres Weins hinunter und bestellt zwei weitere.

»Nein, meine ich nicht. Und ich habe wirklich nicht trivialisiert ...«

Sie hebt ihre Hand in einer Stopp-Geste, und ich kehre zu meinem Getränk zurück, denn ich weiß, wenn sie so ist, ist es am besten, sich nicht zu entschuldigen, weil ich damit alles nur schlimmer machen würde. Jas' ruhiges Auftreten bei der Arbeit unterscheidet sich deutlich von ihrem Privatleben, in dem manchmal ein ziemlich hitziges Temperament aufflammt, wenn sie verletzt oder wütend ist.

Mir ist klar, wie ich in Jas' zynischen Ohren klingen muss, und ich kann es ihr nicht verübeln, dass sie wütend ist, sie hält mich wahrscheinlich für eine selbstgefällige Besserwisserin. Was ich nicht bin, aber ich wechsle trotzdem das Thema und wir reden wieder über den Film.

Aber so wie Jas ist, kann sie das nicht auf sich beruhen lassen, und verletzt von dem, was sie als Kritik an ihrem Single-Status ansieht, stürzt sie sich bald wieder auf mich und Alex. »Also, wie *läuft es* in Camelot?«, fragt sie.

Ich tue so, als ob ich den Sarkasmus in ihrem Kommentar nicht höre, sondern nur den Humor. »Großartig. Er kocht morgen für mich«, sage ich. Ich möchte das mit meiner Freundin teilen, fühle mich aber gleichzeitig schuldig für mein Glück.

»Du wirst nächste Woche einziehen.«

»Nein, das wäre zu früh.«

»Ich habe einen Scherz gemacht«, sagt sie säuerlich.

»Ich auch.« Ich lächle. Aber in meinem Inneren bin ich enttäuscht von Jas' Reaktion. Sie ist schließlich meine beste Freundin und ich würde mich freuen, wenn sie mich in dieser Sache unterstützen würde. »Jas, ich weiß, das Timing ist beschissen, du hast gerade erst mit Richard Schluss gemacht«, sage ich und gehe auf ihre Beziehungsgeschichte ein, »aber ich wünschte, du könntest dich ein kleines bisschen für mich freuen. Du warst bisher immer so ermutigend, aber dieses Mal scheinst du, ich weiß nicht, wirklich ziemlich negativ zu sein.«

Der Groschen scheint zu fallen und ihr Gesicht verändert sich, dann legt sie den Arm um mich. »Babe, es tut mir leid, du hast recht, ich bin egoistisch. Es ist nur so, dass ich mich manchmal umsehe und andere Menschen in festen Beziehungen sehe, und das erinnert mich an mich früher ...« Sie verstummt, und mir wird klar, dass ich hätte wissen müssen, dass diese negative Einstellung nichts mit mir und Alex zu tun hat. Es geht um Tony. Sie spricht nicht viel über ihn, weil es immer noch so schmerzhaft ist und wahrscheinlich immer sein wird.

»Ich weiß, dass du ihn immer noch vermisst, auch nach all dieser Zeit«, sage ich und berühre ihren Arm.

Sie nickt. »Die Leute erwarten von mir, dass ich darüber hinweg bin, aber wenn jemand stirbt, den man liebt, kommt man nie darüber hinweg. Verdammt, es ist Jahre her, ich war ein anderer Mensch, als ich verheiratet war – aber er wird immer hier drin sein.« Sie berührt ihre Brust.

»Ich kann mir den Schmerz nicht einmal ansatzweise vorstellen.« Ich seufze.

»Dass Sameera heiratet, lässt mich an meinen Hochzeitstag denken, an all die Hoffnung und den Optimismus. Und du hast diesen Typen kennengelernt, der großartig zu sein *scheint* ...«

Sie legt die Betonung auf »scheint« und ich zucke leicht zusammen. »Und wenn ich etwas sage, dann nicht, weil ich negativ über ihn denke – ich will nur nicht, dass du verletzt wirst. Verstehe meine ›Negativität‹ also bitte nur als ein Zeichen, dass ich versuche, mich um meine Freundin zu kümmern.« Sie lächelt und drückt meine Hand. »Ich freue mich für dich, ich bin nur vorsichtig.«

»Ich weiß. Aber mir geht es gut – und was ist das Schlimmste, was passieren kann? Er könnte sich als genauso mies erweisen wie Tom? Aber ich will den Spaß und die Schmetterlinge im Bauch genießen, solang es noch geht ... Und ich brauche meine beste Freundin an meiner Seite.«

»Ich bin für dich da, Mädel, aber du kannst naiv sein – und, seien wir ehrlich, ich werde diejenige sein, die die Scherben aufsammelt, wenn das hier in sich zusammenfällt, nicht wahr?«

Ich beiße mir auf die Zunge. Ihre Bemerkung hat mich geärgert, aber der eiskalte Pinot besänftigt meine heiße Kehle und nimmt mir ein wenig die Schärfe.

»Ich denke, wir sollten beide anfangen, uns selbst Vorrang zu geben«, sage ich zu Jas. »Und du, Madame, solltest aufhören, dich um das Liebesleben anderer zu sorgen und dich auf dein eigenes konzentrieren.«

»Welches Liebesleben? Jeder außer mir hat eins. Sogar der verdammte Harry ist in einer Langzeitbeziehung.« Sie lacht vergnügt. Ich vermute, das liegt an ihrem Job: Sie ist großartig, wenn es um die Beziehungen anderer geht, aber in ihrem Privatleben scheint sie viele Enttäuschungen zu erleben. Ich bin genauso, wenn es um meine Klienten und Freunde geht: Ich kümmere mich zu sehr um alle anderen und denke nicht immer an meine Beziehungen. Vielleicht hat das zu dem beigetragen, was mit Tom und mir passiert ist. Wäre ich präsenter gewesen und nicht so sehr in meinen Job vertieft, wäre er vielleicht ein besserer Partner, ein fürsorglicherer, engagierterer Freund geworden. Schließlich gehören immer zwei dazu.

»Vielleicht gehe ich noch einmal zu diesem Seelenklempner«, sagt Jas und spielt mit dem Stiel ihres Glases.

»Ja, das könnte helfen.« Ich nicke und habe meine Zweifel. In unserem Beruf haben wir Zugang zu Therapien, aber bei mir hat das nicht wirklich funktioniert. »Mein Problem mit einer Therapie ist«, sage ich, »dass ich mich schuldig fühle, weil *meine* Schuldgefühle sich auf den Therapeuten auswirken könnten. Was ist das für eine Ironie?«

»Du alberne Kuh.« Sie lacht. »Ich habe dir doch gesagt, dass du keinen Therapeuten brauchst. Du kannst einfach mit mir reden.«

»Ja, danke, Jas«, sage ich, aber es scheint, dass die Unterstützung meiner Freundin an Bedingungen geknüpft ist. Ich bin immer noch ein wenig sauer über ihre Bemerkung von vorhin, dass sie diejenige sein wird, die die Scherben aufsammelt, wenn mein Liebesleben aus den Fugen gerät. »Jas – nur damit das klar ist – du musst wirklich keine Verantwortung für mich übernehmen. Ich treffe meine eigenen Entscheidungen, und was auch immer passiert, ich bin durchaus in der Lage, auf mich aufzupassen«, sage ich sanft.

»Ich weiß, dass du das bist, aber es hat eine Weile gedauert, bis du dich nach der Sache mit Tom wieder eingekriegt hast – die Anrufe und die anderen seltsamen Sachen. Er hat dich für alles Schlechte in seinem Leben verantwortlich gemacht. Und deshalb warst du eine Zeit lang nicht ganz da. Ich will einfach nicht meine beste Freundin verlieren. Nicht schon wieder.«

»Ja, ich weiß.«

Die Zeit nach Tom war hart, und er hat es mir nicht leicht gemacht, aber ich bin darüber hinweggekommen und will nicht länger daran denken.

»Ich möchte nur, dass du weißt, dass ich immer für dich da sein werde. Falls er dir wehtut, oder falls er verheiratet sein sollte oder ...«

»Jas, es reicht«, sage ich und hebe warnend die Augenbrauen.

»Tut mir leid, ich denke nur ...« Sie sieht an meinem Gesichtsausdruck, dass ich es nicht noch einmal hören will, und überlegt es sich anders.

»Vielleicht solltest du zu Meet your Match gehen«, schlage ich vor, denn ich ahne, dass es sie ablenken könnte, wenn sie eine neue Beziehung hätte, und sie sich dann vielleicht weniger Sorgen um meine machen würde.

»Auf keinen Fall, ich brauche eine Pause von Männern«, sagt sie verstimmt. »Ich jage ihnen bestimmt nicht online hinterher. Ich bin vollkommen glücklich mit mir selbst.« Sie lächelt, aber ihre Augen sagen etwas anderes.

5

Der folgende Tag ist ein Albtraum voller Bürokratie und Drama, geprägt von Jas schnippischen Kommentaren, Sameeras Schimpfen und einer Unmenge von Krümeln auf den Schreibtischen, die von Gemmas übrig gebliebenem Zitronenkuchen stammen, den Harry uns zum Trost mitgebracht hat. So wie sich der Tag entwickelt hat, könnten wir noch mehr süße Kohlenhydrate gebrauchen – wir haben alles gegessen, was in Reichweite war.

»Ich glaube, Chloe Thomson hat Probleme mit dem neuen Freund ihrer Mutter und Jack Morris kann heute Nacht nirgendwo schlafen – und das ist nur der Anfang«, sage ich zu Jas, als sie fragt, ob ich beschäftigt bin.

»Okay, das klingt wie *mein* Tag.« Sie seufzt. »Ich bin müde und hatte gehofft, dass ich heute Abend früher gehen kann, aber ich sehe schon, dass das nichts werden wird.«

»Ja, nur Gott weiß, wann ich das Büro verlasse«, murmele ich. »Ich rufe besser Alex an, um ihm zu sagen, dass ich mich verspäten werde.«

»Oh ja, er kocht heute Abend für dich, nicht wahr? Du Glückliche«, sagt sie und geht zurück in ihr Büro. Sie hat es freundlich gesagt, ohne offensichtlichen Subtext, und ich weiß es zu schätzen, dass sie versucht, mir gegenüber positiv zu sein.

Ich nehme den Hörer ab und rufe Alex an. »Ich weiß, dass du kochst und so, aber ich werde heute Abend lange arbeiten«, erkläre ich, als er abnimmt.

»Das ist in Ordnung. Du darfst dich verspäten«, neckt er mich. »Schließlich war ich das letzte Mal auch zu spät.«

Ich bin dankbar dafür, dass er so entspannt ist und keine große Sache daraus macht. »Hier ist es verrückt. Wir können es verschieben, wenn du willst.«

»Nein, nein! Ich schufte schon seit Stunden vor diesem heißen Ofen«, scherzt er.

»Oh, bist du nicht bei der Arbeit?«

»Ja, nun ... das war ich. Ich bin früher gegangen, habe alles stehen und liegen gelassen, um dein Abendessen vorzubereiten.«

Ich lache. »Wenn das so ist, komme ich so schnell wie möglich. Ist das in Ordnung?«

»Ja, natürlich. Versprich mir nur, dass du, egal wann du fertig bist, noch vorbeikommst.«

Es ist so schön, sich begehrt zu fühlen, besonders nach Tom, der mir dieses Gefühl nie gegeben hat.

»Das werde ich ... und, Alex ...«

»Ja?«

»Danke, dass du so verständnisvoll bist.«

»Natürlich, mir geht es genauso, wenn ich im Gericht bin oder einen wichtigen Fall habe. Ich denke, wir sollten uns beide besser daran gewöhnen«, sagt er gutmütig.

Ich freue mich über die Andeutung, dass er dies als mehr als nur drei Verabredungen ansieht – »wir sollten uns besser daran gewöhnen«, ist Musik in meinen Ohren. Ich erröte leicht und kichere dümmlich.

Als ich den Hörer auflege, fällt mein Blick durch die offene Tür ihres Büros auf Jas. »Alles okay?«, fragt sie.

»Ja«, erwidere ich. Ich lächle und kehre zu Chloes problematischer Beziehung mit dem Freund ihrer Mutter und anderen sich anbahnenden Dramen zurück.

»Hey, Hannah.« Margaret erscheint in der Tür zu unserem Büro. Sie kommt vom Empfang und hält einen wunderschönen Strauß cremefarbener Rosen in der Hand.

»Die sind für dich, Liebes«, sagt sie, während sie auf mich zugeht. Ich hoffe wirklich, dass Jas zuschaut, denn ich bekomme den schönsten Blumenstrauß, und ich weiß genau, dass er von Alex ist. Er weiß, dass ich einen verdammt anstrengenden Tag habe, dass ich lange arbeiten muss und erst spät zu ihm kommen werde – und das ist Alex' Art, mir zu sagen, dass es okay ist. Ich will nur, dass Jas sieht, wie anders als Tom er ist, und dass sie sich diesmal keine Sorgen um mich machen muss.

»Für mich?« Ich täusche meine Überraschung vor, um nicht zu selbstgefällig zu wirken, aber ich kann mir ein Lächeln nicht verkneifen, als ich Margaret den riesigen Strauß mit etwa fünfzig langstieligen Rosen aus den Armen nehme. Er muss sie gleich bestellt haben, nachdem er aufgelegt hat, damit sie so schnell hier sein konnten.

»Sieht so aus, als hättest du mit dem hier den Jackpot geknackt.« Margaret lächelt.

»Ich glaube, das habe ich, Margaret.« Ich lächle, weil ich weiß, dass ich rot geworden bin und mich alle anstarren.

»Oh, die müssen ein *Vermögen* gekostet haben!«, sagt Sameera, als sie herüberkommt, um sie zu begutachten.

Ich drücke mein Gesicht in die Blüten, der Geruch ist köstlich, und lege sie auf den Schreibtisch, während Sameera mir hilft, die Grußkarte abzureißen. Ich weiß, von wem sie sind, aber ich will lesen, was er schreibt. Ich werde diese Karte für immer aufbewahren, damit ich sie mir ansehen kann, wenn wir ein altes Ehepaar sind, und mich daran erinnern kann, wie es ganz zu Anfang war.

»Raj schickt mir nie Blumen.« Sameera seufzt und streichelt die Rosen, die jetzt auf meinem Schreibtisch liegen.

»Ich glaube nicht, dass Bill mir jemals Blumen geschickt hat, und wir sind seit dreißig Jahren verheiratet«, sagt Margaret. »Lass dir den hier nicht entgehen, Liebes«, fügt sie hinzu, bevor sie geht.

Sameera starrt immer noch auf die Blumen, und Harry lächelt zu uns herüber.

»Man könnte meinen, ihr zwei hättet noch nie einen Blumenstrauß gesehen«, sagt er kopfschüttelnd und wendet sich wieder seinem Computerbildschirm zu.

»Oh, das sind nicht nur ›ein paar Blumen‹! Hannah, die sind atemberaubend ... Ich möchte, dass Raj mir auch welche schickt!«, scherzt sie.

Ich lächle und öffne den kleinen Umschlag. Darin steckt eine Karte mit der Aufschrift LIEBE. Ich schaue zu Sameera, und wir grinsen beide und teilen diesen kleinen Moment. Wir fühlen uns verbunden, weil wir beide verliebt sind und wissen, wie sich das anfühlt.

»Es könnte ein Antrag sein!«, keucht sie.

»Sei nicht albern, wir haben uns gerade erst kennengelernt«, antworte ich.

Eigentlich wünsche ich mir, ich könnte den Zettel nehmen, ins Bad laufen und ihn allein lesen – schließlich ist er ja privat –, aber Sameera sieht mich an und wartet darauf zu hören, was darauf steht, und es wäre gemein, jetzt damit wegzugehen. Also öffne ich die Karte und werfe einen Blick auf die Nachricht. Sie ist gedruckt, denn vermutlich hat er die Blumen bestellt. Ich setze mich hin, um sie zu lesen. Es sind nur ein paar Sätze, aber ich will jedes Wort genießen. Ich beginne, sie mit leiser Stimme vorzulesen.

Ich musste dir diese zarten, duftenden Blumen schicken, weil sie mich an dich erinnern, mein Schatz ...

Ich höre Sameera kichern und aufgeregt in die Hände klatschen. »Er ist SO ein Traumtyp!«

Ich rolle mit den Augen und fahre fort, aber während ich lese, wollen die Worte nicht richtig herauskommen. Es klingt nicht nach Alex – das weiß ich sogar schon so früh in unserer Beziehung – und ich kann mir zunächst keinen Reim darauf machen. Ich höre auf, laut zu lesen, und gebe wortlos an Sameera weiter.

Sie erinnern mich an dich, denn du bist der Dorn inmitten dieser Rosen, und ich weiß, was du vorhast, du verräterisches Miststück. Du kannst mich niemals verlassen. Ich beobachte, ich beobachte immer, du verlogene Hure – jeden Atemzug, den du machst. Bis selbst das aufhört.

Immer mit dir. X

»Warum? Warum sollte er so etwas schreiben?«, fragt Sameera beinahe weinerlich, während ich hinter meinem Stapel cremefarbener Rosen sitze – ein perverser Brautstrauß.

»Das ist nicht von Alex.« Ich seufze. »Das muss von Tom sein.«

Sameera hält sich die Hand vor den Mund, und ich werde ihren entsetzten und mitleidigen Gesichtsausdruck nie vergessen. In der Stille erhebt sich Harry von seinem Platz und Jas kommt aus ihrem Büro.

»Geht es dir gut, Schatz?«, fragt sie.

»Tom«, sage ich und bin den Tränen nahe. »Ich dachte, er hätte mit dem komischen Zeug aufgehört, aber das hat er offensichtlich nicht.«

Jas hebt die Karte vom Boden auf, wo ich sie hingeworfen

habe, als ich merkte, was los war. Sie nickt langsam. »Ja, *wahrscheinlich* Tom ... aber andererseits ...«

»*Auf jeden Fall* Tom«, sage ich wütend, unterbreche sie und nehme mein Telefon.

»Rufst du die Polizei an?«, fragt Jas.

Ich schüttle den Kopf. »Ich rufe den verdammten Tom an und *drohe* ihm mit der Polizei«, sage ich, wütend darüber, dass er immer noch versucht, mein Leben zu ruinieren.

»Warum kann er nicht einfach darüber hinwegkommen? Er ist so verbittert und nachtragend geworden, seit wir uns getrennt haben – und der einzige Grund, weshalb ich nicht direkt die Polizei rufe, ist, dass ich nicht wirklich beweisen kann, dass er es war.« Und in Wahrheit, weil ich mich immer noch schuldig fühle, dass ich ihn rausgeworfen habe, und ich will ihn nicht noch weiter runterziehen. Als Pflegekind weiß ich, wie es ist, aus dem Haus geworfen zu werden, ohne zu wissen, warum, und es fällt mir immer noch schwer, mich mit der Tatsache abzufinden, dass ich das jemand anderem angetan habe, aber genug ist genug. Ich warte und warte darauf, dass er abnimmt, damit ich das Telefon anschreien kann, während Jas und Sameera an meinem Schreibtisch stehen und ein wenig geschockt aussehen. Aber er hebt nicht ab, also hinterlasse ich eine sehr wütende Nachricht und drohe ihm mit der Polizei.

»Verdammt, er muss wirklich darüber hinwegkommen«, sagt Jas.

»Ich weiß. Um Himmels willen, als wir noch zusammen waren, hat er sich nicht so viel Mühe gegeben, woher kommen jetzt die Leidenschaft und der Einfallsreichtum?«

»Wenn er dir etwas davon gezeigt hätte, wärst du vielleicht noch mit ihm zusammen?«, bietet Sameera an.

»Wohl kaum. Er entpuppt sich als verdammter Psycho, seit sie ihn abserviert hat ... wenn das von ihm ist«, sagt Jas.

Harry geht zurück an seinen Schreibtisch, öffnet eine

Stange Smarties und schluckt fast alle auf einmal hinunter. »Du wählst deine Männer gut aus, Hannah«, sagt er.

»Ich denke, das ist eine Untertreibung.« Ich seufze und versuche zu verstehen, warum Tom so etwas tun würde. Im Nachhinein betrachtet hat er unsere Trennung viel schlechter verkraftet, als ich erwartet hatte. Er schien wirklich verärgert zu sein und hat die Wohnung nur widerwillig verlassen. Ein paar Tage, nachdem er gegangen war, erhielt ich mitten in der Nacht Anrufe von einem anonymen Anrufer. Jemand atmete schwer – es war wirklich unheimlich und ich fühlte mich sehr unwohl, aber ich wusste, dass er es war. Wer hätte es sonst sein sollen? Ich wollte jedoch kein Öl ins Feuer gießen, und als ich Jas und den anderen davon erzählte, kamen wir alle zu dem Schluss, dass es das Beste sei, die Anrufe zu ignorieren.

»Wenn du ihn anrufst, um ihm zu sagen, dass er aufhören soll, dann gibst du ihm die Aufmerksamkeit, nach der er sich sehnt«, hatte Jas gesagt, »also wird er einfach weitermachen.«

Danach schaltete ich mein Handy einfach aus, wenn ich ins Bett ging. Aber dann wurde ich eines Nachts um etwa drei Uhr von diesem schlurfenden, schnüffelnden Geräusch draußen geweckt. Es war wirklich unheimlich; es hörte sich an, als würde jemand an der Haustür schnüffeln. Ich setzte mich im Bett auf, meine Kopfhaut kribbelte, ich versuchte zu lauschen, bis das, was oder wer auch immer es war, weg war. Nach etwa zwanzig Minuten schien es aufzuhören, aber da war ich schon in Tränen aufgelöst und wie versteinert. Ich überlegte, ob ich die Polizei anrufen sollte, aber würde man mich ernst nehmen, wenn ich sagte, ich hätte ein Schnüffeln an der Haustür gehört? Schließlich könnte es ja auch nur das gewesen sein. Einer meiner Nachbarn hat einen Hund, er könnte es gewesen sein. Aber ich habe es weder vorher noch nachher noch einmal gehört.

Die Anrufe, bei denen der schwere Atem zu hören gewesen

war, waren schon beängstigend genug, aber das hier war einfach nur unheimlich, also rief ich Tom am nächsten Tag an. Natürlich stritt er es ab. Er schimpfte am Telefon, dass er froh sei, dass er gegangen sei und dass ich verrückt sei. Dann sagte er mir, dass ich offensichtlich zu viel Angst hätte, um allein zu leben, und dass er hoffe, dass es mir leidtäte.

Wie Jas sagte, als ich es ihr erzählte: »Das hört sich für mich wie ein Geständnis an, Babe.« Jedenfalls schlug sie vor, dass ich zu ihr komme und bei ihr bleibe, bis er sich wieder beruhigt hat. Ich glaube nicht, dass Tom jemals etwas Verrücktes getan hätte, aber Jas hatte recht mit ihrer Warnung: »Menschen, die verletzt werden, werden gefährlich.«

»Komm und wohne bei mir«, sagte sie. »Niemand würde es wagen, mich spät anzurufen und meinen Schönheitsschlaf zu stören – und an meiner Tür schnüffeln, das hat seit 2008 keiner mehr getan!«

Das hatte mich zum Lachen gebracht. Das ist eine von Jas' besten Eigenschaften – sie kann mich immer zum Lachen bringen.

Also zog ich aus meiner Wohnung aus und für ein paar Wochen in die von Jas. Sie hat ihre eigene Sicherheit riskiert, um mich bei sich aufzunehmen, und dafür werde ich ihr immer dankbar sein. Und auch wenn sie nicht gerade begeistert von meiner neuen Beziehung ist, darf ich nicht vergessen, wie gut sie mir in der Vergangenheit getan hat.

Aber damit war das Problem mit Tom nicht gelöst. Er konnte mich nicht in meiner Wohnung finden und ich hatte ihn auf meinem Telefon blockiert, also rief er im Büro an und versuchte, Margaret dazu zu bringen, ihn durchzustellen. Aber sie war vorgewarnt und wimmelte ihn höflich ab. Bald rief er Harry und sogar Sameera an, um sie zu fragen, ob es mir gut ginge und ob sie dächten, ich würde ihn zurücknehmen. Das letzte Mal geschah das vor Monaten, und ich dachte wirklich, er wäre darüber hinweggekommen, aber wie es aussieht, ist er immer noch verbittert.

Jas nimmt die Rosen und wirft sie in den Müll, aber ich behalte die Karte, ich könnte sie gebrauchen, wenn es so weitergeht. Ich bin so wütend. Das ist einfach sehr seltsam, aber seit Tom und ich uns getrennt haben, habe ich eine andere Seite von ihm gesehen. Da sieht man mal wieder, dass Menschen einen überraschen können – sogar Leute, die man zu kennen glaubt.

6

Es ist neunzehn Uhr dreißig, als ich endlich Feierabend mache, und was für ein Tag, aber trotzdem habe ich ein schlechtes Gewissen, denn Jas ist noch hier, und Harry arbeitet ebenfalls lange. Er hat gerade einen Anruf von Gemma erhalten, die ihm das Leben schwer zu machen scheint.

»Ich werde nicht *allzu* lange brauchen. Ich weiß, ich weiß«, sagt er in einem beschwichtigenden Ton.

Ich werfe Harry einen mitfühlenden Blick zu, als ich aufstehe, um zu gehen, und er nickt zurück und rollt mit den Augen.

»Bleibst du noch lange hier?«, frage ich, nachdem er den Hörer aufgelegt hat.

Er zuckt nur mit den Schultern. »Ich weiß es nicht. Es scheint einfach verrückt geworden zu sein, nicht wahr?«

»Ja, Jas ist auch noch hier.« Ich nicke in die Richtung ihres Büros.

»Sie arbeitet aber nicht«, sagt er.

Ich bin erstaunt. »Oh, warum ist sie dann noch hier?«

»Als ich vor etwa zehn Minuten reinkam, hat sie auf ihrem

Handy eine Menge Fotos von Männern durchgesehen. Ich nehme an, sie ist auf der Suche nach einem heißen Date.«

»Mir hat sie gesagt, sie hätte die Nase voll von Männern.« Er lacht. »Das sagt sie immer.«

Ich schnappe mir meine Tasche, um zu gehen, und winke ihr im Vorbeigehen zu.

»Hey, Hannah, ich bringe dich zu deinem Auto«, sagt sie.

»Ich nehme nicht mein Auto, ich gehe zu Fuß zu Alex. Er wohnt nur etwa fünfzehn Minuten von hier entfernt, glaube ich. Und ich habe keine Lust zu fahren. Vielleicht möchte ich was trinken«, füge ich hinzu.

»Ja, nach dem, was heute passiert ist, wirst du wohl was brauchen.« Sie seufzt. »Soll ich dich zu Alex fahren?«

»Nein danke, ich muss auf dem Weg beim Laden vorbeischauen.«

»Ich mache mir nur Sorgen, falls Tom, dieser Wichser, hier herumlungert.«

»Nein, er ist ein Feigling, Jas, er wird schon längst über alle Berge sein und sich wahrscheinlich die Hände reiben, nachdem er meinen Tag ruiniert hat. Aber ich werde nicht zulassen, dass er auch meine Nacht ruiniert. Obwohl, wenn ich den Widerling zu fassen bekomme ...«

»Das ist mein Mädchen«, sagt sie und winkt mir zu, als ich zur Tür gehe.

Ich habe genug von Tom, der Arbeit und den Sorgen. Mein Tag wurde ruiniert, aber ich werde mir von ihm nicht den Abend verderben lassen – der Rest des Tages gehört mir und Alex.

Ich trete hinaus in den kühlen Herbstabend. Es ist bereits Anfang November und es fühlt sich an, als kämen wir im Dunkeln zur Arbeit und gingen im Dunkeln nach Hause – und heute Abend ist es verdammt dunkel. Und kalt. Ich wickle meinen Parka um mich und ziehe die Kapuze hoch, als es zu regnen beginnt. Ich hatte gehofft, nach Hause fahren zu können, zu duschen und mich umzuziehen, bevor ich zu Alex gehe, aber ich habe keine Zeit. Ich habe auch nicht daran gedacht, Make-up oder zusätzliche Kleidung mit zur Arbeit zu nehmen, für den Fall, dass ich länger bleiben muss. Ich kann nicht glauben, dass ich Alex beim erst dritten Treffen in meiner Arbeitskleidung und mit den Überbleibseln des Tages im Gesicht treffen werde. Ich rufe ihn an, um mich zu vergewissern, dass es immer noch in Ordnung ist, dass ich vorbeikomme, denn es wird schon fast zwanzig Uhr sein, wenn ich bei ihm ankomme. Außerdem muss er gewarnt werden, dass die glamouröse Frau, mit der er neulich ausgegangen ist, heute Abend nicht auftauchen wird.

»Hey, Alex. Es ist spät – ich bin gerade erst fertig geworden. Bist du dir immer noch sicher mit heute Abend?«

»Ja, natürlich. Kommst du jetzt her?«

»Ja, wenn das in Ordnung ist?« Meine alten Unsicherheiten kommen zum Vorschein. Ist er nur höflich, oder doch nicht?

»Wundervoll«, sagt er mit einer heiseren, drängenden Stimme, die mich erwärmt.

»Ich wollte dich nur nicht in Bedrängnis bringen ...«

»Ich habe dein Lieblingseis gemacht, Pistazieneis.«

Das berührt mich sehr. »Nun, wie kann ich da widerstehen? Mit Eis kriegst du mich«, sage ich und er lacht. »Aber Alex, ich warne dich, ich sehe aus wie ein Hund und ich brauche eine Dusche.«

»Jetzt versuchst du nur, mich nervös zu machen«, scherzt er.

»Wenn du dir sicher bist, dass du ein drittes Date mit einer ungeduschten Frau genießen willst, die in ihrer Arbeitskleidung am Tisch einschläft ...«

»Klingt perfekt, genau wie ich meine dritten Dates mag.«

»Okay, aber sag nicht, ich hätte dich nicht gewarnt. Ich bin in zehn Minuten da«, sage ich und kichere, als ich den Anruf beende und in den Laden gehe.

Nachdem ich das nur kleine Sortiment durchsucht habe, finde ich einen anständigen Merlot. Er kostet zwanzig Pfund, aber wenn Alex das Abendessen liefert, ist es das Mindeste, dass ich den Wein mitbringe. Während ich anstehe, um zu bezahlen, entdecke ich eine Dose Smarties in Form eines Weihnachtsmanns und nehme sie für Harry mit, um ihm für all die Croissants und Kuchen zu danken, die er uns bringt.

Ich bezahle meine Sachen und verlasse den Laden mit meinen Einkäufen in einer dünnen Tragetasche. Ich habe Alex' Postleitzahl in die App auf meinem Handy eingegeben, wie er es vorgeschlagen hat. »Das ist ein ziemliches Labyrinth«, hatte er gesagt. Zwanzig Minuten später laufe ich immer noch durch das »Labyrinth« und bin mir sicher, dass ich einige dieser Häuser schon mehr als einmal gesehen habe. Es ist nicht weit von der Hauptstraße entfernt, aber in diesen Teil der Stadt gehe ich nicht oft. Es ist eine vergessene Gegend mit leeren Gebäuden und wucherndem Unkraut, und die einzigen Häuser hier scheinen mit Brettern vernagelt zu sein. Ich kann mir nicht helfen, aber ich fühle mich verletzlich, vor allem nach der schrecklichen Grußkarte, die ich heute erhalten habe, und während ich gehe, schaue ich immer wieder hinter mich.

Es ist niemand zu sehen, und ich merke, dass es immer später wird. Ich laufe einfach im Kreis herum, habe keine Ahnung, wo ich bin, und das wird mir langsam unheimlich. Ich bin versucht, Alex anzurufen, aber ich komme mir vor wie eine Idiotin, die sich in der Stadt, in der sie die meiste Zeit ihres Lebens gelebt hat, mit einem Stadtplan verlaufen hat. Doch nach weiteren zehn Minuten werde ich leicht panisch und gerade als ich beschließe, anzurufen, ruft er mich an.

»Geht es dir gut, Hannah? Und wo bist du? Ich dachte, du hättest gesagt, du wärst in der Nähe.«

»Ich ... ich bin ... nicht sicher. Du wohnst in der Black Horse Road, richtig? Die App hat mich woanders hingeschickt ... Ich bin unten in der Nähe des Kanals, glaube ich. Ich habe die Postleitzahl eingegeben, aber ...« Ich friere, ich hoffe, er kann mein Zähneklappern nicht hören.

»Ah ja, die Postleitzahl kann ein bisschen schwierig sein, sie stört auch die Navigationsgeräte. Hör zu, ich komme zu dir, aber da ich keine Ahnung habe, wo du bist, muss ich dich über dein Handy finden.«

»Okay, aber ich bin mir nicht sicher, wie ich das machen kann.«

»Es ist ganz einfach. Ich schicke eine Anfrage an dein Handy – wenn du sie annimmst, kann ich sehen, wo du bist, und dich abholen«, erklärt er.

»Großartig«, sage ich erleichtert.

Und tatsächlich kommt innerhalb von Sekunden eine Nachricht mit der Bitte um Erlaubnis, dass Alex meinen Standort sehen kann. Ich klicke darauf und höre ihn sagen: »Ja, ich kann sehen, wo du bist, bleib dort – ich bin auf dem Weg.« Und dann ist die Leitung tot.

Es ist jetzt zwanzig Uhr fünfzehn an einem winterlichen Mittwochabend. Es regnet in Strömen, die Straße ist leer und ich zittere. Anstatt einfach nur zu warten, gehe ich langsam den Weg entlang, um zu sehen, ob ich irgendwo Schutz vor dem Regen finden kann, bis Alex auftaucht. Etwas weiter entdecke ich ein Buswartehäuschen und gehe darauf zu. Bei unserer letzten Verabredung hatte ich mir die Haare machen lassen, ein neues Kleid, Make-up, Parfüm und so weiter – und obwohl es an diesem Abend regnete, konnte ich das Schlimmste vermeiden. Aber jetzt ist der Regen so stark, dass er, selbst als ich den Unterstand erreicht habe, vom Dachvorsprung abprallt und auf meinen Kopf und an meine Beine spritzt.

Innerhalb weniger Minuten hält ein Auto neben mir, das Fahrerfenster wird geöffnet, und ich lehne mich hinein und fühle mich ein bisschen wie eine Prostituierte.

»Gott sei Dank, du bist es!«, sage ich lachend, als Alex sich vorbeugt und die Beifahrertür aufstößt. Ich falle fast hinein, der

Regen prasselt von mir auf die hellen Polster seines Audis. »Es tut mir so leid, dass ich dich rausgescheucht habe«, sage ich und schnalle mich an.

»Es ist mir ein Vergnügen, überhaupt kein Problem«, erwidert er. Seine Hände liegen auf dem Lenkrad, und als ich es mir bequem mache und aufschaue, lächelt er mich an.

»Ich weiß, ich weiß, ich sehe schrecklich aus, aber ich verspreche dir, dass ich dieselbe Frau bin, mit der du neulich abends aus warst, nur sehr nass.«

»Und noch schöner«, sagt er halb flüsternd, beugt sich vor und legt seine Lippen sanft auf meine.

Aus dem Knutschen wird mehr, und erst als hinter uns ein Auto laut hupt, versuche ich, mich zurückzuziehen. Aber er macht weiter, seine Zunge drängt sich immer energischer in meinen Mund, seine Arme sind jetzt um mich geschlungen. Ich wünschte, ich könnte mich entspannen und es genießen, aber das Auto hinter uns hupt wieder, diesmal lauter und länger, und Alex hört plötzlich auf, mich zu küssen.

»Was zum Teufel ...« Er schaut in den Rückspiegel und will mit der Hand die Fahrertür öffnen. Er möchte gerade aussteigen.

»Alex, was machst du da?«, sage ich und schaue nach hinten – kein Wunder, dass das Hupen so laut ist, es ist ein Bus. »Wir sind an einer Bushaltestelle, wir müssen *weiter*«, rufe ich ihm besorgt zu. Er hat inzwischen die Tür geöffnet und ist halb im Auto und halb draußen. Die Innenbeleuchtung ist an und ich kann in seinem Gesicht pure Wut sehen. Ich lege meine Hand auf seinen Arm, um ihn am Aussteigen zu hindern, und im nächsten Moment scheint er es sich anders zu überlegen.

Er setzt sich wieder auf den Sitz, dreht wortlos den Schlüssel im Zündschloss, gibt Gas und wir brausen los. Zu schnell. Durch den Regen. Ich bin verwirrt, gefangen zwischen dem Nachglühen des Augenblicks und seiner überraschenden

Reaktion auf das, was gerade passiert ist. Ich versuche, es zu verstehen, fühle mich aber wie benommen von allem.

»Was ... was hast du gemacht? Wolltest du etwas zum Fahrer sagen?«, frage ich ungläubig.

»Nein, nein, ich wollte nur sehen, ob ich ihn kenne.«

»Wir waren an einer Bushaltestelle. Es war ein *Bus*.«

»Jaja. Ich habe es erst gemerkt, als ich ausgestiegen bin ... Ich dachte, es wäre jemand, den ich kenne.«

Ich bin verwirrt. Als der Bus zum zweiten Mal hupte, schien Alex' erste Reaktion Wut zu sein, was nicht darauf schließen lässt, dass er dachte, er kenne den anderen Fahrer. Und es ist dunkel und regnerisch – er ist eindeutig nicht aus dem Auto gestiegen, um jemanden zu begrüßen.

»Du schienst wütend zu sein«, biete ich leise an.

»Gott, nein, überhaupt nicht – ich dachte nur, es wäre ein Typ, den ich mal ... kannte.« Seine Stimme wird leiser. »Und wie war dein Tag?«, fragt er und wechselt das Thema. Ich frage mich, ob ich mir seine Wut eingebildet habe – oder vielleicht war es einfach ein Moment der Wut im Straßenverkehr und es ist ihm ein wenig peinlich.

»Ich hatte einen schrecklichen Tag«, antworte ich verdutzt, in Gedanken noch bei dem, was gerade passiert ist. Ich habe das Gefühl, dass er überreagiert hat.

»Nun, hoffentlich wird dein Tag gleich besser. Geht es dir gut?«, fragt er und sieht wahrscheinlich meinen fragenden Blick.

»Mir geht es gut«, sage ich, als er langsamer wird, um von der Straße abzubiegen, und seine Hand sanft auf mein Knie legt.

Vielleicht glaubte er, den Fahrer hinter uns zu kennen, oder vielleicht hat ihn das Hupen ein wenig aufgebracht. Er ist bestimmt ein bisschen nervös, weil wir uns noch nicht richtig kennen. Ich habe das Gefühl, dass er der beschützende Typ ist und vielleicht dachte er, dass ich von der Reaktion des Busfahrers verärgert bin. Ich darf nicht zu viel nachdenken, er ist ein netter Kerl, es ist ein drittes Date, ich muss es nur genießen – und wenn ich es mir in dem warmen, teuren, neu riechenden Auto bequem gemacht habe, werde ich das sicher tun.

»Ich weiß nicht, wie ich dort gelandet bin.« Ich lächle. »Ich konnte deine Straße nicht finden, die Karten-App auf meinem Handy ist unbrauchbar.«

»Es liegt an der Postleitzahl. Wie ich schon sagte, verursacht sie eine Menge Probleme.«

Wir sind nur ein paar hundert Meter von der Stelle entfernt, an der er mich abgeholt hat, und er biegt in die Black Horse Road ein. »Oh, ich bin so ein Dummkopf, ich war nur ein paar Minuten entfernt – ich habe dich in die kalte, nasse Nacht hinausgescheucht, es tut mir so leid.«

»Überhaupt nicht, entschuldige dich nicht«, sagt er und hält vor einem wunderschönen Reihenhaus. In dieser eher heruntergekommenen Gegend ist dieses Haus eine Anomalie. Es gibt einen eingetopften Lorbeerbaum auf beiden Seiten der Eingangstür und ein Licht auf der Veranda, das eine gefliese Stufe erkennen lässt, sowie einen kleinen, gepflegten Vorgarten.

»Wohnst du hier?«, frage ich hoffnungsvoll. Es sieht so schön aus, es ist einer dieser Orte, an dem andere Menschen leben. Aber mit Alex könnte auch ich das haben. Hier *könnte* ich wohnen. In diesem Augenblick nehme ich mich zusammen, ich darf mich nicht von meiner Fantasie davontragen lassen.

»Ja, hier sind wir zu Hause«, sagt er und zieht die Handbremse an.

»Es sieht schön aus, aber ich habe keine Ahnung, wo ich bin«, füge ich unsicher hinzu.

»Keine Sorge, ich fahre dich nach Hause«, bietet er zu meiner Erleichterung an.

»Danke«, murmle ich und nehme meine Tragetasche mit dem Wein, steige aus dem Auto und folge ihm durch das Eingangstor.

Er schließt die Haustür auf und bittet mich herein. »Willkommen im Casa Alex«, sagt er, legt mir den Arm um die Schulter und schaltet das Licht im Flur ein.

Mich umfängt eine herrliche Wärme, der Geruch von Küche und Zuhause, während er mir meinen wenig glamourösen, nassen Parka auszieht und ihn sorgfältig an den Kleiderständer hängt, als wäre er das Kostbarste, um das er sich je zu kümmern hatte. Er greift nach meiner Arbeitstasche.

»Ist schon gut«, sage ich und ziehe sie instinktiv zu mir heran. Er sieht ein wenig verdutzt aus, und ich entschuldige mich, indem ich ihm erkläre, dass mein Laptop in meiner Tasche sei.

»Oh, sind da alle deine Geheimnisse drin?«

»Nein, tut mir leid. Ich benehme mich so, als hätte ich den größten Diamanten der Welt hier drin versteckt. Es ist nur ein Instinkt, sie bei mir zu behalten. Alles ist auf meinem Laptop, all mein Arbeitszeug.«

»Ah, wie auch immer du dich wohlfühlst.« Er lächelt. »Hier gibt es ein Regal, auf dem du sie abstellen kannst, wenn du möchtest.«

»Danke, ich lasse sie hier«, sage ich. Ich bin so eine Idiotin, dass ich mich wegen eines verdammten Arbeitslaptops aufrege.

Er gibt mir ein Zeichen, dass ich vor ihm durch den Flur in die Küche gehen soll, also gehe ich vor ihm her, aber als ich die Küche erreiche, merke ich plötzlich, dass er mir nicht folgt.

»Hey, kommst du auch?«, frage ich.

»Nur eine Sekunde«, antwortet er. »Geh du vor.«

Ich gehe weiter, wie er vorschlägt, drehe mich aber unauffällig um, um zu sehen, wie er in seinen Taschen herumfummelt und dann einen Schlüssel herauszieht. Ohne zu bemerken, dass ich ihn beobachte, drückt er sein Gesicht gegen die schmale Glasscheibe der Tür. Das tut er ein paar Sekunden lang, starrt einfach hindurch. Er ist vollkommen still dabei, und ich, nur ein paar Meter von ihm entfernt im Flur, bin es auch.

Was zum Teufel macht er da? Mir ist ein wenig unheimlich und ich frage mich, ob es dumm von mir war, hierherzukommen. Der Tag war nach der Blumenlieferung seltsam genug und jetzt das. Was in aller Welt macht er da?

Nach ein paar Sekunden zieht er sich vom Glas zurück und ich glaube, er will sich umdrehen, also schleiche ich in die Küche und verschwinde aus seiner Sicht. Dann höre ich, wie er die Tür einmal verriegelt, und dann ein Klicken, als er den Schlüssel noch einmal umdreht.

7

Scheiße, er *verriegelt* die Tür doppelt! Möchte er jemanden draußen halten – oder mich drinnen? Auf jeden Fall ist es beunruhigend.

Ich stehe in der Küche, lehne mich aber leicht in den Flur, damit ich ihn dort sehen kann. Und Alex schaut wieder durch das Glas! Wartet er auf jemanden? Will er sich vergewissern, dass die Luft rein ist, oder was? Schließlich entfernt er sich von der Tür und kommt durch den Flur zu mir, während ich so tue, als würde ich die grauen Hochglanzmöbel bewundern.

»Wunderschöne Küche«, murmle ich, während ich mich unter einer Reihe von Töpfen und Pfannen, die von der Decke hängen, an die Kücheninsel lehne. Die Küche ist wunderschön und sieht aus, als wäre sie erst kürzlich renoviert worden, aber es fällt mir schwer, mich von dem Anblick von ihm im Flur zu lösen. Was zum Teufel hat er gemacht?

Ich schaue mich in der Küche um, während er nach dem Ofen sieht, alles ist sehr geschmackvoll und minimalistisch, kein Durcheinander, keine Kühlschrankmagnete, keine Unordnung – es wäre ziemlich beruhigend, wenn mich sein seltsames Verhalten im Flur nicht so verstört hätte. Meine Küche sieht ein bisschen so aus, als hätte eine Bombe eingeschlagen, und an meinem Kühlschrank hängen so viele Magneten, dass jedes Mal, wenn ich die Tür öffne, einige klappernd zu Boden fallen. Wahrscheinlich bin ich sexistisch, aber ich bin überrascht, wie ordentlich und sauber es ist – und wie viel Küchenzeug er für einen alleinstehenden Mann hat.

Ich darf nicht zu viel darüber nachdenken, dass er die Tür verschlossen und durch das Glas geschaut hat – ich bin sicher, dass er nur vorsichtig sein wollte. Um mich von meinen Gedanken abzulenken, konzentriere ich mich auf das wunderschöne, handgemachte Steingutgeschirr, die hochmodernen, wunderschönen Küchenmöbel und, nicht zu vergessen, die beiden zusammenpassenden Lorbeerbäume zu beiden Seiten der wunderschönen, grau gestrichenen Haustür. Ich habe noch nie einen heterosexuellen Mann mit einem so guten Geschmack getroffen. Vielleicht liegt das eher an den Männern, mit denen ich bisher ausgegangen bin, und hat nichts mit Alex' Sexualität zu tun, aber ich muss einfach fragen, nur für den Fall, dass ich das alles furchtbar falsch verstanden habe.

»Bist du schwul?«

Er lacht. »Nicht dass ich wüsste.«

»Das habe ich auch nicht gedacht.« Ich lächle. »Aber es ist so ... stilvoll, so gut zusammengestellt, so *sauber*.« Mit dem Rücken zu ihm, sehe ich mich um, und wende mich ihm dann wieder zu, um auf seine Antwort zu warten, aber er starrt mich nur ausdruckslos an.

Er macht einen Schritt auf mich zu. Er ist jetzt so nah, dass ich seinen Atem auf meinem Gesicht spüre, als er sanft mein Handgelenk umfasst. Wir stehen uns gegenüber, lächelnd sieht er mich an, und ich schmelze dahin. Er hat das hinreißendste Gesicht, und das blaue Jeanshemd, in dem er vor mir steht, offenbart, dass er trainiert. Wenn das überhaupt möglich ist, fühle ich mich jetzt noch mehr zu ihm hingezogen als ohnehin schon – mein Herz klopft. Ich bin hier mit einem wunderschönen Mann, in seinem wunderschönen Haus, und versuche, nicht wie ein Häufchen Elend auf den, wie ich vermute, sehr teuren Bodenfliesen zusammenzubrechen. Verzweifelt versuche ich, mir etwas einfallen zu lassen, was ich sagen könnte. Aber mir fällt nichts ein, und er sieht mir immer noch in die Augen, sein Mund ist dem meinen gefährlich nahe. Ich möchte, dass er mich küsst, aber dann könnte ich zusammenbrechen.

»Ist das eine sichere Gegend?«, höre ich mich fragen. Ich weiß, dass es sich merkwürdig anhört, das zum jetzigen Zeitpunkt zu fragen, aber der Anblick, wie er die Haustür verschließt, geht mir nicht aus dem Kopf. Bevor wir uns küssen, muss ich wissen, was er getan hat und ob ich mir Sorgen machen muss.

Er zieht seinen Kopf zurück und ist verwirrt angesichts meines plötzlichen Themenwechsels.

»Ich ... frage nur, weil es ... In der Nähe gibt es ziemlich viele leere Häuser. Habt ihr viel, ähm, Kriminalität?«

»Nein, eigentlich nicht.« Er scheint von meiner Frage leicht irritiert zu sein und sieht mich an, als würde er auf eine Erklärung warten.

»Ich habe mich nur gewundert, warum du deine Tür doppelt verriegelt hast. Fühlst du dich hier nicht sicher?«

Er zögert eine Sekunde lang. »Ja – ich habe die Tür doppelt verriegelt, nicht wahr? Macht der Gewohnheit, nehme ich an.«

Ich nicke nur unbestimmt und bin mir nicht sicher, ob er meine Frage wirklich beantwortet hat.

»Ich meine. Man kann nie wissen, und es kann nicht schaden, besonders vorsichtig zu sein«, fügt er mit leicht verlegener Miene hinzu.

»Ja, du hast recht.«

Das ergibt Sinn – irgendwie. Aber ich bin eine Idiotin – ich habe mich in eine Situation begeben, von der ich jeder Klientin abraten würde. Ich bin im Haus eines Mannes, wir sind allein, und ich kenne ihn nicht. Andererseits, bin ich paranoid? Er hat Pistazieneis für mich gemacht. Serienmörder machen keine Pistazieneiscreme für ihre Opfer. Oder doch? Und ja, es ist erst das dritte Date, aber mir kommt es so vor, als würde ich Alex schon viel länger kennen. Ich bin ein intuitiver Mensch. Sicherlich hätte ich alles potentiell Unheimliche schon längst bemerkt. Er ist völlig normal. Er ist absolut umwerfend. Und er schenkt uns in seiner schönen Hochglanzküche Wein ein. Ich muss mich zusammenreißen.

»Ich hoffe nur, du wolltest mich nicht einsperren«, höre ich mich in dem Versuch, eine befriedigende Erklärung zu erhalten, mit scherzhafter Stimme sagen.

»Gott nein, ich will dich nicht *einsperren*. Die Schlüssel sind *hier*«, sagt er und tätschelt seine Tasche. Aber er nimmt sie nicht heraus und legt sie hin, was mich noch glücklicher machen würde. »Ich hoffe, ich habe dich nicht erschreckt, ich möchte einfach nur sicher sein.«

»Überhaupt nicht«, lüge ich. »Das war ein Scherz. Anwälte sind doch *normalerweise* keine Serienmörder, oder?«

»Bis jetzt nicht.« Er lächelt langsam, und für den Bruchteil einer Sekunde bleibt mein Herz stehen, bis er zu lachen beginnt.

»Okay, *jetzt* machst du mir Angst«, keuche ich und klopfe ihm leicht tadelnd auf den Arm.

»Es tut mir leid, dass ich dich geneckt habe – du machst dir zurecht Sorgen, Hannah. Du kennst mich nicht und wir sind allein in diesem Haus und, hey, ich könnte ... *jeder* sein«, sagt er auf eine übertrieben gruselige Art, die mich lächeln und mit den Augen rollen lässt.

»Ja? Nun, es wäre nicht gut für dein Geschäft, wenn du irgendetwas Seltsames tun würdest.« Ich lache. »Und alle meine Freunde wissen, wo ich bin«, füge ich hinzu, nur für den Fall.

»Und meine Freunde wissen, wo *ich* bin *und* mit wem.« Er

lacht. »Und einige von ihnen sind Polizisten, also wenn du irgendwelche mörderischen Pläne hast, Hannah Weston, denk noch einmal darüber nach.«

Er schiebt mir ein Glas Wein zu, und ich lache, ein bisschen zu hysterisch, als mir klar wird, dass meine Freunde auf der Arbeit zwar wissen, dass ich bei ihm bin, aber weder seine Adresse noch seinen Nachnamen kennen. Wenn ich morgen Früh nicht im Büro auftauchen würde, würde niemand sofort nach mir suchen. Sie würden vielleicht denken, ich mache einen Hausbesuch. Sie würden vielleicht nicht einmal merken, wenn ich auch am Vormittag fehle. Jas hat immer so viel zu tun, Harry würde es nicht merken, und Sameera ist zu sehr mit ihrer Hochzeit beschäftigt, als dass sie sich Gedanken darüber machen würde, ob ihre Kollegin in einen echten Krimi verwickelt sein könnte. Wenn Alex sich also als der nächste Ted Bundy entpuppt, bin ich wahrscheinlich erledigt. Ich nehme einen großen Schluck Wein. Das wärmende Rot in meiner Kehle beruhigt mich etwas.

Er kontrolliert den Ofen, also nehme ich noch einen Schluck und schreibe Jas schnell seinen Nachnamen und seine Adresse, erkläre, dass es eine reine Vorsichtsmaßnahme ist, damit sie es nicht für einen Hilferuf hält, und schalte mein Handy auf lautlos. Ich will nicht unhöflich wirken, so als würde ich mit einer anderen Person SMS schreiben, während er ein romantisches Essen kocht. Es gibt keinen Grund zur Sorge, ich habe mich nur selbst verrückt gemacht. Ich bin ein bisschen unruhig wegen der Blumen und der Notiz und der Tatsache, dass Tom immer noch auf freiem Fuß ist. Aber vielleicht ist es auch mehr als das. Vielleicht liegt es an der Arbeit. Wenn man Tag für Tag mit den schlimmsten menschlichen Verhaltensweisen konfrontiert ist, hinterlässt das zwangsläufig Spuren. Wie Jas mich immer wieder warnt, kann sich das, was wir tun, in unser Privatleben einschleichen und drohen, jede Situation in eine Krise zu verwandeln, auch wenn sie es eigentlich nicht ist.

Alex öffnet den Kühlschrank, um etwas Salat herauszuholen, und ich stelle fest, dass nur sehr wenig darin ist – was mehr zu meinem Klischee eines Mannes passt als seine Lorbeerbäume und sein blaues Geschirr. Er konzentriert sich auf das, was er tut, schneidet eine Paprika, aber er lächelt nicht mehr. Ich hoffe, ich habe die Stimmung nicht ruiniert und die Dinge zwischen uns ins Unangenehme verkehrt.

»Entschuldigung«, sage ich.

»Wofür?« Er schaut von der Paprika auf.

»Weil ich deine Sicherheitsvorkehrungen hinterfragt habe.« Ich versuche, das mit einer lustigen Stimme zu sagen, aber er lächelt nicht.

»Ich sagte doch, es ist in *Ordnung*. Noch etwas Wein oder lieber eine Tasse Tee?« Er steht an der Kücheninsel, in der einen Hand eine Flasche Rotwein, mit der anderen Hand deutet er auf eine ziemlich elegante Teedose.

»Wein, wenn es dir nichts ausmacht«, sage ich und deute auf mein halbleeres Glas, als er die Flasche anhebt, um es aufzufüllen. Ich beobachte, wie die blutrote Flüssigkeit die Flasche verlässt, und beschließe, mich mit dem Alkohol zurückzuhalten. Ich bin sicher, dass alles in Ordnung ist, aber ich will mich nicht noch angreifbarer machen, als ich ohnehin schon bin. Andererseits hat er mir Tee als Alternative angeboten, was mich irgendwie beruhigt.

»Ich kann genauso gut etwas Rohypnol in Tee mahlen, also wie du willst«, sagt er, als hätte er meine Gedanken gelesen.

»Was?«

Er sieht mich mit diesen lächelnden Augen an und ich weiß, dass er mich wieder aufzieht.

»Tut mir leid, das bin ich nicht gewohnt ... Jemand, der für mich kocht, freundlich und aufmerksam ist – ich suche nach der Kehrseite. Hast du eine?«

»Eine Kehrseite? Nein. Ich bin eigentlich ziemlich perfekt«, sagt er und schenkt sich ein Glas ein.

»Prost ... und danke«, sage ich.

»Wofür?«

»Dafür, dass du nett bist, dass du mich eingeladen hast, dass du nicht sauer bist, weil ich mich auf dem Weg hierher verfahren habe und dich dann ausgefragt habe, warum du deine eigene Haustür abschließt.«

»Es ist ein Ort, der schwer zu finden ist – und eine durchaus berechtigte Frage.«

Plötzlich entdecke ich die Tragetasche auf dem Boden neben meinen Füßen. »Oh, ich habe etwas mitgebracht«, sage ich und nehme die Weinflasche heraus. Ich strecke mich, um sie auf die Kücheninsel zu stellen, aber ich treffe mit der Flasche ungeschickt mein Glas und stoße es um. Glassplitter und Rotwein verteilen sich überallhin. Ich schäme mich.

Ich höre, wie er »Scheiße« sagt, und möchte sterben.

»Es tut mir *so* leid.« Ich greife nach einem hübschen blauen Geschirrtuch, das zu schön aussieht, um Verschüttetes damit aufzuwischen, aber ich versuche es trotzdem, wische wie wild und versuche, die Glasscherben von der Arbeitsplatte aufzusammeln.

»Halt, halt – es ist alles *in Ordnung*«, sagt er sanft und geht mit Schaufel und Besen auf das Blutbad zu. Geh einfach da rüber und lass mich das erledigen.« Er berührt meinen Arm und manövriert mich sanft zur Seite.

Ich weiß wirklich nicht, was ich sagen soll. Ich wünschte, er würde einen Scherz machen, aber er tut es nicht, und das Aufklauben und Wischen geht noch eine Weile schweigend weiter, während ich danebenstehe. Vorsichtig wischt er den Boden, hebt dann jeden noch verbliebenen winzigen Splitter mit Daumen und Zeigefinger auf, wischt den Tresen ab und wischt den Boden ein letztes Mal. Als er schließlich jeden Glassplitter und jeden Rotweinfleck beseitigt hat, schaut er auf und lächelt. »Das war's.« Er geht zum Waschbecken, um sich die Hände zu waschen. Ich stehe hilflos da, wie ein Kind.

»Tut mir leid, normalerweise bin ich nicht so. Ich wette, das Glas war teuer, ich kaufe dir ein neues, lass mich nur wissen, wo ...«

Er steht mit dem Rücken zu mir an der Spüle und hebt die Hand, um zu signalisieren, dass es nicht wichtig ist.

»Es tut mir so leid«, wiederhole ich.

Er dreht sich um. »Hannah, bitte sag nicht ständig, dass es dir leidtut, es ist nur ein Glas – nichts weiter.«

Ich mache ein gequältes Gesicht. »Aber es war ein *wunderschönes* Glas, es muss teuer gewesen sein.«

Alex zuckt mit den Schultern, nimmt ein weiteres schönes Geschirrtuch, wischt sich die Hände ab und greift nach der Flasche Wein, die ich mitgebracht habe und mit der ich gerade den ganzen Schaden angerichtet habe.

»Schön«, murmelt er.

»Ja. Ich weiß, dass du Merlot magst – nun, wir beide mögen ihn.«

Er hält ihn eine Weile in der Hand und liest das Etikett, während ich danebenstehe und mich frage, was ich mit mir anfangen soll. Ich ertappe mich dabei, darüber nachzudenken, ob es das wirklich wert ist. Ist eine Beziehung all die Ungewissheit wert, den Leichtsinn am Anfang, das »Will ich?«, »Will ich nicht?«, »Soll ich?«, »Soll ich nicht?«, das »Bin ich gut genug?«?

»Ich kann mich nicht verstellen – ich bin ein bisschen nervös«, höre ich mich in die Stille hinein sagen.

»Ich weiß, ich auch. Die ersten Dates sind immer ein bisschen nervenaufreibend. Aber ... ich ... das ...« Er hält inne und gestikuliert von sich zu mir und zurück. »Das fühlt sich richtig an.«

Ich fühle einen Anflug von Erleichterung: Er mag mich, und ich mag ihn, und wir müssen nur diese ersten unbeholfenen Verabredungen hinter uns bringen, und ich bin sicher, dass sich etwas Gutes entwickeln wird.

Plötzlich greift er an meinen Beinen vorbei nach unten und hebt die Tragetasche auf, in der sich der Wein befand. Er bemerkt, dass noch etwas darin ist. »Entschuldigung, ich dachte, sie wäre leer, ich wollte sie wegwerfen.«

Er reicht sie mir. Ich nehme sie ihm ab und lege sie auf einen Stuhl in der Nähe. »Es sind nur ein paar Süßigkeiten für jemanden von der Arbeit.«

»Oh – hat sie Geburtstag?« Er geht zum Ofen und schaut durch die Scheibe.

»Nein, nein, es ist ein Dankeschön – für meinen Freund Harry.«

»Oh ja, du hast ihn schon mal erwähnt.« Er dreht sich nicht um.

»Ja, seine Freundin, sie arbeitet in dem Café in der Nähe meines Büros. Hast du schon von Brilliant Bakes gehört?«

»Ja, ich glaube, ich kenne es.« Alex kommt zurück zu mir. Ich stehe an der Kücheninsel, und er lehnt sich neben mich. Wir halten beide unsere Gläser in der Hand, als ob wir an einer Bar trinken würden.

»Nun, Harry bringt mir die übrig gebliebenen Mandelcroissants aus dem Café mit – das sind meine Lieblingscroissants – es ist eine Art Running Gag. Ich habe ihm eine Packung Smarties gekauft, weil er kein Geld von mir annehmen will«, füge ich hinzu.

»Das ist nett von dir«, sagt er, und ich spüre seine Hand auf meiner, die langsam einen Finger nach dem anderen streichelt. Es gefällt mir.

»Harry liebt Smarties ...« Meine Stimme versagt, ich sehne mich danach, dass er mich küsst.

Alex' Gesicht ist jetzt ganz nah an meinem, sein heißer Atem an meinen Lippen. Wir wollen uns gerade küssen, als er leicht zurückweicht. »Sei vorsichtig, Hannah. Wenn eine schöne Frau mir Süßigkeiten kaufen würde, würde ich vielleicht denken, ich hätte eine Chance.« Er lässt mich zurück, um wieder zum Ofen zu gehen, und ich bin überrascht, wie sehr ich ihn hier neben mir haben möchte.

»Erstens bin ich nicht schön ...«

»Du bist es.« Er steht mit dem Rücken zu mir, während er die Ofentür öffnet.

»Und Harry ist nicht so. Er ist sehr jung und etwas nervig, um ehrlich zu sein. Wir sind Freunde, wir lachen miteinander, aber er ist zehn Jahre jünger als ich. *Und* er ist wahnsinnig verliebt in Gemma.«

»Ich kann mir nicht vorstellen, dass sie so hübsch ist wie du.« Alex seufzt. »Und was sind schon zehn Jahre?«

Ich lache und fühle mich geschmeichelt. »Sie ist sehr hübsch ... und zehn Jahre sind ein ganzes Jahrzehnt.«

Ich nehme noch einen Schluck Wein und fühle mich wie eine Sechzehnjährige bei ihrem ersten Date. »Es ist schön, hier zu sein. Viel besser als in einer Bar oder einem Restaurant mit vielen Leuten um uns herum«, sage ich und fühle mich jetzt viel wohler.

»Ich weiß, nicht wahr? Ich denke, man kann anhand des Raumes, in dem jemand lebt, viel über einen Menschen herausfinden. Ich habe dich hierhergebeten, weil ich möchte, dass du mein wahres Ich kennenlernst. Ich möchte auch dich kennenlernen.«

»Ich bin mir nicht sicher, ob du für meine Wohnung schon bereit bist – sie ist ein bisschen schäbig im Vergleich zu diesem Ort«, gebe ich zu. »Ich hoffe, das sagt nicht *zu* viel über mich aus. Ich wäre entsetzt, wenn es so wäre.«

Er lacht. »Ich glaube, ich kenne dich, ohne gesehen zu haben, wo du wohnst. Aber ich würde gern deine Wohnung sehen. Ich möchte sehen, wo du isst, wo du dich entspannst, wo du schläfst. Ich möchte *alles* über dich wissen. Aber ich verstehe, es kann dazu führen, dass man sich verletzlich fühlt, wenn man jemanden hereinlässt.«

»Genau«, sage ich. Unsere Blicke treffen sich, und ich weiß, dass wir dasselbe fühlen, dass wir beide nach etwas suchen, nach jemandem, den wir nie finden konnten. Wir hoffen beide, dass es das jetzt ist.

»Meine größte Angst ist, dass du von meiner unbezahlbaren Kunstsammlung eingeschüchtert sein könntest«, sagt er und deutet auf die gerahmten Bilder, die stilvoll an der Wand hängen.

»Unbezahlbar?« Ich schnappe nach Luft.

»Originale.«

»Oh wow.«

»Wenn ich *Originale* sage, dann sind es Originale von Ikea«, fügt er mit einem Augenzwinkern hinzu.

Ich lache und komme mir ein bisschen dumm vor. Ich muss mehr darauf achten, wann er scherzt und wann er es ernst meint. Aber sein Humor beruhigt mich, sein Haus ist warm und einladend, und ich beginne mich endlich zu entspannen.

»In zehn Minuten gibt es Abendessen«, sagt er und schlägt vor, dass wir ins Wohnzimmer gehen. Es ist voller Bücherregale, und an einer Wand hängen jede Menge Fotos in verschiedenen Rahmen, alle dicht beieinander; ein Stil, den ich vor einiger Zeit schon einmal ausprobiert habe, der aber am Ende nur unordentlich aussah. Alex hat wirklich ein Auge für Details.

»Sind das Familienfotos?«, will ich wissen und frage mich, ob es eine seiner früheren Freundinnen auf die Wall of Fame geschafft hat.

»Ja«, sagt er.

»Ich kann keine Fotos von *dir* sehen«, sage ich und blicke auf die Wand.

»Ich hasse es, fotografiert zu werden«, sagt er abweisend und winkt mich mit einer Geste weg von den Fotos und hin zu einem dunklen meergrünen Samtsofa.

Ich setze mich und denke an die schäbigen Sitzgelegenheiten in meiner ungepflegten, wenig modischen Wohnung und mir graust es davor, ihn einladen zu müssen. Wie er sagte, kann man über einen Menschen viel durch den Raum, in dem er lebt, herausfinden.

Ich nippe am Wein und spüre, wie ich mich noch mehr entspanne, als er sich zu mir aufs Sofa setzt. Sein Oberschenkel liegt an meinem, unsere Schultern berühren sich. Er legt den Kopf schief, während er über etwas spricht, das heute im Gericht passiert ist, und ich spüre seine Nähe. Ich lache über etwas, das er sagt, ich weiß nicht einmal, ob es lustig gemeint war, aber er lächelt und ich fühle mich wunderbar. Dann nimmt er mir sanft mein Weinglas aus der Hand, stellt es auf den Couchtisch vor uns und beugt sich zu mir.

Ich glaube, mein Herz bleibt stehen, als er beginnt, mich sanft auf den Mund zu küssen. Jedes meiner Nervenenden kribbelt, alles in mir wird von diesem Kuss berührt, und jedes kleine bisschen Angst, jede Nuance des Zweifels verschwindet, wird zu Dampf und tanzt in der warmen, knoblauchhaltigen Luft. Ich habe Tom und die Blumen vergessen, die Art und Weise, wie Alex durch das Flurfenster spähte, und Jas' Warnungen, mich nicht zu schnell zu verlieben. Und selbst wenn ich mich erinnern würde, ist es jetzt zu spät – ich bin süchtig und kann nicht mehr zurück.

8

Hier, mit Alex, bin ich in einer anderen Welt, und alles fühlt sich so gut an – es ist dieses liebliche, warme Gefühl, wenn der Alkohol anschlägt oder die Wirkung des Dopes einsetzt. Es ist wild und berauschend. Ich möchte ihn die ganze Nacht küssen und dieses herrliche, kuschelige Sofa nicht mehr verlassen.

Schließlich hören wir auf, und in der etwas peinlichen Stille nach dem Kuss frage ich ihn nach seinem Tag, und er erzählt mir von einem Fall, an dem er gerade arbeitet.

»Dieser junge Mann ist obdachlos und wird beschuldigt, seinen Freund erstochen zu haben. Aber ich glaube von ganzem Herzen, dass er eines Verbrechens angeklagt wird, das er nicht begangen hat. Ich war der diensthabende Anwalt in der Nacht, als er festgenommen wurde, und ich wusste sofort, dass er zu einer solchen Gewalttat nicht fähig ist.« Er fährt fort, mehr Details zu erklären, und ich bin überwältigt von seiner Fürsorge, seiner Leidenschaft für das, was er tut. »Deshalb habe ich den Beruf des Anwalts ergriffen«, sagt er. »Ich möchte Menschen helfen, die sich nicht selbst helfen können.«

Ich verstehe vollkommen, was er meint. »In meinem Job geht es mir genauso«, sage ich, aber wenn ich mich in diesem schönen Haus umsehe, denke ich, dass er dafür viel mehr Geld bekommt.

»Manchmal bin ich schockiert darüber, was manche Menschen durchmachen müssen, und wie jeder von uns in eine so hoffnungslose Situation geraten kann wie diese armen Seelen. Das falsche Elternteil, Vernachlässigung, Armut – wir alle sind nur ein Elternteil von Vernachlässigung oder Missbrauch entfernt«, sagt er.

Ich stimme ihm zu und frage mich, ob er vielleicht aus eigener Erfahrung spricht, aber ich weiß, dass es zu früh ist, ihn zu fragen. Ich muss warten, bis er diese Information freiwillig preisgibt.

»Die Arbeit mit diesen Menschen und die Erkenntnis, wie hart das Leben für manche ist, geht mir nahe«, sage ich. »Ich vertraue nicht so leicht, ich bin misstrauisch und nehme alles als viel düsterer und bedrohlicher wahr, als es vielleicht ist. Neulich war ich im Tesco, und diese Frau schrie ihr Kind an, und ich musste mich beherrschen, sie nicht anzusprechen und ihr zu sagen, sie solle aufhören. Ich bin ihr sogar aus dem Laden heraus gefolgt, in einigem Abstand, und habe beobachtet, wie sie die Straße hinunterging, so besorgt war ich um das Kind. Aber als sie an einer Bushaltestelle ankamen, nahm die Frau eine Banane aus ihrer Tasche und gab sie dem Kind. Ich setzte mich zu ihnen und tat so, als würde ich auf den Bus warten, und war so erleichtert, als ich hörte, wie die Frau sanft mit ihrem Kind sprach. Ich denke, was ich damit sagen will, ist, dass meine Gedanken aufgrund meiner täglichen Arbeit und der Dinge, mit denen ich zu tun habe, in diese Richtung gehen, ob ich es will oder nicht.«

Alex sagt nichts, und ich höre auf zu reden, weil ich annehme, dass er sich langweilt, oder noch schlimmer, dass er mich für verrückt hält, weil ich Fremden, die ich im Supermarkt sehe, folge. Aber dann sehe ich an seinem Gesichtsausdruck, dass er schweigt, weil er darüber nachdenkt, was ich sage, und aufmerksam zuhört, ohne mich mit seiner eigenen Geschichte oder seinen Theorien zu übergehen.

»Wahrscheinlich klinge ich etwas verrückt, wenn ich einer beliebigen Frau durch die Stadt folge«, sage ich.

»Nein, du klingst freundlich und fürsorglich – und liebenswert.« Er legt seinen Arm um mich. »Ich wünschte, es hätte jemanden wie dich gegeben, als ich ein Kind war.«

»Oh?«, sage ich und hoffe, dass er sich mir öffnet, weil ich mich frage, ob es etwas Schwieriges in seiner Vergangenheit gibt. Aber vielleicht ist es noch zu früh für ihn, es zu erzählen.

»Ich ... Ich konnte einfach nie etwas richtig machen, was meine Eltern betraf. Mein Vater hat mir immer gesagt, ich sei ein Versager.« Er seufzt und dabei sehe ich den Schmerz in seinen Augen.

»Oh Gott, Alex, das ist ja furchtbar.« Ich bin schockiert, das zu hören, obwohl ich das von meinen Klienten fast jeden Tag mitbekomme. Mein Herz schlägt noch mehr für ihn, weil ich weiß, dass er, wie jeder andere auch, verletzlich und zerbrechlich ist.

»Ich bin darüber hinweg. Ich habe keinen Kontakt mehr zu meinen Eltern. Jedes Mal, wenn ich sie besuchte, konnte ich es auf den Tod nicht ausstehen, die Enttäuschung in ihren Augen zu sehen.«

»Wie um alles in der Welt können sie von dir enttäuscht sein? Dir geht es so gut, eine tolle Karriere, ein schönes Zuhause ...«

»Wie ich schon sagte, ich konnte nie etwas richtig machen«, sagt er abweisend. Es ist klar, dass er dieses Gespräch nicht fortsetzen will, und er wechselt das Thema. »Und was ist mit dir? Sind deine Eltern stolz? Haben sie überall im Wohnzimmer Fotos von dir in deiner Universitätstracht hängen?«

»Nicht ganz. Sie sind beide tot«, sage ich. »Reden wir nicht über die Vergangenheit, heben wir es uns für ein anderes Mal auf.«

Er lächelt traurig. »Ja, unbedingt. Und ... wie war dein Tag?«, fragt er.

Die Erwähnung des heutigen Tages löst bei mir etwas aus. Ich zucke beinahe zusammen, als ich an die weißen Rosen denke, an die bösartige Grußkarte. Als Pflegekind lernt man, Menschen nicht zu vertrauen. Erwachsene Betreuer können hinter einem Lächeln viel verbergen. Die meisten von ihnen waren in Ordnung, aber einige von ihnen waren ziemlich grausam, und mehr als einmal wurde ich von einem plötzlichen Temperamentswechsel, einer brennenden Ohrfeige, einer bösartigen Bemerkung überrascht. Selbst wenn sie einen nie wieder schlugen oder angriffen, hing die Bedrohung wie eine dunkle Wolke in der Luft, und man trug sie bis ins Erwachsenenalter mit sich herum. Diese schönen Rosen zu bekommen und darin eine schreckliche Nachricht zu finden, war wie die Ohrfeige aus der Kindheit, die bösartige Bemerkung, wenn man sie am wenigsten erwartete. Gerade wenn alles so gut zu laufen scheint, ist sie da, die allgegenwärtige Gefahr, alles zu verlieren.

Ich beschließe, Alex nichts von den Rosen zu erzählen. Es ist noch zu früh und der Abend war bisher zu schön, um alles mit dem Gedanken zu verderben, dass ein rachsüchtiger Ex hinter der nächsten Ecke lauert. Also bleibe ich auf sicherem Boden und spreche über meinen Job.

»Mein Tag war anstrengend und frustrierend. Es ist oft schwierig, mit den Jugendlichen, mit denen ich zu tun habe, zu kommunizieren, vor allem mit den misshandelten und vernachlässigten Kindern, und es ist nicht immer einfach, ihnen zu helfen.«

Er nickt und hört aufmerksam zu, was ich sage.

»Ich frage mich oft, wie lange ich das noch weitermachen kann, und gerade wenn ich aufgeben will, gibt es einen Durchbruch und etwas Gutes passiert«, sage ich. »Ich rette endlich ein Kind aus einer misshandelnden Familie, ein Teenager zieht aus der Betreuung in eine eigene Wohnung und beginnt einen

Job, und dann – und nur dann – habe ich das Gefühl, dass es all die schlaflosen Nächte wert war. Harry sagt immer, man sieht ihnen zu wie ein Elternteil, das sein einjähriges Kind bei den ersten Schritten beobachtet.«

»Harry kann wirklich gut mit Worten umgehen«, sagt er. In seiner Stimme liegt eine gewisse Schärfe. Ist er ein wenig eifersüchtig auf Harry? Wenn ja, ist es lustig, denn sobald er Harry kennenlernt, wird Alex erkennen, dass er die am wenigsten bedrohliche, am wenigsten beunruhigende Person ist. Die Person, um die er sich am wenigsten sorgen muss.

»Die härteste Lektion, die ich lernen musste, ist die, dass manche Menschen einfach nicht gerettet werden wollen«, sage ich und kehre zum Thema zurück.

»Ja. Und das tut weh.« Er seufzt. »Die Leute verstehen die Dinge falsch, sie denken, du bist zu viel, obwohl du nur alles richtig machen willst. Ich meine, du bittest sie doch nur, sich auf eine bestimmte Weise zu verhalten – du tust es nur für *sie*, aber das können sie nicht sehen.«

»Du meinst Klienten?«, frage ich, unsicher, was er eigentlich sagen will.

»Ja ... Vielleicht gebe ich manchmal zu viel und ja, ich verlange wahrscheinlich auch zu viel. Aber es ist für sie – immer für sie.«

Ich spüre seine Leidenschaft, seine Fürsorge, und kann mich darin wiedererkennen. Aber ich bin mir nicht ganz sicher, ob er über seine Arbeit spricht.

»Ich gebe viel – aber ich erwarte auch viel«, fügt er hinzu.

»Dagegen ist nichts einzuwenden.«

»Mmh, aber das führt oft zu Enttäuschungen meinerseits.«

Auch jetzt frage ich mich, ob er über die Menschen spricht, die er verteidigt, oder über etwas Persönlicheres. Ist Alex auch von der Liebe enttäuscht worden? Wurde ihm das Herz gebrochen?

»Wie lange bist du schon Single?«, frage ich.

»Ungefähr zwölf Monate jetzt.«

»Ein Jahr ist eine lange Zeit für jemanden wie dich, um Single zu sein«, sage ich kokett, während ich einen Schluck Wein trinke. Er ist so ein guter Fang, ich kann gar nicht glauben, dass er noch nicht vergeben ist. Ich werfe einen Blick durch die Tür auf die Hochglanzküche. »Manche Frauen würden sich allein wegen dieser Küche mit dir verabreden«, murmle ich, nur halb im Scherz.

Er lächelt. »Oh nein, du willst mich nur wegen meiner Haushaltsgeräte und Arbeitsplatten?«

Ich nicke. »Verdammt, bin ich so leicht zu durchschauen? Du gibst eine gute Küche ab, Alex.« Ich tue so, als würde ich sehnsüchtig seufzen, und er lacht.

»Das ist ein Kompliment – nehme ich an. Vielleicht ist es das, womit ich in meinen vergangenen Beziehungen etwas falsch gemacht habe. Ich hätte sie zuerst mit meiner Küche verführen sollen.« Er schüttelt theatralisch den Kopf.

»Ja, kann sein. Oder du hast dir, wie ich, einfach die Falschen ausgesucht«, sage ich und lenke das Gespräch ein wenig in die Richtung dieses Themas.

Er zuckt mit den Schultern und ich frage mich, was es mit seiner letzten Ex auf sich hat. Aber ich komme nicht dazu, es herauszufinden, weil er sich schnell von dem entfernt, was eine Gefahrenzone darzustellen scheint.

»Das Abendessen wird bald fertig sein. Ich koche dieses orientalische Rezept, das mir eine Kollegin empfohlen hat«, sagt er fröhlich. »Es ist köstlich, ich habe es schon einmal gemacht – aber es dauert etwas länger, als mir lieb ist.«

»Es riecht wunderbar«, sage ich, und weil ich es gewohnt bin, schwierige Gespräche mit Klienten zu führen, dränge ich darauf, mehr über seine Ex zu erfahren: »Du bist also seit einem ganzen Jahr Single?« Ich werfe einen diskreten Blick auf die Wand voller Fotos, in der Hoffnung, ein Bild von derjenigen zu entdecken, die sich aus dem Staub gemacht hat.

Alex senkt den Kopf. Er nickt langsam. »Ja.«

»Ist sie ... da drüben an der Wand?«, frage ich etwas unbeholfen.

Er schaut auf die Wand und wendet dann seinen Blick ab. »Nein, nein, ich habe ihre Fotos abgenommen. Ich konnte es nicht ertragen, sie weiterhin zu sehen.«

Mein Herz setzt ein wenig aus, und ich frage mich, ob er über sie hinweg ist.

»Sie muss dir sehr viel bedeutet haben«, hake ich nach.

»Ja, das hat sie. Seitdem bin ich mit niemandem mehr zusammen gewesen. Ich war nicht bereit ... bis jetzt.« Er hebt den Kopf und sieht mich direkt an. »Ich spüre eine Gänsehaut – auf eine gute Art.«

»Warum habt ihr euch getrennt?«, frage ich.

Er blickt nun in die Ferne und es dauert eine Weile, bis er etwas sagt. »Warum trennt man sich? Wir haben uns auseinandergelebt – wir wollten nicht mehr dasselbe.« Er dreht sich zu mir, und sein Gesicht ist voller Schmerz. »Sie hat es beendet.«

»Es tut mir leid. Du musst nicht darüber reden, wenn es dir zu ...« Ich breche ab und fühle mich jetzt schuldig, weil ich das Thema angesprochen habe. Es ist offensichtlich immer noch ziemlich frisch für ihn, sogar nach all dieser Zeit.

»Nein, nein, es ist in Ordnung.« Aber er schüttelt den Kopf – es ist nicht in Ordnung. »Sie hat einfach gesagt, dass sie mich nicht mehr liebt. Ich war glücklich, dachte, alles wäre toll, und dann – bumm, war es vorbei. *Alles* weg, in ein paar Sekunden.«

Ich denke daran, wie Tom sich gefühlt haben muss, als ich mit ihm Schluss gemacht habe. Es versetzt mir einen Stich, ich empfinde Traurigkeit und Schuld, und ich fühle mich gezwungen, Alex' Arm zu berühren, um ihn zu trösten.

»Das klingt hart.« Ich seufze und hoffe, dass Tom jemanden findet, der seine Wunden heilt, so wie ich hoffe, dass Alex seine geheilt hat.

»Oh, manche Leute machen viel Schlimmeres durch. Mir wurde gesagt, dass ich die Dinge zu ernst nehme. Ich bin immer derjenige, der verletzt wird«, fügt er traurig hinzu.

Ich berühre erneut seinen Arm, um ihn zu trösten, und er quittiert es mit einem langsamen Lächeln.

»Wie auch immer, ich mache weiter. Ich habe das schon einmal erlebt, ich bin es gewohnt, mich zu verabschieden. Ich habe meine Mutter verloren, als ich neun Jahre alt war – danach kann dich nichts mehr wirklich erschüttern.«

»Es tut mir so leid.« Ich hatte nicht erwartet, dass er sich so sehr öffnen würde. Ich habe meine Mutter auch verloren, als ich noch jung war, aber ich erwähne es jetzt nicht, Alex ist an der Reihe, seine Geschichte zu erzählen. »Ich wusste nicht, dass deine Mutter gestorben ist – das tut mir leid. Als du sagtest, du hättest keinen Kontakt zu deinen Eltern, habe ich angenommen ...«

»Ja. Mein Vater lebt noch, er hat wieder geheiratet. Ich habe keinen Kontakt zu *ihnen*.«

»Das ist nicht einfach, besonders für ein kleines Kind«, sage ich. Ich bin es gewohnt, mit den Auswirkungen der Stiefeltern im Leben einiger meiner Klienten umzugehen, und ich weiß, wie schwierig, wie schädlich diese Beziehungen sein können.

»Ich erwarte einfach, dass mich jeder irgendwann verlässt. Und als meine letzte Beziehung ... endete, fiel es mir schwer, mich damit abzufinden. Ich habe bis jetzt gebraucht ... Ich hasse Abschiede.«

»Das kann ich verstehen«, sage ich leise.

»Sie ist einfach gegangen und hat ihre Sachen zurückgelassen ... einige ihrer Kleider sind noch in den Schränken, sie wollte so dringend gehen, dass sie nicht einmal richtig gepackt hat.«

Ich seufze, sein Schmerz ist spürbar.

»Als sie ging, habe ich nicht nur *sie* verloren, sondern sie hat auch alles andere mit sich genommen – alle Pläne, die wir geschmiedet hatten, Ehe, Kinder, sogar Urlaubspläne. In dem Moment, in dem sie ging, nahm sie mir meine ganze Zukunft. Verstehst du?«

Ich nicke und verstehe, dass es offensichtlich eine lange Beziehung gewesen sein muss, eine große Sache, aber ich kann nicht nachvollziehen, was er sagt. Ich weiß nicht *wirklich*, wie sich das anfühlt, denn Tom und ich haben nie Pläne gemacht, wir hatten nie ein gemeinsames Morgen, also ist meine Zukunft intakt geblieben. Aber wenn ich sehe, wie Alex Tränen in die Augen treten, als er sich an seinen Schmerz erinnert, kann ich nicht anders, es versetzt mir einen scharfen Stich. Ich bin eifersüchtig auf eine Frau, die ich noch nie getroffen habe.

Er lacht freudlos. »Ich schwanke zwischen Schmerz und Wut, wenn ich an sie denke, und ... und daran, was sie mir angetan hat.« Er rutscht auf seinem Platz hin und her. »Ich dachte, ich hätte sie neulich kurz gesehen. Ich bin durch Worcester gelaufen und dachte, ich hätte sie von hinten gesehen, als sie in einen Kleiderladen ging. Und all diese Gefühle, der Schmerz ... kamen wieder hoch. Ich meine, ich bin über sie hinweg«, fügt er hinzu und sieht mich an, um mich zu beruhigen, »aber es ist nicht leicht.«

»Sie lebt also immer noch hier, in Worcester?«

»Sie war eine Zeit lang weg – aber ich habe gehört, dass sie wieder da ist.«

Mir wird ganz flau im Magen bei der Vorstellung, dass sie sich wieder begegnen und er sich erneut in sie verlieben könnte. Oder sie sich in ihn?

Wir sitzen eine Weile schweigend da. Ich frage mich, worüber er nachsinnt, und wenn man bedenkt, wie hart die letzte Trennung für ihn war, frage ich mich auch, ob er bereit ist, nach vorne zu schauen.

»Okay, es ist schon nach neun«, sagt er und schaut auf seine Uhr. »Tut mir leid, das ging zu weit. Mit dem Essen ist es spät geworden und wahrscheinlich ist es verbrannt.« Er steht auf und streckt die Hand nach mir aus.

»Ich bin sicher, es wird gut sein. Ich habe einen Bärenhunger«, erwidere ich und stehe auf, nachdem ich seine Hand ergriffen habe. Als wir in Richtung Küche gehen, sage ich ihm, dass ich kurz auf Toilette muss.

»Die Treppe hoch und die zweite Tür rechts«, erklärt er, während er in die Küche geht.

Ich eile die Treppe hinauf, ein Teil von mir errötet vor Wein und Vergnügen, während der andere Teil ein wenig damit ringt, was das alles zu bedeuten hat, und mit der beängstigenden Frage, ob er immer noch in seine Ex verliebt ist.

Als ich die Tür zum Badezimmer aufstoße, beruhigt mich das gedämpfte Licht, und ich bin erneut beeindruckt von Alex' Auge für Design. Die Wände sind aus grau-blauem Stein, und zwei hochmoderne Waschtischunterschränke aus dunklem Mahagoniholz stehen nebeneinander. Es gibt *zwei* Waschbecken, und ich stelle mit Vorfreude fest, dass auch die Dusche groß genug für zwei Personen ist. Mehrere große Flaschen teuren Duschgels stehen in einem Regal bereit – und auch die Handtücher sind aufeinander abgestimmt. Aufgerollt wie das Innere von Rosenknospen liegen sie zu Quadraten angeordnet auf dem Regal. Genau wie die Zimmer im Erdgeschoss ist auch das hier durchdacht und sorgfältig eingerichtet worden.

Nachdem ich ihn als perfekt wahrgenommen hatte, dachte ich wirklich, dass seine Wohnung eine verwahrloste, unordentliche Junggesellenbude sein würde – aber nein. Nichts ist am falschen Platz, keine schmutzigen Socken auf dem Boden, kein überquellender Abfalleimer im Bad, die Dusche glänzt, ebenso wie all die schönen Oberflächen.

Ich gehe zu den beiden Waschtischunterschränken hinüber. Darauf stehen eine Reihe dunkelbrauner Flaschen. Ich greife nach dem großen Eau de Parfum – Cuiron von Helmut Lang. Es sieht teuer und edel aus. Ich sprühe es in die

Luft, und als es sich um mich herum niederschlägt, kommt mir der Geruch vage bekannt vor – es riecht nach Alex. Ich erinnere mich an den ersten Kuss auf meiner Türschwelle, eine berauschende Mischung aus Kiefer und altem Leder. Aber da war noch etwas anderes, und jetzt kann ich es identifizieren, ein reichhaltiges rauchiges Aroma, das sich heimlich durch den kiefernfrischen Wald schlängelt. Licht und Schatten, Enthüllungen und Geheimnisse.

Ich werfe einen Blick auf den riesigen Duschkopf und stelle mir vor, wie wir beide zusammen unter den heißen Wasserstrahlen stehen, der Geruch von Kiefernholz und Schweiß ... dann versetzt es mir erneut einen Stich und ich sehe *sie* mit ihm unter der Dusche. Eine gesichtslose, namenlose Frau, ihr perfekter Körper umschlungen von seinem. Ich streiche mit den Fingerspitzen über die weichsten, flauschigsten Handtücher und stelle mir vor, wie sie zusammen in eine Wolke von der Farbe des Pazifiks gehüllt sind. Mir ist schwindelig vor Eifersucht – und vor Verlangen. Sehnsucht nach ihm, nach uns, nach diesem gemeinsamen Leben, hier.

Meine Wohnung gehört mir nicht einmal, mein Auto ist hundert Jahre alt, und wenn ich ehrlich bin, habe ich mir noch nie Gedanken über die Farbe einer Wand gemacht. Aber jetzt ist da dieser Mann, mit einem Lächeln, das mich Arbeit, Gerichtsbeschlüsse, Schutzmaßnahmen und obdachlose Jugendliche vergessen lässt. Hier ist jemand, mit dem ich all dem entfliehen kann, der mich mit schönen Handtüchern, großen heißen Duschen und einem Duft, der aus dem Paradies herüberzuwehen scheint, von all dem ablenkt.

Ich gehe zum Waschbecken und wasche mir die Hände mit himmlisch duftender Flüssigseife. Aber ich kann es nicht vermeiden, mich im Spiegel zu sehen. Gott, ich hatte vergessen, dass ich hierhergeeilt war, mich nicht umgezogen oder neu geschminkt hatte. Wie kann er dieses Gesicht seit über einer Stunde betrachten? Zwischen all dem Minimalismus und dem polierten Stein sehe ich aus, als gehöre ich nicht hierher. Und doch gibt es unter dem Zweifel einen Hoffnungsschimmer, dass ich mit jemandem wie Alex in meinem Leben dazugehören und alles erreichen *könnte,* was ich mir wünsche. Nachdem ich ein Leben lang nur die zweite Wahl war, nie wirklich die Richtige – ist er jemand, der mir endlich das Gefühl geben könnte, die Nummer eins zu sein?

In der Hoffnung, etwas zu finden, womit ich mich kämmen kann, öffne ich den Badezimmerschrank unter dem Waschbecken. Darin befinden sich die üblichen Badezimmerutensilien – Pflaster, Paracetamol, eine Tube mit Feuchtigkeitscreme – aber nichts so Gewöhnliches wie ein Kamm oder ein bisschen Lippenbalsam, um die Ränder des Looks abzumildern, der heute Abend so aussieht, als hätte ich einen Autounfall gehabt.

Ich schließe die Schranktür und entdecke einen schwarzen Kulturbeutel, der dort an der Seite liegt, nicht etwa fehl am Platz, sondern an seinem Platz. Mit zugezogenem Reißverschluss.

Ich denke daran, die Tasche zu öffnen. Ich sage mir, dass ich das nicht darf. Ich brauche dringend einen Kamm, aber ich sollte nicht hineinschauen, es fühlt sich zu intim an – als würde ich das Tagebuch von jemandem öffnen. Ich zögere ganze drei Sekunden, dann öffne ich sie. Beim Stöbern kann ich keinen Kamm entdecken, aber dafür sehe ich mehr von Alex. Seine Zahnbürste ist aus einem ungewöhnlichen Schildpatt, die Zahnpasta ist teuer, nicht wie meine billige aus dem Supermarkt. Ich greife tiefer hinein – Pinzette, Nagelknipser, so viele Pflegeutensilien. Aber kein Kamm.

Ich fange an, mich ein wenig dafür zu schämen, dass ich die persönlichen Sachen dieses Mannes durchstöbere, aber ich muss absolut sicher sein, dass da kein Kamm ist. Außerdem, was schadet es schon, wenn ich weiß, welche Zahnpasta er benutzt? Ich bin gerade dabei, ihn kennenzulernen ... besser kennenzulernen.

Plötzlich stoßen meine Finger auf etwas Flaches, das hinten in der Tasche steckt, und ich ziehe es zwischen zwei Fingern hervor. Zuerst kann ich es kaum erkennen, aber langsam dämmert es mir, was es ist. Ein abgenutztes Foto – von einer Frau, aber ihr Gesicht ist von einem wütenden Kugelschreiberstrich durchzogen. Als hätte sie jemand auslöschen wollen.

9

Ich verstehe nicht, was es mit dem Foto, das ich in meiner Hand halte, auf sich hat. Der Strich des Stifts verläuft diagonal und wütend über das Gesicht einer Frau. Sie sieht ungefähr so alt aus wie ich, Ende dreißig. Ihr langes blondes Haar liegt auf den nackten, braungebrannten Schultern auf, sie trägt ein Top und einen Strohhut. Es sieht aus wie ein Urlaubsfoto. Die Frau lacht und hält ihre Hand in die Kamera, als wolle sie »Stopp« sagen.

Ich bin schockiert. Heute Abend habe ich gelernt, dass man im Badezimmer von jemandem etwas Beunruhigendes finden kann, wenn man nur genau genug hinschaut. Und das hier ist ziemlich beunruhigend. Es ist wahrscheinlich Alex' Ex, was Sinn ergibt. Ich bin sicher, wenn jemand bei mir zu Hause herumstöbern würde, würde er ein Foto von Tom finden, obwohl die meisten auf meinem Handy sind – ich bin nie dazu gekommen, sie zu löschen. Aber dieses Bild ist abgenutzt, es wurde offensichtlich zu oft angeschaut, und es ist in seinem Kulturbeutel versteckt. Er bewahrt es an einem sicheren Ort auf, vielleicht damit er es leicht wiederfinden kann. Aber warum wurde mit dem Stift ihr Gesicht zerschlitzt wie mit einem Messer?

Ich sehe mich wieder im Spiegel, mit dem Foto in der Hand, und frage mich einmal mehr, ob ich für all das bereit bin. Wie auch immer, ich bin schon lange genug hier oben, ich kann mich nicht mehr länger aufhalten.

Ich gehe zurück nach unten und fühle mich unsicher, aber der köstliche Geruch, der aus der Küche dringt, tröstet mich ein wenig. Ich bin am Verhungern, ich habe den ganzen Tag kaum etwas gegessen. Also was soll's, wenn er einen Strich durch das Foto seiner Ex gezogen hat? Er hat zugegeben, dass er wütend war, und er hat es wahrscheinlich gemacht, als sie gerade erst fort und er verärgert war. Tom hat weitaus Schlimmeres getan, und es würde mich nicht wundern, wenn er ein ähnliches Bild von mir »getuscht« hätte, sogar mehrere. Seien wir ehrlich, auch die sanftmütigsten Menschen können wütend werden, wenn jemand, den sie lieben, sie verlässt. Wahrscheinlich war es nur ein vorübergehender Wutanfall, und er hat das Foto in der Kulturtasche versteckt, weil er sich dafür schämte, was er ihm angetan hat, konnte es aber nicht wegwerfen.

Ich setze ein Lächeln auf und gehe in die Küche, wo Alex mir einen Stuhl unter dem Tisch hervorzieht. Der Tisch ist wunderschön gedeckt, mit einer Vase mit Herbstblättern und leuchtend orangefarbenen Lampions, die einen tollen Kontrast zu den Grau- und Blautönen in der Küche bilden. Kaum zu glauben, dass dieselbe Person, die diese »Tischlandschaft« geschaffen hat, auch auf einem Foto mit einem Stift über das Gesicht seiner Ex-Freundin gefahren ist.

Ich versuche, das Bild aus meinem Kopf zu verdrängen und während ich die leuchtend orangefarbenen Kugeln aus Papier berühre, frage ich: »Hast du die Blätter gerade arrangiert, während ich im Bad war?«

Er lacht. »Nein, ich habe sie gestern beim Blumenhändler gekauft, als ich dachte, du würdest vorbeikommen. Aber als du nicht kommen konntest, habe ich sie in die Abstellkammer gestellt, in der Hoffnung, dass sie bis heute halten würden.«

Mir bricht ein wenig das Herz angesichts seiner Fürsorglichkeit, und ich verdränge das Foto mit dem lachenden Gesicht der Frau, das von der Tinte zerrissen wird. Jetzt, wo ich ihn kennenlerne, kann ich sehen, dass er alles gibt, und selbst bei einem romantischen Abendessen unter der Woche kümmert er sich um die Tischdekoration. Okay, er hasst also seine Ex – damit kann ich leben. Ich kann ihm helfen, nach vorne zu schauen, seine Wut und seinen Groll loszulassen. In diesem Moment möchte ich einfach nur hier mit ihm in dieser schönen Blase aus warmem Knoblauch und Steingutgeschirr leben. Hier könnte ich glücklich sein – glücklich und sicher. Es wäre ein richtiges Zuhause.

Er öffnet den Ofen. Von der Hitze überwältigt, springt er zurück, und ich frage mich, wie oft er wirklich kocht. Doch schon bald bringt er die dampfenden Speisen auf den Tisch, stellt sie vorsichtig ab, sieht mich an und wir lächeln uns beide liebevoll an. Ich will ihn fragen, ob die Frau auf dem Foto seine Ex ist. Ich will wissen, wann er versucht hat, sie wegzukritzeln, und ob er darüber hinweg ist, wie er sagt. Ich möchte ihn auch fragen, ob er sich vorstellen kann, jemals eine andere Person zu lieben. Zum Beispiel mich. Aber statt über diese großen, wichtigen Fragen rede ich über Unwichtiges.

»Es sieht köstlich aus«, sage ich und frage, ob ich helfen kann, aber er will nichts davon wissen.

Als er sich schließlich hinsetzt, scheint er sich nur darum zu sorgen, dass ich das Essen genieße, dass ich Wein und Wasser habe und dass ich glücklich bin. Mir fällt auf, dass seine Stirn vor Schweiß glänzt, und als er fragt: »Ist es okay?«, sehe ich an seinem Gesicht, dass ihm das sehr wichtig ist. Es ist ihm wichtig, dass ich mag, was er mir da vorsetzt. Ich bin dankbar, dass es ihm wichtig ist, und ich bin bereit, ihm den Gefallen zu tun.

»Es ist wirklich wunderbar«, sage ich. Das schmackhafte

Lammfleisch mit Kichererbsen und duftenden Gewürzen wärmt mich bis in die Knochen, ebenso wie sein Lächeln am anderen Ende des Tisches.

»Ich bin so froh. Wie ich schon sagte, habe ich das Rezept von einer Freundin bei der Arbeit bekommen. Sie macht es oft und ich liebe es jedes Mal, also habe ich beschlossen, es für dich zuzubereiten.«

Ich lächle trotz einer irrationalen Welle der Eifersucht bei dem Gedanken, dass er mit einer anderen Frau zu Abend isst.

»Sie ist offensichtlich sehr talentiert«, sage ich und versuche, mir diese »Freundin« nicht vorzustellen.

Wir plaudern noch ein wenig, und Alex schenkt uns Wein nach. Es ist warm und gemütlich, er ist amüsant und ich fühle mich sehr entspannt, so entspannt, dass ich esse und trinke, bis ich nicht mehr essen und trinken kann.

»Vergiss nicht, dass ich dein Lieblingseis gemacht habe«, erinnert er mich.

»Wunderbar! Ich fühle mich so verwöhnt.« Obwohl ich satt bin, möchte ich ihn nicht enttäuschen, nachdem er sich so viel Mühe gegeben hat, und ich kann immer noch Platz für Pistazieneis schaffen.

»Du hast es noch nicht probiert.«

Ich lache. »Ist das wieder eines der Rezepte deiner Freundin?«, hake ich subtil nach.

Alex antwortet mir nicht, sondern steht auf und geht zum Gefrierschrank, holt einen Tupperware-Behälter heraus und hält ihn mit beiden Händen hoch wie ein unbezahlbares antikes Artefakt.

»Das war eine Liebesmüh.« Er seufzt, als er beginnt, das blassgrüne, cremige Eis herauszulöffeln.

»Ah, das ist so lieb von dir, dass du dir so viel Mühe für mich machst«, sage ich und bin gerührt, wie er das Eis in zwei Glasschalen anrichtet und sorgfältig zusätzliche Pistazien obendrauf legt. Nur für mich.

»Selbstgemachtes Pistazieneis«, sagt er, geht zum Tisch und stellt eine Schale vor mich hin. »Ich hoffe nur, dass es gut schmeckt.«

Ich kann dem weichen, cremigen Eis mit den knusprigen, salzigen Pistazien nicht widerstehen. »Das ist *wunderbar*«, sage ich. »Ich kann nicht glauben, dass du es selbst gemacht hast, ich wüsste nicht, wo ich anfangen sollte.«

»Nun, es stimmt, das habe ich.« Er beugt sich zu mir. »Magst du es? Wirklich?«

»Ja, ja, ich liebe es.«

»Ich habe ewig gebraucht, ich wollte, dass es perfekt ist – ich will, dass *alles* für dich perfekt ist, Hannah.« Er sieht mich aufmerksam an, als ob es nur um mein Glück ginge, und das ist sowohl toll als auch ein bisschen nervenaufreibend, weil ich noch nie in meinem Leben so viel Aufmerksamkeit bekommen habe.

Meine anfänglichen Zweifel nach dem Fund des Fotos verschwinden. Ich nehme an, er hat vielleicht sogar vergessen, dass es da drin ist, denn im Moment scheint er an nichts anderes zu denken als an mich und daran, mich glücklich zu machen. Und es funktioniert, denn so glücklich habe ich mich schon lange nicht mehr gefühlt.

Während ich das Eis aufesse und jeden Löffel genieße, öffnet Alex den Wein, den ich mitgebracht habe, und mir wird klar, dass er mich nicht nach Hause fahren kann, wie er es angeboten hat, wenn er noch mehr trinkt. Aber im Moment fühle ich mich bei Alex sehr wohl, warum also nicht sehen, wohin uns die Nacht führt? Ich kann immer noch ein Taxi rufen. Außerdem ist es lange her, dass ich etwas Spontanes gemacht habe.

Er füllt mein Glas und während er die Tragetasche mit Harrys Smarties zur Seite schiebt, schaut er hinein. »Ich *liebe* Smarties«, sagt er wie ein aufgeregter kleiner Junge. »Meine Mutter hat sie mir immer gekauft, als ich klein war, und das hier«, sagt er und hält die runde Weihnachtsmanndose gegen das Licht, »das ist ein ganz besonderes Stück.« Er scherzt mit der Stimme eines noblen Antiquitätenhändlers, was mich zum Lachen bringt. »Ja, ein schönes Exemplar aus dem siebzehnten Jahrhundert ... aus der Ming-Dynastie vielleicht?«

»Mmh, ich dachte eher aus der kleinen Sainsbury's-Dynastie – aus der Gegend um die Beech Road, sie könnten von heute Abend stammen?«, stimme ich mit ein.

Ohne den Blick von mir abzuwenden, beginnt er langsam den Kopf des Weihnachtsmanns zu drehen.

»Was machst du da?«, frage ich erstaunt.

»Ich öffne sie.«

»Die sind für Harry«, sage ich, wohl wissend, dass ich ziemlich kindisch klinge.

»Ich weiß«, antwortet er und dreht weiter, ohne seinen Blick von mir zu nehmen.

»Mach sie nicht auf, Alex, ich warne dich ...«, sage ich scherzhaft, aber ich wünschte, er würde die Andeutung beherzigen und sie zurück in die Tragetasche stecken. »Ich werde sie ihm morgen geben.« Alex dreht den Kopf noch einmal herum. »Er mag ... Smarties«, sage ich verzweifelt, als er noch energischer dreht und den Deckel abzieht.

»Ich auch.« Er wirft den Kopf zurück und schüttet sich die bunten Schokobonbons in den Mund.

»Alex!«, keuche ich überrascht und ein wenig verärgert auf. Es war mir unangenehm, dass er sie aus meiner Tragetasche genommen hat, aber sie zu öffnen und zu essen, geht zu weit. »Ich kann nicht glauben, dass du das getan hast.« Ich versuche, nicht wütend zu klingen, aber ich bin es.

»Und ich kann nicht glauben, dass *du* Geschenke für andere Männer kaufst«, sagt er und lächelt mit einem Mund voller Smarties. Dann scheint er zu merken, wahrscheinlich an meinem Gesichtsausdruck, dass ich nicht glücklich bin. »Entschuldigung. Das war nur ein Scherz«, sagt er und setzt den Deckel wieder auf.

»Ja, ich weiß, aber jetzt muss ich eine neue Packung kaufen.«

Er kommt mit offenen Armen auf mich zu, und aus einem eher unbeholfenen Drücken wird plötzlich eine Umarmung, und ehe ich mich versehe, küssen wir uns, und ich habe ihm schon fast verziehen.

»Entschuldigung«, murmelt er in mein Ohr, sein warmer Atem lässt mich erschauern. »Ich dachte, es würde dich zum Lachen bringen, es war dumm.«

»Nein, schon gut, ich habe überreagiert, es ist nur eine Packung Süßigkeiten, es ist wirklich nicht schlimm, tu es nur nicht wieder«, sage ich mit einem gespielten Stirnrunzeln und sehe ihn an wie eine Lehrerin, die einem frechen Kind sagt, dass es bei etwas ertappt wurde.

Wir küssen uns noch einmal, und ich sage mir, dass es egal ist, dass es keine große Sache war, dass er es aus Spaß gemacht hat, und dass ich das Gleiche einfach noch mal kaufen kann.

Später trinken wir gemeinsam Kaffee auf dem Sofa, und er fragt mich nach meinen früheren Beziehungen. »Also, ich habe dir alles über mich und meine tragische Vergangenheit mit Frauen erzählt, was ist mit *dir*?«

»Ich bin mir nicht sicher, ob du mir *wirklich* alles über dich erzählt hast«, sage ich. »Es fühlt sich immer noch sehr lückenhaft an. Ich weiß, dass sich deine Freundin letztes Jahr von dir getrennt hat, aber du hast mir nicht einmal ihren Namen gesagt.«

»Spielt der eine Rolle?«, fragt er leise, blickt mir in die Augen und wickelt eine Haarsträhne um seinen Finger.

»Nein, das glaube ich nicht – aber er gehört einfach dazu.«

»Helen – ihr Name war Helen. Ich habe sie bei der Arbeit

kennengelernt. Sie ist Anwältin, eine gute Anwältin, viel klüger als ich.«

»Habt ihr Kontakt?«, frage ich.

Er schüttelt energisch den Kopf und nimmt einen Schluck Kaffee, bevor er antwortet. »Nein, gar nicht.« Er holt tief Luft. »So, genug der spanischen Inquisition – lass mich jetzt *dich* befragen. Wie lange bist *du* schon Single?«

»Ungefähr so lang wie du, zwölf Monate«, sage ich vage.

»Warum habt ihr euch getrennt?«

»Ich habe einfach gemerkt, dass er nicht das ist, wonach ich suche. Mein Fehler, wir waren zwei Jahre lang zusammen – das hätte ich früher merken müssen. Jas sagt, ich hätte es zu lange ausgehalten, aber es ist schwer, mit jemandem Schluss zu machen, der eigentlich nichts falsch gemacht hat.« Ich weise nicht darauf hin, dass Tom auch kaum etwas richtig gemacht hat, das fühlt sich illoyal an.

»Was du über ihn sagst, ist das, was Helen über mich gesagt hat – am Ende.« Er sieht mich mit so viel Traurigkeit in den Augen an, dass ich wieder diese Schuldgefühle spüre. Jetzt nehme ich sie sogar für die verdammte Helen auf mich – hört meine Selbstgeißelung denn nie auf?

»Tom und ich haben von Anfang an nicht zusammengepasst, wir hatten nichts gemeinsam. Ich fühlte mich mit ihm einsamer als ohne ihn, so war es nun mal. Aber je länger ich es laufen ließ, desto schwieriger wurde es, es zu beenden. Er wollte, dass ich ihm einen Grund sage, aber es fiel mir schwer, es zu benennen. Er sagte, es tue weh, zu denken, dass ich ihn einfach nicht lieben würde, dass es keinen *wirklichen* Grund gäbe. Seine Reaktion hat mich überrascht – ich hätte nicht gedacht, dass es ihm so viel ausmachen würde, aber er war so bestürzt, dass er geweint hat. Ich fühle mich immer noch furchtbar schuldig deswegen.« Ich erwähne absichtlich nicht, wie es ihm seit unserer Trennung mit mir ergangen ist. Ich bin in Versuchung, aber es ist noch zu früh, Alex das Päckchen, das ich zu tragen habe, aufzubürden.

»Ich glaube, ich hätte es leichter gefunden, wenn Helen nicht mit einem anderen zusammen gewesen wäre. Stattdessen hat sie mich angelogen und gesagt, dass sie es nicht wäre, aber sie war es die ganze Zeit – und ich wusste es einfach.«

Ich kann in seinen Augen sehen, dass er fähig ist, Schmerz zu empfinden, aber auch Liebe und echte Leidenschaft, nach der ich mich sehne. Ich hoffe nur, dass beides nicht durch das, was Helen ihm angetan hat, beeinträchtigt wird.

»Helen hat es nicht wirklich verstanden.« Er seufzt. »Siehst du, ich will keine halben Sachen. Wenn ich mich verliebe, dann verliebe ich mich. Und ich lege mich fest – ich fürchte, ich will alles oder nichts, Hannah.« Er berührt mein Gesicht mit dem Handrücken.

»Ich auch«, sage ich. »Die Zeit mit Tom hat mich gelehrt, dass es besser ist, allein zu sein als mit jemandem, der nicht fähig ist, mich genug zu lieben.«

»Es scheint, als wären wir beide Opfer geworden. Ich hoffe, ich kann dich genug lieben.« Bevor ich antworten oder auch nur darüber nachdenken kann, was er gerade gesagt hat, küsst er mich. Dann zieht er sich leicht zurück. »Ich kann nicht glauben, dass ich das zu jemandem sage, den ich gerade erst kennengelernt habe, aber ich glaube, ich habe mich bereits in dich verliebt, Hannah«, sagt er leise, und ich schmiege mich an ihn, wobei mir nur vage bewusst ist, dass er langsam meine Bluse aufknöpft.

Seine Worte haben mich durcheinandergebracht, und seine Berührungen verstärken den Effekt noch. Verloren liege ich auf dem Samtsofa, während er mir vorsichtig die Kleider auszieht und meinen Körper von oben nach unten küsst. Nachdem er mich ewig mit seinen Lippen gequält hat, dringt er endlich in mich ein, küsst mich dabei unablässig auf den Mund und dann auf den

Hals. Er sagt meinen Namen, murmelt stakkatoartig in mein Ohr, Versprechen, Begierden. Ich höre seine Worte, spüre seinen Körper, wie er sich in mir bewegt, in Wogen auf und nieder gleitet, sich windet – und alles, woran ich denken kann, ist, dass dies der beste Sex ist, den ich je hatte. Endlich – *endlich* – habe ich gefunden, worauf ich gewartet habe. Alex bedeutet mir alles.

Danach, ineinander verschlungen und verausgabt vor Lust, hält er mich fest, immer noch so liebevoll wie zuvor, seine Augen ertrinken in meinen, seine Hand liegt auf meinem Gesicht.

»Wenn ich mich verliebe, ist es für immer«, sagt er. »Ich verspreche, dass ich *immer* für dich da sein werde, Hannah.«

Ich erwidere die Geste, indem ich sein Gesicht berühre. Ich höre Jas' Stimme in meinem Kopf, die mir sagt, dass es zu früh ist, dass ich mich Hals über Kopf hineinstürze. Nun, vielleicht tue ich das, aber was er sagt, ist genau das, was ich hören will. Denn auch ich bin dabei, mich zu verlieben – und ich wollte schon immer, dass es für immer ist.

Es ist nicht die Rede davon, dass ich heute Abend nach Hause gehe, wir beide wechseln einfach vom Sofa in sein Schlafzimmer im Obergeschoss. Ich nehme kaum etwas wahr, aber als wir auf dem Bett landen, bemerke ich die grauen und blauen Farben, edel, geschmackvoll, prächtig im Lampenlicht. In der Nacht wickle ich eine Decke um mich und gehe in die Küche, um mir ein Glas Wasser zu holen. Es ist Vollmond, so hell, dass ich das Küchenlicht nicht einzuschalten brauche. Ich öffne mehrere Schränke auf der Suche nach einem Glas, und mein Blick fällt auf den Mülleimer, in den Alex die Glasscherben von meinem Unfall mit der Weinflasche geworfen hat. Ich schaue hinein, um nach dem Schaden zu sehen, und frage mich, ob auf dem Boden ein Name eingraviert ist, damit ich ihm ein

Ersatzglas kaufen kann. Aber unter den Glasscherben und den Essensresten sehe ich etwas, das mich ein wenig beunruhigt. Vorsichtig greife ich in den Mülleimer und als ich die Essensreste beiseiteschiebe, bestätigt sich mein Verdacht. Ein geöffneter Häagen-Dazs-Behälter. Als ich ihn ein wenig befreie, ist das Etikett deutlich zu sehen – Pistazieneis. Ich habe wirklich geglaubt, er hätte es extra für mich gemacht. Ich schätze, er wollte einfach nur beeindrucken, das ist nicht unbedingt etwas Schlechtes. Wer hat schließlich nicht schon einmal eine kleine Notlüge am Anfang einer Beziehung erzählt? Und es gibt Schlimmeres, als über Eiscreme zu lügen – oder etwa nicht?

10

Heute will Jas wie immer *alles* über die letzte Nacht wissen. Und ich erzähle ihr gern alles über meinen Abend – das meiste. Ich beschließe, den Part mit dem Foto und dem Strich darauf wegzulassen und die Geschichte, dass Alex tatsächlich das Eis für mich *selbst gemacht hat*, aufrechtzuerhalten, weil ich möchte, dass sie weiß, wie sehr er mich mag. Ich bin mir sicher, dass er es auch selbst gemacht hätte, er hatte nur keine Zeit, also ist es nicht unbedingt eine Lüge.

»Hat er gesagt, dass er noch mit seiner Ex Kontakt hat?«, fragt sie, als ich ihr sage, dass ich glaube, dass sein Herz immer noch ein bisschen gebrochen ist.

»Sie hat ihm wirklich zugesetzt und ihn durcheinandergebracht.«

»Geht es um deinen neuen Mann?«, meldet sich Sameera zu Wort. In diesem Büro gibt es keine Privatsphäre, da ist es nur gut, dass wir alle Freunde sind.

»Ja, wir hatten eine wunderbare Nacht«, sage ich und erinnere mich daran, wie ich in seinen Armen aufgewacht bin; es fühlte sich so natürlich und angenehm an. Es war eine Schande, dass ich extra früh aufstehen und zurück in meine Wohnung eilen musste, um mich umzuziehen, aber das war es wert. »Ich hoffe nur, dass seine Ex nicht zurückkommt«, sage ich zu Sameera.

»Ich glaube nicht, dass du dir darüber Sorgen machen musst«, sagt sie freundlich. »Klingt, als würdet ihr perfekt zusammenpassen, meinst du nicht auch, Harry?«, sagt sie und zieht ihn in das Gespräch hinein.

»Ja, absolut«, antwortet er und hat offensichtlich keine Ahnung, wovon wir reden.

Alex' Ex geht mir nicht mehr aus dem Kopf, seit er mir erzählt hat, dass er sie in Worcester gesehen zu haben glaubt. Ich bin ein wenig paranoid, weil ich befürchte, dass er noch einmal auf die kluge, attraktive Anwältin treffen könnte – die immer noch einen Platz in seinem Herzen zu haben scheint.

Meine Zweifel verfliegen schnell, als ich eine SMS von Alex erhalte, in der er mir mitteilt, was für eine wunderbare Zeit er gestern Abend hatte. Es ist die erste SMS von vielen, zusammen mit lustigen GIFs und Herz-Emojis. Ich weiß, es ist noch zu früh, aber er gibt mir schon jetzt das Gefühl, dass ich in seinem Leben immer an erster Stelle stehen werde. Mit Tom war das nie so. Ich kann es kaum erwarten, ihn heute Abend zu sehen. Ich werde direkt von der Arbeit zu ihm fahren. Ich habe schon eine Übernachtungstasche gepackt, damit ich nicht wieder im Morgengrauen aufstehen muss, um mich quer durch die Stadt zu meiner Wohnung zu quälen, um Klamotten zu holen. Wir haben darüber gesprochen, heute Abend ins Kino zu gehen, aber ich wäre ziemlich glücklich darüber, wenn wir den ganzen Abend zusammen in seinem schönen Haus verbringen könnten. Es macht mir bewusst, dass es nicht unser soziales Leben war, das fehlte, wenn ich Tom immer wieder damit nervte, mit mir auszugehen. Es lag an uns.

Es war ein verrückter Tag mit einem ständigen Kommen und Gehen. Sameera und Harry waren den ganzen Nachmittag unterwegs, um Klienten zu treffen, und es ist schon nach sechs, aber Jas ist gerade erst mit einer Klientin vom Polizeirevier zurückgekehrt.

Auf dem Weg nach draußen stecke ich meinen Kopf in Jas' Büro. »Ich habe dich den ganzen Nachmittag nicht gesehen. Ich muss jetzt Feierabend machen, aber geht es dir gut?«, frage ich. Sie sitzt da und hat den Kopf in die Hände gelegt. Sie sieht auf, als wäre sie fast überrascht, mich zu sehen.

»Was? Ja, es war ein anstrengender Tag.« Sie seufzt. »Ich saß sechs Stunden lang in diesem Laden herum, sechs! Was für eine Zeitverschwendung.«

»Ahh, das klingt wie ein Albtraum«, sage ich und hoffe, dass sie das nicht weiter ausführt, denn ich will unbedingt gehen.

»Hast du heute Abend was Schönes vor?«, fragt sie abwesend.

»Ja, ich verbringe ihn mit Alex«, sage ich und warte auf ihre Antwort.

Zu meiner Überraschung lächelt sie. »Wunderbar«, sagt sie. »Ich kümmere mich jetzt um den verdammten Papierkram, also geh schon, lass ihn nicht warten. Schönen Abend noch, meine Liebe«, sagt sie, und es scheint, als würde sie es wirklich ernst meinen.

Ich verabschiede mich von den anderen. Sameera, die offensichtlich gehört hat, wie ich zu Jas gesagt habe, dass ich Alex treffen werde, sagt zu mir: »Schnapp ihn dir!«, und Harry kichert.

Ich lache, wir lieben es, uns gegenseitig auf die Schippe zu nehmen. Es fühlt sich an, als wären wir wieder in der Schule – auf eine gute Art.

Durch die eisige Nachtluft laufe ich schnell zu meinem Auto. Es ist so eingefroren, dass ich es zuerst nicht einmal aufschließen kann. Nach langem Rütteln des Schlüssels im

Schloss und Anhauchen, um es aufzutauen, kann ich den Schlüssel schließlich drehen und die Tür öffnet sich. Ich bin so erleichtert, ins Auto steigen zu können, dass ich es zuerst gar nicht bemerke, aber nachdem ich die Tür geschlossen und mich angeschnallt habe, werde ich plötzlich von dem Geruch von Parfüm überwältigt. Ein starker, teurer Geruch – so stark, dass es Aftershave sein könnte. Bilde ich mir das nur ein?

Ich schnuppere in die Luft, nicht dass ich das müsste – sie füllt meine Lungen. Mist. Jemand ist in meinem Auto gewesen. Eine Gänsehaut bildet sich auf meiner Kopfhaut, als ich erschrocken, ohne den Kopf zu bewegen, meinen Blick zum Rückspiegel schweifen lasse. Es ist zu dunkel, um etwas sehen zu können, aber ... Oh Gott, hockt da jemand auf dem Rücksitz?

Ich greife nach dem Türgriff und falle in meiner Eile fast aus dem Auto auf den eisigen Boden. Ich trete vom Wagen weg und beobachte aus geringer Entfernung, bereit, sofort ins Büro zurückzulaufen, falls jemand auftaucht. Ein paar Minuten lang stehe ich da, kann aber nichts sehen, also gehe ich mit angehaltenem Atem immer näher an das Auto heran. Als ich nahe genug bin, lege ich mein Gesicht langsam an die Heckscheibe und spähe vorsichtig hindurch, wobei ich so still stehe, dass mein Herz fast stehen bleibt. Ich warte ein paar Sekunden, dann mache ich einen Satz nach vorne und reiße schnell die Hintertür auf, in der Hoffnung, dass derjenige, der da drin ist, nicht auf mich zuspringt. Aber da ist niemand, nichts. Einfach nichts. Ich werfe einen Blick über die Schulter, schaue mich dann auf dem Rücksitz um und stelle fest, dass ich doch allein bin. Ich bin außer Atem und klammere mich an der Tür fest, um mich aufrecht zu halten. Die Gewissheit, dass da draußen jemand ist, der mir wehtun will, ist ein schreckliches Gefühl, und es spielt definitiv mit meinem Verstand.

Ich beruhige mich und überprüfe den Kofferraum, aber da ist auch nichts. Ich bin übermüdet und ängstlich und es ist möglich, dass ich mir den starken Geruch eingebildet habe. Ich steige wieder ins Auto, atme tief durch und lasse meinen Herzschlag ein paar Sekunden lang langsamer werden, bevor ich den Wagen starte. Ich muss mich zusammenreißen, es ist niemand hier. Aber selbst wenn ich mir nur eingebildet habe, dass jemand auf dem Rücksitz sitzt, kann ich den Geruch von Parfüm, der jetzt das Innere des Wagens erfüllt, nicht leugnen. Wie ist er hierhergekommen? Wem gehört er? Meiner ist es definitiv nicht.

Ich will nicht länger warten, starte den Motor und mache mich auf den Weg zu Alex. Mein ganzer Körper zittert vor Kälte und Angst, ich habe den beißenden Geschmack von Parfüm im Mund – das Parfüm eines anderen Menschen.

Ich fahre los und werfe erneut einen Blick in den Rückspiegel. Als ich in die Dunkelheit hinter mir blicke, bemerke ich, dass die dicke Decke, die ich immer auf dem Rücksitz liegen habe, verrutscht worden ist. Ich halte den Wagen an, schalte die Innenbeleuchtung ein und drehe mich um, um sie zu betrachten. Sie wurde über den gesamten Rücksitz ausgebreitet und bedeckt ihn. Und ich weiß, dass ich das nicht getan habe. Jemand anderes war es.

Als ich bei Alex ankomme, steige ich aus dem Auto und gehe schnell zu seiner Haustür. Ich drehe mich immer wieder um und schaue hinter mich, nur für den Fall.

Alex öffnet die Tür und ich falle ihm fast in die Arme. Er führt mich in die Küche, beruhigt mich mit Worten und einem heißen Getränk, während ich ihm von dem starken Geruch im Auto erzähle, von der Art, wie die Decke über den Sitz gelegt war.

»Meinst du, das bedeutet etwas Bestimmtes?«, frage ich.

Er ist offensichtlich besorgt darüber, aber genauso verwirrt wie ich. »Bist du sicher, dass es nicht *dein* Parfüm war? Und bist du ganz sicher, dass nicht du die Decke über den Sitz gelegt hast?«, fragt er.

»Natürlich bin ich das. Daran würde ich mich erinnern«, sage ich. »Und es war nicht mein Parfüm. Ich mag leichte, blumige Düfte, das hier war schwer – Lilien und Moschus und dunkle Noten – eher wie Aftershave, wirklich.« Ich rieche es an mir, ein süßlicher Gestank, den ich am liebsten wegwaschen würde, und wenn ich zu Hause wäre, würde ich sofort unter die Dusche springen.

»Hast du eine Ahnung, wer das gewesen sein könnte?«, fragt er.

Einen Moment lang zögere ich. Ich möchte ihm von Tom erzählen, aber ist es fair, ihn auch dafür verantwortlich zu machen? Andererseits habe ich ihn verletzt, er ist nachtragend. Aber warum sollte Tom so etwas tun? Und überhaupt, wie ist er in das Auto gekommen, ohne ein Fenster einzuschlagen oder ein Schloss kaputt zu machen?

»Ich weiß nicht, ich habe neulich etwas Merkwürdiges auf der Arbeit zugestellt bekommen«, sage ich und erzähle ihm von den Rosen und der abscheulichen Karte.

Er sieht schockiert aus. »Hast du wirklich keine Ahnung, wer dir so etwas schicken könnte?«

»Nein. Ich habe an Tom gedacht ... Aber ...«

»Tom, dein Ex?«

»Ja, ich meine, er war wütend, als wir uns trennten. Er hat es schlimmer aufgenommen, als ich dachte, und es gab einige nächtliche Anrufe. Ich glaube, er ist vielleicht in der Wohnung gewesen ... hat davor herumgegangen, aber ich weiß es *nicht*«, füge ich entschlossen hinzu, als ich den entsetzten Gesichtsausdruck von Alex sehe.

»Du hast keinen Kontakt zu ihm, nicht wahr?«

»Nein. Aber ich habe ihm Nachrichten auf seinem Handy hinterlassen, er hat nicht geantwortet.«

»So etwas würde er doch nicht tun, oder?«

»Er war verletzt und wütend auf mich, aber das ist lange her, er ist darüber hinweggekommen – zumindest dachte ich das.«

»Hört sich für mich nicht so an.«

»Mmh, aber eine garstige Karte, weiße Rosen. Das ist alles ein bisschen melodramatisch. Es sieht einfach nicht nach etwas aus, das Tom tun würde.«

»Sollen wir die Polizei einschalten?«, fragt er.

»Noch nicht, ich belasse es vorerst dabei. Aber wenn noch etwas passiert, rufe ich die Polizei.«

»Oh, Babe.« Alex umarmt mich beschützend. »Es tut mir leid, dass es dich durcheinandergebracht hat und du Angst hattest, aber du bist jetzt hier bei mir.«

»Ja, Gott sei Dank«, füge ich seufzend hinzu, als wir gemeinsam ins Wohnzimmer gehen. »Wie auch immer, lass uns versuchen, die Sache für heute Abend zu vergessen. Vielleicht rufe ich morgen die Polizei an, nur um mich beraten zu lassen«, erkläre ich und hoffe, dass ich nicht zu paranoid klinge.

»Ja, das ist allerdings schwierig. Ich bin mir nicht sicher, wie man ein Verbrechen melden soll, bei dem es um den unerwünschten Duft von Parfüm und eine aufgefaltete Decke geht.« Er lächelt und versucht offensichtlich, die Stimmung zu heben.

»Ja, ich bin mir nicht sicher, wie das auf dem Revier ankommen würde.« Ich versuche mitzuspielen, aber ich rieche immer noch den ekligen Geruch, der mir anhaftet, und frage Alex, ob es okay ist, wenn ich eine Dusche nehme.

Er lächelt, nimmt meine Hand und führt mich sanft in das Bad, wo er erst mich und dann sich selbst auszieht. Ich stehe unter dem warmen Strahl und taue auf, während er mich mit wohlriechendem Duschgel bedeckt. Ich kann nicht genug von ihm bekommen, und bald entfalten der Rhythmus seiner Schenkel, die gegen meine stoßen, und die pulsierende Hitze der Dusche ihre Wirkung.

Danach, als wir nackt auf dem Bett liegen, unsere Arme und Beine ineinander verschlungen, sagt er: »Ich war noch nie so glücklich, Hannah. Die letzten Tage mit dir waren wundervoll, und ich möchte, dass sie nie enden.«

Ich lächle, es ist noch zu früh für Versprechungen, aber ich weiß, dass auch ich nicht will, dass es endet.

Ich drehe mich um und versuche einzuschlafen, aber dann erinnere ich mich an den Geruch in meinem Auto. Er vereinnahmt meine Gedanken und reizt meine Lungen. Ich weiß, dass jemand da drin war, aber wer?

Am nächsten Morgen werde ich früh vom Gekreische meines Telefons geweckt. Ich drehe mich um, aber mir fällt ein, dass Alex früh zur Arbeit gegangen ist, weil er heute in einen großen Gerichtsfall verwickelt ist. Vielleicht ist er am Telefon, also hebe ich ab und erschrecke, als ich Toms Stimme am anderen Ende höre. Er antwortet endlich auf mehrere wütende Nachrichten, die ich ihm nach der Blumenlieferung gestern auf seinem Telefon hinterlassen habe.

»Was zum Teufel ist los, Hannah?«, schreit er.

Ich will keinen furchtbaren Streit am Telefon, während ich noch nicht richtig wach bin. Also bitte ich darum, ihn vor der Arbeit zu treffen, und zehn Minuten später sitze ich im Schaufenster des Costa Coffee im Zentrum von Worcester. Das Gebäude ist geschichtsträchtig, von den dunklen Balken und dem wackeligen Holzboden bis hin zu der beunruhigenden Totenmaske eines Verräters aus dem Bürgerkrieg, die von der Wand auf mich herabblickt.

Tom arbeitet gegenüber im Rathaus, einem wunderschönen Gebäude aus dem achtzehnten Jahrhundert direkt an der Hauptstraße, wo bald der diesjährige Weihnachtsbaum in seiner ganzen Pracht stehen wird. Während ich warte, stelle ich mir den Baum vor, die Lichterketten entlang der Hauptstraße, und ich bin aufgeregt, weil ich weiß, wie anders dieses Weihnachten mit Alex sein wird.

Ich sitze eine Weile da. Tom ist spät dran, er kam schon immer zu allem zu spät. Schließlich schlendert er herein, geht zum Tresen und bestellt sich einen Milchkaffee. Er schaut sich nicht um, um nach mir zu sehen oder zu fragen, ob ich vielleicht etwas zu trinken möchte. Er hat sich nicht verändert.

Ich nippe an meinem Lebkuchen-Latte und warte.

Endlich sieht mich Tom. Ohne Eile kommt er zu meinem Tisch am Fenster und setzt sich hin. Er sagt nicht »Hallo«, sondern starrt mich nur an. Wäre ich nicht so wütend, würde ich mich amüsieren – der normalerweise entspannte Tom ist sichtlich aufgebracht darüber, dass ich ihm mit der Polizei gedroht habe, aber wie immer hat er sich Zeit gelassen, um zu antworten.

»Was zum Teufel soll das? Du meldest dich monatelang nicht, und du willst nichts davon wissen, wenn *ich* in Schwierigkeiten bin – aber plötzlich, wenn es *dich* betrifft, bist du sofort am Telefon und drohst mir mit der verdammten Polizei!«

»Was soll ich denn machen, wenn ich so einen Scheiß mit der Post bekomme?«, zische ich, nehme die Karte aus meiner Handtasche und schiebe sie ihm über den Tisch zu. »Und tu nicht so, als wüsstest du nichts davon.«

Langsam nimmt er die Karte, liest sie und sieht auf. »Das ist verdammt gruselig – du solltest die Polizei rufen«, sagt er und schiebt sie über den Tisch zurück, als wäre sie schmutzig.

Das ist nicht das, was ich zu hören erwartet habe. Vielleicht lässt er es darauf ankommen. Aber in Wahrheit scheint er genauso erstaunt und entsetzt zu sein wie ich.

»Oh, ich *werde* die Polizei anrufen, aber ich wollte erst wissen, was du dazu zu sagen hast, bevor ich deinen Namen fallen lasse.«

»Du glaubst tatsächlich, das war ich?« Er sieht wirklich schockiert aus.

Ich rolle mit den Augen. »Tom, wer sollte es sonst gewesen sein?«

»Versuch es bei deinem neuen Freund.«

»Woher weißt du, dass ich einen neuen Freund habe?«

»Ich habe euch gesehen. Ihr seid neulich im Orange Tree übereinander hergefallen.«

»Du verfolgst mich doch nicht, oder?«, frage ich, wirklich verängstigt.

»Hannah, ich habe dich nicht verfolgt, als wir zusammen waren, warum sollte ich jetzt damit anfangen?«

Beinahe muss ich lächeln. Ich erinnere mich daran, dass er manchmal recht lustig sein konnte, das hatte ich vergessen.

»Reiß dich zusammen«, fährt er fort. »Wir wohnen nahe beieinander, wir arbeiten nur ein paar Straßen voneinander entfernt, wir treffen uns mit Leuten in derselben kleinen Stadt, die nur von einer einzigen Hauptstraße durchzogen wird. Natürlich sehe ich dich hier.«

»Ich habe *dich* nicht gesehen.«

»Nun, ich verbringe meine Abende nicht damit, jemandem in der Öffentlichkeit das Gesicht abzulecken.«

»Das nennt man Verliebtheit, Tom, etwas, wovon du keine Ahnung hast.«

Er nimmt einen Schluck seines Milchkaffees. Er ist die Ruhe selbst, nichts scheint ihn je aus der Bahn zu werfen, nicht einmal meine Wut – vor allem nicht meine Wut.

»Ich glaube, du verstehst mich falsch«, sagt er und stellt seinen Becher ab. »Ja, okay, ich war sauer, als du mit mir Schluss gemacht und mich aus meiner Wohnung geworfen hast. Dann wurde ich wegen ein paar E-Mails, die ich nicht geschrieben hatte, fast von meinem Job suspendiert, und ich weiß immer noch nicht, wer es war.« Er hält inne und sieht mich anklagend an.

»*Ich* war es nicht, das habe ich dir doch gesagt, ich schwöre es.« Ein paar Wochen nach unserer Trennung tauchte er im

Büro auf und schrie, ich hätte E-Mails an alle Mitarbeiter der Stadtverwaltung (wo er arbeitete) geschickt, in denen ich ihn der sexuellen Belästigung oder unangemessenen Verhaltens oder so beschuldigt hätte. Offenbar gab es eine interne Untersuchung und er wurde beinahe suspendiert, aber ich hatte nichts damit zu tun.

»Wie auch immer«, sagt er abweisend, noch immer in dem Glauben, dass ich versucht habe, sein Leben zu zerstören. »Du hast mir den Laufpass gegeben, dann hast du angefangen, mich zu bestrafen ... ja, ich bin ins Büro gekommen, ich war sauer auf dich – aber glaub mir, ich bin *kein* Stalker. Das«, er zeigt auf die Karte, die vor mir auf dem Tisch liegt, »ist eine andere Nummer.«

Ich bin nicht ganz überzeugt. Zugegeben, er hat damals eigentlich nie etwas allzu Seltsames getan, nur ein paar Telefonanrufe, bei denen er schwer geatmet hat, aber es sind andere Dinge passiert, die ich mir immer noch nicht erklären kann. Und dann war da kürzlich der Zettel und letzte Nacht der starke Geruch von Aftershave in meinem Auto, die Decke auf dem Rücksitz. Vielleicht hat es nichts zu bedeuten. Oder es könnte Tom gewesen sein.

»Außerdem, habe ich dir jemals Blumen gekauft?«, schiebt er hinterher und lacht.

Ich kann mir ein Lächeln nicht verkneifen. »Mmh, da hast du recht, es waren zudem Rosen – ein bisschen zu edel für deinen Geschmack. Aber die Karte war gemein – und meines Wissens gibt es niemanden, der mich so sehr hasst wie du.«

»Ich bin darüber hinweg. Und ich weiß, es ist vielleicht schwer für dich, das zu glauben, aber ich date jetzt jemand anderen. Ich bin wirklich nicht interessiert, Hannah«, sagt er. »Und wenn du mich fragst, dann ist diese Karte nicht von jemandem, der dich hasst, sondern von jemandem, der von dir besessen ist.«

11

Seit meinem Treffen mit Tom sind fast drei Wochen vergangen, und bezeichnenderweise ist seither nichts Beunruhigendes mehr passiert.

Ich bin nicht überzeugt, dass Tom in dieser Nacht in mein Auto gestiegen ist. Vielleicht hat mein Parfüm in der eisigen Luft reagiert und dadurch stärker gerochen, sogar wie Aftershave? Und vielleicht hat der Wind die Decke hochgepeitscht, als ich die Tür geöffnet habe. Ich bin mir nicht sicher, ob ich es glaube, aber ich fühle mich jetzt etwas weniger ängstlich und kann meinem Alltag nachgehen, ohne allzu paranoid zu sein.

Was die Rosen und die Karte angeht, so hat Tom seine Überraschung gut gespielt, als er sie las. Aber dass er sagt, dass jemand von mir besessen ist, lässt mich glauben, dass er mir *vielleicht* nur Angst machen will – und das spricht dafür, dass er sie vielleicht wirklich geschickt hat. Ich habe Alex nichts von dem Treffen mit Tom erzählt, er würde sich nur Sorgen machen, er hat mich davor gewarnt, Kontakt aufzunehmen und sagte, er sei gefährlich. Vielleicht ist er das auch. Glücklicherweise hat sich in letzter Zeit viel ereignet, was Toms Mätzchen in den Hintergrund gedrängt hat, nicht zuletzt meine Beziehung mit Alex, die immer besser wird.

Ich kann gar nicht glauben, wie sehr sich mein Leben innerhalb weniger Wochen verändert hat. Alex und ich verbringen die meiste Zeit bei ihm, abends und am Wochenende – es ist fast so, als würden wir zusammenwohnen. Wir kochen, sehen uns alte Filme an, hören Musik – wir lieben beide die gleichen Bands aus den Neunzigern, vor allem Oasis – und wir gehen regelmäßig zusammen unter die große, schöne Dusche.

Wir haben immer noch keinen Abend bei mir verbracht. Tatsächlich hat Alex noch nicht einmal einen Fuß in meine Wohnung gesetzt, und ich weiß, dass ich ihn bald einladen muss. Ich mache mir nur Sorgen, dass er meine schäbige alte Wohnung sieht und total abgeschreckt ist. Außerdem bin ich gern bei ihm, es ist ein ganzes Haus und keine Wohnung, es ist viel gemütlicher. Und er verwöhnt mich auf eine Art und Weise, wie ich noch nie in meinem Leben verwöhnt worden bin. Heute Morgen hat Alex, obwohl ich eine große Schüssel seines wunderbaren selbstgemachten Porridges gegessen hatte, um elf Uhr dreißig eine Tüte mit warmen Croissants an der Rezeption abgegeben. Ich war gerade auf Hausbesuch und eigentlich ganz froh, dass ich nicht da war, als er vorbeikam. Ich hätte mich verpflichtet gefühlt, ihn ins Büro einzuladen, was unangenehm gewesen wäre, da alle immer beschäftigt sind und man nie weiß, womit. Jedenfalls warteten die Croissants an der Rezeption auf mich, als ich zurückkam, und das erfüllte mich mit einer wundervollen inneren Wärme, die dem warmen Porridge in nichts nachstand.

»Er schien sehr enttäuscht zu sein, dass du nicht hier warst«, sagte Margaret. Ich glaube, er hat gehofft, einen Blick auf dich zu erhaschen.« Sie blinzelte.

Ich betrat das Büro, hielt die Bäckertüte in die Höhe und verkündete, dass Alex ein Schatz sei, als ich zwei große Pains au Chocolat aus dem Café auf meinem Schreibtisch entdeckte.

»Ich wusste nicht, dass du einen neuen Lieferanten hast«, scherzte Harry.

»Ja, aber du wirst immer mein wichtigster Mann sein«, antwortete ich.

Heute Morgen vor der Arbeit war ich in den Sainsbury's Local gegangen und hatte endlich daran gedacht, eine neue Packung Smarties in Form eines Weihnachtsmanns für Harry zu besorgen, als Dankeschön für das Gebäck. Ich hatte sie ihm auf den Schreibtisch gelegt und gesagt: »Ist das ein fairer Tausch für all die Croissants?«

»Ah, danke, Hannah, das wäre doch nicht nötig gewesen«, hatte er geantwortet.

Ich glaube, er hat sich aufrichtig gefreut, und ich war froh, dass ich diese neue Packung von Alex ferngehalten habe.

»Ich bin mir nicht sicher, ob ich heute Abend etwas essen kann, nachdem du mir heute so wundervolle Croissants geschickt hast«, sage ich zu Alex, als ich am Abend bei ihm ankomme. Er hat einen Auflauf gemacht und besteht darauf, dass ich etwas davon esse, aber ich verlange nur eine winzige Portion.

»Und, haben dir die Croissants geschmeckt?«, fragt er wenig später, als wir fertig gegessen haben.

»Ja, sie waren köstlich. So lecker, dass ich mittags ins Fitnessstudio gehen musste«, sage ich.

»Du warst im *Fitnessstudio*?« Er klingt entsetzt.

»Ja, es ist in der Nähe der Arbeit. Es ist schön, mal aus dem Büro rauszukommen und auf das Laufband zu springen. Aber es war viel los – ich schätze, alle bereiten sich auf die Kleider für ihre Weihnachtsfeier vor.«

»Du brauchst kein *Fitnessstudio*. Du kannst bei mir in der Garage trainieren«, sagt er. »Ich habe alles da drin – ein hochmodernes Laufband und ...«

»In deiner Garage? Ist es um diese Jahreszeit nicht verdammt kalt da drin?«

»Ein bisschen kalte Luft wird dich schon nicht umbringen. Wir können zusammen Sport treiben, das wird lustig. Das ist viel schöner als in einem Fitnessstudio voller verschwitzter Menschen. Außerdem ist es romantisch, zusammen zu trainieren.«

Ich versuche Widerstand zu leisten, aber Alex lässt sich nicht abwimmeln und besteht darauf, dass wir jetzt ein Mini-Workout machen, damit ich sein Fitnessstudio »testen« kann. Ich habe mein Trainingsoutfit dabei, ziehe mich also um und folge ihm widerwillig durch die Küche zur Innentür der Garage. Er braucht eine Ewigkeit, um sie aufzuschließen, und ich habe bis jetzt noch nie bemerkt, dass sich darüber ein zusätzliches Vorhängeschloss befindet.

»Warum hast du so viele Schlösser? Das Garagentor hält doch jeden draußen, es ist elektrisch«, sage ich verwundert.

»Du kennst mich doch, ich bin gern in Sicherheit, und jetzt, wo du oft hier bist, möchte ich, dass *du* in Sicherheit bist.«

»Ich kann auf mich selbst aufpassen. Ich bin ein großes, starkes Mädchen, Alex«, scherze ich, hebe meinen Arm und spanne meinen Bizeps an.

»Ja, aber nachdem dein verrückter Ex diese Blumen mit der bösartigen Karte geschickt hat, brauchen wir wohl doppelte Schlösser für alles.«

Ich denke nicht gern daran, es ist zu beunruhigend, und da nichts mehr passiert ist, seit ich Tom gewarnt habe, denke ich, dass es jetzt vorbei ist.

»Mach dir keine Sorgen wegen ihm. Er ist über mich hinweg«, sage ich, um nicht in ein Gespräch darüber zu geraten.

»Woher weißt du das?«

»Ich habe mit ihm gesprochen«, sage ich und weiß, dass das nicht gut ankommen wird.

»Du hast ihn angerufen?« Er klingt aufgebracht.

Ich will nicht lügen, aber ich will ihm auch nicht sagen, dass wir uns getroffen haben, das würde ihn nur aufregen. Er wird denken, dass ich mich in Gefahr gebracht habe, obwohl ich das nicht so wahrgenommen habe. Ich hätte nie gedacht, dass ich mal zu den Frauen gehören würde, die ihrem Partner etwas verheimlichen, um ihn nicht zu verärgern. Alex schüchtert mich nicht ein, und ich brauche auch nicht seine Zustimmung – es ist einfach einfacher, und ich werde heute Abend jedes zusätzliche Drama vermeiden. Es ist wahr, dass die Liebe uns alle zu Lügnern macht.

»Er hat mir versichert, dass es nichts mit ihm zu tun hat, er war sauer, dass ich ihn überhaupt gefragt habe.«

»Hat es aber, da bin ich mir sicher. Ich wünschte, du hättest keinen Kontakt aufgenommen, er könnte denken, er hat eine Chance. Er könnte dich beobachten, und ich mag den Gedanken ganz und gar nicht, dass du allein unterwegs und angreifbar bist. Ich kann dich zur Arbeit fahren und wieder abholen«, schlägt er vor.

»Danke, Alex, aber ich komme schon klar ... Ich bin müde, lass uns nicht mehr darüber reden.«

»Hannah, ich will nicht, dass du Angst hast, aber ich denke, du musst es ernst nehmen. Lass mich dich zur Arbeit fahren und dich abholen. Wir haben ähnliche Arbeitszeiten, ich kann mich nach dir richten.«

Er hat das schon einmal gesagt, kurz nachdem ich ihm von der Karte und den Blumen erzählt hatte. Es gefällt mir, dass er sich kümmert, aber manchmal denke ich, dass er sich zu viele Sorgen macht. Das, was passiert ist, war schrecklich und hat mich aufgewühlt, aber ich will mich nicht damit aufhalten, und ich will auch nicht in einem Haus mit Vorhängeschloss leben und mich von ihm überallhin befördern lassen. Es ist, als hätte er Angst, dass mir etwas zustößt, wenn er nicht da ist. Ich vermute, dass das ein Erbe seiner Kindheit ist. Er hat mir erzählt, dass ihm niemand etwas vom Tod seiner Mutter gesagt hatte. Sie starb im Schlaf, und als er aufwachte, sagte ihm sein Vater: »Die Engel haben sie geholt.«

»Ich dachte, sie sei gestohlen worden, entführt von diesen bösen Engeln«, hat er zu mir gesagt. So schwierig die Vorstellung vom Tod für seinen jungen Verstand auch war, die Vorstellung, dass eine Gruppe von Engeln seine Mutter »entführt« hatte, muss noch viel schwerer zu begreifen gewesen sein. »Ich hatte während meiner gesamten Kindheit Angst vor Engeln, weil sie in der Nacht kamen und Menschen stahlen, die man liebte«, gab er zu. Das brachte mich zum Weinen.

»Im Fitnessstudio ist es viel wärmer«, sage ich jetzt und versuche, neben ihm in der eisigen Garage Sit-ups auf einer Matte zu machen. So romantisch es für manche Leute auch sein mag, zusammen zu trainieren, es entspricht nicht meiner Vorstellung eines Pärchenabends. Abgesehen davon, dass er so viel fitter ist als ich und ich nicht mithalten kann, ist es eiskalt, wie ich schon befürchtet hatte. Ich glaube, ich lasse das mit deiner Garage, Babe«, sage ich nach einer Stunde eiskalter Tortur. »Ich bin ganz verspannt vor Kälte, meine Muskeln werden morgen schmerzen.«

»Liebling, es tut mir leid«, sagt er. »Wie wäre es, wenn ich hier etwas heizen würde, würdest du das Training in der Garage dann noch einmal machen?«

»Vielleicht«, sage ich zweifelnd, »aber mach dir keine Umstände, ich komme auch mit dem Fitnessstudio zurecht.«

»Das ist kein Problem.«

»Du tust so viel für mich, Alex, und das musst du wirklich nicht, weißt du. Ich bin keine Prinzessin, du musst es mir nicht immerzu recht machen«, sage ich mit einem Lächeln.

Wir lachen beide darüber. »Tut mir leid. Ich habe dir doch gesagt, dass ich manchmal ein bisschen zu viel bin. Ich will nur alles richtig machen«, sagt er – etwas, das sich Anfang der Woche bewiesen hat, als er keine Karten für ein Theaterstück bekommen konnte, von dem ich sagte, dass ich es gern sehen würde. Ich sah das Aufflackern der Wut, die Angst vor dem Versagen, als er dachte, er hätte mich enttäuscht. Und jetzt, als wir zurück ins Haus gehen, nachdem er die Garage doppelt verriegelt und mit Vorhängeschlössern gesichert hat, weiß ich, dass er das Gefühl hat, mich wieder enttäuscht zu haben, weil ich die Garage heute Abend zu kalt fand.

Ich fühle mich schlecht, als ob ich allein für sein Glück verantwortlich wäre. Ich weiß seine Aufmerksamkeit zu schätzen, aber es ist eine ziemliche Verantwortung, vor allem wenn es seine Aufgabe zu sein scheint, mich glücklich zu machen. Er hat sogar angefangen, seinen Kühlschrank mit meinen Lieblingssachen zu füllen. Er sagt, ich sei nicht besonders vornehm, wenn es um Essen gehe, und er hat recht, aber trotzdem schiebt er seine Gläser mit eigens hergestelltem Chutney und eingelegten Artischocken beiseite, um meine Mini-Supermarkt-Trifles und den fertigen Käse hineinzuquetschen. Ich weiß, dass es nichts gibt, was ihn davon abhalten könnte, mich zu lieben. Und ich sage mir immer wieder, dass das doch gut ist, oder?

Als ich heute Morgen im Büro ankomme, erzähle ich Jas von dem Training in der Garage, weil ich denke, dass es sie amüsieren wird – aber sie lacht nicht.

»Außerdem lässt Alex eine Heizung installieren, sodass ich die Kälte nicht als Ausrede benutzen kann, um nicht in der verdammten Garage trainieren zu müssen«, füge ich kichernd hinzu.

»Willst du nicht lieber ins Fitnessstudio gehen?«, fragt sie und lächelt nicht.

»Nicht wirklich, es ist voll von schwitzenden Menschen. Außerdem ist es romantisch, zusammen zu trainieren.« Ich höre mir dabei zu, wie ich Alex nachplappere, aber inzwischen glaube ich, er hat recht.

»Meinst du, er hat das nur gemacht, damit *du* nicht ins

Fitnessstudio gehst?«, sagt sie laut genug, dass die anderen es hören können.

Sameera fragt, worüber wir reden, und Jas erzählt ihr, dass Alex mir ein Fitnessstudio zu Hause einrichten will.

»Er will nicht, dass sie vor anderen Männern Liegestütze in engen Leggings macht«, sagt sie mit einem Augenzwinkern.

»Oh, er ist vielleicht ein bisschen ... zu leidenschaftlich«, meint Sameera.

»Nein, ist er nicht«, sage ich müde und ärgere mich über Jas' Interpretation von Alex' Liebenswürdigkeit und die Tatsache, dass sie das ganze Büro eingeladen hat, darüber zu diskutieren. Ich glaube, sie fühlt sich ein wenig zurückgewiesen, weil wir in letzter Zeit keinen Mädelsabend gemacht haben, und jetzt versucht sie, alle zusammenzutrommeln, um Alex mit ihrem zynischen Blick zu durchleuchten.

»Es *könnte* sein, dass er nicht will, dass du ins Fitnessstudio gehst, weil du dort auf gutaussehende Männer stoßen könntest«, bietet Sameera fast entschuldigend an.

»Ist dieser Typ sehr besitzergreifend?« Harry kichert.

Das ist das Problem, wenn man seine ganze Zeit mit Menschen verbringt: Man erzählt ihnen zu viel und sie fangen an, ihre eigenen Geschichten daraus zu machen. Jas hat mit dieser angefangen. Ich weiß, dass es für sie schwierig ist, mich so in Alex aufgehen zu sehen, wo doch ihre Beziehung erst kürzlich in die Brüche gegangen ist, aber ich wünschte, sie würde mich ein bisschen mehr unterstützen.

»Er ist ganz und gar nicht besitzergreifend«, sage ich. »Es gibt einen Unterschied zwischen *Kontrolle* – und ich glaube, das ist es, was du meinst – und Fürsorge. Und glaubt mir, ich kenne den Unterschied«, sage ich, vielleicht ein wenig scharf.

Harry hört mir nicht einmal zu, er ist in etwas auf seinem Handy vertieft.

Jas zuckt mit den Schultern. »Nun, es ist dein Leben, aber mir würde das nicht gefallen – ich brauche meinen Freiraum, ich mag es, mal wegzukommen und allein im Fitnessstudio zu sein – oder mit den Mädels.«

»Ja, es ist mein Leben«, sage ich spitz. Jetzt ist es an mir, mit den Schultern zu zucken.

Ich bin diejenige, die mit Alex zusammen ist, und ich kenne die Wahrheit – nicht sie. Sie können denken, was sie wollen. Ich weiß nur, dass ich, seit wir uns kennen, das Gefühl habe, auf einer Wolke aus rosa Zuckerwatte zu leben. Alex ist liebevoll, rücksichtsvoll, einfühlsam, er lässt nicht einmal seine Socken auf dem Boden liegen. Er stapelt auch keine Teller in der Spüle. Wie ich bin, suche ich immer nach dem Problem, nichts ist so gut, dass es ohne Fehler ist. Aber der einzige kleine Makel an meinem Horizont ist das Gespenst Helen, seine Ex. Er hat sie seit der ersten Nacht bei ihm zu Hause nicht mehr erwähnt, und ich würde gern mehr über sie erfahren. Aber alles, was mich wirklich interessiert, ist, dass sie der Vergangenheit angehört. Im Moment gibt es nur mich und Alex. Ich gehöre inzwischen zu den Menschen, die mitten in einem Gespräch geheimnisvoll lächeln, wenn sie eine SMS erhalten, und die im Büro leise telefonieren. Ich weiß, dass Jas das nicht gutheißt, aber Sameera und Harry telefonieren auch mit Raj und Gemma, und Jas sagt nie etwas. Vielleicht bilde ich mir ihre Missbilligung nur ein. Das alte Schuld-Gen sorgt dafür, dass ich mich für etwas schlecht fühle, obwohl ich das gar nicht muss.

Ich mache mir allerdings Sorgen um Jas. Ihr scheint es im Moment nicht gut zu gehen, und das schlägt sich in ihrer negativen Einstellung nieder. Da sie in ihren Dreißigern zur Witwe wurde, hat sie ihr Päckchen zu tragen, und ich weiß nicht, wie ich ihr helfen kann. Erst gestern schlug ich vor, dass wir draußen zu Mittag essen und reden – ich verstehe, dass sie ihr Herz vielleicht nicht vor dem ganzen Büro ausschütten will. Aber sie sagte, es gäbe nichts zu besprechen, sie fühle sich einfach schlecht und frage sich, wohin ihr Leben führe und ob sie jemals wieder jemanden kennenlernen werde. Ich verstehe das, denn bis vor Kurzem war ich das Mädchen, das seine Wochenenden allein verbrachte, das verärgert und zugleich sehnsüchtig auf die Pärchenfotos auf den Instagram-Profilen anderer Freunde starrte. Ich verdrehe die Augen angesichts der geschmacklosen Herz-Umrisse, die sie mit ihren Händen vor einem Sonnenuntergang formten, und der süßen kleinen Selfies von zwei verliebten Gesichtern, die vor eine Kameralinse gepressten wurden. Ich hasste Jahrestage, Valentinstage und Abendessen zu zweit. Niemand kann Jas' Gefühle besser nachvollziehen als ich, und ich verstehe es: So zufrieden sie auch mit ihrer Karriere, ihrem Zuhause, ihrem Leben ist – sie ist bereit, es wieder mit jemandem zu teilen.

»Ich hatte gestern eine beschissene Nacht«, sagte sie zu mir, als ich vorhin in ihrem Büro vorbeischaute. »Wie du weißt, habe ich mir ein neues Outfit gekauft, mir die Nägel und die Haare machen lassen und einen Zentimeter Foundation und Lippenstift aufgetragen.«

»Ja, wie ist es gelaufen?«, fragte ich und ahnte, wie ihre Antwort lauten wird.

»Nun, ich saß am Ende allein im Pizza Express. Ich war die Verliererin, die auf ihr Handy schaute und ein Glas Weißwein trank. Die verdammte Kellnerin fragte mich ständig, ob ich auf jemanden warte und ob ich etwas bestellen wolle, als ob man allein nicht etwas vor dem Essen trinken dürfe, sondern nur zu zweit.«

»Der Typ ist nicht aufgetaucht?«, fragte ich. Es tat mir schrecklich leid, denn sie hatte sich sehr auf das Date gefreut. Sie hat nicht viel gesagt, aber ich bin mir sicher, dass sie denkt, wenn sie tut, was ich getan habe, und sich bei einer Dating-App anmeldet, wird ihr das Gleiche passieren, was mir passiert ist.

»Nein, er ist verdammt noch mal *nicht aufgetaucht*. Der hundertste Typ, mit dem ich in letzter Zeit gesprochen habe, der es anscheinend für okay hält, online zu chatten, alle möglichen Vorschläge und Versprechungen zu machen, eine Zeit und ein Datum zu vereinbaren und dann einfach nicht zu erscheinen. Mein Gott, es ist so weit gekommen, dass es mir nichts ausmachen würde, wenn sie nur einen One-Night-Stand wollten – solang sie tatsächlich auftauchen würden.«

»Oh, Liebes, es wird für dich passieren. Die Sache ist die, dass du dich nur entspannen musst und ...«

»Nicht.« Sie hob ihre Hand, um Stopp zu signalisieren. »Wenn du ein verdammtes Klischee darüber in petto hast, dass alles besser werden wird, behalte es für dich. Ich will es nicht hören.«

»Ich weiß, es ist ärgerlich, aber ich meine es ernst. Ich glaube, dass es für dich passieren wird ... aber du musst dich öffnen und aufhören, so zynisch gegenüber Männern zu sein.«

»Es ist nicht leicht, wenn sie sich immer wieder als die Idioten erweisen, für die ich sie halte.«

Ich zuckte zustimmend mit den Schultern.

Sie sah mich ein paar Sekunden lang prüfend an und ich wartete auf ihren Kommentar. »Ich wette, du hast die Nacht kuschelnd mit Mr Perfect im Bett verbracht, Netflix geschaut und Essen bestellt.«

»Nein, wir haben nur etwas Brot und Käse gegessen«, sagte ich und fühlte mich plötzlich in die Defensive gedrängt. »Wir haben ein bisschen Netflix geschaut – aber Alex ist mit einem Fall beschäftigt, also war es nicht ganz das Liebesfest, das du dir ausmalst.«

Ich habe gelogen. Das war es.

Ich sitze in der Büroküche, und Jas setzt ihre Geschichte von der »Date aus der Hölle« fort, indem sie mir von einer Messaging-Sache erzählt, die sie mit einem Typen online begonnen hat, als sie zurückkam, nachdem sie bei Pizza Express versetzt worden war.

»Ich dachte, wir kämen weiter, bis er mir sein Foto schickte«, sagt sie.

»Oh, kein hübsches Gesicht?«, frage ich.

»Ich weiß es nicht, ich habe sein Gesicht nicht gesehen.«

»Oh, wie eklig.«

Wir lachen beide darüber, wie lächerlich das ist, als sie das Foto vom Penis des Mannes beschreibt.

»Und der Typ in der Bank, mit dem ich seit Wochen immer wieder spreche – habe ich ihn vielleicht erwähnt?«

»Nur ungefähr hundertundsiebenundvierzig Mal«, scherze ich. »Scott?«

»Das ist er. Sieht so aus, als wollte er mir einen Kredit aufschwatzen, nicht sein Bett. Die Kreditpapiere sind heute Morgen in meinem Briefkasten gelandet – zwanzig Tonnen von dem Zeug.« Normalerweise würde sie darüber laut lachen, aber dass sie nur mit den Augen rollt, ist ein Zeichen dafür, wie niedergeschlagen sie ist.

»Schade«, sage ich mitfühlend.

»Ja! Er war mehr durch eine bessere Position in Folge einer Provision motiviert als durch die Aussicht auf eine Missionarsposition mit mir.« Sie lächelt.

Ich lache. »Oh, Liebes, es hat nicht sollen sein. Da draußen ist jemand Besseres, und der will dich unbedingt auf dem Rücken liegen sehen oder auf dem Bauch ... oder was auch immer du bevorzugst ...«

»Danke, Hannah, aber bitte hör jetzt auf.«

Ich lache und mache mich wieder an das Zubereiten meiner heißen Schokolade. Es ist so kalt im Büro, sie hilft mir, mich warm zu halten. Jas öffnet die Kühlschranktür und sucht nach einer Ablage, auf die sie ihre Sandwiches legen kann.

»Verdammter Harry und seine verdammten Zehn-Gänge-Menüs.« Sie seufzt und kramt im unteren Fach, um Platz für ihr Mittagessen zu schaffen.

»Oh, Entschuldigung, das war ich«, sage ich und fühle mich

schuldig, obwohl ich zu meiner Verteidigung sagen muss, dass der Kühlschrank winzig ist. »Marks and Spencer machen gerade diese ›Dinner-at-Home‹-Aktion, bei der man ein Essen, ein Dessert und einen Wein für einen Zehner bekommt.« Ich versuche so zu tun, als sei das keine große Sache. Ist es aber, denn heute Abend habe ich Alex zum ersten Mal zu mir eingeladen.

Jas zieht eine Augenbraue hoch. »Oh, Käsekuchen?« Sie nimmt die Packung aus dem Kühlschrank, studiert sie und stellt sie dann zurück. »Nimmst du das mit zu ihm, oder gibt es heute Abend endlich ein Abendessen im Casa Hannah?«

»So etwas in der Art.« Ich will es ihr wirklich nicht unter die Nase reiben und frage mich, ob sie denkt, ich sollte sie einladen, um Alex kennenzulernen. Ich könnte das Essen strecken, sodass es für drei reicht. Es ist an der Zeit, dass Alex und ich anfangen, die Freunde des anderen kennenzulernen, und sie wird ihn bestimmt mögen, weil er so nett ist.

»Ist er bereit für den Bombenabwurfplatz, der dein Zuhause ist?« Sie kichert, stopft ihre Sandwiches schließlich in den Kühlschrank und schließt die Tür.

Macht sie sich über mich lustig? Ich bin mir nicht sicher, aber so oder so ändere ich sofort meine Meinung darüber, sie einzuladen. Es wird sowieso eine Tortur, Alex zu mir einzuladen, denn ich weiß, wie perfekt seine Wohnung ist – und ich wäre noch nervöser, wenn Jas mein episches Versagen als Haushaltsgöttin kommentieren würde.

»Es ist kein Bombenabwurfplatz, ich habe mein Zimmer aufgeräumt, Mum«, sage ich, ohne zu lächeln.

Sie bemerkt meine leichte Verstimmung und zwinkert mir zu. »Kümmere dich nicht um mich, ich bin heute eine mürrische alte Kuh. Ich bin sicher, du hast gründlich geputzt und überall aufgeräumt ...«

Jetzt lache ich. »Ja, natürlich habe ich das.« Ich gieße Wasser auf das Pulver. Der süße schokoladige Geruch füllt meine Nasenlöcher und belebt mich wie eine warme Umarmung.

»Das dachte ich mir.« Sie lächelt. »Du hast mir erzählt, wie anspruchsvoll er ist, also gehst du früher, sorgst dafür, dass die Wohnung makellos ist, dass Kerzen brennen und in der Küche etwas Pikantes auf ihn wartet – nämlich du!« Sie lacht darüber, ihre Laune hat sich gebessert, wahrscheinlich wegen der lustigen und einer Sitcom ähnelnden Aussicht, dass der Sauberkeitsfanatiker Alex in meine Wohnung kommt.

Ich rühre die Reste des Schokoladenpulvers mit einem Löffel in die heiße Flüssigkeit und lecke ihn dann ab.

»Du Tier«, murmelt sie liebevoll. Dann verschränkt sie die Arme. Ihr Pullover liegt eng an ihren vollen Brüsten an, schwarze Haarsträhnen fallen ihr in den Nacken. »Also, Mädchen ... bleibt er für deinen Käsekuchen?« Sie wackelt anzüglich mit den Augenbrauen.

»Aber ja. Mein Käsekuchen ist für Männer ein gefundenes Fressen«, necke ich.

Jas kichert, dann lehnt sie sich auf die Küchenzeile, und da der Raum so klein ist, versperrt sie mir den Weg nach draußen, also stehe ich mit meiner heißen Schokolade in der Hand da.

»Bist du dir in dieser Sache sicher, Hannah?«

»Was?«, sage ich müde.

Sie hält beide Hände hoch. »Ich gehe nur von dem aus, was du mir erzählst, aber er kommt mir ein bisschen bedürftig vor. Und erinnerst du dich an das letzte Mal, als du einen Typen in deine Wohnung gelassen hast – er zog ein und du wurdest ihn nicht mehr los.«

»Ich passe auf, Jas.«

»Wirklich?«

»Ja«, sage ich, ohne zu lächeln.

»Ich hoffe es, Babe, denn sobald Tom seine Füße unter deinen Tisch bekam, war es vorbei, er lebte in deiner Wohnung, aß dein Essen, es war ein einziges Nehmen, Nehmen, Nehmen.«

»Alex ist keiner, der nur nimmt – und er will, was ich will.«

»Bis du etwas willst, was er *nicht* will, und er mit seinen Kumpels weggeht und nicht nach Hause kommt«, sagt sie seufzend.

Das tut weh, denn Jas weiß, dass Tom genau das getan hat. Ich wünschte, sie würde aufhören, Alex mit Tom zu vergleichen.

»Tatsächlich musste ich Alex letzten Donnerstag *anflehen*, mit seinen Freunden auszugehen«, sage ich. »Er wollte den Abend nicht getrennt von mir verbringen und hat gesagt, er würde mich zu sehr vermissen.«

»Und, ist er ausgegangen?«, fragt sie.

»Ja, aber nur, weil ich darauf bestanden habe.«

Ich habe bei ihm übernachtet und lächele jetzt bei der Erinnerung daran, dass er nur widerwillig gegangen ist. Dann, als er fort war und die Haustür hinter sich geschlossen hatte, kam er plötzlich zurück und rief mir durch den Flur zu: »Ich vermisse dich schon.«

»Alex geht also mit *seinen* Freunden aus, aber du nicht mit deinen?« Sie zieht die Augenbrauen hoch und genau in diesem Moment kommt Harry herein, also verlässt sie die Küche.

Mist. Warum habe ich ihr gesagt, dass Alex ausgegangen ist? Ich hatte ihr versprochen, dass wir das nächste Mal, wenn ich einen freien Abend habe, einen Frauenabend machen würden, und jetzt ist sie verletzt. Ich fühle mich schlecht, aber ich lasse mich nicht manipulieren. Ich werde mich demnächst mit ihr verabreden, aber nicht, weil sie schmollt, sondern weil wir Freunde sind und etwas Zeit miteinander verbringen wollen. Es wird nach meinen Bedingungen ablaufen.

Ich gehe zurück an meinen Schreibtisch und versuche, mich auf die Arbeit zu konzentrieren, aber alles dringt auf mich ein. Jas und ich stehen uns sehr nahe und ich teile immer alles mit ihr. Ich möchte, dass wir wieder so werden wie früher, richtige beste Freundinnen – aber es ist, als würde sie Alex zwischen uns stellen.

Wenig später schlendert sie zu meinem Schreibtisch und lässt sich darauf nieder. »Hey, ich hoffe, du denkst nicht, dass ich vorhin die eifersüchtige Freundin gespielt habe«, sagt sie. Es klingt fast wie eine Entschuldigung, oder zumindest ein Angebot des Friedens.

»Nein, ganz und gar nicht«, lüge ich. »Und ich hoffe, *du* hast nicht das Gefühl, dass ich dich vernachlässige.«

Sie streicht mit den Fingern über die Kante meines Schreibtisches, es scheint, als wolle sie hierbleiben, um zu reden.

»Jas, ich weiß, dass wir gesagt haben, dass wir einen Abend ausgehen, nur wir beide, und das werden wir auch – wir müssen uns richtig aussprechen. Aber in der Nacht, in der Alex ausgegangen ist, musste ich zu Hause etwas arbeiten. Als meine Chefin wirst du das sicher gutheißen.« Ich lächle. Ich weiß, dass ich mich vor meiner besten Freundin nicht rechtfertigen muss, aber es ist eine Kombination aus ihrer Niedergeschlagenheit und meinen Schuldgefühlen, weil ich nicht für sie da war, die dazu führt, dass ich es doch tue.

Sie bleibt auf der Kante meines Schreibtischs sitzen. »Hannah, die Sache ist die, ich mache mir einfach ein bisschen Sorgen um dich, Babe. Du bist total in diesen Kerl verknallt – was ja ganz wundervoll ist, aber es passieren immer wieder diese seltsamen Dinge, wie die Blumen und das Parfüm in deinem Auto. Ich sage es nur ungern – aber was weißt du wirklich über Alex?«

»Sieh mal, es ist jetzt schon lange her, die Blumen waren von Tom, und du hast selbst zugestimmt, dass ich mir den Duft wahrscheinlich nur eingebildet habe.«

»Ja, aber nur, damit du nicht ausflippst. Ich weiß, dass Tom einige seltsame Dinge getan hat, nachdem ihr euch gerade erst getrennt hattet, aber das alles ist erst kürzlich passiert, nachdem du Alex kennengelernt hast.«

»Ich bin beschäftigt, Jas, ich habe keine Zeit für so etwas.« Das stimmt, ich habe eine Menge Arbeit zu erledigen und will mich jetzt nicht mit ihr anlegen. Ich muss das Büro verlassen, um mich heute Nachmittag um zwei Uhr mit Chloe Thomson und ihrer Mutter zu treffen.

»Seit du mit Alex zusammen bist, hast du für nichts und niemanden mehr Zeit. Ich spreche nicht nur von mir, ich meine, du hast nicht einmal mehr Zeit für dich selbst. Und jetzt sagst du mir, dass er nachts ausgeht und du zu Hause bleibst und arbeitest.«

»Du irrst dich, so ist es nicht.«

»Wollte er, dass du bleibst, weil er dich nicht aus den Augen lassen wollte?«

»Das nennt man eine Beziehung, Jas«, schnauze ich.

»Bist du sicher, dass man das nicht ›kontrollieren‹ nennt?«, sagt sie mit der Stimme einer Sozialarbeiterin.

»Nein, so nennt man es *nicht*. Und ich verbitte mir, dass du das sagst«, schimpfe ich. »Wirklich, was gibt dir das Recht, dich in meine Beziehung einzumischen?«

Harry und Sameera schauen zu uns rüber, sie können alles hören. Aber das ist mir egal, ich habe die Nase voll davon, dass Jas in einem Moment aus dem Hinterhalt schießt und im nächsten sagt, dass sie meine Freundin ist und will, dass ich glücklich bin.

»Mensch, ich wollte nicht ... Ich wollte nur ...« Sie entfernt sich von meinem Schreibtisch. »Es tut mir leid, Hannah, aber ich sehe bei ihm Warnsignale, und das gefällt mir nicht.«

»Nun, ich sehe keine Warnsignale, und es *gefällt* mir. Wenn es dir also nichts ausmacht, würde ich gern mit meiner Arbeit weitermachen.«

Jas schimpft und stapft zurück in ihr Büro, und ich sehe, wie Sameera und Harry sich einen Blick zuwerfen. Denken sie auch, dass Alex kontrolliert? Keiner von ihnen hat ihn je kennengelernt. Wir wollen die meiste Zeit zusammen verbringen. Ich übernachte bei ihm, und er ruft mich ohne besonderen Grund auf der Arbeit an – wenn das Warnsignale sind, dann nur zu. Meiner Meinung nach sind das Anzeichen für eine wechselseitige, gesunde Beziehung, nicht dass ich mich dafür vor irgendjemandem rechtfertigen müsste. Ich wünschte, Jas würde sich um ihre eigenen Angelegenheiten kümmern. Denn wenn Alex und ich in zehn Jahren immer noch zusammen sind, werde ich sagen: »Ich hab's dir ja gesagt.« Und Jas wird erkennen, dass es falsch war, Alex nach den Männern zu beurteilen, mit denen sie ausgeht.

Jas hat versucht, mir weiszumachen, dass ich an dem Abend, an dem Alex ausgegangen ist, allein bei ihm zu Hause bleiben und auf ihn warten musste, aber so war es nicht. »Ich gehe nur unter einer Bedingung mit meinen Freunden aus«, hatte er gesagt. »Du bleibst hier bei mir, damit ich zu dir nach Hause kommen kann.« Das tat ich dann auch, und zwar bereitwillig; ich war froh, bei ihm zu Hause zu sein und mich auf seine Rückkehr zu freuen, anstatt die Nacht allein in meiner Wohnung zu verbringen. Und als er um Mitternacht heimkam, war er nicht besoffen und schlief nicht im Sessel ein – so wie Tom – sondern er war nüchtern und liebevoll. Und außerdem war er einfach so glücklich, mich in dem zu sehen, was er als »unser« Bett bezeichnete. Jas' Vorstellung davon, dass jemand »kontrollierend« sein könnte, ist von ihren Erfahrungen geprägt, und wenn sie Warnsignale sieht, nur weil ich jemandem wichtig genug bin, dass er mit mir zusammen sein will, dann denke ich, dass *sie* das Problem hat.

Sie sitzt jetzt an ihrem Schreibtisch, und ich erkenne an ihren geröteten Wangen, dass sie wütend und verärgert ist, und das bin ich auch, aber das musste mal gesagt werden. Ich habe genug von ihren Kommentaren und dank ihr scheint das ganze verdammte Büro eine Meinung über mein Liebesleben zu haben.

Ich packe meine Sachen für meinen Besuch bei Chloe Thomson zusammen. Sie wohnt in einem Dorf, das etwa fünfzehn Autominuten von hier entfernt ist, und ehrlich gesagt bin ich froh über eine Ausrede, um von hier wegzukommen. Ich habe das Gefühl, dass mich alle beobachten, meine Telefonate mithören, über mich urteilen und wahrscheinlich über mich und Alex diskutieren. Ich weiß, dass Sameera und Harry eher neugierig als besorgt sind, aber die Kommentare aller, besonders die von Jas, lassen mich an meiner Beziehung zweifeln. In meinem Herzen weiß ich, dass es richtig ist. Er ist nicht besitzergreifend, er hält mich nicht davon ab, Dinge ohne ihn zu tun, ich *will* mit ihm zusammen sein.

Ich bin zu früh dran für meinen Besuch bei Chloe, aber ich muss einfach aus dem Büro raus. Sobald ich in meinem Auto sitze, rufe ich Alex an. So gern ich auch meinem Ärger Luft machen würde, ich habe nicht vor, ihm zu sagen, dass Jas mich verärgert und ihn als kontrollierend bezeichnet hat. Ich hoffe, dass sie eines Tages Freunde sein können, und ich werde nicht die Bombe platzen lassen und damit jede Chance auf zukünftige Harmonie ruinieren, Jas wird schon noch zu sich kommen. Aber trotzdem fühle ich mich verletzlich. Ich möchte mit jemandem zusammen sein, von dem ich weiß, dass er mich liebt, und dem ich vertrauen kann.

Schließlich hebt er ab.

»Hey, ich vermisse dich«, sage ich, »und ich habe mich gefragt, ob du Zeit für ein schnelles Mittagessen hast. Ich bin früh dran für mein Meeting und habe eine halbe Stunde Zeit und –«

»Liebling ... oh, Liebling, das wäre wunderbar, aber ich bin den ganzen Tag im Gericht.«

»Alex, wo bist du? Ich höre Wasser laufen.«

»Ich bin ... ja ... ich bin gerade auf der Toilette – im Gericht.«

»Oh, hast du eine Mittagspause gemacht?«, frage ich und werfe einen Blick auf die Uhr – es ist dreizehn Uhr.

»Nein ... wie gesagt, ich habe nicht wirklich Zeit, nur ein schnelles Sandwich.«

»Oh.« Ich bin enttäuscht.

»Geht es dir gut, Hannah?«

»Ja. Ich wollte dich nur sehen. Ich fühle mich heute ein bisschen zerbrechlich.«

»Oh, es tut mir schrecklich leid, aber ich sehe dich heute Abend und mache es wieder gut. Halte durch, Babe.«

Auf der Fahrt zum Haus von Chloe Thomson kommen mir die Tränen. Es ist dumm, ich weiß, und während der Fahrt sage ich mir mit Nachdruck, dass ich mich auf meine Klientin konzentrieren muss und nicht durch irgendwelche Spannungen im Büro abgelenkt werden darf.

Chloe ist eine Jugendliche, die immer wieder beim Jugendamt vorstellig wurde und als gefährdet gilt. Mit sechzehn hat sie Anspruch auf eine persönliche Betreuerin des Sozialdienstes, und das bin ich. Als sie vor fünf Wochen anrief und behauptete, der Freund ihrer Mutter habe sie angefasst, rief ich die Polizei und fuhr spät in der Nacht zu ihrer Wohnung, um sie zu unterstützen. Doch kurz darauf zog sie ihre Aussage zurück und sagte, sie habe sich das alles nur ausgedacht, weil sie einen Streit mit ihrer Mutter gehabt habe. Ich kann mich des Eindrucks nicht erwehren, dass dies alles zu schnell aus der Welt geschafft wurde und dass es Dinge gibt, die Chloe uns nicht erzählt. Früheren Aufzeichnungen zufolge wurde sie im Alter von zwölf Jahren sexuell aktiv – etwa zu der Zeit, als sich ihre Eltern trennten und ihre Mutter begann, drogensüchtige Freunde zu empfangen. Ich vermute, dass es einige ungelöste

Probleme gibt, möglicherweise im Zusammenhang mit sexuellem Missbrauch, denen ich jetzt nachgehen muss.

Ich weiß, dass etwas mit Chloe nicht stimmt, und ich weiß, dass ich ihr helfen kann, wenn sie mit mir spricht – sie muss mir nur vertrauen. Ich weiß auch, wie schwer es ist, wenn einem nicht geglaubt wird. Ich denke an meinen Pflegebruder, der mir immer mit allerlei Gewalt drohte, wenn ich am Teetisch meine Fischstäbchen aß. Seine Mutter, meine Pflegemutter, lächelte ihn liebevoll an, aber das Lächeln erreichte nie ihre Augen. Als ich es nach einem besonders schmerzhaften Schlag in den Magen wagte, es meiner Sozialarbeiterin zu sagen, schloss die Pflegefamilie die Reihen, sagte, ich hätte gelogen, und ich wurde wieder ins Heim gesteckt. Damals lernte ich, dass man Dinge verheimlichen muss. Von da an hatte ich dieses kleine Kästchen in meinem Hinterkopf, in das ich Dinge steckte, damit sie mich nicht verletzten – die gemeine Karte ist jetzt dort drin, der Deckel fest verschlossen.

Jetzt, da ich all das sicher verstaut habe, kann ich mich auf das Abendessen heute bei mir konzentrieren. Was wird Alex von meinen einfachen Möbeln, meiner billigen Bettwäsche und meinem nicht zusammenpassenden Geschirr halten? Bisher hat es mir nie etwas ausgemacht. Vor Alex war ich zu sehr mit der Arbeit beschäftigt, als dass ich darüber nachgedacht hätte, aus welchem Becher ich trinke, geschweige denn, mir ein ganzes Farbschema für die Wohnung ausgedacht hätte. Aber die Zeit, die ich bei ihm verbracht habe, hat mir gezeigt, dass diese Dinge das Leben bereichern und einen am Ende eines Arbeitstages auffangen können. Sie vermitteln auch einen Eindruck von der Person, der das Zuhause gehört, und ich mache mir jetzt Sorgen, welchen Eindruck mein unordentlicher, chaotischer und unorganisierter Raum auf Alex macht.

Am Ortseingang von Pershore entdecke ich einen Töpferladen mit wunderschönen handgefertigten Tellern im Schaufenster und frage mich spontan, ob ich mir zwei davon für das

Abendessen heute leisten kann. Ich bin noch immer zu früh dran für mein Treffen mit Chloe und ihrer Mutter, also parke ich das Auto auf dem kleinen Parkplatz im Stadtzentrum, um mich umzusehen.

Im Laden angekommen, werde ich sogleich von einer gut geschminkten Verkäuferin angesprochen, die mir erklärt, dass die Teller nicht nur handgemacht sind, sondern auch aus Italien stammen.

»Made in Tuscany, aus heimischem Gestein gehauen, ist dieser schimmernde Bernsteinton nicht *wunderbar?*«, fragt sie und reißt die Augen weit auf, wobei ihre falschen, rußschwarzen Wimpern flattern.

Ich nicke begeistert und weiß, dass Alex sie genauso lieben wird wie sie.

»Möchten Sie sie aus der Nähe sehen?« Vorsichtig reicht sie mir einen der großen Essteller, als sei er aus Ming-Porzellan. Ich nehme ihn mit der gleichen Ehrfurcht entgegen, halte ihn mit beiden Händen und stelle mir Alex und mich bei Kerzenlicht vor, wie wir an meinem klapprigen kleinen Tisch sitzen, mit von italienischer Hand gefertigtem Geschirr, das Abendessen von M&S zubereitet und von mir in der Mikrowelle gewärmt. Ich weiß, dass diese Teller meine Wohnung nicht in einen Palast verwandeln werden, aber sie werden ihr einen Hauch von Klasse und Mühe verleihen und Alex zeigen, dass ich mehr zu bieten habe als nur ein altes Sofa und abgeplatztes Geschirr.

Auch als sie mir den Preis nennt – satte dreißig Pfund pro Stück – lasse ich den Teller nicht schockiert fallen oder sage, dass ich darüber nachdenken muss. Ich stelle mir Alex vor und sage: »Ich nehme zwei, bitte.« Ich fühle mich wie eine Millionärin.

Ich verlasse den Laden mit einer Tragetasche, in der sich die Teller befinden, und freue mich auf den heutigen Abend, als ich plötzlich Alex sehe. Er kommt aus einem Pub auf der anderen Straßenseite, was keinen Sinn ergibt, denn als ich ihn vorhin anrief, sagte er, er sei den ganzen Tag im Gericht. Vielleicht wurde etwas vertagt? Er muss schnell hierhergeeilt sein – das Gericht ist in Worcester und das ist mindestens fünfzehn Minuten entfernt.

All diese Gedanken schwirren mir durch den Kopf, während ich ihm zuwinke und versuche, zwischen den vorbeifahrenden Autos seinen Blick auf mich zu ziehen. Mein Herz führt einen kleinen Tanz auf. Nach dem Streit mit Jas heute Morgen möchte ich zu ihm rennen und ihm in die Arme fallen. Ich hoffe nur, dass ich nicht in Tränen ausbreche, denn trotz meiner scheinbaren Ruhe bin ich innerlich total aufgewühlt.

Ich versuche, über die Straße zu ihm zu laufen, aber es kommen immer wieder Autos, und ein paarmal setze ich an und muss wieder zurückspringen. Plötzlich entsteht eine Lücke, und ich will gerade hinübergehen, als ich sehe, dass er mit jemandem zu sprechen scheint. Mit einer Frau. Ich halte mich davon ab, ihm zuzurufen, als er mit ihr, in ein Gespräch vertieft, weitergeht. Ich habe meine Chance, die Straße zu überqueren, verpasst, denn der Verkehr fließt wieder, also muss ich es einfach weiter versuchen. Ich kann die beiden nur von hinten sehen, wie sie die Straße entlanggehen. Dann, zu meinem Entsetzen, schiebt sie ihren Arm unter seinen.

Sie gehen weiter, und ich bin verwirrt, wirklich erschüttert. Warum ist er hier? Wer ist sie? Warum hat er gesagt, er sei den ganzen Tag im Gericht, obwohl er das offensichtlich nicht ist? Die Straße etwas weiter hinunter lehnt sie ihren Kopf an seine Schulter. Ich weiß nicht, was geschieht. Ist das echt?

Ich stehe auf dem Bürgersteig und fühle mich schwach. Eine Frau fragt mich, ob es mir gut geht, und ich nicke automatisch, ohne sie anzusehen. Aber sie deutet auf etwas auf dem Boden, und als ich auf meine Füße schaue, sehe ich die Tragetasche mit meinen schönen Tellern. Mein nagelneues Geschirr – aus toskanischem Gestein gefertigt, in mühevoller Handarbeit in Italien hergestellt – ist in Millionen Stücke zerbrochen.

12

Ich hebe die Tüte mit den Porzellanscherben auf und lasse Alex und die Frau nicht aus den Augen, während sie weiter die Straße entlanggehen. Wahrscheinlich hat der Verkehrslärm den Krach des Geschirrs übertönt, sodass er es nicht gehört und mich nicht gesehen hat. Ich schätze, er denkt, ich bin wieder in Worcester, sicher an meinem Schreibtisch, wo ich ihn nicht Arm in Arm mit einer fremden Frau sehen kann. War er bei ihr, als ich anrief? Kam das Geräusch von fließendem Wasser nicht aus der Toilette des Gerichts, sondern aus einem Badezimmer in einem Haus? Aus ihrem Badezimmer? Wer ist sie? Und noch wichtiger: *Was* ist sie für Alex?

Ich versuche verzweifelt, eine Alternative zum Offensichtlichen zu finden. Vielleicht ist sie nur eine Freundin. Vielleicht ist sie eine Kollegin oder eine Klientin, der er geholfen hat, und sie zeigt ihre Dankbarkeit, indem sie ihren Arm mit seinem verschränkt. Ich kann nicht behaupten, dass ich jemals einen Klienten hatte, der sich bei mir untergehakt hätte, und während ich Jas oder Sameera unterhake, wäre es seltsam, das mit Harry zu tun, und er würde das bestimmt genauso sehen. Ich möchte, dass diese Frau die Schwester von Alex ist, aber er ist ein

Einzelkind. Ich ertrage das nicht, ich muss wissen, was los ist, und so schaffe ich es, auf ihre Seite zu wechseln und ihnen in einem diskreten Abstand zu folgen. Es fühlt sich seltsam und falsch an. Sollte ich ihm nicht einfach vertrauen und ihn später danach fragen? Oder ihm etwas zurufen und auf sie zugehen, anstatt hinter ihnen herzuschleichen? Aber das wäre doch verrückt. Nach all dem Glück, der Vorfreude, dem warmen Gefühl, das mir ständig durch die Adern fließt. Das ist es, was die Liebe mit einem macht. Sie macht einen verrückt, das Urteilsvermögen wird getrübt und man wird irrational.

Sie werden etwas langsamer, und die Frau tritt auf die Straße. Einen Moment lang denke ich, dass sie vor ein Auto laufen wird, aber sie überquert die Straße schnell und schaut in beide Richtungen. Mein Herz fühlt sich etwas leichter an, vielleicht haben sie sich verabschiedet? Aber bevor ich mich erholen kann, folgt Alex ihr über die Straße.

Ich bin mir nur halb bewusst, was ich tue, nehme mein Telefon und rufe ihn an. Es geschieht instinktiv, ich denke nicht darüber nach, weiß nicht einmal, was ich sagen werde, wenn er abnimmt. Obwohl er auf die andere Straßenseite gerannt ist, bin ich nah genug dran, um zu sehen, wie er auf den Klingelton reagiert und das Handy aus seiner Jackentasche nimmt. Er schaut auf das Display, und ich halte den Atem an und warte, dass er abnimmt. Aber er zögert, dann muss er den Anruf weggedrückt haben, denn das Klingeln hört auf und er steckt das Telefon wieder in seine Tasche.

Ich bin am Boden zerstört. Ich dachte, er geht immer ans Telefon, egal was er gerade macht. Warum geht er also jetzt nicht ran?

Ich stehe auf dem Bürgersteig gegenüber und beobachte die Frau, die ihre Schlüssel auf ein rot glänzendes Verdeck eines Cabrios richtet. In diesem Moment erblicke ich zum ersten Mal ihr Gesicht. Ich weiß sofort, wer sie ist. Es ist die Frau auf dem Foto, deren Gesicht von seinem wütenden Stift verunstaltet worden ist. Und nicht nur, dass er gerade mit ihr zu Mittag gegessen hat, er hat mir auch noch gesagt, dass er ganz woanders ist.

Ich bin nicht einmal mehr diskret, ich bin mitten auf dem Bürgersteig stehen geblieben, an einem eiskalten Winternachmittag, und beobachte sie ganz offen, während die Leute an mir vorbeigehen und mich böse anstarren, weil ich ihnen nicht aus dem Weg gehe. Ein Teil von mir möchte, dass Alex mich sieht, dass er herbeieilt, mich in die Arme nimmt und mir erklärt, was zum Teufel hier los ist. Aber weil er sich mit ihr unterhält, sieht er mich nicht. Dann klettert die Frau ins Auto, Alex setzt sich auf den Beifahrersitz, und sie fahren los. Wie ein Pärchen, das einen romantischen Nachmittag miteinander verbringt.

Ein vorbeilaufender Mann stößt mich fast auf die Straße, aber bevor er sich entschuldigen kann, gehe ich weiter, stehe in der Tür eines Secondhandladens, umklammere meine Tasche mit zerbrochenem Geschirr und fühle mich, als wäre ich von einem Lastwagen überfahren worden.

Nach ein paar Minuten schalte ich mein Telefon aus und gehe zurück zum Parkplatz. Ich muss mich zusammenreißen. Trotz meiner Probleme muss ich zu diesem Treffen mit Chloe gehen. Ich muss für dieses Mädchen da sein, das bereits von denjenigen enttäuscht wurde, denen sie vertraute. Aber im Moment frage ich mich, ob es nicht in ihrem Interesse wäre, wenn ich ihren Fall an jemand anderen weitergeben würde, an jemanden, der engagierter und konzentrierter ist als ich im Moment.

Ich überlege, ob ich Jas anrufen soll, um zu sagen, dass ich krank bin und nach Hause gehen muss, aber das kann ich Chloe nicht antun. Sie ist bereits in der Abteilung herumgereicht worden. Vor mir war Harry ihr Sozialarbeiter, aber als sie sechzehn wurde, musste Chloe an jemand anderen übergeben werden, weil Harry nur mit Kindern zwischen dreizehn und fünfzehn Jahren arbeitet. Sie hat gerade erst das Trauma überwunden, Harry nicht länger zu haben. Wie würde es sich anfühlen, sie fallen zu lassen, weil ich zu sehr in meine persönlichen Probleme verwickelt bin? Damit könnte ich nicht leben. Nein, Chloes Sicherheit hat Vorrang. Ich muss mich konzentrieren.

Ich fahre zu Chloes Haus und mache mir jede Menge Notizen, mache einige Vorschläge und stelle einen Plan für die weitere Vorgehensweise zusammen. Aber es ist sinnlos, denn ich weiß, dass es etwas gibt, das sie mir nicht sagt, und deshalb kann ich ihrem Problem nicht auf den Grund gehen, so sehr ich ihr auch helfen möchte. Sie ist in letzter Zeit mürrisch und unkommunikativ geworden, und es tut mir im Herzen weh, wenn ich darüber nachdenke, was mit dieser aufgewühlten Sechzehnjährigen los ist, die sich durch die Schule gequält hat und der das Leben wahrscheinlich auch weiterhin sehr schwerfallen wird. Neben der Frustration und den Einschränkungen, die eine Lernbehinderung mit sich bringt, hat Chloe eine süchtige Mutter, ganz zu schweigen von dem neuen Freund ihrer Mutter. Außerdem hat sie mit all den anderen Dingen zu kämpfen, die ein Teenager zu bewältigen hat, von Freundschaftsproblemen über wildgewordene Hormone bis hin zu Problemen mit Jungs, und dann ist da noch die Frage, was den sexuellen Missbrauch betrifft, die ich nicht ignorieren kann.

So sehr ich auch versucht habe, nachzufragen – zu meiner Enttäuschung war Chloes Mutter anwesend und beantwortete die meisten meiner Fragen im Namen ihrer Tochter. Ich fragte, ob Chloe allein mit mir sprechen wolle, aber sie zuckte nur mit den Schultern, sodass ich nicht darauf bestehen konnte – aber zurück im Büro werde ich einen Termin vereinbaren, um Chloe nächste Woche allein zu treffen.

Als ich eine gute Stunde später das Haus der Thomsons verlasse, steige ich wieder ins Auto und checke sofort mein Handy. Alex hat mich *sieben* Mal angerufen und fünf SMS geschickt. In der ersten steht:

Hey, bist du da? Ich glaube, du hast mich angerufen. Geht es dir gut? Ich liebe dich.

Es gibt noch vier weitere Nachrichten mit Variationen des Gleichen. Ich habe seine SMS noch nie ignoriert oder seine Anrufe nicht beantwortet. Aber ausnahmsweise stecke ich das Telefon zurück in meine Handtasche, ohne darauf zu antworten, starte das Auto und fahre zurück ins Büro.

Während ich fahre, versuche ich herauszufinden, warum mein Freund eine heimliche Liaison mit einer anderen Frau hat. Alex betet mich an, zumindest sagt er das, aber in Wahrheit sieht es so aus, als hätte er mich angelogen – und Jas hatte die ganze Zeit recht.

13

»Geht es dir gut?«, fragt Sameera, als sie zu meinem Schreibtisch hinübergeht.

Ich bin wieder im Büro, stürze mich in die Arbeit und ignoriere Alex' SMS und Anrufe. Ich traue mich nicht abzunehmen, sonst drehe ich durch. Ich würde aufgebracht und wütend sein und ich muss mich auf Chloe konzentrieren.

Ich nicke. »Ja, ich habe nur viel zu tun … Ich habe einen miesen Tag, um ehrlich zu sein.« Ich bin versucht, ihr von der Begegnung mit Alex in Pershore zu erzählen, aber dann sehe ich, wie Jas ihren Kopf hinter dem Bildschirm hervorstreckt und entscheide mich dagegen. Ich will nicht mitten im Büro ein weinendes Häuflein Elend sein, an dem sich Jas ergötzen und sagen kann: »Ich hab's dir ja gesagt.« Jedenfalls jetzt noch nicht.

»Hast du jemals herausgefunden, wer diese Blumen geschickt hat?«, fragt Sameera.

Ich höre auf zu tippen und sehe auf. »Nein – Tom hat gesagt, er war es nicht.« Ich zucke mit den Schultern.

»Nun, war klar, dass er das sagen würde, nicht wahr?«

»Ja, das ist nichts, was jemand mit Stolz seine eigene Leistung nennen würde.«

»Ich mochte Tom, er war – lustig, nichts schien ihn aus der Ruhe zu bringen. Ich kann mir nicht vorstellen, dass er so eine Karte schickt. Könnte es jemand sein, den du verärgert hast und von dem du nicht einmal weißt, dass er verärgert ist? Ein Klient, ein Elternteil eines Klienten ...« Die Nachricht mit den Blumen hatte Sameera schockiert. Offensichtlich ging ihr das nicht mehr aus dem Kopf.

»Ja, könnte sein – sie können einen Groll hegen, aber das tut Tom auch.« Ich seufze.

»Wer hegt einen Groll?« Harry steht von seinem Schreibtisch auf und setzt sich zu uns, er isst gerade ein Sandwich und lässt überall Krümel fallen. Sameera weist ihn zurecht, und er zuckt mit den Schultern. »Du siehst bestürzt aus, Hannah.« Er sieht besorgt auf mich herab, dann widmet er sich wieder seinem Sandwich.

»Mir geht es gut, ich bin nur beschäftigt«, sage ich. Für den Moment behalte ich meine Sorgen um Alex für mich, bis ich von ihm die Wahrheit erfahre. Ich wechsle das Thema. »Ich hatte gerade ein Treffen mit Chloe und ihrer Mutter. Ich vermute, dass da irgendetwas im Argen liegt«, sage ich zu Harry, während Sameera losgeht, um uns allen einen Kaffee zu machen.

»Etwas mit Carols Freund?«, fragt er, isst sein Sandwich auf und stützt sich auf den Schreibtisch.

»Ja, und Carol war bei dem Gespräch dabei, sodass ich nicht allein mit Chloe reden konnte. Das muss ich aber. Ich muss dem Ganzen wirklich auf den Grund gehen.«

Als ihr früherer Sozialarbeiter ist Harry mit dem Fall nur allzu vertraut und rollt mit den Augen. Er seufzt und deutet auf die Akten. »Hast du dich schon durch all diese Akten gewühlt?«

»Nein«, sage ich und fühle mich schuldig. »Ich habe angefangen, bin aber noch nicht fertig. Ich hätte sie schon vor

Wochen durchsehen sollen, als ich dir den Fall abgenommen habe. Tut mir leid.«

»Du musst dich nicht entschuldigen, ich bin mir auch nicht sicher, ob ich jedes kleine Detail gelesen habe. Ich meine, seien wir ehrlich, sie reichen Jahre zurück.«

»Mmh, Chloe hat einen so schweren Start gehabt. Und Carol bringt so einen Kerl mit nach Hause, zu einem mit Problemen belasteten Teenager-Mädchen – ich traue der Situation überhaupt nicht.«

»Gott weiß, was hier los ist. Das arme Kind wird so durcheinander sein.«

»Ja, ich weiß. Als ob die Dinge nicht schon schwierig genug wären, ist ihre Mutter unfähig, ihr Kind jemals an die erste Stelle zu setzen.«

»Auf jeden Fall, aber es ist ein Minenfeld, sei vorsichtig«, warnt Harry.

»Was meinst du?«, frage ich.

»Das Kind ist schon so lange im System, dass sie weiß, was sie sagen muss und wonach wir suchen, und wenn ihre Mutter für sie spricht, dann vielleicht nur, weil *Chloe* das möchte.«

»Wow, das hatte ich gar nicht bedacht.« Harry ist gut in seinem Job, und er versteht, wie junge Menschen ticken. Außerdem war er zwei Jahre lang Chloes Sozialarbeiter, er kennt sie also gut.

»Sag mir einfach Bescheid, wenn du dir Sorgen machst – oder wenn ich die Chloe-Sprache übersetzen soll.« Er lacht und entfernt sich.

»Danke, Harry.« Ich lächle. »Was würde ich nur ohne dich tun?«

Er setzt sich wieder an seinen Schreibtisch und streckt seinen Daumen nach oben.

Mein Telefon blinkt, ich hebe ab und Margaret sagt: »Alex auf Leitung eins, meine Liebe.«

Er kann mich nicht auf dem Handy erreichen, also versucht er es auf dem Festnetz. So ein Mist. Ich will noch nicht mit ihm sprechen, ich muss nachdenken und ich will ihn schwitzen lassen.

»Oh, ich bin heute Nachmittag so beschäftigt, Margaret. Würdest du ihm bitte sagen, dass ich nicht im Büro bin?«, frage ich.

»Das ist jetzt schon das dritte Mal, dass er anruft, Liebes. Ich dachte, du magst ihn?«

Gott, sogar Margaret hat eine Meinung zu meinem verdammten Liebesleben. Ich weiß, sie meint es nicht böse, aber ich wünschte, alle würden sich raushalten.

»Ja, aber ich habe viel zu tun, und es ist nicht gut, zu verfügbar zu sein, nicht wahr?« Ich versuche, unbeschwert zu klingen, ich will nicht, dass sie denkt, es sei mehr als das.

Alex heute mit dieser Frau zu sehen, hat mich aus der Bahn geworfen. Ich weiß, ich sollte mich dem stellen, seine Anrufe annehmen und ihn danach fragen, aber ich habe Angst davor, zu hören, was er zu sagen hat. Und außerdem kann ich so ein Gespräch nicht im Büro vor allen führen. Ich rufe ihn an, wenn ich so weit bin.

Um achtzehn Uhr ist das Wetter eisig und der Wetterbericht sagt Schnee voraus.

»Bleib nicht zu lange, Schatz«, ruft Jas, »deine Heimfahrt wird nicht gerade lustig, wenn das hier eintritt.« Sie kommt auf mich zu, hat ihren Mantel an, hält ihren Schal fest und will gehen. Offensichtlich hat sie unseren kleinen Streit von heute Morgen verziehen oder vergessen, also werde ich das auch tun.

»Ich werde nicht zu lange bleiben, Liebes – ich arbeite nur an dem Chloe-Rätsel«, sage ich und schenke ihr ein Lächeln.

»Ach das! Brauchen wir ein Meeting?«

»Nicht heute Abend, lass uns morgen reden, wenn ich das alles durchgearbeitet habe. Es gibt eine Menge handschriftlicher Notizen, die eingegeben werden müssen.«

»Margaret wird das für dich tun.«

»Nein, es ist in Ordnung. Ich denke, es wird mir helfen, mich mit allem vertraut zu machen, wenn ich es selbst tue.«

»Okay, Babe, aber arbeite nicht zu hart.« Sie wickelt ihren Wollschal mehrmals um den Hals und wirft mir einen Kuss zu. Doch bevor sie geht, sagt sie: »Tut mir leid wegen vorhin, ich muss mich raushalten, oder?«

»Ja, musst du!«, sage ich. Ich würde ihr gern von meiner Mittagspause und Alex erzählen und davon, wie ich mich fühle, aber ich weiß, dass ich ihr damit nur Munition liefern würde, und das brauche ich jetzt nicht.

»Es tut mir wirklich leid.«

»Es ist alles in Ordnung, wir sind quitt. Wir kennen uns zu lange, als dass ein kleiner Streit über einen Mann etwas ändern könnte«, sage ich.

»Danke, dass du das sagst, das bedeutet mir viel«, sagt sie. »Ich liebe dich, Babe.« Sie haucht mir einen Kuss zu.

»Ich dich auch«, sage ich und erwidere den Kuss, während sie davonhüpft und die Tür aufreißt, um einen Hauch des frostigen Abends hereinzulassen.

Und dann bin ich allein in der Stille, es gibt nichts außer dem Klicken meiner Tastatur. Man könnte eine Stecknadel fallen hören.

Mein Kopf schwirrt. Ich sollte mich auf Chloe Thomson konzentrieren, aber ich mache mir zu viele Gedanken darüber, was Alex heute getan hat, als dass etwas anderes in meinem Kopf Platz fände. Vielleicht habe ich es in Gedanken zu sehr aufgeblasen, aber ich muss mit ihm sprechen.

Ich nehme mein Telefon mehrmals in die Hand und lege es wieder weg, bevor ich endlich den Mut aufbringe, ihn anzurufen und ein für alle Mal herauszufinden, was los ist. Ist er der perfekte Mann, für den ich ihn gehalten habe, oder war die ganze Sache eine Lüge?

14

Alex klingt erfreut und erleichtert, mich zu hören, als er ans Telefon geht.

»Hannah, ich habe mir solche Sorgen um dich gemacht, ich habe den ganzen Tag angerufen. Hast du meine Nachrichten nicht bekommen? Ich habe auch SMS geschickt – wo *bist* du?«

»Ich bin noch bei der Arbeit«, antworte ich in einem monotonen Tonfall.

»Aber es ist schon nach sechs. Ich dachte, wir würden heute Abend bei dir essen. Ich bin zu deiner Wohnung gekommen, aber du warst nicht da.«

Mein Gott, bei all dem, was heute passiert ist, habe ich das hochgepriesene Fertiggericht für zwei Personen vergessen, das noch im Kühlschrank des Büros steht. »Tut mir leid, ich ... ich war sehr beschäftigt ... ich habe einfach viel zu tun.«

»Kannst du die Arbeit nicht mit nach Hause nehmen?«, fragt er.

»Nein.« Ich schinde Zeit. Ich will ihn fragen, warum sich heute eine schöne Frau bei ihm untergehakt hat. Aber ich will dieses schwierige Gespräch nicht führen und ich will nicht hören, wie er mich anlügt.

»Was ist los? Du klingst so anders. Du machst mir Angst.«

Mir ist übel, ich weiß gar nicht, wo ich anfangen soll.

»Warum hast du mich nicht zurückgerufen, Hannah? Ich war den ganzen Tag im Gericht und musste immer wieder rausgehen, um mein Telefon zu benutzen.«

»Du warst den *ganzen* Tag im Gericht?«

»Ja, das habe ich gesagt.« Er hat also nicht vor, es mir zu sagen. »Ich konnte mich kaum auf den Fall konzentrieren. Noch dazu ein wichtiger ...«, fügt er hinzu.

Seine Stimme hat eine Schärfe, die mir die Nackenhaare zu Berge stehen lässt. Wie kann er es wagen! Er lügt unverfroren und hat die Frechheit, sich über mich zu ärgern.

»Nun, ich habe den Nachmittag damit verbracht, mir die Schutzmöglichkeiten für ein armes Teenager-Mädchen anzusehen, das wahrscheinlich sexuell missbraucht wird.«

Daraufhin wird seine Stimme weicher. »Es tut mir leid. Ist das der Grund, warum du nicht auf meine ...«

»Das ist einer der Gründe. Ich musste den Fall im Detail mit Harry besprechen.« Nachdem ich die Akten durchgesehen hatte, setzte ich mich mit Harry zusammen, um zu sehen, was ich noch herausfinden konnte; er war sehr hilfreich, und auch Sameera steuerte einige Erkenntnisse bei. Ich war froh über den Beitrag der beiden, denn ich war völlig verwirrt. »Also, wie gesagt, ich hatte heute auch einiges zu tun«, sage ich.

»Es war allerdings gut, dass du Harry hattest, mit dem du über alles reden konntest.«

»Was meinst du damit?«, fauche ich ihn an, weil ich genau weiß, was er meint. Er scheint ein Problem mit Harry zu haben, oder ist es jeder Mann, mit dem ich zufällig befreundet bin?

»Nichts, nur – du redest den ganzen Tag nicht mit *mir*, du ignorierst meine Anrufe und SMS, aber anscheinend hast du Zeit, um mit Harry zu diskutieren.«

»Du bist ein Idiot«, höre ich mich sagen. Ich kann nicht glauben, dass er auf den verdammten Harry eifersüchtig ist. Er ist völlig auf dem Holzweg und außerdem, wer zum Teufel ist er, dass er sauer auf mich ist, weil ich mit einem Kollegen über einen Fall spreche, wenn er mir nicht einmal gesagt hat, mit wem er zu Mittag gegessen hat? »Hör zu, ich möchte dieses Gespräch nicht am Telefon führen – ich fühle mich zerstreut und glaube, ich muss etwas essen.« Elegant leite ich über zu: »Hast du heute zu Mittag gegessen?«

»Kein richtiges Mittagessen, ich war im Gericht – wie ich schon sagte.«

»Du bist nicht einmal kurz rausgegangen?«

»Nein. Ich hatte keine Zeit, habe mir nur ein Sandwich in der Kantine geholt und das verdammte Gebäude nicht verlassen.«

Jetzt weiß ich also, dass Alex Higham, mein Mr Right, der umwerfende, perfekte Mann, der eindeutig das Zeug zum Ehemann hat, mich anlügt. Und das tut höllisch weh.

»Aber ich habe es trotzdem geschafft, dich anzurufen«, sagt er mit verletzter Stimme, was mich noch mehr aufbringt. »Wir sind *beide* vielbeschäftigte Menschen, Hannah – aber ich habe die Zeit gefunden.«

Ich reagiere nicht darauf, ich bin zu wütend.

»Hannah?«

»Was?«

»Du hättest doch sicher zwei Minuten Zeit gehabt, um meine Anrufe zu beantworten. Das verstehe ich nicht.«

»*Du* verstehst nicht? Dann sind wir schon zu zweit«, knurre ich.

»Was meinst du? Was ist denn los?« Er wartet ein paar Sekunden, dann sagt er mit panischerer Stimme: »Hannah, was ist *los*?«

»Du hast gesagt, du hast das Gericht heute nicht verlassen«, höre ich meine Stimme aus dem Skript vorlesen, das ich den ganzen Tag über im Kopf vorbereitet habe.

»Ja.«

»Und du bist nicht einmal kurz rausgegangen?«

Ich komme mir vor wie eine Anwältin, die im Gerichtssaal herumstolziert und den Angeklagten befragt.

»Nein. Liebling, worum geht es hier?«

»*Hier? Hier* geht es darum, dass ich weiß, dass du das Gericht verlassen hast, dass du Worcester verlassen hast. Ich habe dich gesehen. In Pershore. Mit einer Frau.«

Schweigen.

Sein Schweigen ist der Beweis, dass er gelogen hat. Aber warum lügt er mich an?

Ich bin mir vage bewusst, dass draußen der drohende Schnee zu fallen begonnen hat. Dicke, herumwirbelnde Flocken. Ich denke an die Heimfahrt. Ich denke an Chloe Thomson und hoffe, dass es ihr heute Abend gut geht.

»Oh Gott, Hannah, ich hätte es dir sagen müssen«, sagt Alex jetzt.

»Ja, das hättest du.« Meine Stimme ist krächzend.

»Ich verberge nichts vor dir«, murmelt er.

»Es sieht nicht so aus, Alex.« Ich kann meine Stimme kaum hören.

Stille, innen und außen. Keine Fahrzeuggeräusche von der Straße draußen. Der Schnee bedeckt die Fenster, als ob jemand eine große graue Decke über die Welt geworfen hätte, die sie in einer unheimlichen Stille erstickt.

Ich warte. Ich habe Angst vor dem, was er sagen wird. Ich muss es wissen, aber ich bin nicht sicher, ob ich stark genug bin, es zu hören.

»Ich wollte es dir nicht sagen, weil ich dich nicht verschrecken wollte. Können wir reden? Richtig? Ich möchte dich sehen.«

Meine Kehle schnürt sich zusammen. *Nein, nein, nicht Alex.*

»Sag mir *einfach*, wer sie ist?« Ich möchte krank sein.

»Es war Helen.«

»Ich weiß nicht, was ich sagen soll.« Ich bin verwirrt und verletzt und aufgebracht, ich weiß nicht, was ich fühlen soll.

»Aber – aber du musst *alles* wissen«, sagt er. »Und wenn ich es dir sage, muss ich dich im Arm halten und dir alles genau erklären, damit du keinen falschen Eindruck bekommst.«

Ich möchte verzweifelt glauben, dass alles in Ordnung ist, dass Alex einen völlig unschuldigen Grund findet, warum er heute mit seiner Ex zu Mittag gegessen und mir nichts gesagt hat. Die Ex, mit der er bis vor Kurzem ein großes Problem zu haben schien. Ich sage kein Wort, ich will nur zuhören.

»Hannah, bitte, du bedeutest mir so viel ...« Seine Stimme verklingt.

»Wenn ich dir so viel bedeute, warum hast du mich dann angelogen?«

Wieder das Schweigen. Ich hatte gehofft, er würde lachen, meine Ängste einfach abtun, mir sagen, dass ich dumm bin, dass sie nur eine Klientin, eine Kollegin war – was auch immer. Ich wollte, dass er mich davon überzeugt, dass es keinen Grund zur Sorge gibt. Aber ich *bin* besorgt.

»Triff dich mit mir, Hannah, lass uns reden.«

»Ich weiß nicht.« Ich seufze.

»Bitte, ich flehe dich an, wirf nicht weg, was wir haben. Es gibt keinen Grund, eifersüchtig zu sein, das verspreche ich.«

»Eifersüchtig? Es geht hier nicht darum, dass ich eifersüchtig bin, ich bin kein Teenager. Ich kann verstehen, dass sich jemand mit einer Ex trifft – aber mein Problem ist, dass du es mir nicht gesagt hast.«

»Ich ... Ich treffe dich bei dir«, sagt er mit fester Stimme.

»Nein, ich will mich nicht bei mir treffen. Aber ich möchte wissen, was los ist, also lass uns an einen neutralen Ort gehen, und wenn mir dann nicht gefällt, was du zu sagen hast, kann ich einfach gehen.«

»Okay, okay, wie auch immer du willst. Aber versprichst du mir, dass du mich anhörst?«

»Ich werde es versuchen, aber ich verspreche nichts. Wo sollen wir uns treffen?«

Ich schaue aus dem Fenster. Es füllt sich mit Schnee, der alles in eine weiße Decke hüllt.

»In der Weinbar in der Foregate Street? Wo wir bei unserem ersten Date waren?«, sagt er. »Ich kann in fünf Minuten dort sein.«

»Okay, aber du bist doch bei mir zu Hause, oder? Das ist mindestens zehn Minuten mit dem Auto entfernt, und es schneit, du wirst länger brauchen.«

»Oh. Ja ... Ich werde ... Hör zu, warte einfach auf der Arbeit auf mich.«

»Nein, wir sehen uns in der Weinbar.«

»Warum kann ich nicht einfach ins Büro kommen ...?«

»Ich habe noch etwas zu tun, also schick mir eine SMS, wenn du in der Weinbar bist, und dann gehe ich los.« Es ist eigentlich egal, ob er hierherkommt oder nicht, aber ich hasse es, dass er manchmal versucht, mir zu sagen, was ich tun soll. Er hat diese Art, mich zu überzeugen, mich einzuschüchtern, auf eine nette Art und Weise.

»Warum willst du nie, dass ich in dein Büro komme?«

»Es ist nicht so, dass ich dich nicht im Büro haben *möchte* ... Ich möchte nur auf neutralem Boden sein.«

»Du willst mich nie dort haben, was versuchst *du* zu verbergen?«

Wovon redet er? Ich fühle mich plötzlich wütend und defensiv. »Alex! Wirklich? *Du* bist es, der etwas zu verbergen hat, also versuche bitte nicht, das auf mich abzuwälzen. Wir sehen uns in einer halben Stunde in der Weinbar«, sage ich entschlossen und beende den Anruf, wütend darüber, dass er mir unterstellt, ich hätte einen Grund, ihn nicht in die Nähe meines Büros zu lassen. Er bietet mir immer wieder an, mich von hier abzuholen, aber das ist nicht nötig, und im Moment möchte ich Arbeit und Privatleben trennen. Außerdem ist es aus beruflicher Sicht nicht angebracht. In diesem Büro werden vertrauliche Informationen aufbewahrt, und Jas würde einen Anfall bekommen, wenn sie wüsste, dass jemand anderes als das Team nach Feierabend hier ist. Und es wäre mein Glück, wenn sie etwas vergessen hätte oder zurückkäme, um nachzusehen, ob es mir gut geht, und ihn hier mit mir im Halbdunkel vorfände.

Ich denke daran, dass sich in den Schatten dieses Büros Regal um Regal mit prall gefüllten Akten und verschlossenen Schränken befindet. Unter den vielen Notizen und Aufzeichnungen von Sitzungen und Beschlüssen sind Geheimnisse, die Menschen verbergen, Dinge, die wir sicher aufbewahren müssen. Manchmal müssen wir in diesem Job das Leben mit all seinen Abgründen und Schrecken zulassen. Aber letzten Endes geht es darum, das Leben besser zu machen.

Ich höre etwas, eine Bewegung am anderen Ende des Büros. Jas sagte, sie dachte, wir hätten Mäuse. Ich hoffe nicht. Da ist es wieder. Es kommt eindeutig aus dem hinteren Teil des Büros. Ich schaue mich um und versuche genau zu erkennen, woher das Geräusch kommt, aber es ist so dunkel, dass ich nicht so weit sehen kann.

Ich versuche, meine Arbeit zu beenden, damit ich mich mit Alex treffen kann, aber ich kann mich nicht konzentrieren. Ich habe dieses schreckliche, irrationale Gefühl, dass mich jemand aus dem Dunkeln beobachtet. Ich weiß, dass da niemand ist, aber ich drehe mich noch einmal zu der Dunkelheit hinter mir um, und da sehe ich eine Bewegung. Es war definitiv *keine* Maus.

Ich bleibe ganz still stehen und starre eine Weile vor mich hin, bis mir klar wird, dass es wahrscheinlich nur mein Verstand ist und die Dunkelheit mir einen Streich spielt. Ich muss aufhören, mich so anzustellen und den Bericht über das heutige Treffen mit Chloe und ihrer Mutter ausfüllen.

Ich kehre zu meiner Arbeit zurück und tippe weiter,

während meine Tastatur in der unergründlichen Stille klappert. Plötzlich höre ich wieder etwas und halte inne. Und warte. Stille. Ich blicke mich um. Nichts. Ich beginne wieder zu tippen und erinnere mich an die Art, wie Chloe mir nicht in die Augen sehen konnte, wie ihre Mutter für sie sprach. Wie Harry sagte, vielleicht steckt mehr hinter Chloe, als es den Anschein hat. Ist sie dieses Mal das Opfer oder der Täter?

Ich höre definitiv etwas und höre wieder auf zu tippen. Ich stehe auf, und mein Herz beginnt so laut in meinen Ohren zu pochen, dass ich für alle anderen Geräusche taub bin. »Ist da jemand?« Allein die Tatsache, dass ich meine Stimme höre, die diese Frage stellt, macht mich wahnsinnig.

Ich warte und werde von einer weiteren Schicht dichten, verschneiten Schweigens empfangen. Ich bleibe noch ein paar Sekunden stehen, in dem Bewusstsein, dass ich diesen Bericht fertigstellen muss, und doch abgelenkt durch etwas – und nichts. Ich könnte mir einen Tritt verpassen, weil ich zugelassen habe, dass das, was heute passiert ist, meinen Verstand vereinnahmt – wenn ich das nicht getan hätte, wäre ich jetzt fertig und bereits weg. Stattdessen erschrecke ich mich halb zu Tode, während ich schon vor Stunden hätte zu Hause sein sollen.

Mir ist kalt und es ist unheimlich, und ich muss Alex sehen, also schalte ich, ohne den Bericht zu beenden, den Laptop aus, werfe Chloe Thomsons Akten in eine Tragetasche, schnappe mir meinen Mantel und meine Umhängetasche und mache mich auf den Weg zur Tür. Ich weiß, dass niemand hier ist, niemand, der im Dunkeln lauert, aber während ich zur Tür gehe, mache ich mich mit verrückten, sich mir aufdrängenden Gedanken kirre.

Als ich die Außentür erreiche, stelle ich fest, dass sie verschlossen ist. Das muss Jas gemacht haben, als sie gegangen ist, sodass Gott sei Dank niemand reinkommen konnte. Ich lächle vor mich hin und verdrehe die Augen über meine Nervosität. Aber in diesem Moment höre ich wieder etwas und krame hektisch nach den Schlüsseln in meiner Tasche. Normalerweise bin ich nicht so ängstlich, aber heute habe ich mich in einen solchen Zustand gebracht. Und jetzt kann ich meine verdammten Schlüssel nicht finden. Je mehr ich in meiner Tasche herumtaste, desto panischer werde ich. »Scheiße, Scheiße«, sage ich leise, spüre, wie sich ein Schrei in meiner Kehle formt, aber ich schlucke ihn hinunter. Wie durch ein Wunder greifen meine Finger endlich nach den Schlüsseln und ich hebe den Kopf, um sie ins Schloss zu stecken, als ich den Umriss eines Gesichtes sehe, das sich gegen die Scheibe presst.

Jetzt bahnt sich der Schrei, der mir im Hals steckt, laut und schrill seinen Weg heraus. Ich wusste nicht, dass ich solche Geräusche machen kann, es ist, als kämen sie von jemand anderem. Mein Herz ist jetzt fest in meiner Kehle eingeklemmt. Soll ich die Tür öffnen und denjenigen hereinlassen, wer auch immer es ist? Oder soll ich hier drinnen bleiben, allein eingesperrt in der Dunkelheit?

Der Schatten entfernt sich ein wenig vom Glas.

»Was wollen Sie?«, rufe ich. »Ich rufe die Polizei.«

Der Schatten bewegt sich wieder.

Ich hole mein Telefon aus der Manteltasche.

»Hannah ... Hannah? Ich bin's, mein Schatz.«

»Alex?«, rufe ich zweifelnd zurück.

»Ja.«

Ich stecke den Schlüssel ins Schloss und öffne die Tür, und zu meiner Erleichterung steht Alex da. Er lächelt, streckt die Arme aus und freut sich, mich zu sehen.

»Warum bist du hierhergekommen?«, frage ich, ohne sein Lächeln zu erwidern oder ihm in die Arme zu fallen, die er nun unbeholfen fallen lässt.

»Ich ... ich habe mir Sorgen gemacht. Ich ... war schon auf dem Weg, als ich mit dir telefoniert habe.«

»Wir haben uns in der Bar verabredet, nicht wahr?«

»Was soll das, warum stellst du mir so viele Fragen?«

»Du hast mich zu Tode erschreckt, warum bist du hier aufgetaucht?«

»Hannah ...« Er schaut ins Büro hinter mir. »Ist noch jemand bei dir?«

»Nein«, sage ich irritiert.

»Bist du also allein?«, fragt er erneut.

»Ja, *natürlich* – warum fragst du?«

»Ich war besorgt ... Ich dachte, ich hätte jemanden gesehen.«

»Wann? Jetzt?« Mir ist *wirklich* unheimlich zumute. Sieht er jemanden hinter mir? Ich traue mich nicht, mich umzudrehen und nachzusehen.

»Im Moment nicht, aber ich schwöre, ich habe jemanden weggehen sehen. Die Person kam von der Rückseite des Gebäudes.«

Ich spüre, wie mir ein Schauer über den Rücken läuft.

»Deshalb bin ich an die Tür gekommen«, erklärt er.

Ich war die Einzige in dem Gebäude, aber ich kann mir nicht helfen, ich habe Angst. Ich dachte auch, es wäre jemand hier drin gewesen. Was, wenn ich nicht allein war?

»Lass uns von hier verschwinden«, sage ich, führe ihn hinaus und schließe die Tür hinter uns. Meine Wut auf ihn kann warten, denn jetzt will ich einfach nur weg.

Wir machen uns zu Fuß auf den Weg zur Weinbar. Sie ist ein paar Minuten entfernt, also lässt Alex sein Auto stehen.

»Als du gerade jemanden ... gehen sahst, warst du auf dem Weg zur Bar?«, frage ich, während wir durch den Schnee stapfen.

»Nein ... ich war ...« Er hält inne. »Ich saß in meinem Auto. Er rannte hinter dem Gebäude hervor und über den Parkplatz.«

»Bist du sicher, dass du jemanden gesehen hast? Es ist sehr dunkel.«

»Nun, ich *glaube*, er ist aus eurem Gebäude gerannt. Ich

habe mein Fernlicht eingeschaltet, ich habe definitiv jemanden weglaufen sehen.«

»Wie lange hast du schon auf dem Parkplatz im Auto gesessen?«, frage ich.

»Nicht lange.« Er greift nach meiner Hand, aber ich ziehe sie weg. »Ich war so besorgt, und als du nicht in deiner Wohnung warst, bin ich hierhergefahren, zu deinem Büro. Ich weiß, dass du es aus irgendeinem Grund nicht magst, wenn ich im Büro auftauche ... aber ...«

Ich bleibe stehen und schaue ihn an. »Alex, warum *sagst* du das immer wieder? Ich habe kein *Problem* damit, dass du in mein Büro kommst, also hör auf, so zu tun, als hätte ich eins.«

Er zuckt mit den Schultern. »Ich habe nur das Gefühl, dass immer, wenn ich vorschlage, vorbeizukommen oder ...«

»Mir wäre es lieber, du würdest das nicht tun. Aber nur aus dem Grund, dass es mein Arbeitsplatz ist und Jas wirklich sauer wäre.«

»Ich habe den Eindruck, dass Jas sehr schnell sauer wird.«

Ich ignoriere seine Bemerkung. Wir kämpfen uns weiter durch den immer dichter werdenden Schnee, und in einer anderen Situation wäre das hier so romantisch – die Weihnachtsbeleuchtung funkelt entlang der Hauptstraße, weißes Konfetti wirbelt durch die Luft. Als wir am Rathaus vorbeikommen, kann ich nicht umhin, den riesigen Weihnachtsbaum zu bewundern, der in seinem glitzernden Lichterkleid erstrahlt.

»Also, Alex«, beginne ich, »wegen heute?« Ich weigere mich, noch länger zu warten.

Wir sind fast bei der Weinbar, und er deutet mit einer Geste an, dass wir weitergehen sollen, und sagt, dass er es mir sagen wird, sobald wir drinnen sind. Es ist eiskalt. Meine Zähne klappern, so kalt ist es, also zucke ich mit den Schultern, ich kann genauso gut im Warmen sein, während er sagt, was er zu sagen hat.

Drinnen merke ich, dass es vielleicht nicht der beste Ort für ein vertrauliches Gespräch ist. Es ist zwar erst Anfang Dezember, aber die Büroweihnachtsfeiern sind bereits in vollem Gange. Es tut weh, wenn ich mich an unsere erste Verabredung hier erinnere und daran, wie glücklich ich damals war, verglichen mit dem, was ich nur ein paar Monate später empfinde. Damals war es gemütlich und romantisch, jetzt ist es laut und geschäftig, und statt der Aufregung und Hoffnung, die ich vor Wochen gespürt habe, fühle ich mich jetzt traurig.

»Bist du sicher, dass du nicht zu mir gehen willst, wo wir besser reden können?«, schreit Alex, als wir uns einen Weg zur Bar erkämpfen.

Ich schüttle den Kopf. »Hier ist es gut«, sage ich und wende mich lächelnd von ihm ab, damit er nicht versucht, mich vom Gegenteil zu überzeugen.

Schließlich werden wir bedient, er bestellt für jeden von uns ein Glas Merlot, und wider Erwarten finden wir einen Tisch in einer ziemlich ruhigen Ecke.

»Rede mit mir, Alex«, sage ich, setze mich ihm gegenüber, stelle meine Handtasche und die Tragetasche mit Chloes Akten auf den Boden, ziehe meinen Mantel aus und lege ihn neben mich auf die Bank.

Alex fleht mich an, ihn anzuhören. »Hannah, ich habe dich nicht *angelogen* ... das ist nicht, wie ich es sehe.«

»Okay, also wie *siehst* du es?« Ich bin ungeduldig, ich habe mich heute durch die Hölle gequält, und nur er kann mich von diesem schrecklichen, fahlen Gefühl in meiner Magengrube erlösen.

»Ich habe nicht gelogen. Ich habe es dir nicht gesagt, weil ich dich nicht ...« Er hält inne. »Dich nicht verlieren wollte.«

Ich nippe an meinem Wein, halte Blickkontakt, mache aber keine Anstalten zu sprechen. Ich möchte nur, dass er redet.

»Also. Die Frau, die du heute gesehen hast ... mit mir, ja, das war Helen.«

»Ich habe ein Foto gesehen ... in deinem Badezimmer.

Jemand hatte ... auf ihr Gesicht gekritzelt.« Ich schaue ihn direkt an. »Das war Helen?«

Ich sehe, wie ihm die Erkenntnis ins Gesicht geschrieben steht, und er senkt den Kopf. »Ja, ich bin nicht stolz darauf. Damals war ich sehr wütend.«

»Scheint so. Du hast ihr mit einem Stift das Gesicht zerfetzt. Und trotzdem warst du heute mit ihr essen – wie sich die Dinge doch verändert haben«, sage ich und kann die Bitterkeit in meiner Stimme nicht verbergen.

»Die Dinge *haben* sich geändert – als ich dich traf. Ich war in der Lage, ihr zu vergeben, weil ich jemanden gefunden hatte, den ich wirklich liebte.«

Ich ignoriere es, ich werde mich nicht von seinen Worten verführen lassen. »Also ... warum hast du mir nichts von heute erzählt?«

»Weil ...« Wieder eine Pause. Er nimmt einen Schluck, ich weiß, er will Zeit gewinnen. »Weil – es ist kompliziert.«

»Oh bitte.« Ich verdrehe die Augen und halte mich unauffällig am Tisch fest, um mich zu beruhigen. »›Es ist kompliziert?‹ Teenager geben das als ihren Facebook-Status an, es ist nichtssagend.«

»Du bist wütend.«

»Verdammt richtig, das bin ich. Heute Morgen, bevor wir beide zur Arbeit gingen, hast du mir gesagt, du wärst im Gericht. Und später hast du wieder gelogen und mir gesagt, dass du dich nicht mit mir zum Mittagessen treffen kannst, weil du im Gericht bist. Vermutlich warst du aber in ihrem Badezimmer!«

»Nein, nein, ich war im Pub.«

»Noch schlimmer. Du hast mit mir von einer Toilette im Pub aus gesprochen, weil du den Anruf nicht vor ihr annehmen wolltest.«

Diesmal nehme ich einen längeren Schluck Wein, und als ich mein Glas abstelle, starrt er mich an. Er ringt wirklich um

Worte, und je mehr er ringt, desto mehr starre ich ihn abwartend an.

»Hör zu, Hannah, ich war nicht ganz ehrlich zu dir.«

»Jetzt geht's los.« Ich seufze schwer. »Du hast den Nachmittag in einem Hotelzimmer verbracht, du hast erkannt, dass sie deine Seelenverwandte ist und ihr kommt wieder zusammen?«

»Nein, nichts von alledem. Aber ... sie ist nicht meine Ex-Freundin.«

»Was? Wer ist sie dann?«

»Sie ist meine Frau.«

15

Wenn er aufgestanden wäre und mir ins Gesicht geschlagen hätte, hätte mich das nicht mehr schockieren können.

»Deine *Frau?*« Das ist alles, was ich sagen kann. »Deine *Frau?*«, wiederhole ich. Mein Kinn zittert, jeden Moment breche ich in Tränen aus.

»Ich wollte es dir sagen, Hannah.«

Ich kann das nicht länger ertragen, ich werde nicht hier sitzen, während er versucht, es zu erklären. »Es tut mir leid, Alex, aber das ist zu viel.« Ich stehe auf, lege meine Tasche und meinen Mantel über den Arm und mache mich auf den Weg.

»Bitte, Hannah, hör mir zu, es ist nicht so, wie du denkst.«

»Wie ich *denke?* Was ich *denke*, ist, dass wir seit Oktober zusammen sind und jetzt haben wir Dezember. Fast drei Monate – *drei* Monate – und du hast nicht ein einziges Mal erwähnt, dass du verheiratet bist.«

»Es ist ...«

»*Bitte* sag mir nicht schon wieder, dass es kompliziert ist«, zische ich, während ich verzweifelt versuche, die Bank zurückzuschieben, auf der ich gesessen habe und die nun gegen die Wand gepresst ist. »Ich will nichts mehr hören«, murmle ich und bin den Tränen nahe. Ich habe den ganzen Tag Zweifel und Misstrauen in meinem Kopf gehabt, aber selbst in meinen dunkelsten Gedanken hätte ich nie gedacht, dass sie seine *Frau* ist! Ich bin völlig überrumpelt worden und werde ausschließlich von meinem Urinstinkt geleitet. Ich muss fliehen wie ein Tier, das vor dem Schmerz flieht.

Endlich winde ich mich zwischen der verdammten Bank und dem Tisch hervor und kippe dabei mein Getränk um.

Alex ist jetzt aufgestanden. »Ich wusste, dass du ausflippst – aber ganz ehrlich, wir sind im Moment nicht zusammen, bitte hör mir zu – da ist noch etwas anderes. Hannah!«

Ich kann kein weiteres Wort mehr hören und flüchte, während er weiter meinen Namen ruft. Seine Stimme verklingt, während ich mich durch die lachende Weihnachtsschar kämpfe, die zu zwanzigst an der Bar steht. Ich schlage beinahe um mich, um durchzukommen. Ich kann es nicht ertragen, hier zu sein, wo alle so voller Alkohol und Freude sind, die Luft trüb von besoffenem Glück. Ich habe so viele brennende Fragen im Kopf, aber ich kann Alex jetzt nicht gegenübertreten. Das kommt aus dem Nichts und lässt mich alles an ihm in Frage stellen.

Schließlich erreiche ich die Tür, dränge mich durch weitere Menschen nach draußen, schlucke die eisige Nachtluft und laufe die Hauptstraße hinunter. Ich weiß nicht, wohin ich laufe, oder wovor ich davonlaufe.

Mantel und Umhängetasche an die Brust gepresst, renne ich die Straße hinunter, die Tränen gefrieren auf meinen Wangen. Eine Gruppe von Mädchen, denen Weihnachtskugeln an den Ohren baumeln, ruft mir zu: »Geht es dir gut, Schatz?« Ich bin so verstört, dass die Leute mich anstarren, als ich vorbeigehe.

Ich halte den Kopf gesenkt und gehe schnell weiter, die gefrorene Hauptstraße entlang. Fast stoße ich mit einem miteinander vertraut wirkenden Pärchen zusammen, das zu einem romantischen Abendessen unterwegs ist, zur Seite tritt und mich mitleidig ansieht. Wahrscheinlich denken sie, ich sei nur traurig, alleinstehend und betrunken. Ich möchte sie für ihre Selbstgefälligkeit anschreien und dafür, dass sie davon ausgehen, dass sie in ihrer Zweisamkeit sicher sind. Ich möchte ihnen sagen, dass ich mich vor vierundzwanzig Stunden genauso gefühlt habe wie sie und dachte, ich sei unantastbar. Aber Alex ist *verheiratet*.

Ich hatte die naive Hoffnung, dass er, wenn wir an der Bar ankommen, lachen und mir sagen würde, dass die Frau, mit der ich ihn gesehen hatte, seine lang vermisste Schwester sei. Und in einem flüchtigen Bridget-Jones-Moment, muss ich gestehen, habe ich mir sogar erlaubt zu hoffen, dass er mit einer Freundin unterwegs war, um einen Verlobungsring für mich auszusuchen. Dass er heute Abend auftauchen, auf die Knie gehen, meine Sorgen in eine knallrote Schleife wickeln und sie mir zu Weihnachten überreichen würde. Aber das hat er nicht getan. Ich lebe schließlich nicht in einer Liebeskomödie. Dies ist das wahre Leben. Und das wahre Leben tut weh.

Ich zittere vor Kälte und versuche verzweifelt, meinen Mantel anzuziehen, ohne meine Tasche fallen zu lassen, als ich höre, wie jemand neben mir durch den nun knirschenden Schnee läuft. Alex hat mich eingeholt und nimmt mir vorsichtig die Tasche und den Mantel ab. Ich stehe hilflos da, während er meine Arme in den Mantel steckt, den er in der Hand hält, wie ein Elternteil, das sein Kind anzieht. Nachdem er mir den Mantel angezogen hat, schnallt er meine Tasche fest zu und legt sie sich auf die Schulter, bevor er seinen Schal abnimmt und ihn vorsichtig um meinen Hals legt.

Er lehnt sich zurück, um sein Werk zu bewundern. Er hat mich in Ordnung gebracht, aber jetzt laufen mir die Tränen über die Wangen.

»Wie konntest du mich bei etwas so ... *Großem* anlügen?« Ich schluchze.

»Bitte, Hannah. Du bist abgehauen, ohne mir zuzuhören. Deshalb wollte ich es dir persönlich sagen und nicht am Telefon. Ich wusste, dass du wütend sein würdest.« Er hält mich an den Schultern fest und sieht mich direkt an, während er laut und deutlich sagt: »Helen und ich sind *nicht* zusammen, Hannah.«

»Für mich sah es so aus – näher hättest du nicht dran sein können, Alex!«

»Nein. So ist es nicht.«

»Aber warum hast du mir nicht *gesagt*, dass du verheiratet bist?«

»Ich ... ich weiß nicht. Du hast mich nach meiner Ex gefragt, in der Annahme, sie sei meine Ex-Freundin, nicht meine Ex-Frau. Ich hätte dich korrigieren sollen, ich *hätte* es klarstellen sollen – aber aus einem Date wurde ein weiteres und dann noch eins und ...« Er blickt in die Nachtluft, sein Atem steigt als weißer Dampf auf. »Ich wollte dich nicht verlieren.«

»Aber es jetzt herauszufinden, ist so viel *schlimmer*.« Ich weine. »Ich habe den Eindruck, alles, was ich dachte, dass wir sind, sind wir *nicht*«, sage ich unbeholfen, unfähig zu artikulieren, was ich fühle.

Alex lässt seine Hände von meinen Schultern zu meiner Taille wandern und versucht, mich an sich zu ziehen, aber ich ziehe mich zurück. »Es ändert nichts, ich bin immer noch ich und du bist immer noch du«, murmelt er.

»Wenn es nichts ändert, warum hast du es mir dann nicht bei unserem ersten Date gesagt?«

»Weil ... es sich nicht ergeben hat. Und wir hatten einen so tollen Abend ... Ich wollte nichts riskieren.«

»Aber indem du es mir nicht gesagt hast, hast du alles riskiert. Du hast *gelogen* – die ganze Zeit über. Wie kann ich dir jemals vertrauen?«

Seine Augen füllen sich mit Tränen. »Du *kannst* mir vertrauen, Hannah. Bitte, bitte bestrafe mich nicht dafür, dass ich mich wie ein Idiot benommen habe. Das war die Vergangenheit.«

»Aber es ist *deine* Vergangenheit«, murmle ich in die Kälte. »Sie macht dich zu dem, der du bist.«

Wir stehen mitten auf der Hauptstraße, um uns herum wirbelt der Schnee, und ich habe das Gefühl, dass mein Leben gerade zu einem Halt gekommen ist.

»Schatz, du frierst ja«, sagt er und versucht, die Kontrolle wiederzuerlangen. »Lass uns zu mir gehen, da ist es warm und wir können reden. Unsere Autos stehen bei deinem Büro, wir können sie morgen Früh abholen, wir haben etwas getrunken, und ich glaube, wir sind beide zu durcheinander, um zu fahren, also lass uns ein Taxi nehmen und zu mir gehen.«

Er führt mich sanft die Straße hinunter, und ich fühle mich plötzlich klaustrophobisch. Ich brauche Raum, um nachzudenken, und so verlockend es auch ist, in ein warmes Taxi und dann mit Alex in ein warmes Bett zu steigen, ich muss mich widersetzen. Ich bin noch nicht bereit, zu dem zurückzugehen, wo wir waren.

»Nein, ich werde ein Taxi nach Hause nehmen. Ich fühle mich im Moment nicht ganz wohl mit dir«, sage ich und wische mir mit den behandschuhten Händen über die Augen.

Er sieht aufrichtig schockiert aus. »Ich werde nicht zulassen, dass du einfach so in die Nacht verschwindest.«

»Es tut mir leid, Alex. Es gibt viele Dinge, die ich nicht über dich weiß, und das hat mich alles in Frage stellen lassen. Ich brauche jemanden, dem ich vertrauen kann – ich dachte, du wärst so jemand, aber ich bin mir nicht mehr sicher.«

»Oh, Hannah.« Ich sehe Tränen in seinen Augen. »Nicht, bitte nicht. Du kannst mir vertrauen, ich werde alles tun, um es zu beweisen.«

»Da kannst du nichts machen.«

Wir stehen beide eine Weile im Schnee und starren aneinander vorbei, keiner von uns weiß, was er sagen oder tun soll. Er schaut mich immer wieder an, aber ich stelle keinen Blickkontakt her.

»Lass uns wenigstens zusammen ein Taxi nehmen und ich setze dich bei dir ab, dann hast du etwas Zeit zum Nachdenken«, schlägt er vor.

Ich nicke, das ergibt Sinn, und mir ist zu kalt und ich bin zu müde, um noch länger zu reden.

Er winkt ein schwarzes Taxi heran, das zu meiner Erleichterung sofort anhält, und wir steigen ein und sitzen merkwürdig weit auseinander. Alex spricht nicht, und ich auch nicht. Es ist viel, und ich brauche Zeit, um das alles zu verarbeiten. Nach ein paar Minuten halten wir vor meiner Wohnung.

Ich steige aus dem Taxi und versuche, Alex einen Fünf-Pfund-Schein zu geben, aber er hat den Fahrer bereits bezahlt und steigt hinter mir aus.

»Bleib im Taxi, fahr nach Hause«, sage ich, aber er weigert sich. Ich bin wütend, ich fühle mich hinters Licht geführt. Der Plan war, dass er mich sicher nach Hause bringt und dann zu sich fährt.

»Ich will mich nur vergewissern, dass du zu Hause sicher bist, ich mache mir einfach Sorgen. Dein Ex könnte überall mit einem weiteren Blumenstrauß lauern.« Wenn ich jetzt daran denke, läuft mir ein Schauer über den Rücken, vor allem nach den Geräuschen im Büro vorhin. Trotz alledem bin ich froh, dass Alex hier bei mir ist. Der Schnee fällt jetzt stärker, und eine Gruppe lärmender Jungs kommt singend auf uns zu.

»Komm schon«, sagt Alex und greift nach meiner Hand.

Widerstrebend lasse ich zu, dass er seine Finger mit meinen verschränkt und mich durch den Schnee zur Haustür führt, wo ich in meiner Handtasche nach den Schlüsseln krame. Ich will unbedingt hinein, damit ich ihn nach Hause schicken kann und etwas Zeit habe, um über alles nachzudenken.

»Scheiße.« Plötzlich merke ich, dass ich die Tragetasche mit den Ordnern nicht bei mir habe. »Oh nein, ich habe die verdammte Tragetasche im Taxi vergessen«, sage ich und sehe sie in die weiße Vergessenheit verschwinden.

»Nein, du hattest nur deine Handtasche im Taxi dabei«, antwortet Alex.

»Aber ich erinnere mich, dass ich die Tasche auf der Bank in der Weinstube abgestellt habe ... Nein, oh Scheiße.«

»Du glaubst, du hast sie in der Bar vergessen?«

»Ich *muss* sie vergessen haben.« Ich erinnere mich verzweifelt zurück. »Ja, ich bin sicher, dass ich sie dort vergessen habe. Ich muss sie holen gehen.«

»Das geht nicht – es ist spät und du frierst, ruf morgen an.«

»Ich kann nicht, da sind Arbeitsmappen drin. Sie sind streng vertraulich, von Chloes Psychologin, ich habe sie noch nicht einmal gelesen.« Aber jetzt könnte sie jeder nehmen. Ich muss sie holen. Gott, ich hoffe, sie sind noch da.

Ich hole mein Telefon heraus.

»Was machst du da?«

»Ich rufe in der Weinbar an.«

Ich google die Bar, finde die Nummer heraus und warte die nächsten Minuten darauf, dass jemand antwortet. Nichts.

»Ich rufe ein Taxi und fahre zurück«, sage ich in völliger Panik.

»Nein, nein.«

»Das ist zu wichtig, um es auf morgen zu verschieben, Alex.« Ich seufze.

Sanft nimmt er mir das Telefon aus der Hand. »Ich werde zurückgehen«, sagt er leise, aber bestimmt. »Du bist eiskalt und verärgert und es ist meine Schuld, dass du die Tasche vergessen hast. Ich weiß genau, wo wir gesessen haben. Ich erinnere mich jetzt, du hast sie auf den Boden gestellt.«

»Ich bin so eine Idiotin.«

»Nein, das bist du nicht. Ich bin der Idiot, weil ich nicht

früher ehrlich zu dir war und so viel Aufregung verursacht habe. Ich gehe zu Fuß zurück und kann mein Auto holen. Ich habe nur ein Glas Wein getrunken, also kann ich noch fahren. Wenn die Tasche da ist, bringe ich sie dir zurück. Mach dir keine Sorgen«, sagt er, deutet auf mich und läuft rückwärts.

Ich streite mich nicht mit ihm. Ich weiß, was hier geschieht, das ist seine Chance, sich reinzuwaschen, und er nutzt sie. Ich lasse ihn gehen, das ist es, was er tun will.

Ich gehe hinein und schließe die Tür hinter mir. Das Licht im gemeinsamen Flur flackert ein paarmal auf und geht dann wieder aus, taucht mich in die Dunkelheit.

»Verdammt«, sage ich zu mir selbst, als ich im Stockdunkeln langsam die Treppe hinaufkrieche. Ich mache mir in Gedanken eine Notiz, dass ich den Vermieter anrufen muss. Das Licht ist defekt, seit ich vor einem Jahr eingezogen bin, und es ist gefährlich.

Ich öffne die Tür zu meiner Wohnung, und dann wird mir plötzlich klar, was ich getan habe. Ich vertraue Alex die Geheimnisse von Chloe Thomson an, und meine Karriere. Gestern hätte ich darüber keine Sekunde nachgedacht – Alex ist mein Freund, er ist Anwalt, ich schlafe in seinem Bett, ich dusche bei ihm, und ich glaube, ich liebe ihn und kann ihm vertrauen. Aber er hat mir nie gesagt, dass er verheiratet ist, und ich frage mich jetzt, wie gut ich ihn wirklich kenne und ob ich ihm wirklich vertrauen kann.

Ich sitze im Halbdunkel meines Wohnzimmers und versuche, mir das Hirn zu zermartern, um Hinweise zu finden, die er fallen gelassen haben könnte, oder Hinweise, die er mir versehentlich hinterlassen hat. Aber je mehr ich über ihn nachdenke, desto mehr wird mir klar, dass ich Alex nicht kenne. Ich weiß, was er mir zu sehen erlaubt, seine Freundlichkeit, seinen Humor, seine Hochglanzküche und seine italienische Powerdusche in mattem Schwarz. Ich weiß, dass er französisches Essen, ausländische Filme und minimalistisches Interieur liebt, aber ich habe seine Freunde, seine Familie und sogar seine Kollegen noch nicht kennengelernt. Wenn ich darüber nachdenke, gibt es trotz der Fotowand in seinem Haus kein einziges Foto von ihm, und als ich ihn fragte, wer wer sei, blieb er vage und sagte, es seien alte Freunde. Das einzige Foto einer Person, die ich wiedererkenne, ist das von Helen, das er in seinem Kulturbeutel versteckt – was also versteckt er sonst noch?

16

Die Zweifel haben sich energisch in das gedrängt, was ich für meine perfekte Beziehung hielt. So sehr ich auch versuche, ihnen die Tür zu verschließen, sie schlagen sie ein und ich kann sie nicht zurückhalten. Auch die Akten machen mir große Sorgen, also schreibe ich Harry eine SMS, um zu fragen, ob er weiß, ob es irgendwo Kopien gibt. Ich war eine Närrin, habe nur an mich selbst gedacht und daran, wie ich mich fühle – dabei habe ich versehentlich meine Klienten an die zweite Stelle gesetzt. Das habe ich noch nie getan, und das muss jetzt aufhören.

Plötzlich schrillt mein Telefon in die Stille hinein und lässt mich zusammenzucken. Es ist die Nummer von Alex und ich gehe sofort ran.

»Wohin soll dieses Paket geliefert werden, Madame?«, fragt er scherzhaft.

»Hast du sie? Gott sei Dank.« Trotz meiner Zweifel hat er dieses Mal sein Wort gehalten.

»Natürlich habe ich sie.«

»Vielen Dank, du hast ja keine Ahnung ...«

»Es war eine ziemlich gute Idee von mir, zurückzugehen.«

»Ich hätte mich so schrecklich gefühlt, wenn ich es Jas hätte erzählen müssen.«

»Nun, jetzt musst du es nicht mehr. Bist du einverstanden, wenn ich damit zu dir fahre?«

»Das ist wirklich nett, danke.«

Ich habe vor, ihm ausgiebig zu danken und gute Nacht zu sagen; ich brauche noch Zeit, um darüber nachzudenken, wie ich mich fühle. Aber ich bin so verdammt dankbar, als er mit der Tasche in der Hand vor meiner Tür steht, dass ich ihn hereinbitte. Ich habe beinahe vergessen, dass er zum ersten Mal in meiner Wohnung ist, und ich bin so erleichtert über die Akten, dass ich mich nicht einmal für die schrecklichen Wände schäme, die um 1970 gestrichen wurden, als psychedelisches Orange zum ersten Mal »in« war. Und als er sagt: »Du siehst total erschöpft aus, lass mich dir einen Tee machen«, denke ich nicht einmal an die hartnäckigen Flecken auf dem weißen Waschbecken oder an das halb gegessene Croissant, das vor einer Woche im Kühlschrank vergessen wurde. Die Wohnung ist schäbig, die Möbel sind alt, und im Gegensatz zu dem Gehalt eines Anwalts reicht meines als Sozialarbeiterin nicht für eine schöne Inneneinrichtung.

Ich hatte vor, heute Abend früh zurückzukommen und die Wohnung mit Kerzenlicht zu erhellen, um die zerrissenen Tapeten, die Risse im Putz und die nicht entfernbaren Flecken zu verbergen. Dazu sollte es einen Spritzer Lufterfrischer und das erlesene romantische Essen von M&S geben, das immer noch im Kühlschrank auf der Arbeit liegt. Aber das war, bevor ich Alex sah und mein Herz zerbrach, zusammen mit den teuersten Tellern, die ich je besessen habe, wenn auch nur für ein paar Minuten. Jetzt ist alles im Eimer, und wir sind beide hier, ohne das Abendessen und das Kerzenlicht, aber immer noch mit den Rissen und Flecken und dem schäbigen Sofa.

Ich erstarre innerlich, als er den Kopf zur Tür hereinsteckt und das hart gewordene Croissant zwischen Zeigefinger und Daumen hält.

»Das ist eines von Harrys.« Ich rolle mit den Augen. »Schmeiß es in den Mülleimer.«

»Mit Vergnügen«, ruft er aus der Küche, »und dazu die Milch. Ich nehme an, wir trinken unseren Tee schwarz?«

Es hat nicht lange gedauert, bis er die saure Milch gefunden hat, die ich ebenfalls völlig vergessen hatte. »Tut mir leid, ich bin eine Chaotin, nicht wahr?«

»Überhaupt nicht«, sagt er und kommt mit zwei Tassen in der Hand aus der Küche. »Du wohnst die ganze Zeit bei mir. Ich weiß nicht, warum du überhaupt Milch gekauft hast ... du bist nie hier. Und seit wann liefert Harry die Croissants nach Hause?« Er stellt seine Tasse auf den Couchtisch und schüttelt langsam den Kopf.

»Hat er nicht, ich habe es vor Ewigkeiten von der Arbeit mit nach Hause genommen.« Ich seufze. »Es war ein furchtbarer, furchtbarer Tag.« Ich höre, wie meine Stimme schwächer wird, während ich versuche, nicht zu weinen.

Wie immer weiß Alex instinktiv, wie ich mich fühle und was ich brauche, und legt sanft seinen Arm um mich. Ich weiß, dass ich mich zurückziehen sollte, aber nach dem heutigen Tag bin ich emotional so ausgelaugt, dass ich nicht die Kraft dazu habe.

»Es tut mir so leid, mein Schatz. Kannst du mir jemals verzeihen?«, murmelt er.

»Ich weiß es nicht. Im Moment bin ich einfach nur wütend und enttäuscht. Ich dachte, du wärst anders.«

»Bin ich. Ich verspreche es dir.«

»Ich muss das alles verarbeiten, aber ich bin so müde.« Ich lehne meinen Kopf an seine Schulter, und trotz der momentanen Ungewissheit, den stechenden Zweifeln, fühlt es sich gut an, und ich schließe meine Augen.

»Alles, was ich tue, soll dich glücklich machen.« Er seufzt

und spricht weiter leise, honigsüße Töne in mein Ohr, sagt mir, dass er auf mich aufpassen wird. »Ich werde dich beschützen«, flüstert er und küsst meinen Kopf, dann meine Lippen, und schließlich kann ich nicht mehr widerstehen. Bald zieht er mich sanft aus, sagt immer wieder, wie leid ihm alles tue, und ich schmiege mich an ihn. Mein schäbiges altes Sofa fühlt sich plötzlich wie luxuriöser Samt an, und für einen kurzen Moment ist die Welt nicht mehr existent.

»Von der ersten Nacht an, als wir uns trafen und über den Hund, die Kinder und das Leben sprachen, das wir uns wünschen, wusste ich, dass du die Richtige für mich bist«, sagt Alex.

»Du musst dasselbe über Helen gedacht haben.«

Es ist etwa vier Uhr morgens. Wir liegen im Bett – in meinem Bett – und reden über alles.

Alex stützt sich auf seinen Ellbogen, den Kopf auf einer Hand und den anderen Arm über mich gelegt. »Nein. Es ist schon lange her, ich war vernarrt, aber es hat sich als oberflächlich erwiesen. Was ich für dich empfinde, geht so viel tiefer.« Er seufzt, und ich sehe mein Gesicht auf einem Foto vor mir und frage mich einen Moment lang, was er damit machen würde, wenn ich ihn verlassen würde. »Geht es dir gut?«, fragt er.

»Nein, nicht wirklich«, sage ich und verbanne die Vorstellung aus meinem Kopf. »Ich muss alles verarbeiten, das muss ich immer. Aber ich bin bereit, ein paar Fragen zu stellen«, sage ich, denn ich muss genau wissen, wie die Antworten lauten, damit ich entscheiden kann, wie es weitergeht.

»Okay.«

»Wie lange wart ihr verheiratet?«

»Wir waren zwei Jahre lang verheiratet. Wir kannten uns erst seit kurzer Zeit, und es fühlte sich wie der nächste Schritt an.«

»Und wann hat sie dich verlassen?«

»Vor fast zwölf Monaten. Es war zehn Tage vor Weihnachten. Alles, was ich dir bereits über mich und Helen erzählt habe, ist wahr, ich habe nicht gelogen – ich habe dir nur eins nicht erzählt, die –«

»Die Heirat – die, gelinde gesagt, nicht uninteressant war.«

»Ja. Ich hätte –«

»Und die Scheidung, wann wird die stattfinden?«, unterbreche ich ihn. Ich will keine Entschuldigungen mehr, ich will wissen, woran ich bin.

»Bald. Wir haben das Verfahren fast abgeschlossen, und in ein paar Wochen, höchstens einem Monat, sollte alles erledigt sein.«

»Es muss doch Hochzeitsfotos geben, Bankkonten, all die Dinge, die einen Ehemann und eine Ehefrau miteinander verbinden. Du musst sie bewusst vor mir versteckt haben«, sage ich leise. In den letzten vierundzwanzig Stunden bin ich wieder zu dem Kind geworden, das ich einmal war, unsicher gegenüber der Person oder den Personen, denen ich vertrauen wollte. Ich fühle mich wieder verletzlich, zerbrechlich, ausgeliefert.

»Ich habe alles weggeworfen, was mich an Helen und unsere Ehe erinnert hat, es war zu schmerzhaft. Alles, was ich hatte und immer noch habe, ist ein Foto von ihr, das in unseren Flitterwochen aufgenommen wurde.«

»Das mit dem Stift quer über ihrem Gesicht?«

»Nun, ja ... kein Moment, auf den ich besonders stolz bin, aber, wie ich dir schon gesagt habe, ich war verletzt und wütend. Ich kann mir nicht vorstellen, jemals so für dich zu empfinden«, sagt er. Ich spüre seine Lippen auf meinen, und ich lasse mich leicht beruhigt in seinen Kuss fallen.

Dann löse ich mich wieder von ihm, ich werde mich nicht lange ablenken lassen. »Also erzähl mir von Helen«, sage ich. »Nicht Helen, deine Ex-Freundin, Helen, deine Frau – und warum du gestern mit ihr zusammen warst.« Ich bin mir bewusst, dass ich ihn dazu einlade, mich mit den Details zu erschlagen, aber ich bin bereit, den Schmerz zu ertragen. Ich muss die Wahrheit wissen, wie auch immer sie lauten mag.

»Okay.« Er holt tief Luft. »Wie ich dir schon sagte, hat sie mich vor zwölf Monaten verlassen, und letzte Woche rief sie an und fragte, ob wir uns treffen könnten. Ich dachte, es ginge um Geld, die Abfindung, das Haus –«

»*Dein* Haus?«

»Ja. Ich ... Ich habe ihr die Hälfte abgekauft, als sie mich verlassen hat – sie bekam Geld und ich übernahm die Hypothek.«

»Dein Haus ist also die eheliche Wohnung? Du hast es zusammen mit Helen gekauft?«

Er nickt.

»Ich nahm an, Helen hat dort übernachtet, so wie ich. Aber da sie ja deine Frau ist ...« Ich halte inne und überlege, was das bedeutet. Ich nehme an, er musste den Status des Hauses im Unklaren lassen, weil er mir nicht gesagt hatte, dass er verheiratet ist. Aber wir hatten Sex auf jeder Treppe, in seinem Doppelbett, einem Doppelbett, das er vermutlich mit Helen teilte.

Ich hatte mich unter anderem deshalb in Alex verliebt, weil er sein Haus so liebevoll für eine zukünftige Frau und Kinder vorbereitet hatte. Ich dachte, dass er sich mit den Dingen, mit denen er es gefüllt hatte, ein Nest eingerichtet hatte und auf die richtige Frau wartete, die es mit Leben füllen würde. Aber jetzt herauszufinden, dass nicht er allein das getan hat, sondern dass das Nest von beiden geschaffen wurde, von der wunderschönen Farbgestaltung bis hin zur Dusche, in der wir uns lieben, ist enttäuschend. *Sie* hatten sich bereits unter diesem heißen Wasser geliebt, ein gemeinsames Leben und eine gemeinsame Küche geplant. Sein Haus wurde schließlich nicht mit dem Gedanken an *mein* zukünftiges Ich gekauft oder gebaut. Und jetzt fühle ich mich wie seine Geliebte.

Ich versuche, meine Gedanken zu ordnen, ich habe so viele Fragen, aber ich setze Prioritäten.

»Warum wollte sie sich also treffen?«

Er atmet noch einmal tief durch, die Wahrheit scheint schwierig für Alex zu sein. »Sie wollte mir sagen, dass sie einen Fehler gemacht hat. Sie hat mich gefragt, ob wir wieder zusammenkommen können ...«

»Oh Gott.« Meine Kehle schnürt sich zusammen, als ich in der Stille auf mehr warte. Sie hat ihn offensichtlich sehr verletzt, als sie ging, aber ich denke an das Foto mit dem Strich darauf, das er in seinem Kulturbeutel aufbewahrt. Hat er noch Gefühle für sie? »Und was willst *du*, Alex?«, dränge ich.

»Ich will *dich*.«

Ich erinnere mich daran, wie Helen ihn auf der Straße in den Arm genommen hatte, wie er so bereitwillig in ihr Auto eingestiegen war.

»Bist du dir absolut sicher? Wenn ich weiß, dass sie dich zurückhaben will, fühle ich mich unsicher, ein Schatten hängt jetzt über uns.«

»Ich verstehe, wie du dich fühlst, und ich wünschte, ich könnte dir sagen, dass sie verschwinden wird, aber ich bin mir nicht sicher, was sie tun wird.«

Ich wünschte, er würde mich mehr beruhigen. Ich bin voller Selbstzweifel, die in mir das Bedürfnis geweckt haben, sicherzustellen, dass er immer noch mir gehört. Ich schalte die Nachttischlampe ein. Ich möchte sein Gesicht sehen, in seine Augen blicken.

»Helen war schon immer schwer zu durchschauen«, sagt er, »und im Moment halte ich es für das Sicherste, wenn wir uns beide von ihr fernhalten.«

»Was meinst du?«, frage ich. Er wirkt sehr angestrengt, sogar ein bisschen nervös.

Er sieht mich an, ohne zu lächeln, sein Gesichtsausdruck ist nicht zu deuten. »Mit Helen und mir ist es aus. Und ich habe ihr heute klargemacht, dass ich nicht interessiert bin, aber ...« Er hält inne. »Sie hat es nicht sehr gut aufgenommen.«

»Aber sie sah so glücklich aus, als ich dich sah.« Und er auch.

»Es war später, im Auto, als sie sagte, dass sie noch Gefühle hat. Aber ich habe ihr von dir erzählt ... Ich liebe *dich*, Hannah.«

»Und ich liebe dich.« Ich seufze. »Ich habe nur das Gefühl, dass jetzt noch jemand anderes da ist.« Ich bin nicht in der Lage, sie beim Namen zu nennen und sie so zum Leben zu erwecken und in unsere Beziehung zu bringen. Andererseits, war sie die ganze Zeit hier und hat nur darauf gewartet, dass sich eine Lücke zwischen uns auftut, damit sie wieder auf der Bildfläche erscheinen kann?

»Nein, es gibt nur dich und mich. Mit uns, das ist *für immer*, Hannah«, sagt Alex und berührt meine Hand mit seiner, um das zu unterstreichen.

Als Kind, das am Rande der Familien anderer Menschen lebte, hatte ich nie ein Zuhause für immer, und ich bin sicher, Alex weiß, welche Bedeutung diese Worte für jemanden wie mich haben. Wenn man als Kind kein festes Zuhause hat, gerät die eigene Identität durcheinander. Es ist schwer zu wissen, wo ich hingehöre, selbst jetzt noch.

Der heutige Tag hat mich an die Zeit erinnert, als ich begann, mich endlich in einer Pflegefamilie einzuleben. Mr und Mrs Rawson waren freundlich und fürsorglich, und ich wagte zu träumen, dass dies mein Zuhause für immer sein könnte. Aber dann kam die Tochter Shelly von der Uni zurück nach Hause, und mir wurde klar, dass das ein unrealistischer Traum war. Sie war die *echte* Tochter, es war *ihr* Zuhause, *ihre* Familie, nicht meine. Ich hatte mir eingeredet, dass ich dort hingehörte, aber im Vergleich zu ihr war ich nicht mehr als ein Möbelstück im Haus. Sie waren alle sehr nett, aber manchmal hörten sie auf zu reden, wenn ich ein Zimmer betrat, Mrs Rawson ging mit

Shelly Kleidung einkaufen, sie gingen zusammen ins Kino, und ihr Vater nahm sie zu Fußballspielen mit. Anfangs luden sie mich manchmal ein, aber ich glaube, es war für uns alle einfacher, wenn ich nicht mitkam. Sie hatten eine gemeinsame Geschichte, gemeinsame Cousins und Cousinen, Gene und gemeinsames Blut – etwas, wovon ich nie Teil sein konnte. Niemand wollte sich die Mühe machen, ein Kind zu umgarnen, das nicht zu ihnen gehörte. Ich zog mich langsam zurück, aß allein in meinem Zimmer, nahm nicht an den Familienausflügen teil, weil ich mich wie ein Eindringling fühlte – wie ein Kuckuck im fremden Nest. So fühle ich mich auch jetzt. Ich habe schon früh gelernt, dass Menschen ihre Versprechen brechen, und egal wie gut ich bin, ich bin nie gut genug, damit sie sie halten.

Was auch immer Alex sagen mag, was auch immer er verspricht, die Zweifel sind geweckt. Schließlich hat er mich schon einmal belogen, und jetzt, wo Helen wieder auf der Bildfläche erschienen ist, habe ich das Gefühl, dass die Zeit für unsere Beziehung abgelaufen ist.

17

Alex weicht von mir zurück und setzt sich im Bett auf, zieht die Knie an und schlingt seine Arme schützend um sie, den Kopf gesenkt.

»Geht es dir gut?«, frage ich sanft.

»Ja«, sagt er bitter, offensichtlich immer noch in Gedanken bei Helen. »Ich habe ihr alles gegeben, weißt du, und sie ist einfach abgehauen.«

»Manche Menschen wollen einfach nicht sesshaft werden«, biete ich an und versuche, nicht gehässig zu sein, schließlich habe ich die Frau nie getroffen, ich kann nicht urteilen. »Tom war genauso.«

»Und sieh nur, wohin es sie gebracht hat. Er schickt anonyme, garstige Karten und sie bettelt darum, wieder mit mir zusammenzukommen.«

»Ja, wenn du es so ausdrückst ...«

Er scheint meine Anwesenheit kaum zu bemerken, denn er starrt vor sich hin, bevor er spricht. »Wir waren noch nicht lange verheiratet, als sie anfing, ihre Telefonanrufe in einem anderen Zimmer entgegenzunehmen, über SMS zu lächeln, die ganze Zeit über einen Typen bei der Arbeit zu reden ... Dann fing sie an auszugehen. Zuerst nur ein- oder zweimal pro Woche, aber dann fast jeden Abend. Ehrlich gesagt, Hannah, saß ich nächtelang allein in unserem Haus und wartete darauf, dass sie nach Hause kam, und machte mir Sorgen um sie.«

Der Verweis auf »unser Haus« schmerzt ein wenig, da ich daran erinnert werde, dass er sein Haus vor mir mit jemand anderem geteilt hat – seiner Frau. Aber ich weiß, dass er sich das von der Seele reden muss. Es ist wichtig für uns, damit wir nach vorne blicken können.

»Ich rief immer wieder an und fragte mich, wo sie sei, aber sie ging nicht ans Telefon und sagte, sie brauche ihren Freiraum. Sie ließ mich nie wissen, wo sie war. Es war, als ob sie verschwunden wäre.«

»Oh, Alex, das klingt ja furchtbar. Ich kann nicht glauben, wie egoistisch und verletzend Helen gewesen ist.«

»Ja. Wir hatten dieses schöne Haus gekauft, eine nagelneue Küche einbauen lassen, weil *sie* es wollte, und das Haus mit all ihren Lieblingssachen ausgestattet – das blaue Geschirr hat ein Vermögen gekostet.« Er seufzt.

»Es ist wunderschön«, sage ich und denke an die rustikalen, graublauen, klobigen Schalen, in die ich mich bei meinem ersten Besuch in seinem Haus verliebt habe. Aber er hört nicht zu, es ist, als wäre er immer noch bei ihr.

»Ich kaufte das Samtsofa, nach dem sie sich sehnte, und die Regendusche, ohne die sie nicht leben konnte. Ich habe dafür gesorgt, dass sie *alles* hatte, was sie wollte, denn alles, was für mich zählte, war ihr Glück.«

Obwohl er behauptet, dass er für sie nicht das Gleiche empfand wie für mich, glaube ich ihm nicht, denn genau so ist er zu mir: Er versucht ständig, mich glücklich zu machen, schenkt mir immer etwas. Kleine Geschenke auf meinem Kopfkissen, eine Packung meiner liebsten rosa Champagnertrüffel in der Speisekammer. Ich habe mein Lieblingsparfüm bei mir zu Hause vergessen, also hat er eine weitere Flasche gekauft, die er in seinem Badezimmer aufbewahrt. Er füllt das Haus mit blassrosa Rosen, weil ich die am liebsten mag, und neulich hat er mich sogar gefragt, ob ich mit den Sofas einverstanden bin.

»Wenn du etwas anderes möchtest, werden wir sie los. Du magst doch diesen blushfarbenen Ton, oder?«, hatte er gesagt. Ich habe ihm gesagt, dass mir der grüne Samt gefällt, was auch der Wahrheit entspricht, aber ich wusste nicht, dass Helen sie ausgesucht hat. Das Haus und alles, was darin ist, fühlt sich jetzt für mich ein bisschen merkwürdig an.

»Wenn das alles für sie eingerichtet war, muss es ihr schwergefallen sein, das Haus und alles, was darin ist, zu verlassen, selbst wenn sie gehen wollte.«

»Ich weiß es nicht.« Er zuckt mit den Schultern. »Das lässt mich glauben, dass sie vielleicht zurückkommen wollte.«

Das fühlt sich unangenehm an. »Sie ist offensichtlich nie wirklich gegangen, zumindest in ihrem Herzen nicht – und es scheint mir, als ob du noch Gefühle für sie hast«, höre ich mich sagen.

»Sie wird mir immer etwas bedeuten. Man denkt, dass man über jemanden hinweg ist, und plötzlich trifft es einen. Es ist wie mit der Trauer, sie ist nicht linear, sie kommt und geht. Aber ich *liebe* sie nicht mehr, wenn du das meinst?«

»Ich verstehe«, sage ich und bin erleichtert, dass er es erneut sagt. »Ich liebe Tom nicht, ich weiß nicht, ob ich ihn jemals geliebt habe, aber manchmal, wenn ich an ihn denke, macht es mich traurig.«

»Warum?«

»Weil er Teil meines Lebens war, er hat nichts falsch gemacht, wir waren einfach nicht füreinander bestimmt. Und ich war diejenige, die es beendet hat. Ich glaube, dadurch wurde ihm klar, was er gehabt hatte, aber es war zu spät.«

Alex sagt nichts, er sieht mich nur an, vermutlich wartet er darauf, dass ich mehr sage, also fahre ich fort.

»Ich meine, er war nicht so fürsorglich wie du, er hat seine Liebe nicht gezeigt – aber das heißt nicht, dass er mich nicht auf seine Weise geliebt hat.«

In Alex' Augen flackert ein Hauch von Unmut auf. »Du hast mir gesagt, dass du unglücklich warst, dass du nicht weißt, warum du so lange geblieben bist, dass du ihm gleichgültig warst«, sagt er anklagend. »Und jetzt hat er dich plötzlich geliebt – ihr wart ein tolles Paar.«

»Warte mal, Alex, das habe ich nicht gesagt. Wir waren zusammen, und jetzt sind wir es nicht mehr – Ende der Geschichte.«

»Nicht wirklich, oder? Er ist offensichtlich immer noch so verkorkst, dass er dir gemeine Briefe und Rosen schickt.«

»Ich glaube, er wird einfach ab und zu richtig wütend und kann sich nicht zurückhalten. Aber er hat jetzt jemand anderen kennengelernt, und ich hoffe, dass das bedeutet, dass er nach vorne schauen wird.«

»Liebst du ihn noch?«, fragt Alex plötzlich.

»Nein. Nein, natürlich nicht. Wie du über Helen gesagt hast, er bedeutet mir etwas, mir ist wichtig, was mit ihm passiert, aber er gehört der Vergangenheit an. Und was die Nachricht angeht: Es gibt keinen Beweis, dass er sie geschickt hat. Sameera glaubt, sie könnte von jemandem sein, den ich durch meine Arbeit verärgert habe.«

Alex will etwas sagen, scheint es sich dann aber anders zu überlegen.

»Außerdem geht es hier nicht um Tom«, sage ich. »Wir haben über dich und Helen geredet ... und ich glaube nach wie vor, dass du noch Gefühle hast.«

»Wie oft muss ich es dir noch sagen? NEIN! Habe ich nicht!«

Dieser plötzliche Wutausbruch ist mir unangenehm, und

ich stehe aus dem Bett auf und ziehe mir in der frühmorgendlichen Kälte meinen Morgenmantel über.

»Aber du hast noch Gefühle für ihn«, höre ich Alex vom Bett aus murmeln.

Ich gehe zum Fenster hinüber. »Du irrst dich, das habe ich nicht«, sage ich abwesend und blicke auf den weißen Bürgersteig und die schwarze, schlammige Straße hinunter. Die Dunkelheit draußen wird jetzt nur noch von einzelnen weißen Schneeflocken durchbrochen, die Show ist vorbei.

Ich stehe eine Weile da, und plötzlich spüre ich Alex' Arme um mich, er hält mich fest, drückt mich gegen das Fenster und flüstert mir ins Ohr.

»Haben du und Tom es so getrieben?«

Er drückt sich an mich, kuschelt sich in meinen Nacken, aber so fest, dass meine Handflächen nun flach gegen das kalte Glas gedrückt werden.

»Alex«, keuche ich, als ich ihn hart an meinem Rücken spüre.

Er hebt meinen Morgenmantel an, greift nach meinen Hüften und stößt von hinten in mich hinein. »Hat er es dir so besorgt, Hannah?« Er stößt erst sanft, dann, als er immer erregter wird, härter zu. »Suchst du ihn da draußen auf der Straße, glaubst du, er kann uns sehen?«

Ich bin jetzt gegen das Fenster gepresst und stelle überrascht fest, dass ich seltsam erregt bin. Ich habe diese Seite von Alex noch nie gesehen, wusste nicht, dass er sie in sich trägt, aber anstatt mich schwach und von ihm benutzt zu fühlen, fühle ich mich bestärkt, dass er mich so sehr will, obwohl ich dachte, er würde sich immer noch nach Helen sehnen.

»Ist er da draußen auf der Straße und beobachtet uns? Sieht er, wie ich dich nehme?« Alex wird von dieser Fantasie regelrecht beflügelt. »Ich hoffe, er weiß, dass du jetzt zu *mir* gehörst.« Er stößt so fest in mich hinein, dass ich fast schreie.

Danach liegen wir im Bett und er sagt mir, wie sehr er mich liebt, und ich sage dasselbe. Ich schalte die Lampe aus, liege in seinen Armen und frage mich, was gerade passiert ist. Die Art und Weise, wie wir uns geliebt haben, beunruhigt mich ein wenig, aber gleichzeitig war es so erregend, dass ich nicht wollte, dass er aufhört.

»Ich kann nicht begreifen, dass dich die Vorstellung, dass Tom uns beobachtet, erregt hat«, sage ich.

Er antwortet mir zunächst nicht, und gerade als ich denke, dass er eingeschlafen sein muss, schleicht sich seine Stimme durch die Dunkelheit zu mir. »Hat es *dich* erregt?«

Ich zögere. »Es war ... gut.«

»Hat es sich wie ich angefühlt?«

»Nein ... es hat sich anders angefühlt.«

»Als ob du es mit jemand anderem treiben würdest?«

»Ich ... Ja, ich denke schon.«

»So wie du es mit *Tom* getrieben hast?«, fragt er.

Ich antworte nicht, ich will nein sagen, aber ich würde lügen, wenn ich sagen würde, dass ich nicht an Tom gedacht habe, denn Alex hat seinen Namen immer wieder erwähnt.

Einige Augenblicke lang liegen wir schweigend da, bis er sagt: »Du hast mir nicht geantwortet.«

Ich will nicht alles verderben, indem ich die Wahrheit sage, das würde ihn verletzen und eifersüchtig machen, also sage ich: »Nein, das warst eindeutig du.«

Ich lächle in die Dunkelheit, warte auf das Gefühl seines Kusses auf meinem Kopf, das beruhigende Streicheln seiner Hand auf meinem Gesicht, aber er ist still und schweigsam, und dann höre ich ihn murmeln: »Verlogene Schlampe.«

Es ist dunkel und ich kann Alex' Gesicht nicht sehen. Macht er Witze? Ich bin mir nicht sicher, also liege ich da und warte, dass er etwas sagt, aber nach ein paar Minuten höre ich sein langsames Atmen, als er einschläft.

Sicherlich habe ich mich geirrt. Der wunderschöne, sanftmütige Alex würde so etwas nicht sagen. Zu mir. Aber wie der Refrain eines schrecklichen Liedes, das nicht verstummen will, läuft es in einer Schleife, bis ich schließlich in einen unruhigen Schlaf falle. *Verlogene. Schlampe.*

18

Heute Morgen ist Alex so liebevoll wie immer, aber ich muss immer wieder an die Worte denken, die er in der Dunkelheit geflüstert hat. Es ist die Art von Satz, die schrecklich klingt, wenn sie ernst gemeint ist, aber ich darf nicht zu viel darüber nachdenken. Er war wahrscheinlich im Halbschlaf, in diesem Zustand zwischen Wachen und Träumen. Im Moment sind Alex und ich glücklich, wir scheinen alles zu verarbeiten, und ich werde mich irgendwann mit seiner Ehe abfinden – es ist also nicht an der Zeit, aus einer Mücke einen Elefanten zu machen. Ich hoffe, dass die Zeit, die wir miteinander verbringen, dazu beitragen wird, uns einander wieder anzunähern und die Zweifel, die ich jetzt habe, zu beseitigen. Aber wenn ich mich an die letzte Nacht erinnere, daran, wie ich gegen das Fenster gedrückt war, und an Alex' Erregung bei der Vorstellung, dass Tom uns beobachtet, kommt mir das ziemlich surreal vor. Das war so untypisch. Ich kann nicht umhin, darüber nachzudenken – war es nur eine harmlose sexuelle Fantasie oder war es mehr?

»Da Wochenende ist, werde ich dir Frühstück machen«, ruft Alex aus der Küche.

Das ist der Alex, den ich kenne und liebe, der freundliche, fürsorgliche Typ, der mich nur glücklich machen will. Wer war also derjenige, der mich gestern Abend ohne Wärme genommen hat, der gemurmelt hat, ich sei eine verlogene Schlampe? Ich wünschte, ich könnte diese Gedanken wegwischen, ich wünschte, ich könnte zu gestern Morgen zurückkehren, als ich dachte, ich kenne den Mann, mit dem ich mein Bett, mein Leben, meine Zukunft teile. Aber das kann ich nicht, also muss ich versuchen, nach vorne zu schauen.

»Du scheinst nichts fürs Frühstück dazuhaben«, sagt er jetzt.

»Oh, Alex, das tut mir leid. Ich habe sogar das Essen, das ich für uns gekauft hatte, im Kühlschrank auf der Arbeit vergessen.«

»Ja, wir wollten doch gestern Abend hier essen, nicht wahr?« Er steckt seinen Kopf durch die Tür. »Wenn ich so darüber nachdenke, ist es kein Wunder, dass ich Hunger habe – ich habe nichts mehr gegessen seit dem ... Mittagessen.« Mit dem letzten Wort verstummt er und wir sehen uns an.

»Ich war zu aufgewühlt«, sage ich und erinnere ihn sanft daran, dass nicht alles vergessen ist und dass das Angebot, mir am Samstagmorgen ein Frühstück zu machen, die Tatsache, dass er mich belogen hat, nicht auslöschen wird.

»Ich gehe los und besorge uns etwas«, sagt er.

»Es gibt immer noch Harrys verwesendes Croissant im Kühlschrank«, scherze ich.

»Nein, das ist nicht der Fall. Ich habe es in den Mülleimer geworfen, wie es mir aufgetragen wurde.« Er zieht seine Jeans an. »Was hat er eigentlich mit dem verdammten Gebäck zu tun? Es ist, als würde er dich füttern – es ist seltsam.«

»Es ist nicht seltsam. Ich habe dir doch gesagt, dass seine Freundin das Café unten an der Straße hat; er bringt uns nur die Reste mit.«

»Nun, *ich* finde das seltsam«, sagt er und geht zu mir rüber. »Steht er auf dich oder so?«

Ich sehe zu ihm auf und lächle. »Oh, Alex, ich glaube, du bist ein bisschen eifersüchtig«, sage ich und greife nach ihm, aber er weicht zurück.

»Ich bin nicht eifersüchtig auf irgendeinen Widerling im Büro, der versucht, es mit dir zu treiben«, antwortet er und zieht seine Jacke an.

»Du hast ihn nie kennengelernt.«

»Ich weiß, aber ... ich *weiß* es einfach.« Er hat seine Jacke angezogen und geht zur Tür. »Wenn er jemals mit einer Tüte Kuchen vor deiner Tür stehen sollte, lass ihn nicht rein, er wird dich ans Bett fesseln, bevor du ›Pain au Chocolat‹ sagen kannst.«

»Harry ist schon oft hier gewesen«, sage ich beleidigt. Ich spiele diese Spielchen nicht mit; er hat vielleicht Dinge vor mir versteckt, aber ich verstecke nichts vor ihm. »Er hat meine Katze gefüttert, wenn ich im Urlaub war, bevor sie starb. Ich würde ihm mein Leben anvertrauen. Und er ist nicht widerlich. Was ist los mit dir, Alex?«

»Was mit *mir* los ist? Ich bin nicht derjenige, dem irgendein Perverser kleine Geschenke auf den Schreibtisch legt.«

»Er ist kein *Perverser*.« Ich muss über die Lächerlichkeit des Gesprächs schmunzeln. Alex bekommt das mit, was ihn zum Lächeln bringt.

Er kommt zurück zu mir, kniet sich hin und nimmt mein Gesicht sanft in seine beiden Hände. »Ich liebe dich, Hannah.« Er sieht mir in die Augen, aber es fühlt sich an, als würde er noch tiefer in mich dringen.

»Ich liebe dich auch«, sage ich, überrascht über diesen plötzlichen Moment, den er geschaffen hat, aber erfreut darüber, dass er die Sorge, die ihn zu einer Überreaktion veranlasst hat, abgeschüttelt zu haben scheint. Ich weiß jetzt, dass

Helens Verrat ihn sehr getroffen hat, daher kann ich seine Vertrauensprobleme verstehen.

Alex sieht mich noch eine Weile an, als suche er nach der Antwort auf ein Rätsel. Dann, genauso schnell, scheint die Zärtlichkeit aus ihm gewichen zu sein, und seine Hände auf meinem Gesicht fühlen sich fester an. »War es Harry, den ich gestern Abend aus deinem Büro rennen sah?«

»Was zum Teufel?« Ich schiebe seine Hände weg. »Ich weiß nicht, was in dich gefahren ist, Alex, aber es gefällt mir nicht.« Ich stehe auf, stoße ihn fast um und gehe in die Küche.

Er folgt mir. »Hannah, das war ein *Scherz*, verstehst du keinen Spaß mehr?«

»Doch, ich verstehe Spaß, aber du warst nicht lustig«, schnauze ich.

»Ich dachte, ich wäre es gewesen.«

»Warst du? Nun, wie wäre es zum Spaß hiermit? Ich bin zu spät gekommen, weil Harry und ich es am Kopierer getrieben haben, als alle anderen schon nach Hause gegangen waren, und als wir fertig waren, ist er weggerannt, bevor ihn jemand gesehen hat.« Das ist keine Komödie, ich bin wütend und Alex weiß das.

»Lustig, sehr lustig, Hannah«, sagt er monoton. »Die Sache ist – ich würde es ihm zutrauen. Dieser Vollperverse«, sagt er wieder, aber diesmal mit einer entspannteren, scherzhaften Stimme.

»Harry ist mein Freund, bitte nenn ihn nicht so«, sage ich ernst. »Und wenn wir schon über Betrug reden, dann wage es bitte nicht, mich darüber auszufragen, was ich gestern gemacht habe«, zische ich.

Er sieht mich an und lächelt halbherzig. Ich warte auf eine scherzhafte Antwort, eine kleine Prise von Alex' Charme. Aber ich erkenne den Mann nicht, der mit kalten Augen vor mir steht.

»Gestern kanntest du die Gegebenheiten noch nicht, also

kann ich dir verzeihen, aber jetzt *kennst* du sie – ich habe dir alles gesagt, und es ist die Wahrheit. Also beschuldige mich bitte nicht des Betrugs«, sagt er mit fester Stimme.

Das fühlt sich wie eine Art Machtspiel an, aber er hat sich die falsche Frau ausgesucht, wenn er dieses Spiel spielen will. Ich habe früh gelernt, dass man seinen Mann stehen muss, denn wenn man das nicht tut, geht man unter und verliert die Kontrolle über das eigene Leben.

»Ich dachte, ich wüsste, wer du bist, Alex«, sage ich.

»Du *weißt* es.« Er wirft die Hände in die Luft. »Was willst du von mir, Hannah? Soll ich mich weiter entschuldigen?«

Ich antworte ihm nicht, und er geht ins Wohnzimmer.

Nachdem ich ein paar Minuten gebraucht habe, um mich zu beruhigen und zu sammeln, folge ich ihm, aber gerade als ich das Zimmer betrete, piept mein Handy. Es ist eine SMS von Harry:

Hey, geht es dir gut? Tut mir leid, dass ich nicht zurückgeschrieben habe, ich war unterwegs. Nein, ich habe keine Kopien von Chloes Akten, du hast sie jetzt alle. Hast du sie zurückbekommen?

Alex dreht sich um und sieht mich fragend an.

»Es ist nur Harry«, murmle ich, während ich eine Antwort schicke.

»Warum schreibt er dir an einem *Samstag* eine SMS?«

»Es geht um die Akten. Ich habe ihm gesagt, dass ich sie in der Bar vergessen habe«, sage ich in demselben gereizten Ton wie er.

»In dem Moment, in dem ich mich auf den Weg gemacht habe, um sie für dich zu holen, hast du sofort Harry angerufen?«

Ich fühle mich enttäuscht. »Ich habe ihm gestern Abend eine SMS geschrieben, weil ich mir Sorgen gemacht habe. Ich hatte gehofft, du würdest sie mir zurückbringen, aber ich wollte wissen, ob er weiß, ob es Kopien gibt, nur für den Fall«, sage ich.

»Was hat das mit *ihm* zu tun?«

»Er war früher Chloes Sozialarbeiter«, beginne ich zu erklären, als mir klar wird, dass ich versuche, eine SMS von einem Arbeitskollegen zu rechtfertigen, und das sollte ich nicht tun müssen. »Was soll das, Alex? Was zum Teufel ist los mit dir?«

Er sieht plötzlich aus, als würde er gleich weinen. »Es tut mir leid, es tut mir leid.« Er kommt mit ausgebreiteten Armen zu mir herüber. »Ich habe das Gefühl, dass gestern ein Wendepunkt für uns war. Ich habe dir von Helen erzählt, und ich mache mir Sorgen, dass sich dadurch deine Gefühle für mich verändert haben. Ich weiß, dass du dich dadurch unsicher fühlst, aber ich fühle mich genauso. Ich würde es dir nicht verübeln, wenn du mich verlassen würdest, wenn du mit jemandem so Einfachen und Unkomplizierten wie Harry durchbrennen würdest.«

»Oh, Alex«, sage ich und Wärme durchflutet mich. Ich strecke meine Hand nach seinen offenen Armen aus und wir umarmen uns. »Du weißt, dass es lächerlich ist, dir vorzustellen, dass ich dich für Harry verlasse – oder?«

Er stützt sein Kinn auf meinen Kopf und umarmt mich. »Ich habe alles kaputt gemacht, nicht wahr? Weil ich schon einmal betrogen worden bin, bilde ich mir alles Mögliche ein, sage dumme Sachen. Wenn du willst, dass ich jetzt gehe, dann gehe ich einfach.«

Ich nehme seine Hand und führe ihn zum Sofa, wo er sich hinlegt und seinen Kopf in meinen Schoß bettet. Ich streichle sein Haar, wie eine Mutter es bei einem Kind mit gebrochenem Herzen tun würde, und sage ihm immer wieder, dass alles gut ist, dass es *uns* gut geht und dass er sich nicht aufregen soll. Er schließt die Augen, und ich lege meinen Kopf zurück aufs Sofa und denke über die letzten vierundzwanzig Stunden nach und frage mich, ob sich meine Gefühle für ihn dadurch verändert *haben* oder ob ich einfach so weitermachen kann wie bisher.

»Ich möchte, dass wir dorthin zurückkehren, wo wir waren«, sagt Alex. »Können wir gestern vergessen und nach vorne schauen, Hannah?«

Ich nicke langsam. »Natürlich wird es einfacher werden, wenn ihr offiziell geschieden seid, aber es könnte sich komisch für mich anfühlen, wenn ich Zeit bei dir, in *ihrem* Zuhause verbringe.«

Er scheint plötzlich lebendig zu werden, und das, worüber wir gerade gesprochen haben, scheint augenblicklich vergessen zu sein. »Dann mache ich es zu *deinem* Zuhause! Ich kann umdekorieren, neue Möbel kaufen, alles verändern. Welche Farbe möchtest du für die Wände?«

»Das musst du nicht tun.« Ich lächle. »Ich brauche nur Zeit, um mich auf die neue Situation einzustellen.«

»Okay.«

»Und wenn sie dich wiedersehen will, sagst du es mir dann?«

»Ich werde sie nicht mehr sehen. Wir werden von nun an nur noch über unsere Anwälte sprechen.«

»Das musst du nicht tun, aber wenn du dich einmal doch aus irgendeinem Grund treffen musst, kannst du mich vielleicht mitnehmen?«

Plötzlich weicht ihm die Farbe aus dem Gesicht. »Nein, das können wir nicht tun«, sagt er und schaut auf das Sofa hinunter. Er fängt an, am Stoff herumzuzupfen.

»Ich meine nicht, dass wir alle zusammen zu Mittag essen oder so, das wäre unangenehm. Aber wenn sie ein Treffen vorschlägt, dann könnten wir zusammen hingehen. Wenn sie mich sieht, versteht sie vielleicht, dass du glücklich bist, dass du nach vorne schaust und dass es kein Zurück mehr gibt.«

»Das wird sie nicht, sie ... das würde ihr gar nicht gefallen«, sagt er und lehnt es entsetzt ab.

»Ich bin selbst nicht gerade begeistert von der Idee. Aber es könnte ihr helfen, die Dinge zu akzeptieren.«

Er schüttelt nur den Kopf; er will nicht einmal darüber reden.

Ich verstehe, dass er nicht will, dass sich seine Ex-Frau und seine neue Freundin treffen, das könnte schwierig sein, aber hier geht es um Klarheit. Ich hoffe nur, dass er gestern wirklich ehrlich und unmissverständlich ihr gegenüber war, und ich hoffe, dass er auch mir gegenüber ehrlich war.

Ich will ihn nicht drängen, also lasse ich es erst einmal und wechsle das Thema. »Du hast das Frühstück erwähnt?«, sage ich.

»Ja, ich besorge etwas zu essen.«

»Ich bin nicht gerade eine Haushaltsgöttin«, scherze ich.

»Nein.« Er lächelt. »Ich habe mich gefragt, wann du das letzte Mal mit dem Staubsauger über diesen Teppich gefahren bist.«

»Wow«, murmle ich. Ich bin etwas verblüfft und hin- und hergerissen zwischen dem Gedanken »Wie kann er es wagen?« und einem leichten Schamgefühl. Es ist mir schon peinlich, dass er den leeren Kühlschrank und das abgewetzte Sofa gesehen hat. Aber an den Zustand des Teppichs habe ich gar nicht *gedacht*. Obwohl ich ihn erst neulich gesaugt habe und ich seitdem bei ihm wohne, also kann er nicht so schmutzig sein.

Als er mich auf die Stirn küsst, aufsteht und geht, sitze ich noch eine Weile schweigend da und denke nach. Ich will es nicht, aber ich kann nicht anders – ich gehe auf alle viere, um den Teppich zu untersuchen. Ich stelle mir vor, dass ich irgendwo einen Haufen Krümel übersehen habe, aber der Teppich sieht in Ordnung aus, selbst wenn ich ihn genau inspiziere – vielleicht ist seine Sauberkeitsschwelle niedriger als meine. Ich bin über seine Bemerkung verwirrt, aber seit gestern bin ich in Bezug auf Alex über ziemlich viele Dinge verwirrt.

19

Alex braucht ewig, um für das Frühstück einzukaufen, das jetzt eher nach einem Brunch aussieht. Aber wie ich ihn kenne, hat er den Feinkostladen in der Nähe entdeckt und kauft spezielle Käsesorten und Wurstwaren. Er erkundigt sich nach der Herkunft des Fleisches, testet alle Probierhappen und nimmt sich Zeit für jeden kleinen Bissen. Er liebt Essen und ist ein brillanter Koch. Ich erwähnte eines Abends zufällig, dass ich hungrig sei, es war schon nach elf, aber innerhalb von Minuten hatte er das köstlichste, knoblauchhaltige, hellgrüne, selbstgemachte Pesto zubereitet und in eine Schüssel mit warmen Nudeln geschüttet.

Ich sagte zu Jas: »Ich habe noch nie eine große Schüssel Nudeln im Bett gegessen, vor einem Mann, den ich liebe. Wer macht das schon?«

Jas sagte, sie würde gern seine Pasta probieren, und ich habe es ihm gegenüber erwähnt, aber er war nicht begeistert.

»Ich will einfach nach Hause kommen und mich hinlegen, ich will keinen Smalltalk mit Leuten führen, die ich nicht kenne«, hatte er gesagt.

»Aber ich würde gern etwas unternehmen – was ist mit

deinen Kollegen oder Freunden? Ich würde sie gern kennenlernen.«

Aber auch diese Idee gefiel ihm nicht. »Ich verbringe schon genug Zeit mit ihnen«, sagte er, »da kann ich doch nicht auch noch meine Zeit, die mir zu Hause bleibt, mit ihnen verbringen. Außerdem ist unsere gemeinsame Zeit zu kostbar – ich möchte dich nicht mit jemand anderem teilen.«

Daran denke ich jetzt, während ich in meiner Wohnung sitze. Es ist, als ob er niemanden außer mir hat. Und ich bin erst vor Kurzem in sein Leben getreten. Aber da ich weiß, dass er sich mit seinem Vater und seiner Stiefmutter nicht versteht und keine Geschwister hat, ist es verständlich, dass er sich so auf mich konzentriert. Und ist das wirklich ein Problem, oder suche ich nach der Achterbahnfahrt der letzten vierundzwanzig Stunden nur nach Schwächen?

Ich beschließe, nicht länger zu grübeln, sondern etwas zu tun. Also suche ich ein paar Teller zusammen und koche eine Kanne Kaffee, bis er mit dem Frühstück zurückkommt, denn es gibt nichts Schöneres, als wenn der Duft von frisch gebrühtem Kaffee durch die Wohnung zieht. Ich öffne die Schranktür und greife nach der French Press, als meine Hand stattdessen auf einer Dose Bohnen landet. Ich bin ein wenig überrascht, denn dort steht normalerweise die French Press. Ich stelle mich auf die Zehenspitzen, um weiter zu tasten, aber nichts. Ungläubig suche ich mit den Händen und den Augen danach, aber im Schrank stapeln sich etwa acht Dosen Bohnen und Tomaten. Die habe ich schon vor Ewigkeiten gekauft, noch vor Alex, und sie stehen seit Anfang des Jahres hier herum – allerdings in einem anderen Schrank.

»Das ist seltsam«, höre ich mich murmeln. Vielleicht habe ich die French Press aus Versehen an einem anderen Ort verstaut, aber die Dosen, die in Reih und Glied stehen, lassen vermuten, dass ich nichts damit zu tun habe. Ich weiß nicht, wann er die Zeit hatte, die Dinge umzustellen, aber es sieht nach Alex aus. Seine Schränke sind so gut organisiert, dass ich ihn kürzlich fragte, ob der Inhalt alphabetisch geordnet sei.

»Nein«, hatte er ganz ernsthaft gesagt. »Ich mag es einfach, wenn alles an seinem Platz ist, dann kann ich besser denken.«

Und jetzt sieht es so aus, als hätte er diese Ordnung auch in meiner Küche durchgesetzt. »Was zum Teufel?«, sage ich zu mir selbst, als ich auf der verzweifelten Suche nach der French Press die anderen Schranktüren aufreiße. Jeder Schrank scheint auf die gleiche Weise »organisiert« worden zu sein. Im Schrank unter der Spüle sind die Reinigungsmittel aufgereiht, jede Flasche mit dem Etikett zu mir gewandt, sodass ich sehen kann, nach was ich greife, und im Schrank über der Spüle sind die Geschirrtücher so ordentlich gestapelt, dass sie wie ein Stapel Briefumschläge aussehen. Ich stelle fest, dass es viel ordentlicher und organisierter ist, aber die Vorstellung, dass Alex es auf sich nimmt, meine Küche neu zu ordnen, ist ein wenig beunruhigend und eigentlich ziemlich aufdringlich. Im Schrank über dem Wasserkocher befindet sich schließlich die French Press. Ich hole sie gerade heraus, als ich die Eingangstür höre.

»Ich bin in der Küche – aber sie ist nicht so, wie ich sie kenne!«, sage ich, als Alex hereinspaziert.

»Ah, du hast gesehen, was ich gemacht habe? Das wollte ich noch erwähnen.« Er lächelt, sehr zufrieden mit sich selbst.

»Ja. Wann hast du das alles gemacht?« Ich bin etwas außer mir.

»Um sechs Uhr morgens konnte ich nicht mehr schlafen, und du hast dich nicht gerührt. Ich kam hier rein, um mir eine Tasse Tee zu machen, und beschloss, ein bisschen Ordnung reinzubringen. Alles lag überall herum, und die Schränke waren schon lange nicht mehr abgestaubt worden.«

»Das ist sehr nett von dir, und für *dich* mag es auch eine Ordnung sein – aber ich kann nichts finden«, sage ich. Eigentlich wollte ich das ganz locker sehen, aber jetzt bin ich ein bisschen sauer über seine Bemerkung, dass die Schränke staubig sind. Ich wusste doch vorher, wo alles war. Ich kann den gereizten Ton in meiner Stimme hören, während ich im Schrank nach dem Filterkaffee suche, der definitiv verschwunden ist.

»Wenn du den Filterkaffee suchst, ich habe ihn in ein luftdichtes Gefäß getan«, sagt Alex und liest meine Gedanken. »Kaffee verliert sehr schnell sein Aroma und seinen Geschmack, sobald man ihn öffnet, das liegt am Röstprozess. Pro vierundzwanzig Stunden, die der Kaffee bei Zimmertemperatur der Luft ausgesetzt ist, verliert er zehn Prozent seiner Haltbarkeit.«

»Danke für den Vortrag«, murmle ich und nehme den Behälter herunter, in dem Tom seine Maden zum Fischen aufbewahrt hat. »Gott, ich hätte den wegwerfen sollen.«

»Ja, es ist nicht gerade Conran, aber wenn du ihn im Schrank aufbewahrst, wird ihn niemand sehen«, sagt Alex.

»Es ist mir egal, ob ihn jemand *sieht*.« Aggressiv wühle ich in dem braunen Arabica-Sand. »Ich hätte meinen Kaffee nur lieber nicht in diesem Behälter, denn er gehörte Tom und er hat ihn für lebende Köder benutzt.«

»Igitt, eklig.« Alex verzieht das Gesicht, kramt dann in seiner Tragetasche und legt eine große Papiertüte auf den Küchentisch.

Ich gieße kochendes Wasser in die French Press und drücke den Stößel mit etwas Kraft nach unten.

»Ich dachte, du würdest dich freuen«, sagt er mit verletztem Gesichtsausdruck. »Du hast gestern Abend gesagt, wie chaotisch du bist, und als ich nachgesehen habe, war alles in den falschen Schränken. Ich habe nichts weggeworfen ... na ja, nur Sachen, die offensichtlich Müll waren.«

Das macht mich wütend. Ich fühle mich, als wäre jemand eingedrungen. »Du hast vielleicht etwas weggeworfen, das für dich *offensichtlich* Müll ist – aber für mich könnte es wertvoll sein.«

»Tut mir leid, ich habe nicht nachgedacht. Ich wollte nur die Küche für dich in Ordnung bringen.«

»Ja, ich weiß, du wolltest nur nett sein, aber« – ich drehe mich zu ihm um – »das ist *mein* Bereich, weißt du?«

Er nickt langsam, während er beginnt, Dinge aus der Papiertüte zu nehmen: frisches Baguette, französischen Käse, ein Glas mit feiner Marmelade. »Ich habe Butter gekauft ... Du hast keine«, sagt er und hält ein Päckchen Butter aus der Normandie auf seinem Handteller wie ein Friedensangebot. Wahrscheinlich bin ich überempfindlich, aber es fühlt sich trotzdem an wie ein Tadel, wie ein Urteil.

»Danke«, sage ich, »aber ich wohne die meiste Zeit bei dir, also macht es keinen Sinn, verderbliche Sachen zu kaufen, die werden schlecht – *deshalb* ist auch keine Butter im Kühlschrank.« Mir ist klar, dass das ein bisschen schnippisch klang, und angesichts der Tatsache, dass er gerade eine Tüte mit Delikatessen auf meinem Küchentisch ausleert, bin ich ziemlich gemein. »Ich hole die Teller und das Besteck«, füge ich hinzu und öffne die Schranktür, in der sich *früher* die Teller und Tassen befanden. »Ahh«, sage ich und schlage die Tür zu.

»Entschuldigung, ich habe die Teller umgestellt, weil ich dachte, dass sie in der Nähe des Herdes besser aufgehoben sind.«

»*Besser* für wen?«, kann ich mir nicht verkneifen zu fragen.

Er schaut von dem französischen Brot auf, das er schneidet. »Ich habe es nur getan, um dir das Leben leichter zu machen. Kann ich denn *gar nichts* richtig machen, Hannah?«

Ich seufze und stelle die Teller auf dem Tisch ab.

»Vielleicht wäre es dir lieber, wenn Tom ... oder Harry an meiner Stelle hier wäre«, sagt er mürrisch.

»Jetzt stellst du dich an«, sage ich, weil ich mich auf dieses Gespräch gar nicht einlassen will.

»Ich stelle mich an? Du kommst ständig zu mir und kaum bin ich eine Nacht hier, fängst du an, davon zu reden, dass es dein Raum ist und du dich überfallen fühlst. Harry schreibt alle fünf Minuten eine SMS und ich habe es gewagt, Toms kostbares Gefäß für den verdammten Kaffee zu benutzen und –«

»Harry hat einmal eine SMS wegen einer Arbeitsangelegenheit geschrieben und der Behälter ist kein verdammtes Andenken, ich will nur nicht, dass mein Kaffee aufbewahrt wird, wo einmal lebende Maden gehaust haben.« Ich breite verzweifelt die Arme aus. »Es hat *nichts* mit Tom zu tun ... oder Harry oder irgendjemand anderem.« Ich starre in die Luft. »Ich kann nicht einmal glauben, dass ich dieses Gespräch führe.«

»Was soll ich denn denken? Du scheinst mich hier nicht haben zu wollen, aber anscheinend war es in Ordnung, dass Tom einzieht, dass Harry einen Schlüssel hat und die Katze füttert.«

»Alex, hör auf«, sage ich ruhig. »Du benimmst dich wie ein Kind.«

»Und du benimmst dich wie eine *Schlampe*.«

Es trifft mich wie ein Schlag gegen den Solarplexus. Schon wieder dieses Wort.

Ich starre ihn an. Er sieht mich nicht an, sondern schiebt nur den Käse hin und her und öffnet die Gläser mit Chutney, als ob er mich nicht gerade eine Schlampe genannt hätte. Am liebsten würde ich das Zeug quer durch den Raum werfen, damit er aufhört, damit er mich wahrnimmt, damit er begreift, was er gerade gesagt hat. Und jetzt glaube ich, dass er es gestern Abend *auch* so gemeint hat. Ich werde das nicht zulassen.

»Ich möchte, dass du bitte gehst«, höre ich mich sagen.

Er schaut schockiert zu mir auf.

»Das ist total respektlos, Alex, und das lasse ich mir nicht gefallen.«

Er hat nie den Anschein gemacht, dass er *so* sein könnte. Ist er nur müde oder sauer, dass ich das mit Helen herausgefunden habe? Es spielt keine Rolle – was auch immer es ist, ich werde nicht zulassen, dass jemand so mit mir spricht.

»Bitte *geh*«, wiederhole ich.

Ich sehe etwas in seinen Augen aufblitzen, das ich nicht deuten kann, als er das Glas auf die Arbeitsplatte knallt, seine Jacke greift und aus der Wohnung stürmt.

Ich stehe in der Küche, wütend, verletzt und enttäuscht, so verdammt enttäuscht. Ich möchte weinen, aber meine Wut hält die Tränen zurück. Ich weiß, wenn sie kommen, wird es eine Flut geben.

In der Stille, die Alex hinterlassen hat, bringe ich Wasser im Kessel zum Kochen, und als ich Stunden später immer noch nichts von ihm gehört habe und mit einer eiskalten Tasse Tee in der Küche sitze, rufe ich Jas an.

Ich erzähle ihr nicht sofort von Alex, seiner Verabredung zum Mittagessen und unserem Streit am Telefon, aber später, beim Glühweintrinken auf dem Weihnachtsmarkt, sprudelt alles aus mir heraus. Ich bin wütend und sie tröstet mich mit ihrem üblichen Spruch, dass alle Männer Mistkerle seien und sie noch keinen getroffen habe, der es nicht ist. Ich bin dankbar, dass Jas nicht sagt, dass sie mich gewarnt habe, aber das würde sie natürlich nicht tun. Obwohl sie ihn nie getroffen hat, gefällt ihr die Vorstellung von Alex nicht, aber sie will kein Salz in die Wunde streuen.

»Ich dachte wirklich, ich hätte den einen getroffen, der kein Mistkerl ist.« Ich seufze, wische mir diskret über die Augen und hoffe inständig, dass ich nicht anfange zu flennen. Ich fühle mich krank und leer zugleich, und der Alkohol und die eisige Luft entfalten schnell ihre Wirkung. »Er hat mir nicht gesagt, dass er verheiratet ist. Er hat mich eine Schlampe genannt. Er hat sogar gesagt, dass ich lieber mit Tom schlafen würde als mit ihm, *und* angedeutet, dass ich etwas mit Harry am Laufen hätte, um Himmels willen.«

»Oh, das ist aber weit hergeholt.« Jas schüttelt den Kopf. »Und, nichts für ungut, aber ich kann mir nicht vorstellen, dass irgendjemand mit Tom schlafen will – er war, nun ja, einfach Tom, nicht wahr?«

»Du hast nie einen meiner Freunde gemocht«, sage ich.

»Ich weiß, Tom war ein bisschen langweilig, aber er hatte seine Momente.«

»Wenn ich die Karte sehe, die diesen Blumen beilag, kann ich mir nur vorstellen, wie ekelhaft sie waren.« Sie verzieht wieder das Gesicht und schlägt vor, dass wir noch etwas trinken. Es ist dunkel und eiskalt, die Planen, die die Marktstände abdecken, flattern wild im Wind und ich fühle mich verloren. Ich möchte noch nicht in meine leere Wohnung zurückkehren, nur um an all das erinnert zu werden, was mit Alex passiert ist, also stimme ich zu und wir bestellen einen Krug Glühwein. Warmer Alkohol ist die einzige Antwort.

»Danke«, sage ich, während wir am nächsten Glas nippen, »du bist immer für mich da.« Jas kann manchmal direkt und kritisch sein, aber sie hat das Herz auf dem rechten Fleck und ist die Person, an die ich mich immer wenden kann, wenn ich etwas brauche – wie jetzt.

»Du bist auch für mich da gewesen.«

Ich spüre, wie mir die Tränen in die Augen schießen, alles hat sich innerhalb eines Tages von wunderbar zu beschissen entwickelt.

»Hör auf zu weinen, du dumme Kuh, er ist es nicht wert«, sagt Jas und schiebt mir mit ihrer behandschuhten Hand die Haare hinters Ohr.

»Aber wenn du ihn kennen würdest, würdest du es verstehen, er ist alles ...«

»Es hat sich herausgestellt, dass er doch nicht *alles* ist, oder?« Sie seufzt.

Und ich muss zugeben, es sieht so aus, als hätte Jas die ganze Zeit recht gehabt.

Mehrere Glühweine später setzt mich Jas mit dem Taxi bei mir zu Hause ab. Als ich in der Wohnung ankomme, betrachte ich den verlassenen Brunch, der immer noch auf dem Tisch steht: Erdbeeren aus der Nebensaison, mein Lieblings-Dattel-Chutney – Alex hatte alles in Hinblick auf mich ausgesucht, er hatte es mit Liebe ausgesucht, und das lässt mein Herz ein wenig schmerzen.

Dann denke ich darüber nach, wie alles aus dem Ruder gelaufen ist, und frage mich, ob ich überreagiert habe. Was ich als seinen Versuch ansah, in mein Revier einzudringen, war nur Alex' Umsichtigkeit, seine Weise, sich um mich zu kümmern. In allen anderen Bereichen unseres Lebens macht er mich glücklich und sorgt dafür, dass ich mich wohlfühle, also wollte er das auch in meiner Wohnung tun, das war alles.

Aber dann erinnere ich mich daran, dass er mich belogen und als Schlampe bezeichnet hat, und dann kommen mir wieder die Tränen.

Ich laufe durch die Wohnung und fühle mich nach den vielen Gläsern warmen Weins etwas wackelig. Um dreiundzwanzig Uhr bin ich ein Wrack. Und dann ruft er endlich an.

»Es tut mir leid, Hannah«, sagt er. »Es tut mir leid ... alles.« Er klingt, als ob er den Tränen nahe ist, seine Stimme ist heiser.

»Du hast mich eine Schlampe genannt«, sage ich, immer noch ungläubig. »Es hat mich so verletzt, ich hätte nicht gedacht, dass du dazu fähig bist. Nicht in meinen kühnsten Träumen hätte ich mir vorstellen können, dass du so gemein bist.«

»Ich weiß nicht, woher das kam. Und ich wollte dich nicht verärgern. Mit den Schränken.«

»Ich weiß.«

»Ich dachte, das ist, was wir tun. Du räumst *meine* Sachen um. Ich meine, erst letzte Woche hast du gesagt, dass die Toilettenartikel im Bad besser auf dem unteren Regal stehen sollten, wo du sie erreichen kannst, und du hast sie umgestellt. Ich habe nicht einmal darüber nachgedacht. Ich habe nicht versucht, dein Gebiet zu übernehmen oder einzudringen«, sagt er verteidigend.

»Ich weiß, ich weiß.« Ich nicke, während ich spreche. Er hat ja recht. Ich räume in seiner Küche herum und stelle manchmal Dinge in den »falschen« Schrank zurück. Er stellt sie oft wieder um, weil er noch zwanghafter ist als ich, aber er sagt nie etwas, er lacht sogar darüber. »Ich war unvernünftig«, sage ich. »Und es tut mir leid, ich bin es einfach gewohnt, hier allein zu sein und zu wissen, wo sich etwas befindet – das ist alles.«

Ich stehe in meinem Wohnzimmer, halte das Telefon in der Hand und blicke aus dem Fenster auf die dunkle Straße unter mir. Niemand ist zu sehen, die Schneereste sind zu grauen Haufen aufgetürmt, die Straßenlaterne verursacht einen seltsamen Gelbton.

»Hannah, können wir einen Schlussstrich unter die letzten vierundzwanzig Stunden ziehen? Bitte, lass uns einfach weitermachen – und wieder wir selbst sein.«

»Das will ich auch«, sage ich leise.

Es entsteht eine Pause, dann sagt Alex: »Hannah. Es gibt noch etwas, das ich dir sagen muss. Über Helen.«

20

Alex ist vor fünf Minuten aufgetaucht. Ich habe uns Tee gekocht und er sitzt mit dem Kopf in den Händen in meinem Wohnzimmer. Ich bringe die beiden Tassen zu ihm und stelle sie auf dem Couchtisch ab.

»Also, was wolltest du mir sagen, das nicht bis morgen warten konnte?«

»Als Helen letzte Woche anrief, schlug sie vor, dass wir uns zum Mittagessen treffen, um uns richtig zu verabschieden.«

»Das hast du mir schon mitgeteilt«, sage ich und werde ungeduldig. Was auch immer es ist, das Alex mir unbedingt sagen wollte, ich muss es wissen.

»Aber die Sache ist, dass sie mich jetzt mit SMS und Nachrichten bombardiert, Hannah. Sie hat mir sogar ... Nacktfotos geschickt ... Es ist, als wäre sie besessen – ich glaube, sie verliert den Verstand.«

Ich atme tief durch. »Oh Gott.«

Er sieht mich hilflos an. »Ich habe die letzten vierundzwanzig Stunden damit verbracht, mir darüber Gedanken zu machen, ob ich es dir sagen soll oder nicht. Ich wollte dich nicht beunruhigen.«

»Ich bin froh, dass du es mir gesagt hast.« Ich seufze und wünschte fast, er hätte es nicht getan. Ich bin mir nicht sicher, ob ich noch mehr Enthüllungen verkraften kann.

Er schüttelt den Kopf. »Sie sagt immer wieder, dass sie etwas Dummes tun wird und dass es mir dann leid tun wird.«

»Es klingt, als bräuchte sie Hilfe.« Ich lege die Decke um mich herum und bin entsetzt darüber, wie sich die Sache entwickelt. »Wenn sie dich wieder kontaktiert und droht, etwas Dummes zu tun, könntest du ihr vielleicht vorschlagen, einen Therapeuten aufzusuchen oder mit ihrem Hausarzt zu sprechen.«

»Hannah, du verstehst nicht. Als sie sagte, sie könnte etwas Dummes tun, meinte sie nicht, dass sie *sich selbst* verletzen würde, sondern dich.«

»Du verarschst mich, stimmt's?« Jas' Mund steht offen. Nach dem, was ich ihr am Samstag auf dem Weihnachtsmarkt erzählt habe, zweifelt sie ohnehin an meinem Verstand, weil ich zu Alex zurückgegangen bin. Aber jetzt, wo ich gerade gesagt habe, dass seine Ex mir etwas anzutun droht, steht sie entsetzt in unserer Arbeitsküche und ist geschockt.

»Wow. Einfach wow, Hannah!« Sie schlägt sich mit dem Handballen an die Stirn. »Was ist los mit dir, Schatz? Er hat dir nie gesagt, dass er verheiratet ist, er hat dich eine Schlampe genannt, er war eifersüchtig auf einen Ex, den er nie getroffen hat ... Er hat dich sogar *beschuldigt*, dass du etwas mit Harry hast!« Sie sagt das so laut, dass Harry, der zufällig vorbeikommt, seinen Kopf durch die Küchentür steckt.

»Wer hat etwas mit mir?«, fragt er hoffnungsvoll.

Jas lacht. »Hannahs irrwitziger Freund glaubt, sie hätte ein heimliches Verhältnis mit dir – was lächerlich ist. Nichts für ungut, Harry, aber ich meine, allein die Vorstellung!«

»Jetzt bin ich beleidigt.« Er lacht und nimmt eine Tasse, um sich einen Tee zu machen.

»Du scheinst zu glauben, dass das ein verdammter Witz ist. Es sieht so aus, als würdest du dich richtig amüsieren, Jas«, sage ich anklagend.

»Überhaupt nicht. Ich wusste nur, dass mit ihm etwas nicht stimmt, nach dem, was du mir erzählt hast. Und da ist es – er ist verheiratet!«, verkündet sie laut, und Harry, der sich eigentlich gar nicht so sehr dafür interessiert, stimmt mit einem Pfiff ein, gefolgt von einem mitfühlenden »Scheiße!«, während der Kessel kocht.

»Und das ist noch nicht alles«, fügt sie hinzu, ohne mein Unbehagen zu bemerken. »Seine verrückte Frau macht jetzt Jagd auf unsere Hannah und will ihr etwas antun.«

Ich schaue verlegen zu Harry, weil ich wünschte, dass Jas nicht jedem alles erzählen würde, und er sieht mich mit echter Sorge an.

»Geht es dir gut, Hannah? Ich weiß, ich habe einen Witz darüber gemacht, dass er ein Serienmörder ist – aber es klingt, als *wäre* seine Frau eine.«

»Ja. Ich hoffe nur, dass es nur Gerede ist, im Eifer des Gefechts – weißt du?«, murmle ich, nicht glücklich darüber, die Hauptrolle in diesem Bürodrama zu spielen.

»Hört sich für mich nicht gut an.« Jas schüttelt den Kopf.

»Hast du die Polizei gerufen?«, fragt Harry.

»Ich hatte es vor. Ich hatte das Telefon in der Hand, um sie sofort anzurufen. Aber Alex sagte, ich solle es erst einmal dabei belassen. Die Sache ist die, dass sie Anwältin ist. Wenn die Polizei involviert wird, könnte sie ihren Job verlieren, und dann könnte sie ein noch größeres Problem werden.«

»Scheiße«, murmelt Harry und gibt drei Stück Zucker in einen Becher.

»Alex weiß immer, wo sie ist«, erkläre ich. »Er hat eine App, die mit ihrem Telefon verbunden ist, oder so etwas, aus der Zeit, als sie zusammen waren. Er weiß auch, wo ich bin, also kann er mich wenigstens warnen, wenn sie in der Nähe ist.«

»Moment mal! WTAF?« Jas steht schon zum zweiten Mal in diesem Gespräch der Mund offen. »Er verfolgt dich und seine Ex-Frau, und du hast Angst vor *ihr*?«

»Es ist nicht so unheimlich, wie es sich anhört. Viele Leute tun das – Freunde folgen Freunden – es geht darum, sich zu schützen«, biete ich an.

»So verkaufen die Tech-Unternehmen diese Apps, aber wie sie genutzt werden, ist eine andere Sache.« Harry zieht die Augenbrauen hoch.

»Nun, ich weiß, dass Alex sie benutzt, um sich zu vergewissern, dass es mir gut geht«, sage ich abwehrend.

»Ich stimme Jas zu, vor *ihm* hätte ich mehr Angst«, sagt er. »Und wenn du jemals willst, dass ich diese App von deinem Handy lösche, lass es mich einfach wissen. Gemma würde ausrasten, wenn ich sie auf ihres laden würde.«

»Sie hätte recht, wenn sie ausflippen würde. Das ist eine digitale Hundeleine«, sagt Jas kopfschüttelnd, während sie darauf wartet, dass Harry das inzwischen kochende Wasser auf ihren Teebeutel mit Grüntee gießt.

»Ihr habt mir ein sehr unangenehmes Gefühl gegeben – natürlich passt Alex nur auf mich auf. Ihr seid so dramatisch – ich bin *froh*, dass Alex weiß, wo ich bin«, füge ich mit leiser Stimme hinzu.

Jas sieht mich an, als ob ich verrückt wäre. »Du hast wirklich den Verstand verloren, Hannah. Hast du all deine Tassen wieder in den richtigen Küchenschrank gestellt?«, sagt sie, bevor sie sich an Harry wendet und ihn über Alex' nächtliches Aufräumen aufklärt. »Er hat ihr ganzes Zeug umgeräumt und ihre Küche umgestaltet. *Sie* kann nichts mehr finden. Nur *er* weiß, wo alles ist – und das ist auch gut so.« Sie schnippt mit den Fingern und wackelt mit dem Kopf.

Harry zuckt mit den Schultern. »Zu seiner Verteidigung

muss ich sagen, dass Gemma auch so ist. Sie räumt bei mir immer alles auf. Manchmal bin ich sogar froh, wenn sie für die Nacht nach Hause geht.«

»Siehst du«, sage ich zu Jas, »er ist einfach nur ordentlich, das ist alles.«

»Ja, aber das war nicht nur Aufräumen, nicht wahr, Hannah? Das war unheimlich – alle Etiketten zeigten in die gleiche Richtung!«

»Das ist *nicht* unheimlich, das ist *ordentlich*«, wiederhole ich abwehrend.

»Das ist nicht das, was du am Samstag gesagt hast, du hast gesagt, es hat dich erschreckt.«

»Ja, ich war da sauer auf Alex, aber jetzt habe ich ihm verziehen«, sage ich und ärgere mich, dass ich ihr das erzählt habe.

»Du musst die Schränke mit einem Vorhängeschloss abschließen, wenn Bae das nächste Mal in deiner Crib schläft«, sagt sie, was mich und Harry zum Lachen bringt. Sie liebt es, die Teenager-Sprache zu verwenden, die wir alle von unseren Klienten hören. Jetzt kramt sie im hinteren Teil des Schranks und sucht nach Keksen. »Oh Scheiße, er war auch hier«, sagt sie. »Dein Alex hat sich Zutritt verschafft und die verdammten Kekse weggeräumt.«

Harry kichert immer noch, als er seine Tasse Tee nimmt und zurück ins Büro geht, wo Sameera zweifellos über die neuesten Schlagzeilen bezüglich Hannahs »seltsamem« Freund informiert werden wird.

»Scherz beiseite, ich sorge dafür, dass die anderen wachsam sind ... das werden wir alle sein, Kumpel«, sagt Jas, als wir gemeinsam die Küche verlassen. »Wir arbeiten mit hormongesteuerten Teenagern, da ist die Psycho-Ex-Frau ein Kinderspiel, nicht wahr, Leute?«, ruft sie Harry und Sameera zu, die, wie ich vermutet habe, bereits informiert ist.

»Ich werde sie festhalten und du kannst sie treten«, bietet

Sameera an. »Aber im Ernst, Hannah, das klingt furchtbar – du solltest die Polizei rufen.«

»Wir müssen einfach abwarten, was passiert«, sage ich. »Sie hat noch nichts getan, wahrscheinlich versucht sie nur, Alex' Aufmerksamkeit zu bekommen.«

»Weißt du, dass sie nichts getan hat?«, fragt Jas.

»Ja ... ich wüsste es, wenn sie versucht hätte, mich auf der Straße zu schnappen ...«, beginne ich.

»Wenn sie sagt, dass sie dir wehtun wird, dann meint sie das vielleicht nicht körperlich.«

»Oh Gott!« Die Blumen und die abscheuliche Karte.

»Denkst du, was ich denke?«, fragt Jas.

Ich nicke.

»Was denkt ihr alle? Darf ich mitmachen?«, scherzt Harry.

»Oh, Harry, sieh zu, dass du auf dem Laufenden bleibst – es ist wahrscheinlich die verrückte Ex-Frau, die die Blumen und die Karte, auf der sie Hannah eine Hure nennt, geschickt hat«, erklärt Sameera.

Ich reagiere nicht. Daran habe ich nicht gedacht, aber es ist nicht unmöglich. Wenn Helen gewusst hat, dass Alex jemanden datet, bevor sie ihn zum Mittagessen getroffen hat, könnte sie vielleicht die Rosen geschickt haben – vielleicht war die Karte eine Warnung.

Jas sieht besorgt aus. »Ich will dir ja keine Angst machen, aber du musst auf der Hut sein«, sagt sie.

Ich weiß nicht, warum ich mich auf Jas' Drama einlasse. Ich glaube, ich habe einfach das Bedürfnis, alle Möglichkeiten zu durchdenken, damit ich vorbereitet bin. In den nächsten zwanzig Minuten beurteilen wir Helens aktuellen Geisteszustand, stellen Theorien über ihre Kindheit auf und kommen zu dem Schluss, dass sie direkt aus dem Strategiepapier eines Narzissten stammt – nichts davon basiert auf Tatsachen oder irgendeinem Wissen über die Frau.

»Wie sieht sie aus, ist sie gutaussehend?«, fragt Jas.

»Nicht, dass du oberflächlich wärst oder so. Es ist hilfreich zu wissen, wie attraktiv die Stalkerin deiner besten Freundin ist.« Ich rolle mit den Augen. »Aber ja, sie ist attraktiv.« Ich seufze und versuche, sie zu beschreiben. Aber dann fällt mir ein, dass sie eine Anwältin ist, die in der Gegend arbeitet – oder gearbeitet *hat* – und da sie noch nicht geschieden sind, google ich »Helen Higham«.

Ich finde sie kurz darauf bei Whitney and Partners Solicitors, einer kleinen Kanzlei auf der Straße, die nach Malvern führt.

»Sie trägt also immer noch den Nachnamen von Alex?«, sagt Jas, als ich ihr Bild auf meinem Handy hochhalte.

»Na ja, sie sind im Moment ja nur getrennt, aber selbst wenn sie geschieden sind, könnte sie Higham – seinen Nachnamen – behalten«, sage ich.

Jas verdreht die Augen und kommt mit ihrem Gesicht näher, dann weicht sie mit hochgezogenen Augenbrauen und einem seltsamen Gesichtsausdruck zurück. »Sie kommt mir sehr bekannt vor«, sagt sie mit diesem seltsamen halben Lächeln im Gesicht.

»Was? Oh Scheiße – kennst du sie?«, frage ich erschrocken.

Sie sieht mich direkt an und lächelt immer noch. »Du kannst es nicht sehen, oder?«

»Nein, was?«

»Sie ist dir wie aus dem Gesicht geschnitten.«

Ich nehme ihr das Handy ab und schaue mir das Foto noch einmal an. Es ist schwierig, sich selbst in jemand anderem zu sehen, aber ich weiß, was sie meint, es gibt definitiv eine Ähnlichkeit.

»Nun, Alex hat auf jeden Fall einen Typ«, sagt sie. »Und versteh mich nicht falsch – aber es ist nicht unbedingt gut, dass du ihr ähnlich siehst.«

»Warum?«

»Oh, Liebes, ich sage es nur ungern – aber vielleicht hat er sich deshalb für dich entschieden.«

»Du glaubst, ich bin ein Ersatz für sie?«

»Wer weiß? Vermutlich hat er dein Foto auf der App gesehen und festgestellt, dass du wie seine Ex-Frau aussiehst und –«

»Oder er hat einfach einen Typ.« Ich wiederhole ihre ursprüngliche Theorie und versuche, ihr dramatisches Gebaren zu dämpfen.

Jas zieht die Augenbrauen hoch. »Vielleicht. Aber das ist im Moment gar nicht das Thema. Weiß die Psycho-Queen, wo du wohnst?«

»Nein. Alex sagte, er habe ihr von mir erzählt, aber das ist alles.«

»Weil er wusste, dass sie wie ein verrücktes Miststück reagieren würde?«

»Ich weiß es nicht, ich hoffe nicht. Er sagt, sie ist nur aufgebracht und es wird ihr wieder gut gehen, sobald sie sich an den Gedanken gewöhnt hat.« Ich sage das mit aller Überzeugung, die ich aufbringen kann, aber im Hinterkopf frage ich mich, ob er es nur herunterspielt, damit ich ruhig bleibe.

»So oder so, Vorsicht ist besser als Nachsicht. An deiner Stelle würde ich jetzt nicht bei Alex übernachten, sondern ein paar Nächte bei dir, bis du mehr weißt.«

»Ja, das ist wahrscheinlich eine gute Idee.«

»Ich meine, du könntest bei ihm sein, auf dem Sofa knutschen, du siehst auf und sie steht mit einem Küchenmesser über euch.«

»Danke dafür, Jas«, sage ich sarkastisch. Sie macht nur einen Scherz, aber mir ist schlecht. »Das ist eine leere Drohung. Sie ist Anwältin. Sie wird nicht ihre Karriere ruinieren, um in das Haus eines anderen Anwalts einzubrechen«, sage ich, »selbst wenn es das Haus ihres Ex ist. Ich bin mir sicher, dass alles in Ordnung ist«, füge ich hinzu, obwohl ich mir da überhaupt nicht sicher bin.

»Möchtest du, dass ich zu dir komme und bei dir übernachte?«, fragt Jas. »Ich arbeite bis spät in die Nacht, aber ich könnte gegen neun vorbeikommen – wir könnten etwas zu essen bestellen. Ich werde den Gin mitbringen. Es wird wie in alten Zeiten sein.« Sie lächelt.

»Danke, Liebes«, antworte ich, »aber ich werde Alex dazu bringen, bei mir zu übernachten, er hat bessere Chancen, sie abzuwehren«, scherze ich.

Sie sieht enttäuscht aus, und um die Ablehnung zu mildern, lächle ich und sage: »Wenn sich alles beruhigt hat, gehen wir beide aus.«

»Wie auch immer, sei einfach vorsichtig. Ja?«

Ich verlasse ihr Büro und stelle mir Helen und das Glitzern einer Klinge vor.

21

Ich verbringe die nächsten zwei Stunden damit, einen Schutzplan für Chloe Thomson zu entwerfen, und nach dem Mittagessen ruft mich Alex an.

»Hey«, sage ich und bin froh, seine Stimme zu hören.

»Ich vermisse dich heute mehr als sonst.« Er seufzt. »Bist du irgendwo zum Mittagessen hingegangen?«

»Ja, ich habe mir gerade ein Sandwich gekauft und es am Schreibtisch gegessen.«

»Ah, ich habe mich schon gefragt, was du in der Foregate Street machst, ich habe dich auf meinem Handy gesehen.«

Gott sei Dank gibt es die Technik. Es ist mir egal, welche zynische Sichtweise Jas darauf projizieren will, er kann sehen, wo seine Ex-Frau ist, und gleichzeitig, wo ich bin. Und das ist für mich in Ordnung, wenn es bedeutet, dass er etwas Schreckliches verhindern kann.

»Ist alles in Ordnung, weißt du, wo *sie* ist?«, frage ich, denn ich bin nervös, wenn ich nur daran denke, dass sie in derselben Stadt unterwegs ist wie ich.

»Sie ist im Stadtzentrum.«

»Bei der Arbeit? Whitney's Solicitors?«

»Woher weißt du, wo sie arbeitet?« Er scheint ein wenig verärgert zu sein.

»Ich habe sie gegoogelt.«

»Hannah, überlass das mir und ich sorge dafür, dass du in Sicherheit bist, geh nicht auf die Suche nach ihr, du *musst* vorsichtig sein«, sagt er.

»Das ist heute schon das zweite Mal, dass mir jemand sagt, ich solle vorsichtig sein. Glaubst du, ich laufe zu ihrer Kanzlei und frage sie, ob sie eine Auseinandersetzung will?«

»Wer hat noch gesagt, dass du vorsichtig sein sollst?«, fragt er.

»Jas. Sie denkt, ich nehme die Bedrohung nicht ernst genug.«

»Was? Ich kann nicht glauben, dass du das mit Jas besprochen hast. Verdammt noch mal, Hannah, musst du ihr denn *alles* erzählen?«

»Nein – aber wenn deine Ex-Frau randaliert und sagt, sie wolle mir etwas antun, müssen meine Freunde das wissen, damit sie auf der Hut sein können. Sie könnte herausfinden, wo ich arbeite und hier mit einem verdammten Messer auftauchen.«

»Das wird sie nicht, aber versprich mir, dass du nicht mit ihr sprichst, wenn sie *jemals* Kontakt aufnimmt. Lass dich nicht auf sie ein, sag ihr *nichts*. Sie kennt deinen Namen nicht, und ich will auf keinen Fall, dass sie weiß, wo du wohnst, oder dass sie irgendetwas anderes über dich weiß. Sei auch vorsichtig, was du in den sozialen Medien veröffentlichst.«

»Okay, okay.« Die Panik in seiner Stimme macht mich noch nervöser.

»Und lass die Polizei aus dem Spiel. Ruf mich an, wenn du dir Sorgen machst. Die Polizei wird nichts unternehmen. Vergiss nicht, ich weiß das, ich arbeite mit ihnen.«

»Ich auch manchmal. Und ich bin mir sicher, dass sie *etwas* unternehmen würden, wenn ich anrufe und sage, dass eine

Frau hinter mir her ist, die behauptet, mir Schaden zufügen zu wollen.«

»Hannah, würdest du mir bitte in dieser Sache vertrauen? Und schalte nicht die Polizei ein«, schnauzt er. »Hör zu, ich muss los, ich muss ins Gericht.«

Ich lege den Hörer auf und fühle mich sehr unwohl. Warum will er nicht, dass ich die Polizei rufe? Meine Sicherheit hat doch, was das betrifft, sicher Vorrang vor ihrer Karriere – oder seiner. Ich weiß, dass es für einen Anwalt nicht gut wäre, in ein solches Drama verwickelt zu werden, aber ich riskiere nichts. Wenn ich mich in irgendeiner Weise bedroht fühle, wende ich mich direkt an die Polizei. Und ich fühle mich auch absolut berechtigt, Jas und den anderen von der Situation zu erzählen. Was, wenn Psycho-Helen sich mit einem von ihnen anfreundet oder im Büro auftaucht?

»Er hat riesige Angst davor, dass du irgendeinen Kontakt zu ihr aufnimmst«, sagt Jas etwas später, als ich ihr von meinem Gespräch mit Alex erzähle.

»Ja, weil er nicht will, dass ich verletzt werde, sie ist sehr unberechenbar.«

»Mmh, das sagt *er*. Ich frage mich, ob er euch beide nur aus seinen eigenen Gründen auseinanderhalten will«, antwortet sie.

»Aus welchen zum Beispiel?«, frage ich.

»Ich weiß es nicht.« Sie seufzt und legt die Füße auf den Schreibtisch. Wir sind in ihrem Büro, es ist fast Feierabend und sie feilt an ihren langen roten Nägeln. Sie sieht nicht aus wie eine leitende Sozialarbeiterin. Jas war früher, als sie an der Uni war, Sängerin in einer Band – ich kannte sie damals nicht, aber ich habe Fotos gesehen. Sie ist jetzt sehr attraktiv, aber damals sah sie grimmig aus. Sie hat immer noch diese »Wer-regiert-die-Welt?«-Energie an sich. »Ich meine, was er sagt, ergibt Sinn.

Wenn du um vier Uhr morgens im Bett liegst und jemanden am Fußende des Bettes schwer atmen hörst, solltest du seinen Rat befolgen und dich nicht mit ihr *unterhalten*. Kein Smalltalk, kein Geplauder über das Wetter oder darüber, auf wen du dieses Jahr bei *Strictly* wettest.«

Selbst in meinen dunkelsten Momenten kann sie mich zum Lachen bringen, und das tue ich jetzt. Ich will nicht sagen, dass mich die Aussicht auf Helen, die mitten in der Nacht am Fußende meines Bettes steht, nicht zu Tode erschreckt, aber Jas hat diese Art, die Lage zu entspannen.

Später rufe ich Alex an und schlage ihm vor, heute bei mir zu übernachten, aber er sagt, er arbeite bis spät in die Nacht und wolle nach Hause gehen, um sich zu vergewissern, dass das Haus in Ordnung ist, »nach all dem«.

»Aber es ist richtig, dass du bei dir bleibst. Ich will nicht, dass du allein bei mir bist, sie weiß schließlich, wo das ist«, sagt er.

Mir dreht sich der Magen um.

»Ich könnte vorbeikommen, wenn ich fertig bin, aber es könnte spät werden – nach zehn«, fügt er hinzu.

Ich kann Alex' Zeitplanung nicht verstehen. Er arbeitet zwar manchmal lange, aber nachdem er mich in diesen Albtraum gestürzt hat, wünschte ich, er wäre da, um mich zu unterstützen. Es widerstrebt mir, heute Abend allein zu sein, aber ich kann Jas nicht zu mir einladen und sie dann wieder wegschicken, sobald er kommt. Ich habe hier viel nachzuholen, und Harry und Jas arbeiten heute Abend beide länger, also beschließe ich, hier zu bleiben. Ich bin lieber hier bei ihnen als allein zu Hause mit Helen auf freiem Fuß. Also sitze ich ein paar Stunden lang an meinem Schreibtisch. Als es neun Uhr ist, arbeiten die beiden anderen noch immer fleißig, aber ich bin so müde, dass ich beschließe zu gehen. Ich schaue mir mein »Essen für zwei« an, das noch von letzter Woche im Kühlschrank steht. Ich hatte die vage Hoffnung, es für heute Abend wieder zum Leben erwecken zu können, aber als ich es herausnehme, ist der Deckel offen und etwas, das wie saure Milch aussieht, ist hineingetropft. Außerdem hat jemand einen riesigen Karton Orangensaft über die Käsekuchenscheiben gelegt und sie zerdrückt. Ich gebe die Idee eines romantischen Abendessens auf. Wenn Alex heute Abend mit der Arbeit fertig ist, wird es sowieso zu spät sein.

»Möchtest du, dass ich dich nach Hause begleite und mit dir reinkomme?«, bietet Harry galant an, aber ich weiß, dass er sich lieber die Augen ausstechen würde. Er ist eindeutig erschöpft – und ich wette, das Letzte, was er tun möchte, ist, kilometerweit zu fahren, um mir beim Öffnen meiner Wohnungstür zuzusehen.

»Ah, du bist süß, Harry«, sage ich. »Danke, aber ich komme schon klar. Alex sollte gegen zehn Uhr bei mir sein, also werde ich nicht lange allein sein.«

»Solang es dir gut geht.« Er lächelt. »Wir wollen keine Begegnungen.« Er macht eine verrückte Geste, als würde er zustechen, und ich tue so, als würde ich lachen, aber ich finde es nicht lustig. Ich fürchte mich zu Tode.

»Schick mir eine SMS, wenn du nach Hause kommst«, ruft Jas aus ihrem Büro. »Ich mache mir nur Sorgen und stehe vor deiner Tür, wenn du es nicht tust, es ist also in *deinem* Interesse.« Sie blickt nicht von ihrem Computer auf, aber ihre Hand winkt, als ich gehe.

Zu Hause angekommen, öffne ich die Wohnungstür, und ausnahmsweise geht das Licht im Flur an. Endlich, der Hausmeister muss es in Ordnung gebracht haben, und jetzt kann ich in jede Ecke, um jede Tür herum sehen. Ich renne die Treppen hoch, zwei Stufen auf einmal, und als ich endlich in meiner Wohnung bin und die Tür hinter mir schließe, könnte ich vor Erleichterung weinen. Ich weiß, dass ich völlig irrational bin, aber ich kontrolliere noch einmal die Eingangstür, bevor ich ins Wohnzimmer gehe. Ich brauche eine Dusche, um alles wegzuwaschen, aber dann denke ich an die Duschszene in *Psycho* und beschließe zu warten, bis Alex hier ist.

Ich will gerade den Fernseher einschalten, als ich ein Geräusch höre, eine Art Schnipsen, das aus ... dem Schlafzimmer kommt? Ja, es kommt aus dem Schlafzimmer. Ich erinnere mich an das schlurfende Geräusch an der Wohnungstür vor nicht allzu langer Zeit. Ich hebe eine Weinflasche auf und gehe mit ihr in der Hand zögernd auf das Geräusch zu. Ich stehe im Flur, schwankend, wartend, unfähig, das Zittern zu kontrollieren, das in meinen Füßen beginnt und sich bis zu meiner Brust und meinem Kopf ausbreitet.

Jemand bewegt sich im Schlafzimmer. Sie öffnet und schließt Schubladen, wühlt in meinen Sachen, wahrscheinlich will sie etwas über mich herausfinden. Meine Angst wird von Wut erstickt, wie kann sie es wagen, mich in meinem eigenen Haus zu verängstigen? Aber dann fällt mir ein, dass sie mich verletzen will und wahrscheinlich eine bessere Waffe hat als meine Weinflasche. Also entferne ich mich und gehe langsam rückwärts auf die Haustür zu. Meine Haut brennt und kribbelt überall. Dann, genau in diesem Moment, klingelt mein Handy. Ein schrilles, blechernes Geräusch durchdringt die Stille und lässt mich zusammenzucken. Ich sehe Jas' Namen auf dem Display aufblinken, gerade als jemand aus dem Schlafzimmer springt.

22

Ich drehe mich nicht um, um zu sehen, wer aus meinem Schlafzimmer aufgetaucht ist, sondern schreie so laut ich kann und stürze zur Tür.

»Hannah, Hannah, ich bin's!«

Ich drehe mich um und sehe ihn dort stehen, offenbar genauso überrascht wie ich.

»Alex!«

Ich breche fast zusammen. Ich lehne schockiert und erleichtert an der Wand, mein Handy klingelt nach wie vor, Jas' Name blinkt immer noch auf.

»Mein Gott! Du hast mich erschreckt«, sage ich und falle fast in ihn hinein. »Wie bist du reingekommen?«

Er breitet die Arme aus und umarmt mich. »Ich dachte, du wärst schon da, wenn ich ankomme, ich bin seit acht Uhr hier, wo warst du denn?«

»Ich habe lange gearbeitet. Wie bist du reingekommen?«, wiederhole ich. Wenn Alex ohne Schlüssel in meine Wohnung kommt, dann kann das auch jemand anderes.

»Oh, ich habe mir den Hausmeister geschnappt. Er war dabei, die Glühbirnen der Flurbeleuchtung zu erneuern, und ließ mich durch die Vordertür rein. Als ich hier nicht reinkam, hat er mir aufgeschlossen.«

»Ich werde mit ihm reden, das kann er nicht tun.«

»Ich habe ihm gesagt, dass ich dein Freund bin. Was stört dich daran, dass ich hier bin?«

»Es geht nicht um dich, es ist ... Um Gottes willen, Alex, du hast mir erst gesagt, dass deine Ex-Frau mir wehtun will. *Du* solltest auch sauer sein, dass es so einfach war, in meine Wohnung zu kommen.«

»Ja, ja, du hast recht.« Er nickt. »Ich war früher fertig als geplant.«

»Aha, ich verstehe. Ich dachte, du wärst Helen, die gekommen ist, um sich zu rächen«, sage ich. Ich höre mich an wie Jas und frage mich, warum Alex so tut, als gäbe es keinen Grund zur Sorge. Als er nicht antwortet, frage ich: »Hast du schon gegessen?«

»Nein, aber all die Sachen, die ich im Feinkostladen gekauft habe, sind noch in deinem Kühlschrank, wie ich sehe.«

»Ja, ich wollte sie nicht verschwenden«, sage ich und bin ein wenig verärgert, dass er sich Zutritt verschafft hat, und dann meinen Kühlschrank und mein Schlafzimmer durchsucht hat. Aber er ist mein Freund, das ist okay, nehme ich an.

»Und wie ich sehe, bist du mir schon weit voraus.« Er lacht und deutet auf die Flasche Rotwein, die ich immer noch in der Hand halte.

»Ah, die war nicht zum Trinken, das war die Waffe meiner Wahl.«

»Deine Waffe?«

»Gegen Helen«, sage ich und komme mir plötzlich lächerlich vor. »Ich dachte, sie wäre im Schlafzimmer.«

»Ich habe den ganzen Tag nichts von ihr gehört, vielleicht hat sie es kapiert und fängt an, nach vorne zu schauen.«

»Sicherlich nicht so schnell?«

»So ist Helen eben.« Er lacht. »Ich sagte doch, unberechenbar – in der einen Minute himmelhoch jauchzend, in der nächsten zu Tode betrübt. Aber genug von ihr. Du öffnest deine Flasche, und ich werde eine Käseplatte vorbereiten, die alles übertrifft, was du je gegessen hast.«

Ich schnappe mir ein paar Gläser, während er die Delikatessen auf einem großen Holztablett zusammenstellt und mit diesem in der Hand hereinkommt.

»Oh, das sieht köstlich aus«, sage ich, als er es auf dem Couchtisch abstellt.

Ich schenke den Wein ein. Wir sitzen dicht beieinander auf dem Sofa, er reicht mir einen Teller und ein Käsemesser, und wir schneiden das französische Brot an, streichen die salzige Butter aus der Normandie darauf und schneiden Stücke von weichem Brie und würzigem Blauschimmelkäse ab. Ich lehne mich zurück, um diesen unerwarteten Käse- und Weinabend zu genießen, als mein Telefon wieder klingelt, ein schrilles, lästiges Baby, das Aufmerksamkeit verlangt.

»Lass es«, sagt er.

Aber ich greife danach, um zu sehen, wer es ist. »Ich muss rangehen, es ist Jas. Ich habe versprochen, ihr eine SMS zu schicken, wenn ich nach Hause komme, um ihr zu sagen, dass ich gut angekommen bin. Sie hat schon mal angerufen, sie will nur wissen, ob es mir gut geht.«

»Ich bin hier. Du bist in Sicherheit, wir brauchen ihre Einmischung nicht«, sagt Alex verärgert.

»Sie ist meine Freundin und wir passen aufeinander auf.« Seine offensichtliche Frustration verunsichert mich, aber anstatt auf ihn sauer zu sein, weil er so reagiert, bin ich irrationalerweise sauer auf Jas, weil sie mich angerufen und Spannungen zwischen mir und Alex verursacht hat. »Jas, mir geht's gut, mir geht's *gut*«, sage ich, bevor sie etwas sagen kann.

»Oh, Gott sei Dank! Harry und ich wollten gerade vorbeikommen. Ich hatte solche Angst, Babe, du hast gesagt, du würdest mir eine SMS schicken, sobald du zu Hause bist.«

»Entschuldigung, ja, ich wollte ...«

»Ich habe zu Harry gesagt: ›Warum hat sie mir nicht geantwortet? Wo zum Teufel ist sie?‹ Wir haben uns alle möglichen Dinge vorgestellt.«

Alex hat jetzt aufgehört zu essen. Er sieht mich nicht an, aber ich weiß, dass der Anruf ihm die Sache verdorben hat.

»Ja, alles gut – danke Jas.« Ich gehe auf nichts weiter ein. Alex sagt, ich erzähle ihr alles, und um ihm zu beweisen, dass ich das nicht tue, will ich mich sehr kurzfassen.

»Stimmt etwas nicht? Du scheinst nicht du selbst zu sein«, sagt sie.

Ich will, dass sie das verdammte Telefon aus der Hand legt. Die letzten Tage waren so anstrengend, und ich möchte mich bei einer Flasche Wein und ein bisschen Käse mit Alex erholen. Er sitzt jetzt da und wartet darauf, dass ich mein Gespräch beende, und ich will nicht, dass sie mich weiter ausfragt.

»Nein, mir geht's gut, danke, Schatz. Alex ist jetzt hier, also alles gut«, sage ich schließlich und verdrehe die Augen vor Alex, was sich für Jas sofort wie ein Verrat anfühlt.

»Ach so, Mr Alex ist da, ja? Verstehe, deshalb hast du keine SMS geschrieben, das kann man nicht, wenn man die Hände voll hat.« Sie lacht laut und zu lange.

Normalerweise würde ich mit ihr lachen, aber Alex könnte denken, dass wir über ihn lachen, und wenn ich nicht bald das Handy weglege, wird er stinksauer sein. Ich kann ihn verstehen, Jas weiß manchmal nicht, wann sie aufhören muss zu reden.

»Hör zu, Jas, ich muss auflegen«, sage ich. »Alex und ich gehen noch etwas essen. Danke für den Anruf, Liebes.«

»Okay, bis dann«, sagt sie mit knapper Stimme und die Leitung ist tot, bevor ich mich verabschieden kann.

»Sie wusste, dass ich versucht habe, sie zum Auflegen zu bewegen«, sage ich. »Ich werde mich jetzt den ganzen Abend schlecht fühlen.«

»Hannah, du verbringst jeden einzelnen Tag mit ihr, und

nach dem, was du erzählst, würde sie auch gern jede Nacht mit dir verbringen.«

»Ich glaube, sie vermisst einfach unsere Freundschaft. Ich habe sie häufiger gesehen, bevor ich dich getroffen habe, und sie vermisst mich.«

»Oh, tut mir leid, wenn du lieber mit Jas zusammen wärst«, sagt er und spielt den verletzten Freund.

»Sei nicht albern, du weißt, was ich meine. Ich fühle mich nur manchmal zwischen den Menschen hin- und hergerissen. Ich hasse es, eine Freundin zu verletzen.«

»Ich weiß, und ich bezweifle nicht, dass Jas eine gute Freundin ist, aber glaubst du nicht, dass sie dich ein wenig manipuliert?«, fragt er.

»Vielleicht – aber ich glaube, du tust es auch mit deinem Hundeblick.« Ich lächle und werde weicher. »Also hör auf, dich wie ein Baby zu benehmen, Alex, oder ich werde dich wie eines behandeln müssen«, sage ich und füttere ihn spielerisch mit Käsebrocken, die ich gegen seine geschlossenen Lippen drücke, bis wir beide lachen. »Ich weiß, dass es dich verärgert hat, aber ich musste Jas' Anruf annehmen«, sage ich. »Meine Freunde sind mir wichtig – und ich möchte, dass sie weiterhin Teil meines Lebens sind, auch wenn ich mich verliebt habe. Ich fürchte, das wirst du akzeptieren müssen, wenn wir zusammen sein wollen.«

Er lächelt. »Natürlich, ich verstehe das. Ich passe nur auf dich auf. Ich bin sicher, dass sie alle gute Freunde sind, aber ich habe sie nicht kennengelernt. Alles, was ich sage, basiert auf dem, was du mir über sie erzählt hast. Ich setze mich nur für dich ein. Tut mir leid, wenn das anders rüberkommt.«

»Ich weiß, dass du willst, dass ich glücklich bin, und meine Freunde machen mich glücklich.«

»Aber so wie ich das sehe, nutzen Freunde wie Jas Leute wie dich nur aus. Du bist nett und willst dich um alle kümmern, aber Jas wird dich ausnutzen. Glaub mir, ich kenne Leute wie sie – und sie ist nicht deine Freundin.«

»Oh, Alex, du bist ein Mann, du verstehst die Feinheiten einer Frauenfreundschaft nicht. Manchmal geht sie mir auf die Nerven, ja, sie kann ein bisschen schnippisch sein, ein bisschen rechthaberisch, und manchmal glaube ich, dass sie ein bisschen neidisch ist – aber niemand ist perfekt, und eine Freundschaft ist wie jede andere Beziehung: Man muss die guten Seiten zu schätzen wissen, und nur wenn die schlechten Seiten überwiegen, muss man sich verabschieden. Jas nutzt mich nicht aus, sie bringt mich zum Lachen, und wir haben viel Spaß zusammen. Wir haben auch eine lange gemeinsame Vergangenheit. Sie ist nicht jedermanns Sache, aber ich liebe sie – manchmal denke ich, sie kennt mich besser als ich mich selbst.«

»Ich hoffe, ihr werdet sehr glücklich miteinander«, sagt er, nimmt mein Handy von der Armlehne des Sofas und legt es außer Reichweite auf den Couchtisch. »Und jetzt, keine Arbeit mehr, keine Jas mehr – nur du und ich.« Er fährt mit seinen Händen meinen Rücken hinauf und hinunter. Wir beginnen uns zu küssen und legen uns auf mein schäbiges Sofa, und gerade als ich ihm den Pullover ausziehen will, klingelt mein Handy. Ich zögere einen Moment, aber sein Gesichtsausdruck verrät mir, dass das einen schönen Moment ruinieren würde, also ignoriere ich den Anruf.

»Bye, Jas«, sagt er in Richtung des Telefons, während ich mich weiter ausziehe, und wir gehen ins Schlafzimmer und lassen alles andere zurück. Und für einen kurzen Moment vergesse ich Jas, vergesse ich, dass ich Chloe Thomson heute nicht erreichen konnte, und vergesse sogar, dass Alex' entfremdete Frau mir wehtun will.

Aber später, als wir im Bett sind, schläft Alex tief und fest und ich schleiche ins Wohnzimmer. Ich hole mein Arbeitstelefon aus der Tasche, um es zu überprüfen. Scheiße, Chloe Thomson hat mich drei Mal angerufen. Ich dachte, sie geht mir aus dem Weg, aber sie scheint wirklich mit mir sprechen zu müssen, wenn sie so oft angerufen hat – und das so spät. Zum Glück hat sie eine Nachricht hinterlassen, also höre ich sie ab.

»Hannah, ich muss dir etwas sagen ... Ich weiß nicht, was ich tun soll. Ich weiß nicht, wem ich vertrauen kann. Ich kann dir doch vertrauen, oder?«

Ich rufe sie sofort zurück, aber es geht nur der Anrufbeantworter ran, also hinterlasse ich ihr eine Nachricht, in der ich sage, dass ich hier bin und sie mich bitte so bald wie möglich anrufen soll, egal wie spät es ist. Dann nehme ich mein privates Telefon vom Couchtisch. Eine unbekannte Nummer hat zwei Mal angerufen und eine lange, wortlose Nachricht hinterlassen.

Zuerst denke ich, es sei ein Irrtum oder dass sich jemand verwählt hat und die Nachricht aus Versehen hinterlassen hat. Aber als ich wieder hinhöre, höre ich schweres Atmen – und dann schwöre ich, dass ich geflüsterte, verzerrte Worte höre.

»Hat es dich erregt, Schlampe?«

23

Ich renne sofort zurück ins Schlafzimmer und wecke Alex, um ihn zum Zuhören zu bewegen. Er wälzt sich im Halbschlaf und ist nicht wirklich in der Stimmung, aber ich spiele die Voicemail ab und drücke ihm das Telefon in die Hand.

»Meinst du, sie könnte es sein?«, frage ich, als er auf dem Rücken liegt und das Telefon am Ohr hat.

Er zuckt mit den Schultern. »Um ehrlich zu sein, kann ich sie kaum hören – und ich bin mir nicht einmal sicher, was die Stimme sagt, Hannah.«

»Das *musst* du doch hören können«, sage ich und hoffe verzweifelt, dass er mir zustimmt, dass ich richtig gehört habe.

»Hat es dich erregt, Schlampe?«

Ich spiele es noch einmal. Er sieht mich zweifelnd an, und ich spiele es wieder und wieder, aber jetzt zweifle ich an mir selbst, und jedes Mal klingt es weniger nach Worten.

Alex stützt sich auf die Kissen und hört erneut zu, aber er schüttelt den Kopf, als er das Telefon vom Ohr wegzieht. »Ich kann es ehrlich gesagt nicht richtig hören.«

»Oh, Alex«, sage ich und reiße ihm das Telefon aus der Hand. »Ich bin sicher, dass sie es ist«, zische ich und fühle mich ein wenig albern. Okay, die Stimme ist verzerrt, und theoretisch könnte es jeder sein, aber wer sollte es sonst sein außer Helen? Andererseits, wie ist sie an meine Nummer gekommen?

»Alex, als du sie getroffen hast, hast du da mal dein Handy auf dem Tisch liegen lassen und bist an die Bar gegangen?«

»Ich erinnere mich nicht.« Er seufzt. »Ich wünschte, ich hätte es dir nie erzählt. Seitdem bist du ununterbrochen nervös.«

»Natürlich bin ich nervös – was erwartest du denn? Du hast mich zu Tode erschreckt, als du gesagt hast: ›Lass dich nicht mit ihr ein‹ und ›Sei vorsichtig‹.«

»Ich glaube immer noch nicht, dass es klug wäre, wenn du dich mit ihr einlassen würdest. Aber was sie gesagt hat – ich meine, es wurde im Zorn gesagt.«

»Sie hat dir klargemacht, dass sie mir wehtun will – und jetzt passieren diese ganzen unheimlichen Dinge. Das kann kein Zufall sein, Alex«, sage ich, wohl wissend, dass ich paranoid klinge, aber ich fühle mich durchaus berechtigt dazu. »Eine verschmähte Frau ...«, murmle ich.

»Ich denke einfach, dass wir wachsam sein müssen und keine Risiken eingehen dürfen. Wenn du irgendwohin gehst, fahre ich dich und hole dich ab, und du musst mir einfach immer sagen, wo du bist. Und vergiss nicht, ich habe immer noch ihren Standort auf meinem Handy, also selbst wenn sie etwas versuchen würde, könnte ich in wenigen Minuten da sein.«

Ich will gerade protestieren, dass sie nur Minuten brauchen würde, um etwas Schreckliches zu tun, aber er dreht sich um, mit dem Rücken zu mir. Ich fühle mich im Stich gelassen. Alex hat diese Angst in mein Leben gebracht, und jetzt tut er so, als gäbe es keinen Grund zur Sorge.

Ich höre, wie sein Atem langsamer wird und er wieder einschläft, und ich bleibe allein, verwirrt und wütend am Ende des Bettes sitzen.

Ich bin letzte Nacht nicht wieder ins Bett gegangen. Nach der Nachricht auf der Mailbox und den verpassten Anrufen von Chloe konnte ich nicht mehr schlafen. Ich rief sie mehrmals zurück, aber sie ging nicht ran. Ich hörte mir die Nachricht noch einmal an, aber machte mich damit nur selbst verrückt, also kochte ich Kaffee und blieb auf, bis es Zeit war, zur Arbeit zu gehen. Ich ging früher als nötig, weil ich Alex nicht sehen wollte, ich brauchte etwas Abstand. Ich hinterließ ihm eine Nachricht, dass er die Tür hinter sich zuziehen soll, da er keinen Schlüssel hat.

Auf der Arbeit gelang es mir schließlich, Chloes Mutter zu erreichen, die mir mitteilte: »Sie ist von zu Hause weg.« Einfach so. Ich bin mir nicht sicher, ob ich ihr glauben kann, aber auf jeden Fall bin ich um Chloes Sicherheit besorgt und habe einen Kontakt bei der Polizei angerufen. Seitdem habe ich fast den ganzen Vormittag auf der Polizeiwache verbracht, um Formulare auszufüllen und meine Sorge um Chloe zu erklären. Ich habe nicht den Eindruck, dass sie genauso besorgt sind wie ich, angesichts eines Teenagers, der mit Problemen von zu Hause abhaut, zumal es nicht das erste Mal ist, aber ich werde das Gefühl nicht los, dass mehr dahintersteckt.

»Sie hat mich gestern Abend angerufen und gesagt, dass sie mir etwas sagen muss«, sage ich dem diensthabenden Beamten, »dass sie nicht weiß, wem sie vertrauen kann.«

Chloe ist erst sechzehn, aber sie hat bereits einen Ruf bei der örtlichen Polizei, und sie sehen ihr Weglaufen nicht als etwas Neues oder Gefährliches an. Aber ich schon. Sie hat von Vertrauen gesprochen, und das verstehe ich. Sie ist von zu Hause weggelaufen, weil sie einen Konflikt mit ihrer Mutter hat, vermutlich wegen dem, was mit deren Freund passiert ist. Sie will offensichtlich mit jemandem darüber reden. Ich habe sie im Stich gelassen, ich hätte für sie da sein müssen. Kein Wunder, dass sie nicht mehr weiß, wem sie vertrauen kann.

Zurück im Büro warte ich auf Neuigkeiten von Chloe und mache mir Vorwürfe, weil ich nicht am anderen Ende des Telefons war, als sie anrief.

»Mach dich nicht fertig, Babe«, sagt Jas. Auch Harry beruhigt mich.

»Aber sie wollte mir etwas sagen, und Chloe spricht selten, sie scheint Angst davor zu haben.«

Jas lächelt. »Ich bin sicher, sie wird reden, wenn sie dazu bereit ist. Mach dir nicht zu viele Sorgen. Chloe Thomson kann wahrscheinlich ein oder zwei Nächte auf sich selbst aufpassen; das hat sie schon früher getan.«

Um mich von dem einen meiner Probleme abzulenken, wende ich mich meinem anderen zu und bitte meine Kollegen, sich die gekrächzte Nachricht auf meinem Telefon anzuhören.

»Ist das eine Frauenstimme?«, frage ich und spiele sie über Lautsprecher ab.

Sameera sieht erschrocken aus, und Jas schnappt entsetzt nach Luft, weil sie das Drama liebt.

»Das hört sich für mich wie ein Scherz an, jemand spielt dir einen Streich«, sagt Harry und geht zurück zu seinem Bildschirm.

»Ich denke, es ist wahrscheinlich eine Frau«, sagt Jas, »und für *mich* hört es sich nicht nach einem Scherz an«, fügt sie hinzu und wirft Harry einen bösen Blick zu, weil er die Sache nicht ernst nimmt. Ich verstehe, was er sagt, die krächzende Stimme klingt wirklich theatral, aber ich stimme Jas zu, dass das kein Scherz ist.

Ich versuche, mich auf die Arbeit zu konzentrieren, aber das ist nicht leicht, und als später mein Telefon klingelt, zucke ich zusammen. Als ich eine unbekannte Nummer sehe, bin ich versucht, nicht ranzugehen, aber dann erinnere ich mich an Chloe und hebe schnell ab. Sie ist es, Gott sei Dank.

Ihre klagende Stimme am anderen Ende des Telefons durchdringt mich. »Hannah? Hannah, bist du das? Ich habe angerufen ...«

»Ich weiß, Chloe – und es tut mir so leid. Wo bist du nur? Ich habe mir solche Sorgen gemacht, Liebes«, sage ich und möchte, dass sie weiß, dass sich *jemand* um sie sorgt.

Sie klingt weinerlich und kann kaum ein Wort herausbringen. Ich frage sie, ob es um den Freund ihrer Mutter geht.

»Pete ist nicht ... Mama sagt, ich darf nicht ... Es ist scheiße, alles ist scheiße und ich will sterben.«

Ich schaue zu Jas und Harry, die mich besorgt ansehen.

»Es ist okay, Liebes«, sage ich. »Wo bist du?«

»Ich bin in der Nähe des Flusses ...«

»Nein. Mach keine Dummheiten, Chloe. Ich bin für dich da, bitte komm zu mir.« Ich erinnere mich an ein kleines Café auf dem Domplatz, dort habe ich sie schon einmal getroffen, es ist nicht weit vom Fluss entfernt. Ich muss sie in ihrem jetzigen Zustand vom Wasser wegbringen, also sage ich ihr, sie soll dorthin gehen, auf mich warten und bestellen, was sie will.

»Ich verlasse jetzt das Büro, ich bin in ein paar Minuten da. Geh nirgendwo anders hin. Bleib bitte dort und warte auf mich«, wiederhole ich, weil ich Angst habe, dass sie sich aus dem Staub macht.

Es ist schneller, zu Fuß ins Stadtzentrum von Worcester zu gehen, als mit dem Auto zu fahren und einen Parkplatz zu suchen, also laufe ich zum Café. Aber als ich mich dem Platz nähere, klingelt mein Telefon. Es ist Alex.

»Hannah, bist du auf dem Platz in der Nähe der Kathedrale?«

»Ja ... ich werde nur ...«

»Sie ist in der Nähe. Ich habe gerade nachgesehen, und Helen ist in dieser Gegend. Natürlich kann ich nicht ganz genau sehen, wo, aber es zeigt an, dass ihr beide nicht weit voneinander entfernt seid.«

Ich keuche. »Oh Gott, nein.« Ich muss unbedingt zu Chloe. Wenn ich zu spät komme, bleibt sie vielleicht nicht da. Ich war so besorgt um sie, dass ich Helen fast vergessen hatte, aber ich bezweifle, dass sie mich vergessen hat. Meine Augen suchen die Umgebung ab, ich fühle mich plötzlich sehr ungeschützt.

»Sie kann aber nichts *tun*, oder? Es ist helllichter Tag und viel los ...«

»Wer weiß? Wenn sie in der Nähe ist, musst du dich schützen!«

»Du machst mir Angst, Alex.«

»Es tut mir leid«, sagt er. »Ich bin mir sicher, dass sie nichts Extremes tun wird, aber sie ist potenziell gefährlich und du darfst dich auf keinen Fall mit ihr einlassen.«

»Ich habe nicht die Absicht, das zu tun«, sage ich. Jetzt bin ich wirklich nervös und mein Kopf dreht sich, um zu sehen, ob sie hinter mir ist. Neben mir fährt ein Junge auf einem Fahrrad zu nah an mir vorbei und ich gebe einen kleinen Schrei von mir.

»Ist sie das?«, fragt Alex.

»Nein, nein, mir geht's gut – tut mir leid.«

»Gott, Hannah, du hast mich erschreckt«, sagt er, dann hält er inne und fragt: »Wohin gehst du?«

»Zum Café auf dem Platz, ich treffe mich mit Chloe.«

»Du weißt ja, wo Helen arbeitet, also sieh zu, dass du nicht in die Nähe kommst.«

»Okay ... Ich muss auflegen.«

»Ich beobachte dich, Hannah. Ich werde ein Auge darauf haben, wo ihr beide seid.«

»Okay ... aber Alex, sie wird sowieso nicht wissen, wie ich aussehe.«

Einen Moment lang zögert er, etwas zu sagen, dann entscheidet er sich offensichtlich, ehrlich zu sein. »Ich habe ihr Fotos von dir gezeigt, als wir uns zum Mittagessen getroffen haben. Es tut mir so leid.«

»Oh, Alex.« Ich seufze müde.

»Ich weiß. Es war dumm von mir, aber als ich ihr dein Foto gezeigt habe, dachte ich, sie würde sich freuen. Ich hätte niemals ... das erwartet.«

»Hör zu, ich muss auflegen, Alex«, sage ich und weiß nicht, worüber ich mir mehr Sorgen machen soll, über Chloe oder Helen.

»Okay, aber sei dir bewusst, dass sie immer noch irgendwo in der Nähe ist. Ich werde weiter ein Auge darauf haben.«

»Okay, danke, tschüss.«

Vorsichtig, aber zügig gehe ich weiter die Hauptstraße entlang. Ich wage nicht zu riskieren, dass Chloe sich aus dem Staub macht, also gehe ich einfach weiter und beobachte jedes Gesicht, das an mir vorbeigeht, bis das Unvermeidliche passiert. Alex hat mir gesagt, dass Helen in der Nähe ist, und gerade als ich an Yo! Sushi vorbeigehe, läuft sie in die entgegengesetzte Richtung – auf mich zu.

Ich sehe ihr Gesicht aus der Nähe, ich weiß, dass sie es ist, ich habe das bekritzelte Foto bei Alex gesehen und das klare, professionelle Foto auf der Website des Anwalts. Ja, sie ist es definitiv, und für eine Nanosekunde treffen sich unsere Blicke. Ich unterdrücke ein entsetztes Keuchen und gehe weiter, genau wie sie. Instinktiv drehe ich mich um, um mich zu vergewissern, dass sie nicht hinter mir ist, und als ich das tue, sehe ich sie mitten auf der Hauptstraße stehen und mich anstarren. Ich drehe mich weg und gehe schnell weiter, mein Herz schlägt mir bis zum Hals, ich schreie innerlich, und als ich über meine Schulter blicke, kommt sie auf mich zu, sehr schnell.

Ich höre sie meinen Namen rufen, sie schreit: »Hannah, bist du Hannah?« Ihre Stimme wird umso lauter, je näher sie kommt. Ich kann nicht anders, ich muss fliehen, also renne ich los, verstecke mich in einem Türrahmen und warte zitternd. In Sekundenschnelle wird mir klar, wie dumm das ist: Wenn sie mich hier findet, gibt es kein Entkommen. Ich habe mich buchstäblich an eine Wand gestellt, außer Sichtweite für alle.

Ich stehe mindestens fünf Minuten lang da, was eine sehr lange Zeit ist, wenn man nicht weiß, ob nicht jeden Moment die Person auftaucht, die einem etwas antun will. Ich kann nicht atmen, aber selbst jetzt ist mir bewusst, dass Chloe auf mich warten wird und ich sie nicht noch einmal im Stich lassen kann. Also reiße ich mich zusammen und mache mich, immer noch atemlos, auf den kurzen Weg zum Café, wobei ich ständig über die Schulter schaue. Als ich reinkomme, sitzt sie da, einsam, in Kapuzenpulli und Jeans, aber ohne Mantel – sie muss frieren. Ich bin erleichtert, dass ich im Café bin, wo die Leute trinken und essen und normale Dinge tun. Selbst wenn Helen mich durch das Fenster sähe und hereinkäme, würde sie sicher nichts unternehmen, es sind zu viele Leute hier drin. Ich behalte die Tür im Auge, verdränge aber das, was gerade passiert ist. Dies ist Chloes Zeit, und zu viele Leute haben sie schon im Stich gelassen, ich muss für sie da sein. Also schließe ich alles andere in dem Kästchen in meinem Kopf ein, mache mich bereit und gehe zu ihrem Tisch.

Chloe sieht auf, als ich mich setze. Sie lächelt nicht und mir fällt sofort auf, wie viel dünner sie aussieht, seit ich sie vor ein paar Tagen gesehen habe. Ihre Haut ist papierweiß, sie hat Schatten um die Augen, und ihre Lippen sind rissig und trocken.

»Hast du Essen bestellt, Liebes? Du siehst aus, als könntest du etwas vertragen.«

Sie nickt lustlos. Hart wirkender, dunkler Eyeliner umrandet ihre Augen, eine groteske Parodie eines Teenagers, der noch vor ein paar Monaten zu blühen begann. Alles, was sie brauchte, war ein wenig Unterstützung und Ermutigung, die Gewissheit, dass sich jemand dafür interessierte, was mit ihr geschah. Niemand verstand das besser als ich, und ich liebte es, ihre Entwicklung zu beobachten, trotz ihrer Familie und meines Unbehagens gegenüber dem Freund ihrer Mutter. Ich habe sie sogar dazu überredet, auf einen Schulabschluss hinzuarbeiten und über eine Ausbildung nachzudenken, aber wer weiß, wo sie jetzt hin will. Ich weiß nur, wenn ich nichts unternehme, wird sie verloren sein, wie ihre Mutter vor ihr.

»Was ist los, Chloe?«, frage ich, schaue ihr ins Gesicht und versuche zu verstehen, warum sie mit ihren sechzehn Jahren das Leben schon aufgegeben hat. »Du hast gesagt, dass du mir etwas sagen willst, dass du Angst hast. Ich möchte, dass du weißt, dass du mir vertrauen kannst.«

Sie nickt.

»Sag es mir, ich möchte helfen.«

»Mum hat mich wegen Pete rausgeschmissen ... er ist ...« Sie bricht ab, mit gesenktem Kopf, ohne mich anzuschauen.

»Was ist passiert?«

»Er ist weggegangen, und Mama sagt, es sei meine Schuld, ich würde Ärger machen. Sie sagte, ich solle abhauen und nicht wiederkommen.«

Sie ist kaum mehr als ein Kind. Wie eine Mutter ihre Tochter so im Stich lassen kann, ist mir unbegreiflich.

»Oh, Chloe, es tut mir so leid. Alles, was zwischen deiner Mutter und ihrem Freund passiert, ist *nicht* deine Schuld, egal was sie sagt. Das weißt du doch, oder?«

Eine Kellnerin kommt mit einer Cola für Chloe und ich bestelle einen Kaffee.

»Dazu brauchst du einen Brownie«, sage ich, weil ich weiß, dass sie die am liebsten isst.

Sie zuckt mit den Schultern, aber ich bestelle ihr einen, und die Kellnerin kommt sofort mit einem Teller zurück.

Chloe beginnt zu essen und zerteilt den Brownie in kleine Häppchen, die sie hinunterschlingt, während wir uns unterhalten.

»Ist zwischen dir und Pete etwas vorgefallen?« Ich habe das Gefühl, dass sie mir nicht alles erzählt. Als sie gestern Abend die Nachricht hinterließ, sagte sie, sie habe Angst.

Sie sieht mich mit großen Augen an. »Der Bastard hat

meine Mutter geschlagen, also bin ich auf ihn losgegangen und dann ging alles den Bach runter. Er hat sich verpisst und meiner Mutter gesagt, dass er nicht mehr zurückkommt. Ich war froh, aber dann hat sich Mum gegen mich gestellt und gesagt, ich hätte angefangen. Aber Hannah, das habe ich nicht, er hat ihr *wehgetan*.« Sie lässt den halb gegessenen Brownie auf den Teller fallen, als wäre er ungenießbar.

»Da hat sie dich also rausgeschmissen?«

»Ja.« Sie schaut nach unten, ich kann ihr Gesicht nicht sehen.

»Wo hast du letzte Nacht geschlafen?« Mein Kaffee kommt, und ich bedanke mich bei der Kellnerin.

»Ich habe unten am Fluss geschlafen.«

»Oh, Chloe, es tut mir so leid. Du hast mich spät angerufen, und ich habe deine Nachricht erst bekommen, als –«

»Es ist nicht deine Schuld, Hannah. Es ist meine.«

»Nein, das ist es nicht, bitte denke das nicht. Wir können nicht zulassen, dass du auf der Straße schläfst, Liebes. Ich kümmere mich darum und sorge dafür, dass du in Sicherheit bist.«

Sie sieht mich misstrauisch an.

»In der Nachricht, die du auf meinem Telefon hinterlassen hast, sagst du mir, dass du Angst hast. Hattest du Angst vor deiner Situation – oder vor jemandem ...? Hattest du Angst vor jemandem?«

Einen Moment lang denke ich, dass sie mir etwas sagen will. Aber sie starrt nur vor sich hin.

Ich versuche es noch einmal. »Ich weiß, du glaubst, dass du im Moment niemandem vertrauen kannst – aber du kannst mir vertrauen, das verspreche ich.«

»Ich kann nicht.« Sie seufzt niedergeschlagen, als hätte sie alle aufgegeben, auch sich selbst.

Es bricht mir das Herz, ich habe das Gefühl, dass ich sie im Stich gelassen habe. Ich denke über Jas' Rat nach, dass ich versuchen sollte, distanzierter zu sein – aber ich weiß nicht, ob ich das kann.

»Du *kannst* mir vertrauen«, ermutige ich sie, »aber ich muss wissen, was los ist, damit ich helfen kann. Gibt es etwas, das du mir sagen willst, Chloe?«

»Nein.«

So leicht gebe ich nicht auf. »Ist es der Freund deiner Mutter – Pete? Hast du Angst vor ihm?«

Sie kräuselt ihre Lippen.

»Ist es jemand anderes? Bist du noch mit Josh zusammen?« Sie geht manchmal mit einem älteren Jungen aus, der in ihrem Haus wohnt. Er ist nicht gerade ein Traumpartner, man munkelt, dass er ein Drogendealer ist.

Sie antwortet mir nicht.

Ich atme tief durch. »Okay. Irgendetwas oder *irgendjemand* hat dich durcheinandergebracht. Dir ging es doch so gut, was ist passiert?«

Langsam beginnt Chloe zu sprechen. »Ich kann es nicht sagen, er sagt, er wird ... er wird ... seinen Job verlieren.«

»Ich verstehe nicht, er wird seinen Job verlieren, weil ...?« Ich reiche ihr meine Hand über den Tisch, aber sie zieht ihre weg.

Das beunruhigt mich. Alles an Chloes Leben beunruhigt mich im Moment. Hier ist ein junges Mädchen, das sein ganzes Leben noch vor sich hat, eine Sechzehnjährige, die sich verloren und verwirrt fühlt, so wie ich einst. »Diese Person ... Warum sollte er seinen Job verlieren? Bist du in einer Beziehung mit ihm, Chloe?« Sie ist erst vor Kurzem sechzehn geworden. Wenn sie in letzter Zeit eine sexuelle Beziehung mit jemandem hatte, war sie wahrscheinlich noch minderjährig. Wer auch immer es ist, er könnte nicht nur seinen Job verlieren, sondern auch ins Gefängnis kommen.

Sie nimmt einen weiteren Schluck Cola. Dies ist eine ältere, härtere Chloe als die, mit der ich in den letzten Monaten zu tun hatte. Eines der frustrierendsten Dinge an meinem Job ist, dass die Kinderschutzpläne selten das gesamte Spektrum der Bedürfnisse eines gefährdeten Kindes abdecken. Arbeitsdruck, hohe Fallzahlen und begrenzte Ressourcen führen dazu, dass Kinder wie Chloe zu leicht durch das Netz fallen. Ich beobachte sie jetzt, wie sie an ihrer Cola nippt und meinen Blicken ausweicht, und ich weiß, dass sie etwas verheimlicht. Aber wenn sie eine unangemessene Beziehung mit jemandem hat, insbesondere mit dem Freund ihrer Mutter, dann kann ich ihr nur davon abraten. Ich kann auch einen anderen Wohnort für sie finden, wo sie nicht in seiner Nähe ist und daher weniger anfällig für seine Annäherungsversuche.

»Rede mit mir, Chloe«, sage ich sanft.

Sie spricht nicht, sondern senkt nur ihren Kopf.

»Es ist in Ordnung. Du kannst mit mir reden, du wirst keinen Ärger bekommen.«

»Nein, aber *er* wird ihn bekommen. Ich musste schwören, nichts zu sagen.«

»Das liegt daran, dass er im Unrecht ist.« Ich beuge mich über den Tisch, um leise fragen zu können: »Ist er viel älter als du?«

Sie nickt, ganz langsam.

Ich versuche, lässig zu klingen. »Okay, also, bist du schon lange mit ihm zusammen?« Ich muss es aus ihr herauslocken, anstatt sie unter Druck zu setzen.

»Ein paar Jahre«, murmelt sie, und ich versuche, mein Entsetzen zu verbergen. Das heißt, sie war dreizehn oder vierzehn, als die Beziehung begann.

»Ist es ein ... Freund deiner Mutter?«

Sie schüttelt den Kopf.

»Wenn du es mir nicht sagen willst, Chloe, ist das deine Sache. Ich kann dich nicht zwingen, darüber zu reden. Ich möchte nur, dass du mir vertraust und weißt, dass ich dir helfen kann, wenn er dich bedroht hat oder wenn du aus irgendeinem Grund Angst vor ihm hast.«

Sie hört auf, an ihrer Cola zu nippen, sieht für den Bruchteil einer Sekunde zu mir auf und bricht dann in Tränen aus. Ich beobachte erstaunt, wie sie zusammenbricht, wie ihre ganze Sprödheit unter dem Ansturm der Gefühle Risse bekommt und schmilzt. Das verletzte und verwirrte Kind kommt unter dem harten, die Augen schwarz umrandenden Make-up zum Vorschein. Ich reiche ihr eine Papierserviette und sage ihr, dass ich hier bin und ihr helfen kann, aber ich bin mir nicht sicher, ob sie mich hört.

Wir bleiben noch eine Stunde in dem Café und ich versuche alles, um mehr Informationen von ihr zu bekommen. Aber man hat ihr gesagt, dass sie nichts sagen soll, und selbst meine sanften Fragen, meine Hilfsangebote und meine Zusicherungen, dass sie in Sicherheit sein wird, helfen nichts, und als die Papierserviette zwischen ihren dünnen, mit Ringen und selbstgemachten Tattoos übersäten Kleinmädchenfingern zerfetzt ist, schwindet meine Hoffnung. Vielleicht aus Angst oder aus Loyalität, aber Chloe wird mir nichts über den Mann erzählen, der mit ihr geschlafen hat, seit sie dreizehn Jahre alt war. Ich verspreche ihr, dass ich für sie da bin, sobald sie es mir sagen will oder meine Hilfe braucht.

Während die Kellnerin den Boden wischt und das Licht draußen schwindet, kehre ich mit meinen Gedanken zu Chloes unmittelbarer Situation zurück. Im Moment kann ich vielleicht nicht herausfinden, wer ihr Peiniger ist, und ich kann sie vielleicht nicht davon abhalten, sich mit ihm zu treffen, aber ich kann ihr einen sicheren Ort für die Nacht suchen.

»Also, Chloe, ich werde ein paar Orte abtelefonieren, bis ich einen Platz zum Schlafen für dich gefunden habe, und ich möchte, dass du mir versprichst, dass du dort bleiben wirst.«

Sie zuckt mit den Achseln, aber ich sehe, dass sich ihre

Schultern leicht entspannt haben, weil sie weiß, dass sie heute Nacht nicht am Fluss schlafen wird.

Ich greife zum Telefon, um die örtlichen Herbergen anzurufen, und während ich jedem Fremden, der den Hörer abnimmt, ihre Geschichte erzähle, starrt sie lustlos vor sich hin. Als sie nach ihrem Glas Cola greift, bemerke ich, dass ihr Ärmel hochgekrempelt ist, und ich sehe eine Reihe feiner Narben, die ihren Arm hinauflaufen. Unsere Blicke treffen sich. Sie weiß, dass ich es weiß, und zieht ihren Ärmel unbeholfen herunter, als sie merkt, dass ich die winzigen, verräterischen Male, die an ihrer Haut entlanglaufen, bemerkt habe. Ich schaue ihr ins Gesicht und sehe die Augen meiner Mutter, die zurückstarren. Sie nimmt Drogen.

Ich versuche, beruhigend zu lächeln, aber ich werde wieder daran erinnert, dass ich ein kleines Mädchen bin, in einer dunklen und stacheligen Welt. Mein Herz wird schwer, und ein neuer Kampf beginnt.

Es ist ein nervenaufreibender Spaziergang durch Worcester zurück zum Büro, und ich bin so sehr mit Chloe beschäftigt, dass ich nicht an Helen denke, bis ich an dem Platz ankomme, an dem ich ihr vorhin begegnet bin. In der Dunkelheit fühle ich mich plötzlich verletzlich, und obwohl der Platz voller Menschen ist, die Weihnachtseinkäufe machen, schaue ich ab und zu hinter mich.

Sobald ich wieder bei der Arbeit bin, rufe ich Alex an und erzähle ihm von Helen, die mich verfolgt und meinen Namen gerufen hat. Die anderen sind entsetzt und sagen, ich solle die Polizei anrufen, aber Alex hat ein paar Kumpel bei der Polizei und er sagt, er werde mit ihnen darüber sprechen, bevor wir weitere Schritte unternehmen.

»Das Problem ist, dass sie noch nichts getan hat«, sagt er.

»Ja, aber sie hat dir doch gesagt, dass sie mir wehtun will«, protestiere ich. »Ich habe Angst, Alex, Gott sei Dank hast du mir gesagt, dass sie in der Gegend ist, so konnte sie mich wenigstens nicht überrumpeln.«

»Genau. Die App gibt mir einen ungefähren Standort an, und ich weiß, wenn du in der gleichen Gegend bist, aber leider kann ich nicht ganz genau sehen, wo du bist.«

»Du würdest es also nicht merken, wenn sie im wahrsten Sinn des Wortes nur Zentimeter entfernt wäre?«, frage ich erschrocken.

»Nein – nicht wirklich«, sagt er unbeholfen.

»Scheiße, Alex, ich dachte, du würdest sofort herstürmen, wenn sie mir zu nahe kommt, ich dachte, du würdest es merken.«

»Nicht unbedingt, die Technologie ist nicht so gut.«

»Ich *sollte* also die Polizei rufen, wenn sie das nächste Mal in der Nähe ist.«

»Nein – du musst mir vertrauen, wir wollen eine ohnehin schon schwirige Situation nicht noch verschlimmern. Ich kenne die Gesetze in diesem Bereich – sie sind kompliziert, aber ich verspreche, dass ich es im Griff habe.«

»Okay«, sage ich zögernd, »aber wenn so etwas noch einmal passiert oder ich auch nur ein bisschen unsicher bin oder Angst habe, rufe ich sofort die Polizei.« Damit lege ich den Hörer auf. Es gefällt mir gar nicht, dass Alex mich in diese Situation gebracht hat, und ich kann nicht glauben, dass er es noch schlimmer gemacht hat, indem er ihr ein Foto gezeigt hat. Sie war seine Frau, er muss sie kennen, und er muss geahnt haben, wie sie auf die Tatsache reagieren wird, dass er jetzt eine neue Freundin hat. Andererseits hat mich auch Toms Verhalten seit unserer Trennung überrascht – und ich dachte, ich kenne ihn in- und auswendig.

24

Sameeras Hochzeit ist Anfang Januar, und da es nur noch eine Woche bis Weihnachten ist, kombinieren wir ihren Junggesellinnenabschied mit unserer Büroweihnachtsfeier. Es ist zwar kein richtiger Junggesellinnenabschied, weil Harry mitkommt, aber für diesen Abend behandeln wir ihn wie ein Mädchen und er wird die obligatorischen Hasenohren tragen, worauf er sich – beunruhigenderweise – schon sehr freut.

»Ich bin mir nicht sicher, ob ich bei einem Frauenabend Hasenohren tragen würde«, sagt Alex, als ich ihm von unseren Plänen erzähle.

»Ich denke, du würdest süß aussehen.« Ich lache.

Nach der Arbeit bin ich wieder einmal bei ihm zu Hause, er kocht das Abendessen, während ich meinen Bericht über Chloe durchgehe. Ich habe es geschafft, ihr über das Jugendamt eine sichere Unterkunft zu besorgen, aber die Probleme liegen eindeutig tiefer. Alles, was ich aus den Gesprächen mit ihr herauslesen kann, ist, dass sie eine Beziehung mit einem älteren Mann hat, der sie zu beherrschen scheint. Sie weigert sich, etwas über ihn zu sagen, und ich stelle eine Theorie auf, die ich gerade Alex präsentiert habe.

»Was wäre, wenn Pete ihre Mutter nicht geschlagen hat, sondern Carol herausgefunden hat, dass zwischen Pete und Chloe etwas läuft, und sie deshalb aus dem Haus geworfen hat?«

»Möglich«, murmelt er. Er scheint abgelenkt zu sein.

»Chloe sagt offenbar nicht immer die Wahrheit, aber wer kann es ihr verdenken?«, fahre ich fort, denn ich weiß, dass die Wahrheit in Chloes Welt ein schrecklicher Ort ist.

»Ein bisschen seltsam ist es schon, dass Harry zu einem Junggesellinnenabschied mitkommt, oder?«, sagt er und kommt plötzlich auf unser vorheriges Gespräch zurück.

»Was ...?« Zwei Welten prallen aufeinander, und ich erinnere mich plötzlich daran, worüber wir gesprochen haben. »Nein, Harry ist eines der Mädchen, und wahrscheinlich bringt er sowieso Gemma mit. Wir kommen direkt von der Arbeit, also wäre es ein bisschen gemein, wenn wir ihn nicht einladen würden – ganz zu schweigen davon, dass es sexistisch wäre.«

»Na gut. Ich könnte also auch mitkommen?«, fragt Alex.

Ich hätte nichts dagegen, wenn Alex mitkäme, aber ich bin mir nicht sicher, was die anderen davon halten würden. Es ist kein Pärchenabend und da er noch niemanden von ihnen kennt, könnte er sich wie das fünfte Rad am Wagen fühlen.

»Du *könntest*, aber es ist ein Junggesellinnenabschied, Alex.«

»Ja, aber wenn Harry mitgeht?«

»Ich sagte doch, er ist für diesen Abend ein Mädchen. Außerdem ist es unser Betriebsausflug zu Weihnachten. Er erfüllt ein Kriterium, du erfüllst keins«, sage ich halb im Scherz.

»Okay.« Er lächelt. »Um wie viel Uhr soll ich dich von der Bar abholen?«

Es ist jetzt fast drei Wochen her, dass Helen mich durch Worcester verfolgt hat, und es gab keine weiteren seltsamen Karten oder mit dem Geruch von Parfüm erfüllten Autos, doch Alex fährt mich zur Arbeit und zurück, nur für den Fall. Aber ich will mein Leben leben, mein Auto fahren und nicht so sehr von Alex abhängig sein. Ich hoffe, Helen hat angefangen, nach vorne zu schauen, und akzeptiert, dass Alex und ich jetzt zusammen sind.

»Du brauchst mich heute Abend nicht abzuholen«, sage ich.

»Nein, ich werde dich abholen«, antwortet er selbstbewusst.

»Ehrlich, es ist in Ordnung – wir teilen uns alle ein Taxi zurück.«

»Aber, Hannah, es geht um deine Sicherheit.«

»Ich weiß, aber es ist schon eine Weile nichts mehr passiert. Was auch immer es war, sie scheint es überwunden zu haben.«

Er dreht sich zu mir um, stützt sich dann auf den Küchentisch und sieht mich abwartend an.

»Was?«, frage ich.

»Warum willst du nicht, dass ich dich abhole? Hast du Angst, dass einer deiner Freunde mich sehen könnte?«

»Nein, sei nicht albern, warum sollte ich nicht wollen, dass dich jemand sieht?«

»Sag du es *mir*. Vielleicht tust du abends gern so, als ob du noch Single wärst?«

»Sei nicht albern! Ich möchte, dass du sie alle kennenlernst – bald. Aber ein Taxi zu nehmen, macht mehr Sinn. Jas und Sameera wohnen auf meinem Heimweg, und Harry wird wahrscheinlich bei Gemma übernachten, weil das nur ein paar Straßen von mir entfernt ist.«

Er hebt den Kopf auf eine Art, als wolle er fragen: »Stimmt das?«, und ich bin sofort genervt.

»Hör zu, ich weigere mich, mit meinen Arbeitskollegen auszugehen und sie dann einfach vor dem schicken Auto meines Freundes auf dem Bürgersteig stehen zu lassen, damit sie in der Kälte ein Taxi rufen müssen.«

»Okay, dann werde ich euch *alle* einsammeln.«

»Ich habe nein gesagt, Alex«, schnauze ich, merke dann aber, dass ich unhöflich bin und füge hinzu: »Tut mir leid.«

Er will sich um mich kümmern, und das verstehe ich auch, aber ich muss ihm klarmachen, dass ich in der Lage bin, auf mich selbst aufzupassen, und was mich am meisten ärgert, ist, dass Alex ein Nein nicht akzeptiert. Heute Morgen hat Harry einen Witz über »Hannahs Chauffeur« gemacht, und Jas hat mich unverblümt gefragt, ob ich Alex für »anhänglich, bedürftig oder einfach nur seltsam« halte, und das lässt mich an Alex' Verhalten zweifeln. Aber nach allem, was mit Helen passiert ist, kann ich ihm wohl nicht verübeln, wie er sich manchmal verhält. Die Dinge beruhigen sich endlich, meine Gefühle für ihn sind stark und ich bin immer noch sehr daran interessiert, dass es zwischen uns funktioniert. Ich liebe Alex, ich mag nur seine Ex-Frau nicht, und wie sehr ich auch versuche, sie zu vergessen und die Zeit mit ihm zu genießen, sie ist immer noch ein Schatten, der in einer Ecke unserer Beziehung lauert. Das bringt mich dazu, über die Nacht vor ein paar Wochen nachzudenken, als ich lange arbeitete und das Gefühl hatte, nicht allein zu sein. Was, wenn es *Helen* war, die Alex durch die Hintertür hat gehen sehen? Er sagte, es sei dunkel gewesen, und nahm an, es sei ein Mann gewesen, aber es könnte auch eine Frau gewesen sein, die er hinter dem Büro weglaufen sah. Und gestern hat Harry entdeckt, dass das Sicherheitsschloss an der Hintertür kaputt ist.

»Meinst du, sie könnte reingekommen sein?«, sagte ich zu Harry.

»Ich weiß es nicht«, antwortete er, aber ich konnte an seinem Gesichtsausdruck erkennen, dass er dachte, *jemand* ist hereingekommen, und dass er eindeutig nur versuchte, mich zu beschwichtigen. Ich hörte den Zweifel in seiner Stimme, sah die Art, wie er Jas anschaute und sie wegsah.

Trotz allem haben Alex und ich uns Mühe gegeben, uns auf uns zu konzentrieren. Endlich haben wir gemeinsam den Weihnachtsbaum aufgestellt, und er hat eine wunderschöne, handgemachte Weihnachtskugel mit unseren ineinander verschlungenen Namen mitgebracht. Er hatte sie extra anfertigen lassen.

»Wenn ich sage, für immer, dann meine ich das auch so«, hatte er gesagt, als er sie an den Baum hängte. Ich beobachtete ihn und stellte mir vor, wie wir diese Kugel in den kommenden Jahren mit unseren Kindern an viele Bäume hängen würden.

Am Freitagmorgen stehe ich früh auf, um zu arbeiten. Heute Abend ist Sameeras Junggesellinnenabschied beziehungsweise Weihnachtsfeier, und da wir das Büro früh verlassen, um auszugehen, muss ich am Tag so viel wie möglich schaffen. Ich habe einen Berg von Papierkram und muss ihn bewältigen. Heute habe ich also keine Zeit, um mit Jas in der Küche zu plaudern – und keine Mittagspause.

Alex steht früh mit mir auf und kocht Haferbrei, während ich im Haus herumrenne und mich fertig mache. Statt mich für die Arbeit anzuziehen, packe ich mein Make-up und ein sauberes Oberteil in eine Tasche, um es heute Abend zu tragen.

»Ziehst du das an?«, fragt Alex, als ich das Oberteil mit Leopardenmuster in die M&S-Tasche stopfe.

»Ja, du hast gesagt, dass es wunderschön aussah, als ich es neulich beim Inder getragen habe.«

Sein Gesichtsausdruck sagt genau das Gegenteil, seine Lippen sind gekräuselt und seine Stirn gerunzelt. »Oh, ja, es ist *okay*, aber vielleicht wäre etwas Dunkleres, das dich schlanker aussehen lässt, besser für dich.«

»Was sagst du da?« Ich bin entsetzt. »Ich bin kein mageres Model, aber hast du gerade gesagt, dass ich in Tiermotiven fett aussehe?« Ich scherze nur halb.

»Nein ... nein, aber es ist nicht gerade schmeichelhaft, nicht wahr?«

»Ich dachte, das wäre es«, sage ich, immer noch überrascht über seine Taktlosigkeit.

»Was ist mit dem weiten schwarzen Oberteil, das du am Wochenende getragen hast?«

Ich zermartere mir das Hirn, um mich zu erinnern, welches ich anhatte. »Du meinst das große, das wie ein Müllbeutel aussieht? *Das* kann ich nicht zum Ausgehen anziehen.« Ich lache, erstaunt über seinen Vorschlag.

»Nun, anscheinend ist es gut genug, um es zu Hause für mich zu tragen?«

»Ich trage es nicht für *dich*. Ich trage es für *mich* – es ist ein bequemes Oberteil, das ich anziehe, um im Haus herumzuhantieren.« Ich schüttle verwundert den Kopf. Ich kann nicht glauben, dass er vorschlägt, dass ich das tragen soll.

»Aber du gehst doch nur mit Freunden von der Arbeit aus, warum willst du nicht etwas Bequemes anziehen? Warum musst du dich mit einem billigen Leopardenmuster herausputzen?«

»Billig? Ich bin mir nicht sicher, worauf dieses Gespräch hinauslaufen soll.« Ich höre auf zu lächeln und sehe ihn verwirrt an.

»Ich meine ja nur ...«

»Alex, du kannst *sagen*, was du willst, aber ich werde *kein* großes, unförmiges, schwarzes Oberteil tragen, wenn ich am Freitagabend mit meinen Freunden ausgehe.«

»Wie ich schon sagte, gut genug für mich, aber nicht für sie«, murmelt er, während er eine Schale mit dampfendem Brei vor mir abstellt. Ich bin plötzlich nicht mehr hungrig.

»Alex, ich versuche *immer*, gut für dich auszusehen, so wie du für mich, und ich mag es, dass wir beide darauf achten, wie wir aussehen. Aber du bist nicht fair.« Ich schaue ihm ins Gesicht und greife nach seiner Hand. Ich habe wirklich keine Zeit für so etwas, und ich bin mir bewusst, dass ich versuche, ihn zu beschwichtigen, damit ich mit einem anstrengenden Tag weitermachen kann.

»Es tut mir leid. Ich schätze, ich bin heute einfach ein bisschen deprimiert ... Es liegt nicht an dir ... oder an dem, was du trägst.« Er seufzt und wendet sich ab.

»Was ist es dann? Warum bist du so niedergeschlagen?«, frage ich, wohl wissend, dass ich die Stimme benutze, die ich mir normalerweise für meine aufgewühlten Teenager aufhebe.

»Das ist nicht wichtig. Es ist nur ...« Er dreht sich wieder zu mir um und ich sehe, dass er Tränen in den Augen hat.

»Alex. Was ist los?«

»Nichts. Ehrlich, es ist nichts.«

Ich stehe von meinem Platz auf und gehe zu ihm, lege meine Arme um seine Taille und sehe zu ihm auf. »Sag es mir?«

Er besteht darauf, dass es ihm gut geht, aber ich sehe, dass es nicht so ist. Ich habe heute Morgen keine Zeit, mich mit seinem plötzlichen Schmerz zu befassen, aber ich kann nicht einfach aus der Tür rennen, wenn er offensichtlich verzweifelt ist, also frage ich weiter. Schließlich, nach langem Zureden, sagt er: »Heute war der Tag, an dem Helen mich verlassen hat. Ich weiß, es ist ein Jahr her, aber es tut immer noch weh.«

Das versetzt mir einen leichten Stich und holt mich auf den Boden der Tatsachen zurück. »Okay ... ich verstehe, aber vielleicht ist es an der Zeit, nach vorne zu blicken«, sage ich und kann nicht verhindern, dass sich ein Hauch von Angst in meine Stimme schleicht.

»Es geht nicht um sie, Hannah. Um ehrlich zu sein, jetzt wo ich mit dir zusammen bin, bin ich froh, dass sie es beendet hat. Wenn du heute Abend unterwegs bist, erinnert mich das nur an die Nächte, in denen ich ... auf Helen gewartet habe.« Er seufzt. »Es ist nicht deine Schuld, dass du heute Abend ausgehst.«

Warum fühlt sich »es ist nicht deine Schuld« wie ein Vorwurf an? Es fühlt sich an, als ob Alex meint, ich solle zu Hause bleiben und am Jahrestag, zwölf Monate nach dem Ende seiner vorherigen Beziehung, seine Hand halten. Ich bin mir nicht sicher, ob es gesund ist, ein solches Datum im Terminkalender zu haben, und selbst wenn er genau weiß, wann sie ihn verlassen hat, ist es sicher nicht gut, sich damit zu beschäftigen.

Ich trete näher an ihn heran, lege meinen Kopf zur Seite und berühre sein Gesicht mit meinen Fingerspitzen. Selbst wenn er traurig ist, hat er ein wunderschönes Gesicht, lange Wimpern, weiche Lippen, und es gibt nichts, was ich heute lieber täte, als mich einfach krank zu melden, bei ihm zu bleiben und dieses Gesicht zu küssen. Sein Schmerz hat mich ängstlich gemacht, als wäre Helen immer noch eine Bedrohung, immer noch jemand, der ihm wichtig ist, und jetzt möchte mein Herz darüber reden. Aber mein Kopf weiß, dass ich das nicht kann, denn es ist schon nach neun Uhr morgens, und ich hatte gehofft, jetzt schon bei der Arbeit zu sein. Ich bin spät dran und habe eine Million Dinge zu erledigen, ganz zu schweigen von einem Treffen mit Jas um neun Uhr dreißig, um sie über Chloe Thomson zu informieren.

Chloe wohnt jetzt in einer Notunterkunft, die ich für sie organisiert habe. Sie ist nicht toll, aber zumindest ist sie nicht zu Hause bei ihrer Mutter und Pete, der offenbar zurückgekehrt ist. Ich hoffe, dass ich ihr langfristig helfen kann, aber in meinem Job gibt es nur wenige Happy Ends – es sind immer Kinder in Gefahr, für die ich alles im Griff haben muss. Und dann ist da noch mein Partner, der in Tränen aufgelöst ist und mich genauso braucht. Ich spüre, wie mein Herz schneller schlägt. Es ist wie damals, als ich ein Kind war und meine Mutter eine Überdosis genommen hatte, wie sie es oft tat. Ich hatte das Gefühl, dass die ganze Welt auf mir lastete, dass es an mir war, die Probleme aller zu lösen und die Verantwortung zu übernehmen. Diesen Druck spüre ich auch jetzt, und ich mag nicht, wie ich mich dabei fühle. Ich frage mich, wie viel ich noch auf mich nehmen kann, bevor ich ausbrenne.

»Die Erinnerung daran, wie Helen weggegangen ist, muss

schrecklich sein«, sage ich jetzt zu Alex, »aber das war die Vergangenheit, und *ich* bin jetzt hier. Auch wenn ich heute viel zu tun haben werde, werde ich an dich denken, und du kannst mich jederzeit anrufen. Wir können ein schönes Wochenende zusammen verbringen.« Ich mache eine Pause. »Ich mache mir nur manchmal Sorgen, dass ...«

»Was?«

»Ich mache mir Sorgen, dass du nicht über sie hinweg bist«, gebe ich zu.

»Ich liebe *dich*, Hannah. Ich vermisse dich nur, wenn wir nicht zusammen sein können«, sagt er, ohne wirklich auf meine Frage zu antworten.

»Ich liebe dich auch«, antworte ich. »Ich möchte heute Abend nicht wirklich weggehen und dich so allein und mitgenommen zurücklassen ...«, beginne ich.

»Dann lass es«, sagt er.

Ich bin hin- und hergerissen, ich weiß, dass Alex mich braucht, aber es ist Sameeras großer Abend. »Ich kann sie nicht im Stich lassen, Alex.«

»Aber du kannst mich im Stich lassen«, sagt er bitter.

»Nein. Ich lasse dich nicht im Stich«, erwidere ich entschlossen, denn ich weiß, dass er versucht, mich zu manipulieren, damit ich nachgebe und heute Abend zu Hause bleibe.

Ich habe Übung darin, diese Art von Verhalten zu erkennen. Ich erlebe es auch bei meinen Klienten. Wir alle tun es bis zu einem gewissen Grad, es ist Teil des Menschseins und des Miteinanders in unseren Beziehungen. Aber wenn es zu weit geht und eine Person die andere zu sehr manipuliert, ist das nicht gesund. Es führt dazu, dass Menschen Dinge tun, die sie vielleicht nicht tun wollen. Deshalb *werde* ich heute Abend mit meinen Freunden von der Arbeit ausgehen und Alex klar machen, dass sich daran nichts ändern wird, egal was er sagt, aber dass ich ihn nicht im Stich lassen werde.

»Ich liebe dich sehr, aber wenn ich ausgehe, geht es nicht

um dich und mich, sondern um mich und meine Freunde«, erkläre ich.

Er sagt nichts, aber seine Handfläche berührt meine Wange, wandert langsam meinen Hals hinunter und schlüpft sanft in meine Bluse. Ich spüre einen Anflug von Lust, aber ich lasse mich nicht dazu verführen, das zu tun, was er will, und nehme seine Hand sanft von meiner Brust, ziehe mich zurück und greife nach meinen Mappen und meiner Tasche.

»Babe, ich werde dich das *ganze* Wochenende lieben«, sage ich, während ich meine Sachen zusammensuche, »aber heute Morgen habe ich keine Zeit für *irgendetwas*.« Ich drehe mich zu ihm und küsse ihn auf den Mund. Er erwidert es energisch und zieht mich an sich. Wieder entferne ich mich vorsichtig.

»Aber ich werde dich heute Abend nicht sehen.« Er seufzt und lehnt sich mit verschränkten Armen gegen den Küchenschrank. Er kann ziemlich kindlich sein, was manchmal liebenswert ist – aber nicht jetzt.

Ich stehe auf einem Bein und will gehen. »Hör zu, Alex, ich muss gehen, aber wir sehen uns morgen, okay?«

»Genieß es«, sagt er.

Aber ich weiß, dass er es nicht so meint, er ist sauer auf mich – aber ich laufe weiter zur Tür, werfe ihm einen Luftkuss zu und gehe.

25

Nachdem ich Alex in der Küche zurückgelassen habe, bin ich den ganzen Morgen über schlecht gelaunt und von unserem Gespräch völlig eingenommen. Ich bin verwirrt, warum Alex in der einen Minute nicht ohne mich leben kann und in der nächsten sich aufregt, weil heute der Jahrestag des Tages ist, an dem Helen gegangen ist. Ich habe mir geschworen, heute nicht zu tratschen, ich habe keine Zeit, aber ich kann nicht widerstehen, Jas bei unserem Treffen wegen Chloe davon zu erzählen. Es geht mir im Kopf herum und ich möchte, dass sie es neutral betrachtet.

»*Weißt* du, dass heute der Jahrestag ihrer Trennung ist?«, fragt sie.

»Nun, ich wusste es nicht, bis er es mir gesagt hat.«

»Ich meine, sagt er dir die Wahrheit? Oder versucht er nur, dir ein schlechtes Gewissen einzureden, weil du heute Abend ausgehst?«

»Daran habe ich gar nicht gedacht. Aber über so etwas würde er doch sicher nicht lügen?«

Sie sieht mich an, als ob ich naiv wäre.

»Ja, du hast recht, natürlich würde er bei so etwas lügen – er hat mir nicht einmal gesagt, dass er verheiratet ist.«

Sie schürzt ihre Lippen. »Ich habe es dir von Anfang an gesagt, Babe, lass dich nicht so einwickeln, dass du ihm gegenüber blind wirst. Ehe du dich versiehst, steckst du in einer beschissenen Beziehung fest – und ich habe niemanden, mit dem ich zu einem Mädelsabend gehen kann!« Sie lacht darüber, aber es ist wahr – in beiderlei Hinsicht.

Ein paar Minuten später, nachdem das Treffen beendet ist und ich mit einem Klienten telefoniert habe, der der Schule verwiesen wurde, ruft Alex an. Mir wird ein wenig bang ums Herz. Ich weiß, dass ich ihm gesagt habe, dass er jederzeit anrufen kann, aber ich habe auch eine Million Andeutungen gemacht, dass ich beschäftigt bin.

»Hey, ich bin's!« Seine Stimme ist sexy und süß und ich finde sie sofort beruhigend. Mein Herz schlägt wieder, als würde ich allein durch seine Stimme wieder zum Leben erwachen. Ich bin im Moment so zwiegespalten, was ihn angeht. Es muss Liebe sein.

»Hey«, sage ich leise in den Hörer, während mir warm wird und mir bewusst ist, dass ich meinen Hals streichle.

Sameera bemerkt meinen Blick und lächelt, Harry blickt herüber. Ich hoffe, sie können an meinem Gesicht nicht erkennen, was ich gerade denke.

»Ich habe mich nur gefragt«, sagt Alex, »da wir uns heute Abend nicht sehen werden ...«

Ein aufgeladener Kommentar. Ich hoffe, wir knüpfen nicht an unsere Unterhaltung von heute Morgen an. Ich antworte nicht, mein Schweigen, hoffe ich, spricht zu ihm.

»Also ... da wir uns erst morgen wiedersehen«, fährt er fort, »wie wäre es mit einem Mittagessen heute?«

Jetzt muss ich ihn ein zweites Mal an einem Tag zurückweisen. »Oh, Alex, du weißt, dass ich das gern tun würde, aber ich habe heute so viel zu tun, und ich bin heute Morgen zu spät gekommen, also muss ich aufholen. Ich werde den ganzen Tag an meinem Schreibtisch festsitzen, ich werde nicht einmal eine Mittagspause *haben*.«

»Du kannst nicht keine Mittagspause machen, du musst etwas essen.«

»Ich werde etwas essen, wenn ich fünf Minuten Zeit finde«, lüge ich.

»Okay, dann bis morgen«, faucht er.

»Ja, soll ich gleich Früh zu dir kommen?«, frage ich fröhlich und versuche, seine Stimmung zu heben und die mürrische Laune zu vertreiben.

»Wenn du *willst*.«

»Natürlich will ich das«, schwärme ich. Zu laut. Harry dreht sich um und schenkt mir ein Lächeln. Ich rolle mit den Augen. »Tut mir leid, dass ich heute Morgen gehen musste«, sage ich leise.

»Es tut mir auch leid, aber es hat mich sehr mitgenommen, weißt du?«

»Ich verstehe das. Aber auf die Gefahr hin, egoistisch zu klingen – es macht mich ein wenig unsicher, dass du immer noch um deine Frau trauerst. Um die, die dich verlassen hat«, füge ich spitz hinzu.

»Hannah, du musst dir keine Sorgen machen – aber wenn ich mich in jemanden verliebt habe, vergesse ich sie nicht einfach. Ich habe immer noch Gefühle ...«

»Ich weiß, mir geht es genauso.«

»Du meinst mit Tom?«

»Ja. Es war nicht perfekt, aber wie ich dir schon gesagt habe, ist er mir immer noch wichtig – ich verstehe also, was du für Helen empfindest.« Aber ich vermute, dass meine Gefühle für Tom nie auch nur annähernd mit seinen Gefühlen für Helen vergleichbar waren.

»Du würdest ihn doch nicht kontaktieren, oder?« Alex klingt alarmiert.

»Gott nein«, sage ich beruhigend. »Du würdest doch nicht Helen kontaktieren, oder?«

»Nicht jetzt.«

»Da bin ich froh.«

»Ja, und nach allem, was passiert ist, wollen wir nicht, dass sie dich wieder die Hauptstraße hinaufjagt«, sagt er. Der Gedanke daran, dass sie mir nachläuft, der Gedanke an den Klang ihrer Stimme, die meinen Namen ruft, lässt mich ein wenig erschaudern. Ich kann es nicht ertragen, daran zu denken, was hätte passieren können ... was noch passieren könnte.

»Babe, ich muss los, aber danke für den Anruf. Wir sehen uns dann morgen. Lass uns das am Wochenende nachholen«, füge ich mit leiser Stimme hinzu.

»Ist alles in Ordnung?«, fragt er.

»Ja, ich denke schon, und bei dir?« Ich höre das Flehen in meiner Stimme und erkenne die Verletzlichkeit, die es in der Liebe manchmal braucht, um die Mauern des anderen zu durchbrechen.

»Ich *weiß*, dass alles in Ordnung ist.«

»Gut.« Ich seufze und kann, nachdem wir uns versöhnt haben, wieder atmen. »Und, Alex ...«

»Ja?«

»Danke.«

»Wofür?«

»Dass du mich zum Mittagessen eingeladen hast. Dass du dich darum sorgst, ob ich esse.«

»Ich sorge mich *wirklich*. Niemand sorgt sich so sehr um dich wie ich. Niemand wird das jemals tun.«

Oberflächlich betrachtet sind seine Worte nett, aber der Tonfall hat etwas an sich, das mich leicht klaustrophobisch werden lässt. Vielleicht bin ich einfach nur übermüdet, habe viel um die Ohren und denke zu viel über alles nach.

Ich lege den Hörer auf und versuche, mich auf das zu

konzentrieren, was ich eigentlich tun sollte, aber dank Alex kann ich mich nicht auf meine Arbeit fokussieren, und ich habe jede Begeisterung für die Feierlichkeiten heute Abend verloren. Ich fühle mich beschissen. Ich gehe doch nur aus, um einen Abend mit meinen Freunden zu verbringen, wann ist das alles so kompliziert geworden?

Etwa zwanzig Minuten später kommt ein Anruf von der Rezeption. Margaret hat sich den Tag freigenommen, um ihre Weihnachtseinkäufe zu erledigen, und eine junge Aushilfskraft ist für sie eingesprungen.

»Jemand ist hier, er sagt, er sei dein Freund«, sagt sie unsicher.

»Oh?« Alex hat nicht gesagt, dass er vorbeikommen würde. Außerdem weiß er, wie beschäftigt ich bin, also würde er sicher nicht kommen, aber wer sollte es sonst sein?

»Ist er blond und gut gekleidet? Hat er seinen Namen genannt?«

»Nein, er hat seinen Namen nicht genannt, tut mir leid. Er ist nicht das, was man als gut gekleidet bezeichnen würde, eher leger. Jedenfalls hat er gesagt, dass es in Ordnung ist, dass er schon mal da war, und er ist auf dem Weg nach oben.«

»Das ist nicht mein Freund«, sage ich und lege den Hörer auf. Alex würde bestimmt einen Anzug für die Arbeit tragen. Er kann es sowieso nicht sein. Ich habe gerade mit ihm telefoniert.

Mir wird flau im Magen. Es könnte Tom sein. Ich dachte, er wäre weitergezogen, er schien ziemlich entspannt zu sein, als wir uns im Costa trafen, aber das ist es, was er tut, er gibt sich gelassen und dann schlägt er zu. Als ich ihn beschuldigt habe, die Blumen und die gemeine Karte geschickt zu haben, habe ich vielleicht wieder etwas ausgelöst. Schließlich ist er schon einmal hier aufgetaucht und hat mich wegen seines Jobs angeschrien und weil ich angeblich sein Leben ruiniert habe. Jas sagte ihm, er solle gehen, aber als er sich weigerte, musste sie mit ihm in das Café am Ende der Straße gehen und ihm klarmachen, dass ich nicht der Grund für all seine Probleme bin. Sie ist kompetent in allen möglichen psychologischen Angelegenheiten und kann Menschen dazu bringen, so ziemlich alles zu tun – und zu diesem Zeitpunkt schien es, als hätte sie ihn überzeugt. Aber er glaubt immer noch, dass ich hinter der E-Mail stecke, die an den Ausschuss geschickt wurde, und egal, was ich sage, er wird mir das nie verzeihen.

Ich schaue jetzt zu ihr hinüber, sie kann wahrscheinlich an meinem Gesichtsausdruck erkennen, dass ich mir Sorgen mache.

»Was ist los?«, fragt sie besorgt, tritt hinter ihrem Schreibtisch hervor und stellt sich in die Tür ihres Büros, wobei sie sich mit dem rechten Arm an den Türrahmen stützt. »Geht es um Chloe Thomson?«

Ich schüttle den Kopf. »Ich denke, es geht um Tom ... Er ist hier.«

»Soll ich die Polizei rufen?«, fragt Sameera.

»Nein, lass mich erst mit ihm sprechen«, sagt Jas und geht ins Hauptbüro. »Wir können das nicht noch einmal durchmachen.« Ihre langen Beine schreiten an meinem Schreibtisch vorbei.

»Die Aushilfskraft sagt, er sei auf dem Weg nach oben, ich gehe mit«, sage ich halbherzig, aber Jas will nichts davon hören, und bevor ich argumentieren kann, ist sie durch die Bürotür verschwunden, um ihn abzuwimmeln.

Mir ist übel, ich hätte nicht gedacht, dass dieser Tag noch schlimmer werden könnte, aber es sieht so aus, als ob es so wäre.

26

Nach ein paar Minuten ist Jas wieder da, und mein Herz schlägt mir bis zum Hals.

»Anderer Freund«, sagt sie, tritt wie eine Zauberassistentin zur Seite und deutet mit einer Geste auf jemanden, der hinter ihr steht – Alex.

Ich, Harry und Sameera sehen ihn alle mit einer Mischung aus Erleichterung und Überraschung an.

»Schön, dich kennenzulernen, Alex. Aber ruf das nächste Mal an. Du hast uns einen verdammten Schrecken eingejagt«, sagt Jas und lächelt, aber ich kann sehen, dass sie verärgert ist, als sie in ihr Büro geht und die Tür schließt. Normalerweise würde sie sich mit ihm unterhalten wollen, um mehr über ihn zu erfahren, da bin ich mir sicher, aber ich vermute, sie ist verärgert über die Tatsache, dass er im Büro aufgetaucht ist – und vielleicht auch ein bisschen eifersüchtig. Jas ist eine tolle Chefin, sehr entspannt und freundlich, aber sie hat Regeln, und eine dieser Regeln ist, dass wir keine Freunde ins Büro mitbringen dürfen. Es liegt in der Natur unserer Arbeit, dass alles vertraulich ist. In den seltenen Fällen, in denen wir Klienten hier haben, können diese in Not sein; Sozialarbeiter aus anderen Teams könnten private, sensible Gespräche führen, und es ist einfach nicht professionell. Es ist ein Beweis für unsere Freundschaft, dass Jas Alex nicht einfach den Zutritt verweigert hat, wie sie es bei Tom getan hat, aber ich fühle mich dadurch nicht wohler, wenn er hier ist.

Ich gehe zu ihm hinüber und bin äußerst unbeholfen, denn ich weiß, dass die anderen zuschauen. Von dort, wo ich jetzt stehe, kann ich es nicht sehen, aber auch Jas schaut zweifellos hinter der Glasscheibe ihres Büros zu.

»Was machst du hier?«, frage ich und versuche, nicht entsetzt zu klingen, aber ich kann an seinem Gesicht erkennen, dass er weiß, dass ich nicht erfreut bin.

»Ich habe den Berg zum Propheten gebracht – das Mittagessen«, sagt er und hält eine große Papiertüte hoch.

»Oh ... danke«, sage ich und zwinge mich zu einem Lächeln.

»Was hat sie mit ›anderer Freund‹ gemeint?«

»Nichts, wir ... Ich dachte, es könnte Tom sein.«

»Er kommt immer noch hierher?«, fragt Alex mit lauter Stimme, woraufhin sich Sameera umdreht.

»Nein, nein, lass gut sein, Alex«, murmle ich verlegen. Ich nehme ihm die Tasche ab, in der Hoffnung, dass er geht, aber er macht keine Anstalten zu gehen.

»Ist das dein Schreibtisch?«, fragt er und geht an mir vorbei zu dem Platz, an dem ich saß, als er hereinkam.

»Ja ... ja, das ist mein Schreibtisch.« Ich sehe zu Sameera und Harry und zucke entschuldigend mit den Schultern. Sie lächeln und machen mit ihrer Arbeit weiter. »So, jetzt hast du gesehen, wo sich alles abspielt«, füge ich hinzu und hoffe verzweifelt, dass er die versteckte Verabschiedung, die in ein verlegenes Lächeln gepackt ist, versteht. »Danke für das Essen.«

Aber anstatt zu gehen, räumt er die Papiere auf meinem Schreibtisch zusammen, stapelt sie ordentlich und setzt sich auf die Arbeitsfläche. »Wie ich sehe, bist du hier genauso unordentlich wie zu Hause«, sagt er vor seinem Publikum, das aus zwei Personen besteht.

Ich lache freudlos und wende mich an die anderen. »Er ist unfair, ich bin sehr gut organisiert, oder, Leute?«

Harry rollt mit den Augen. »Unter dem Papierkram sind Sachen, die schon seit mehreren Jahren dort liegen«, sagt er. »Tatsächlich ist ihr vor ein paar Wochen ein Twix abhandengekommen, und ich bin überzeugt, dass es unter diesem Stapel Umschlägen liegt.«

Alex lächelt höflich, und ich fühle mich verpflichtet, ihn vorzustellen. »Oh, äh, Harry, das ist Alex ...«, sage ich unbeholfen.

Der gute alte Harry springt in die Bresche, steht von seinem Schreibtisch auf, geht hinüber, schüttelt Alex die Hand und benimmt sich wie ein normaler, anständiger Mensch. Warum kann nicht jeder so unkompliziert sein wie Harry? Ich bin ihm so dankbar, dass er ein wenig die Spannungen abbaut.

»Schön, dich kennenzulernen, Kumpel«, sagt Harry und klopft ihm auf die Schulter, während Alex nur steif dasteht und seine Hand schüttelt.

Währenddessen ist Sameera im Stress wegen eines Klienten, der heute Morgen von zu Hause weggelaufen ist, ganz zu schweigen von einem Problem mit den Kleidern ihrer Brautjungfern. Sie sind »zu lila« und haben nicht das verblasste Vintage-Lavendel, das sie sich vorgestellt hat, als sie sie online bestellte. Aber sie lächelt und winkt uns vom Schreibtisch aus zu, als ich sie vorstelle, und dann ist sie wieder voll im Stress wegen des weggelaufenen Teenagers und den zu lila Kleidern.

Harry heitert die Stimmung auf. Er deutet auf die Papiertüte, die Alex hält, während er sagt: »Du lässt die Mannschaft im Stich, Kumpel. Wenn meine Freundin erfährt, dass du Hannah das Mittagessen bringst, wird sie erwarten, dass ich das Gleiche für sie tue.«

»Vielleicht solltest du das tun?«, sagt Alex, ohne zu lächeln.

Ein Moment vergeht und niemand spricht. Es kommt mir wie eine Ewigkeit vor, bis er hinzufügt: »Du bringst immer Sachen für Hannah mit. Vielleicht solltest du das auch für *deine* Freundin tun.« Diese letzte Bemerkung sagt er mit einem warmen Lächeln, und ich glaube nicht, dass er es so meint, aber wenn man ihn nicht kennen würde, könnte man denken, dass er Harry warnt. Ich spüre, wie mein Gesicht rot wird, und Harry sieht ein wenig verdutzt aus.

Ich verdrehe die Augen und versuche, einen Scherz daraus zu machen. »Alex, Gemma ist diejenige, die das wunderbare Essen zubereitet, es würde keinen Sinn machen, dass Harry ihr etwas mitbringt. Eulen nach Athen«, füge ich etwas verzweifelt hinzu.

»Nun, du bist ein besserer Partner als ich, Alex«, sagt Harry und geht zurück zu seinem Schreibtisch. »Ich weiß nicht, ob ich meine Mittagspause damit verbringen würde, Kellnerin zu spielen.«

Beide Männer lächeln, also hoffe ich, dass Harry die Bemerkung von Alex nicht falsch verstanden hat und sich revanchiert.

»Oh, es ist nicht meine Mittagspause«, sagt Alex zu Harry, »ich habe mir heute freigenommen.«

»Ah, ich habe mich schon gewundert, warum du nicht deinen Anzug trägst«, sage ich. »Ich wusste nicht, dass du heute frei hast.« Ich bin überrascht, er hat es heute Morgen nicht erwähnt.

»Doch, das wusstest du, ich *habe es* dir *gesagt*.«

»Ich erinnere mich nicht.« Ich lächle fragend.

»Oh, *wirklich?*«

Seine Antwort hängt in der Luft, während ich mich entsinne, dass sich der Tag jährt, an dem seine Ehe endete. Aber er hat nie gesagt, dass er sich an diesem Tag freinehmen würde, um ihm zu gedenken.

Ich weiß nicht, was ich sagen soll, und es herrscht eine peinliche Stille. Harry und Sameera haben plötzlich etwas Wichtiges zu tun und sind in ihre Bildschirme vertieft. Unsere Schreibtische stehen alle ziemlich nah beieinander, sodass sie uns immer noch hören können, und ich weiß, wenn es einer von ihnen wäre, könnte ich nicht widerstehen, zuzuhören, so unangenehm es auch wäre. Jetzt fühle ich mich wirklich bloßgestellt und möchte einfach nur weiterarbeiten, aber Alex direkt vorzuschlagen, jetzt zu gehen, würde ihn in Verlegenheit bringen. Er scheint nicht zu begreifen, wie schwierig das für mich ist.

»Hierher kommst du also jeden Tag, wenn du mich verlässt?«, sagt er und sieht sich die schäbigen Schreibtische, die vergilbten Wände und die zerbrochenen Tassen an.

»Mmh, das ist nicht gerade das Google-Hauptquartier.« Ich seufze und öffne die Papiertragetasche, die Alex mitgebracht hat. »Danke für das Mittagessen«, sage ich erneut. Ich bin wirklich gerührt von seiner Geste, aber die Umstände überschatten sie.

Sameera telefoniert gerade, Harry tippt, und Jas sitzt in ihrem Büro und scheint bis zum Hals in Papierkram zu stecken, aber ich kann nicht umhin zu bemerken, dass sie immer wieder aufschaut. Zweifellos, um zu sehen, ob Alex noch hier ist.

»Hast du für den Rest des Tages Pläne?«, frage ich ihn etwas spitz und impliziere damit, dass ich welche habe – was er ja auch weiß.

»Nein, ich werde nur etwas nachdenken.« Er lächelt, scheinbar ohne mein Unbehagen zu bemerken. »Also, wollen wir essen?«, fragt er und öffnet die Tüte.

Wir?

Ich will gerade protestieren und ihm noch einmal sagen, wie beschäftigt ich bin und dass er mich wirklich arbeiten lassen muss, aber noch bevor ich die Worte herausbringen kann, sagt er: »Ich dachte, wir könnten an deinem Schreibtisch ein Picknick machen.«

Es ist ein winziges Büro, wir empfangen hier keine

Freunde, wir lassen sie nicht einmal herein, geschweige denn, dass wir an unseren Schreibtischen ein Picknick machen, während alle anderen arbeiten, aber bevor ich etwas sagen kann, fährt er fort. »Tut mir leid wegen vorhin. Ich bin einfach nur froh, dass wir uns wieder vertragen«, sagt er und beugt sich vor, um mich auf die Lippen zu küssen.

Ich bin so verlegen, jeder kann uns sehen, und ich fühle mich wie ein Teenager – auf keine gute Art. Hätte ich doch nur vorhin am Telefon seine Einladung zum Mittagessen angenommen. Zwanzig Minuten in einem Café auf der Hauptstraße zu verbringen, wäre einfacher gewesen als das hier. Und während ich wie ein bewaffneter Wächter mit Unbehagen an meinem Schreibtisch stehe, greift er jetzt in die Tragetasche und holt alles heraus. Eine. Sache. Nach. Der. Anderen. Erst ein Körbchen Pflaumen, dann Bagels, Frischkäse und eine Packung dünn geschnittenen Räucherlachs. Er hat sogar eine karierte Plastiktischdecke mitgebracht, die er jetzt auf meinen Schreibtisch legt. Über die Akte von Chloe Thomson.

Mir ist heiß, mein Gesicht muss scharlachrot sein. Ich kann mir vorstellen, wie Jas dieses Schauspiel hinter der Glasscheibe ihres Büros mit kaum verhohlenem Entsetzen beobachtet. Was, wenn die Regionalchefin jetzt hereinkäme? Sie ist bekannt dafür, Überraschungsbesuche zu machen, vor allem an Freitagnachmittagen, wenn sie die Chance hat, uns auf frischer Tat zu ertappen. Heute würde sie einen ziemlichen Schock bekommen, wenn sie eine ihrer Sozialarbeiterinnen bei einem »romantischen« Mittagessen auf einem karierten Tischtuch mit ihrem Liebhaber sähe. Und die Sache ist die, dass ich nichts von alledem genieße.

»Hör zu, Alex, das ist ... wirklich schön«, sage ich leise, um ihn nicht vor den anderen in Verlegenheit zu bringen. »Aber es ist nicht erlaubt.«

Er hört auf, mit dem Tischtuch zu hantieren und sieht auf. »Was ist nicht erlaubt?«

»Das ...« Ich zeige hilflos auf den Schreibtisch.

»Was, Mittagessen? Du sagst mir, Mittagessen ist nicht *erlaubt*?«, fragt er ungläubig, als könne er nicht einmal ansatzweise verstehen, was ich gerade gesagt habe. Dann greift er wieder in die Tasche und holt eine Flasche mit einem Getränk heraus. Er dreht den Korken und öffnet lautstark die Flasche. Ich sterbe.

Ich sehe, wie ein Blick zwischen Sameera und Harry hin und her geht. Ich sehe Alex über meinen Stapel Papierkram, mein blinkendes Telefon und eine dicke Schicht aus Stress und Verlegenheit hinweg an.

»Wir können keinen Alkohol trinken!«, zische ich, entsetzt über den Anblick, wie er jetzt etwas, das wie verdammter Champagner aussieht, in Plastikflöten schüttet.

»Ich bin doch kein Idiot«, sagt er und freut sich über sich selbst, »es ist alkoholfrei.«

Ich nicke, ohne zu lächeln.

»Ich habe den Räucherlachs gekauft, den du magst.« Er lächelt, ist stolz auf seine Auswahl und breitet die Waren vor mir aus, verzweifelt bemüht, mich zufrieden zu stellen. Und plötzlich bin ich so gerührt, dass ich ihn umarmen möchte, weil er das alles für *mich* tut. Wenn er ein Picknick in Helens Büro mitgenommen hätte, hätte sie ihn vielleicht mit offenen Armen empfangen. Ich sollte ihn nicht als selbstverständlich ansehen und mich wie eine verwöhnte Zicke verhalten und ihn immer wieder zurückweisen. Dieser Kerl sorgt sich so sehr um mich, dass er mir das Mittagessen bringt, das hat noch nie jemand für mich getan, niemand hat sich je so sehr darum gekümmert, ob ich gegessen habe oder nicht. Nicht mal meine Mutter. Und ja, es ist unangemessen, und für alle anderen mag es sogar ein bisschen seltsam sein, aber wie kann ich diesem Mann etwas abschlagen? Ich weiß, es ist eine aufmerksame Geste. Und ich muss ja auch essen.

Ich strecke die Hand aus und berühre seine, dann beginne

ich, das zu essen, was er mir mitgebracht hat. Ich versuche, die Blicke zu ignorieren, die sich Sameera und Harry zuwerfen. Insbesondere ignoriere ich Jas' offensichtliche Blicke durch die Scheibe. Sie weiß um mein heutiges Arbeitspensum und fragt sich wahrscheinlich genau wie ich, wie ich es schaffen soll, heute Abend rechtzeitig auszugehen. Aber ich habe ein Recht auf eine Mittagspause, und Alex kann man in unserem Büro der Geheimnisse vertrauen – er ist kein Krimineller, er ist ein verdammter Anwalt, um Gottes willen.

Nachdem wir gegessen haben, räumt er die Verpackungen sorgfältig in die Tragetasche. Ich sage es nur ungern, aber ich bin froh, dass es vorbei ist, denn ich habe mich die ganze Zeit von den anderen beobachtet gefühlt. Ich kann es ihnen nicht verdenken, es war sicher ein ziemliches Spektakel. Aber jetzt sehe ich ihm zu, wie er die Krümel von meinem Schreibtisch wischt, und fühle mich gemein, weil ich ihn nicht mehr zu schätzen weiß. Er hat das nur für mich getan, um mir das Gefühl zu geben, etwas Besonderes zu sein, geliebt zu werden, und das ist alles, was ich je wollte, also warum kann ich nicht dankbar dafür sein und aufhören, mir Gedanken darüber zu machen, wie es für alle anderen aussieht? Er bemerkt, dass ich ihn beobachte, und er lächelt, ein freundliches und echtes Lächeln, und ich erinnere mich daran, dass er trotz der jüngsten Enthüllungen über Helen kein *schlechter* Mensch ist. Er lügt nicht wirklich – er sagt mir nur nicht immer das, von dem er glaubt, dass es mich verletzen könnte. Ich sollte mich geschmeichelt fühlen, dass ein so netter Kerl sich die Mühe macht, all das für mich zu tun, und ich bin mir sicher, dass sowohl Sameera als auch Jas trotz ihres Grinsens und ihrer Blicke Partner lieben würden, die so aufmerksame Dinge tun.

Alex steht jetzt an meinem Schreibtisch, und ich stehe auf, um mit ihm hinauszugehen, aber bevor ich mich in Bewegung setzen kann, legt er einen Arm um meine Taille.

»Alex«, murmle ich, »wenn Jas das sieht, wird sie richtig sauer sein.«

»Warum?«, flüstert er mir ins Ohr. »Du bist meine Freundin.« Seine Augen funkeln, er amüsiert sich darüber und zieht mich zu einem Kuss heran. Zu einem langen, ausgiebigen Kuss auf die Lippen, den ich erwidern muss.

»Du übertreibst es«, flüstere ich und lächle dabei.

»Sie ist nicht *meine* Chefin«, sagt Alex, während er mich mit einer Hand an der Taille festhält und ihr mit der anderen durch das Glas zuwinkt.

Sie antwortet, indem sie ihre Hand zu einem halbherzigen Winken hebt, und ich schenke ihr ein unbeholfenes Lächeln, während ich ihn hinausbegleite.

»Ich kann die Verbitterung spüren, die von ihrem Büro ausgeht«, sagt er, als wir zur Tür gehen. »Sie ist so eifersüchtig – als könnte sie nicht akzeptieren, dass sie nicht mehr die Nummer eins in deinem Leben ist.«

»Sie ist nicht eifersüchtig ...«, murmele ich.

»Glaub mir, das ist sie – diese Frau ist *besessen* von dir«, zischt er.

Ich drehe mich um und werfe einen Blick zurück zu ihrem Büro, wo ich Jas sehe, die mich durch das Glas beobachtet.

27

Nachdem ich mich von Alex verabschiedet habe, gehe ich zurück ins Büro und finde Harry und Sameera in ein Gespräch vertieft. Bezeichnenderweise werden sie still, als ich an meinem Schreibtisch sitze.

»Er scheint nett zu sein«, meldet sich Sameera schließlich zu Wort. Jemand musste etwas sagen angesichts des Elefanten im Raum.

»Ja, er ist reizend«, sage ich. »Ich hoffe, seine Anwesenheit hat euch nicht zu sehr gestört«, füge ich hinzu. Sameera schüttelt den Kopf. Aber sie hat es eindeutig.

»Oh mein Gott, was zum Teufel war das?« Jas' Stimme dröhnt aus ihrem Glaskäfig, ehe sie in das Hauptbüro hinauskommt. »Ist dein Butler jetzt weg?«

Die anderen lachen, und ich lächle, aber es versetzt mir einen leichten Stich; sie lachen über Alex.

Jas deutet mit dem Daumen zur Tür. »Verdammt noch mal, wie ist er denn drauf? Taucht auf wie der königliche Butler mit seinem Picknickkorb für Prinzessin Hannah.« Sie lacht wieder, und die anderen beiden kichern.

»Ja, tut mir leid, ich wusste nicht, dass er das Mittagessen bringt«, sage ich, ohne mich an der Heiterkeit zu beteiligen.

»*Mittagessen?* Das war ein verdammtes Festmahl – und hast du gesehen, wie er an dem Brot geschnüffelt hat?« Sie nimmt meinen Tacker und hält ihn vor ihre Nase, während die anderen sich vor Lachen krümmen.

Ich lache nicht. Zum ersten Mal habe ich in dieser kleinen Gruppe von Menschen, mit denen ich die meiste Zeit meines Lebens verbringe, das Gefühl, nicht dazuzugehören.

Später, als ich allein in der Küche bin und mir einen Kaffee mache, kommt Jas herein. »Geht es dir gut? Du schienst vorhin ein bisschen sauer zu sein.«

Ich nicke. »Ja, mir geht's gut. Ich weiß, du denkst wahrscheinlich, dass Alex ein bisschen viel ist ... und das ist er auch. Aber es ist einfach so, dass er etwas für mich tun will. Er ist nur nett, aber so wie du dich über ihn lustig gemacht hast – ich habe mich angegriffen gefühlt.«

»Na ja, vielleicht triffst du dich das nächste Mal einfach woanders mit ihm zum Mittagessen, dann fühlst du dich nicht so – okay?«

Ich weiß, dass sie keine Leute im Büro mag, aus guten und professionellen Gründen, aber die gemeine Art, wie sie das sagt, ohne ein Lächeln, nur mit einem eigentümlichen Schimmern in den Augen, lässt mich zweifeln – hat Alex recht, ist sie eifersüchtig?

Ich komme nicht einmal dazu, etwas zu erwidern. Sameera steckt den Kopf zur Tür herein, um Jas um Rat wegen eines Klienten zu fragen, und sie verlässt die Küche.

Ich fühle mich gekränkt, und Jas hat mich noch nie so fühlen lassen, selbst wenn sie mir etwas Schwieriges über die Arbeit sagen musste. Ich kann nicht verstehen, warum sie so gegen Alex und gegen meine Beziehung ist, und das macht mich traurig, denn ich sollte mit meiner besten Freundin die Freude des Verliebtseins teilen können.

Und es *ist* Liebe, nicht nur Verliebtheit oder Lust, und es ist klar, dass Alex dasselbe fühlt. Selbst wenn die Dinge nicht ganz einfach waren, habe ich das Gefühl, dass er meinen Glauben an Männer und die Liebe auf magische Weise wiederhergestellt hat. Ich hatte angefangen zu glauben, dass es niemanden für mich gibt, dass alle Männer nur an sich selbst denken und Angst vor der Verbindlichkeit haben, die sie nicht geben können. Tatsächlich hatte ich angefangen, aus demselben Skript wie Jas zu zitieren, was, wie ich jetzt weiß, negativ und sinnlos ist. Mir wird eine Menge über Jas klar: Es gibt keinen rationalen Grund, warum sie sich so gegen Alex gewehrt hat. Sie hatte ihn noch nicht einmal kennengelernt, als sie mir sagte, ich solle »vorsichtig sein«, und alles verdrehte, was ich ihr über ihn erzählte. Ich frage mich, ob Alex nicht zu weit daneben lag, als er sagte, sie sei besessen.

Ich arbeite den ganzen Nachmittag, aber als die anderen um siebzehn Uhr dreißig ihre Tische verlassen, um in die Weinbar zu gehen, habe ich noch eine Stunde Arbeit vor mir und verspreche, später zu ihnen zu kommen. Um ehrlich zu sein, bin ich froh, endlich allein zu sein; in letzter Zeit hatte ich das Gefühl, dass sie mich verurteilen, und heute war es am schlimmsten. Ich merke, wie ich erröte, wenn ich daran denke, wie Jas sich darüber lustig gemacht hat, dass Alex das Picknick mitgebracht hat – und wie die anderen beiden darüber gelacht haben.

Als ich in der Weinstube ankomme, werde ich wie eine lang vermisste Freundin begrüßt. Ich fühle mich willkommen, spüre Wärme und vergesse das Gefühl der Ausgrenzung von zuvor. Ich bin glücklich, sie in meinem Leben zu haben. Nach ein paar Drinks und dem Essen scheint auch Jas ein wenig weicher zu werden, und wir sitzen in einem kleinen Kreis beisammen.

»Tut mir leid wegen vorhin, Babe«, sagt sie und berührt meinen Arm.

»Oh, ist schon gut«, sage ich. »Ich habe mich nur ein bisschen verletzt gefühlt und –«

»Ja, ja, ich war etwas schroff, aber du weißt, dass ich dich liebe, oder?«

»Das weiß ich.« Ich lächle. »Ich kann verstehen, warum du sauer warst, aber ich habe ihn nicht gebeten, ins Büro zu kommen, er ist einfach aufgetaucht.«

»Ich weiß, ich habe nur das Gefühl, dass er ein bisschen falsch ist ... Er sah mich an, als hätte er einen Sieg über mich errungen. Verstehst du, was ich meine?«

»Nein, ich verstehe es nicht«, gebe ich zu. »Also lass uns nicht darüber reden, ich will nicht, dass wir uns zerstreiten«, sage ich bestimmt.

»Ja, auf keinen Fall. Kein Mann wird sich zwischen mich und meine Schwester stellen, habe ich recht?«

Wir setzen unsere Unterhaltung fort, und keiner von uns spricht von Alex oder seinem Picknick, wir lachen nur über lustige Dinge, über Zeiten, in denen wir so betrunken waren, dass wir nicht mehr aufrecht stehen konnten, über die Zeit, in der wir unsere Handys getauscht und den Männern geschrieben haben, auf die der andere stand – reife, kultivierte Dinge wie diese. Aber es macht Spaß, und ich werde daran erinnert, warum wir so gute Freunde sind: Wir bringen uns gegenseitig zum Lachen und stehen füreinander ein.

Der Abend geht weiter. Jas sieht, wie immer, einen Typen, den sie süß findet. Er steht mit seinen Freunden an der Bar und um zweiundzwanzig Uhr verlangt sie, dass ich mit ihr zu ihnen gehe und wir mit ihnen reden.

»Ich will nicht«, sage ich. »Nimm Sameera mit.«

»Oh, sie wird nicht mitkommen und mit mir Männer anmachen – sie heiratet im Januar, sie ist dafür nicht zu haben.«

»Geh zur Bar und schick ihm einen Drink, dann wird der Barmann sich darum kümmern«, schlage ich vor und stupse sie mit dem Finger an, wohl wissend, dass ich leicht lalle.

»Ich kann das nicht tun, das ist seltsam.«

»Nein, ist es nicht.« Ich fuchtle mit den Armen herum. »Jas ... Jas, hör zu. Hol dir, was du willst«, lalle ich und rede absoluten Blödsinn, aber da ich schon vier Gläser getrunken habe, halte ich mich für eine große Philosophin und bin daher qualifiziert, in voller Lautstärke zu beraten und zu dozieren. »Sieh deine Beute – und greif zu – gib nicht auf, bis du sie hast.«

»Hört, hört«, sagt Harry und hebt sein Glas. Er macht sich wie immer lustig, aber er ist nie gemein, sondern immer liebevoll.

»Das weißt du doch, Kumpel«, sage ich und klopfe ihm in meinem trinkfreudigen Enthusiasmus ein wenig zu fest auf den Rücken. »Schau dich und Gemma an, ihr passt perfekt zusammen, und du musstest dich zwingen, an diesem Tag ins Café zu gehen und sie um ein Date zu bitten.«

Er nickt, und Sameera weist darauf hin, dass sie vier Jahre gewartet hat, bis ihr Verlobter sie überhaupt bemerkt hat.

»Ja, Liebes, aber er *war* verheiratet«, sagt Margaret weise und ihr Gesicht ist von Missbilligung geprägt. Es ist schon nach ihrer Schlafenszeit, und sie muss eigentlich zurück, um ihre beiden Katzen zu füttern, aber, Gott segne sie, sie hält durch, »für die jungen Leute«.

»Ja, aber ich wusste es, ich *wusste* es sofort, als ich ihn sah«, sagt Sameera. »Zu meiner Verteidigung muss ich sagen, dass sie ihn bereits betrogen hatte – und sie waren in einer unglücklichen Ehe.« Sie kichert und Harry kichert, die Köpfe der beiden neigen sich zueinander, und wir lachen alle grundlos, als ein junges Mädchen vorbeikommt und sich mit ihrer Freundin an einem Tisch in der Nähe niederlässt, wobei sie Harry eindeutig einen Blick zuwirft.

»Er ist vergeben«, sage ich laut, »also zieh weiter, Liebes.« Ich breche in Gelächter aus.

»Hannah, was ist in dich gefahren? Sie kann herschauen ...«, beginnt Harry.

»Aber sie darf nicht anfassen!«, lalle ich, und Jas und ich lachen lange und laut.

»Mach dir keine Sorgen um Harry«, sagt Jas außerhalb seiner Hörweite, »er würde nicht durchbrennen, er ist zu glücklich mit Gem. Ich wusste, dass sie perfekt für ihn ist, als ich sie das erste Mal im Café gesehen habe – sie sind so süß. Ich habe wirklich ein Händchen dafür, Menschen zusammenzubringen.«

»Ja, du bist ein Genie, Jas.« Ich lache. »Ich hoffe nur, dass es lange hält, sie sind noch so jung.«

»Ja, dagegen fühle ich mich alt. Gemma ist erst zweiundzwanzig. Scheiße, mir ist gerade klar geworden – ich bin alt genug, um ihre Mutter zu sein.«

»Da fühlt man sich uralt, oder?« Ich bin ziemlich beschwipst, und Jas offensichtlich auch, aber wir haben einen Tiefpunkt erreicht, wir lachen nicht mehr über alles. »Es ist wie beim Trinken«, sage ich. »Dieser Prosecco macht mir wirklich zu schaffen, liegt das daran, dass ich alt werde?«

Sie lacht. »Nein, du bist es nur nicht mehr gewohnt, auf Sauftour zu gehen. Das kommt davon, wenn man in einer Beziehung ist, man geht nicht mehr so viel trinken, wie wenn man Single ist. Als Tony noch lebte, bin ich fast nie trinken gegangen – es war nicht nötig.« Jas sieht ein bisschen traurig aus.

»Ich werde wohl immer etwas trinken gehen wollen«, sage ich, um sie ein wenig abzulenken, denn ich möchte nicht, dass sie der Gedanke an ihren Mann aufwühlt. »Ich wünschte nur, ich wäre nicht so früh schon so besoffen, es ist noch nicht mal halb elf.«

»Mach dir keine Sorgen, ich halte dir den Rücken frei«, sagt sie und legt ihren Arm um mich. »Und wenn du zu besoffen bist, kannst du jederzeit bei mir übernachten.« Dann hört sie plötzlich auf zu lächeln. »Was für eine Überraschung.« Sie nickt mit dem Kopf zur Bar hinüber.

Mein Blick folgt ihrem Blick, und da ist er.

Alex sitzt an der Bar und nimmt einen Drink.

28

»Wie lange ist er schon dort?«, frage ich Jas.

»Keine Ahnung, ich habe ihn gerade erst bemerkt. Verdammt komisch, dass er bei der Bürofeier auftaucht.« Sie tut so, als würde sie lachen, und zwinkert mir zu, als würde sie einen Witz machen. Ich weiß, dass sie das nicht tut.

Ich sage ihr, dass ich gleich wieder da bin und verlasse den Tisch, um zu ihm zu gehen. Ich bin mir nicht sicher, was ich davon halte, dass er einfach so auftaucht.

»Hey, was machst du denn hier?«, sage ich, gehe auf ihn zu und umarme ihn, als er von seinem Barhocker absteigt, um mich zu begrüßen.

Er zögert. »Ich weiß, du hast gesagt, ich brauche dich nicht abholen, aber ich habe mir Sorgen um dich gemacht. Ich habe SMS geschrieben und angerufen, aber du hast nicht geantwortet. Ich dachte, es könnte etwas passiert sein.«

»Ich hatte mein Handy ausgeschaltet, weil ich arbeiten wollte. Ich muss vergessen haben, es wieder einzuschalten«, sage ich, nehme mein Handy heraus und schalte es ein, um eine *Menge* Nachrichten und verpasste Anrufe zu sehen. Alle von Alex. »Alex, wenn ich nicht da bin oder zu tun habe, musst du dir keine Sorgen machen, wenn ich nicht sofort antworte. Das sind bestimmt zwanzig SMS«, sage ich und halte ihm mein Handy hin.

Er zuckt mit den Schultern. »Aber wenn du nicht antwortest, was soll ich denn denken?«

»Dass ich mich gerade amüsiere und deshalb nicht antworte?« Ich versuche, hart zu bleiben, aber es ist nicht einfach, denn ich merke, dass sich der Raum leicht dreht.

»Es tut mir leid, ich wusste nicht, dass es dich verärgert.« Er setzt sich wieder auf den Barhocker.

»Das tut es nicht – aber ich bin mit meinen Freunden unterwegs. Wenn ich jede SMS beantworten und auf jeden Anruf reagieren würde, hätte ich keine Gelegenheit, mitzumachen, oder?«

»Geh einfach zurück zu deinen Freunden und ›mach mit‹. Ich werde nach Hause gehen, du willst sicher nicht, dass ich dir den Abend verderbe.« Er dreht sich weg und wendet sich der Bar zu, als ob er es nicht ertragen könnte, mich anzusehen.

»Oh, Alex, hör auf, das Opfer zu spielen. Ich will damit nur sagen, dass du mir *vertrauen* kannst ... Darum geht es doch, oder? Helen hat dir wehgetan und du gehst davon aus, dass ich das Gleiche tue.« Ich lehne mich auf die Bar, um ihn anzusehen, und drücke mein Gesicht ziemlich unelegant in seins, da mein räumliches Bewusstsein durch den Prosecco beeinträchtigt ist.

»Eigentlich geht es nicht darum, dass ich dir nicht vertraue«, sagt er und zieht sich von mir zurück.

»Ach, um was geht es dann? Dachtest du, Helen hat mich in eine dunkle Gasse gelockt? Ich kann mich verteidigen«, sage ich halb im Scherz.

»Die Sache ist die: Sie war heute Abend hier.«

»Hier? In der Bar – dieser Bar?« Es fällt mir schwer, zu sprechen.

»Deshalb habe ich den ganzen Abend versucht, dich anzurufen und dir eine Nachricht zu schicken. Ich habe auf der App gesehen, dass sie in der Gegend ist, wahrscheinlich in dieser Bar, aber das war natürlich nicht so genau ersichtlich. Ich habe mir Sorgen gemacht, dass sie etwas anstellen könnte.« Das fühlt sich wie ein harter Schlag durch den Alkoholdunst an. Ich weiß, dass das eine schlechte Nachricht ist, aber ich kann nicht sagen, wie ich mich fühle. Dann beginnen meine Beine zu zittern.

»Ist sie ... ist sie jetzt hier?« Ich schaue mich um, aber alles ist verschwommen.

»Nein, das war vorhin«, sagt er.

Ich stütze mich jetzt auf ihm ab, während er auf dem Barhocker sitzt, und weiß, dass ich eigentlich allein aufstehen sollte, aber ich bin mir nicht sicher, ob ich das kann.

Alex hält mich sanft an den Oberarmen fest. »Geht es dir gut?«

»Ich bin mir nicht sicher.« Ich bin bestürzt über das, was er mir gerade gesagt hat. Ich hatte gehofft, dass alles vorbei ist, dass sie weitergezogen ist. Aber in meinem betrunkenen Zustand bin ich nicht in der Lage zu begreifen, was das alles bedeutet, oder auch nur Worte zu bilden.

»Du verstehst doch, warum ich hier sein musste, oder? Ich war so besorgt«, sagt er. »Ich denke, es ist das Beste, wenn wir von hier verschwinden, ich fahre dich zu mir, wenn du bereit bist.«

Selbst in meinem Zustand ist mir bewusst, dass er die Kontrolle übernimmt und Entscheidungen darüber trifft, was ich tun werde. Aber ich kann ihn das nicht tun lassen. »Ich kann nicht einfach alle hier zurücklassen«, sage ich.

»Das musst du nicht, ich sagte, *wenn du bereit bist*. Ich warte einfach hier auf dich, bis du mit deinen Freunden fertig bist.« Er wirft einen diskreten Blick zu unserem Tisch und fügt hinzu: »Ich *kümmere* mich darum, was mit dir passiert, im

Gegensatz zu deiner Chefin, die uns mit ihren Blicken zerfleischt.«

»Tut sie das?« Ich drehe mich schnell um und schaue Jas in die Augen.

Sie formt mit den Lippen die Worte: »Geht es dir gut?«, und ich nicke. Dann dreht sie sich zurück, um mit Sameera zu plaudern.

Ich wende mich Alex zu, der grinst. »Siehst du?«, sagt er.

»Sie schaut nur, ob es mir gut geht, sie will uns nicht zerfleischen.«

Er zuckt mit den Schultern und bestellt mir einen Drink, ein großes Glas Merlot, aber ich teile mir gerade eine zweite Flasche Prosecco mit Jas, und ich habe ihr gesagt, dass ich gleich zurückkomme. Mir wird klar, dass ich jetzt nicht mehr mit meinen Freunden unterwegs bin und zu mir nach Hause gehen werde, sondern dass er hier ist, mit mir trinkt und plant, zu ihm nach Hause zu gehen. Ich möchte protestieren, aber gleichzeitig fühle ich mich sehr beschwipst, und wenn Helen auf Beutezug ist, ist der letzte Ort, an dem ich heute Abend sein möchte, meine eigene Wohnung.

Ich werfe einen Blick zurück zu meinen Freunden. Jas ist sehr aufgeregt wegen irgendetwas, und Sameera schaut zweifelnd, und ich muss daran denken, wie stark Jas sein kann – und wie manipulativ. Wahrscheinlich überredet sie Sameera, die Farben ihrer Hochzeitsgestaltung zu ändern, oder den Ort ihrer Flitterwochen. Jas liebt es wirklich, sich in jedermanns Angelegenheiten einzumischen, und während ich immer dachte, dass sie das tut, weil sie sich sorgt, hat Alex mich dazu gebracht, sie aus einer anderen Perspektive zu sehen. Er sagt, sie hat gern die Kontrolle und arrangiert alles und jeden um sich herum. Das war mir vorher nicht aufgefallen, aber heute Abend hat sie zum Beispiel den Ort und den Zeitpunkt des Essens ausgesucht und sogar eine Runde Porn-Star-Martinis – ihren Lieblingscocktail – für alle bestellt.

Und wenn ich sie jetzt so anschaue, wie sie mit den anderen an der Bar sitzt und alle Hasenohren tragen – es war ihre Idee. Sie ist nett und lustig und hat für jeden ein Paar gekauft, aber es ist komisch, dass Jas' Ohren die größten sind und die einzigen mit blinkenden Lichtern. Früher wäre mir das gar nicht aufgefallen, aber jetzt sehe ich, dass da mehr dahintersteckt. Sie stellt sich selbst in den Mittelpunkt, ist laut und lustig und bringt alle zum Lachen, während sie nach ihrer Pfeife tanzen. Wenn man es nicht wüsste, könnte man meinen, es sei *ihr* Junggesellinnenabschied.

Alex plaudert weiter, seine Hand liegt auf meinem Knie. Er reicht mir das große Glas Wein, und als ich es ihm abnehme, lasse ich fast meine Handtasche fallen. Er hebt sie auf und hilft mir auf einen Hocker, der mir unsicherer erscheint, als ich dachte, und ich bin froh, dass er hier ist, denn er hält mich im Grunde aufrecht.

Ich nehme einen Schluck, einen großen, und spüre, wie sich Jas' Augen in meinen Hinterkopf bohren. »Ich sollte zurückgehen«, sage ich und schaue hinüber.

»Liebling, natürlich, aber du wirkst sehr müde – oder betrunken. Meinst du nicht, es wäre an der Zeit, nach Hause zu gehen?«

Ich fühle mich bettreif, und selbst wenn ich bleibe, ist das Letzte, was ich tun möchte, draußen in der eisigen Kälte zu stehen und auf ein Taxi zu warten. Ich bin mir nicht einmal sicher, ob ich im Moment überhaupt noch stehen kann. Eine Fahrt nach Hause in Alex' warmem Auto ist definitiv die bessere Option.

»Ich möchte gehen, aber es ist mir ein bisschen unangenehm. Wir haben uns gut amüsiert, Jas und ich haben uns wieder angenähert«, gebe ich zu. Und es war schön gewesen. Sie wirkte heute Abend weniger verbittert, weniger konfrontativ ... bis Alex aufgetaucht ist.

»Das ist gut, aber du musst Jas sehr deutlich machen, dass das, was *du* willst, auch manchmal an erster Stelle stehen muss. Ich kann sie gern alle nach Hause fahren, wenn das hilft?«

Ich nehme noch einen Schluck Merlot, nur weil er da ist. Ich will ihn nicht, ich weiß, dass ich genug habe und der Raum schwankt bereits. »Okay, dann gehe ich rüber und verkünde: ›Alex ist gekommen, um uns abzuholen. Wenn Jas also nach Hause gefahren werden will, sollte sie besser nett zu ihm sein‹«, sage ich laut.

Alex grinst. »Ich glaube nicht, dass sie das gut aufnehmen wird. Vielleicht heben wir uns das für ein anderes Mal auf«, sagt er und tätschelt meinen Arm. »Tatsächlich bin ich mir gar nicht sicher, ob alle ins Auto passen, und wir wollen nicht warten, bis sie ihre Drinks ausgetrunken und sich verabschiedet haben. So wie du aussiehst, sollten wir nicht hierbleiben. Sie werden doch selbst nach Hause kommen, oder?«

Er sieht mich so aufrichtig an, dass ich dankbar bin, dass er hier ist. Immerhin hat Sameeras Verlobter nicht angeboten, uns abzuholen, aber Alex ist gekommen, um sich zu vergewissern, dass es mir gut geht, und er hat angeboten, zu versuchen, alle im Auto unterzubringen. Ich merke, dass ich sehr, *sehr* betrunken bin und mich dadurch ein bisschen verletzlich und anhänglich fühle, und ich will nur, dass er mich nach Hause bringt und mich zudeckt.

»Es tut mir leid, dass ich vorhin nicht auf mein Handy geguckt habe, Babe«, lalle ich und fühle mich ein wenig wackelig. »Ich bin froh, dass du hier bist. Ich fühle mich sicher und ... ich habe mich noch nie so ... umsorgt gefühlt ... so geliebt«, füge ich hinzu. »Ich liebe es, mit dir zusammen zu sein«, schwärme ich.

Er legt seinen Arm um mich und sieht mir in die Augen. Ich bin glücklich, auch wenn ich das Gefühl habe, dass mir der Boden unter den Füßen weggezogen wird. Ich nehme automatisch einen weiteren Schluck Merlot und Alex schaut etwas überrascht.

»Langsam.«

»Es geht mir gut.« Ich versuche, nüchtern zu klingen, aber es fällt mir immer schwerer, und dieses letzte Glas scheint mich fast umzuhauen. »Ich trinke das nur noch aus und dann gehen wir«, sage ich und versuche, von dem Hocker herunterzukommen, auf dem ich gerade noch gesessen habe.

Alex lächelt nachsichtig. »Hannah, ich glaube, du wirst es nicht schaffen.« Er streckt seine Arme aus, während ich auf dem Hocker wippe.

»Sollen wir die anderen herholen, um zusammen einen letzten Drink zu nehmen?«, frage ich und will sie herüberwinken.

Alex schüttelt den Kopf und hilft mir von dem wackeligen Hocker herunter. »Ich hasse es, der Spielverderber zu sein, aber ich glaube, das Einzige, wofür du geeignet bist, ist das Bett«, sagt er.

»Ich bin nur ein bisschen beschwipst«, antworte ich, wobei ich merke, dass mir das Wort beschwipst nicht über die Lippen kommt, sondern nur ein seltsames Durcheinander von Lauten. Mit viel Hilfe von Alex schaffe ich es schließlich, vom Hocker zu klettern. »Ich bin nur beschwipst, das ist alles«, wiederhole ich, aber wieder ist es nur ein Versuch, Laute zu bilden, und der nüchterne Teil meines Gehirns weiß, dass ich umso weniger überzeugend bin, je öfter ich es sage. »Jas hat mir ständig Prosecco ins Glas geschüttet«, sage ich und kichere – zu viel.

»Ach, hat sie das? Ich muss mal mit ihr reden«, sagt Alex missbilligend.

»Ist schon gut, du musst nicht mit ihr reden. Ich werde ihr einfach sagen, dass sie nächstes Mal nicht ständig mein Glas auffüllen soll ... Ich kann mich um mich selbst kümmern, Alex«, lalle ich und stolpere dabei fast über meine Handtasche.

»Hannah, du kannst dich im Moment nicht um dich selbst kümmern. Verdammt, ich bin froh, dass ich hier bin«, sagt er, während er meine Tasche vom Boden aufhebt. Ihm steht die Sorge ins Gesicht geschrieben.

»Danke.« Ich schaue auf und seine Augen sind auf meine gerichtet. Selbst in diesem Zustand weiß ich, dass er mich küssen will. Ich kann es sehen. Ich möchte ihn auch küssen, aber mein Zustand schwankt zwischen glücklich, beschwipst und matschig, und dann wird mir übel. Ich spüre, wie die Übelkeit zunimmt, und ich muss blass sein, denn Alex hat aufgehört zu lächeln.

»Müssen wir dich nach draußen bringen?«, fragt er sanft, und schon das Nicken verursacht Kopfschmerzen. Etwas steigt schnell in meiner Speiseröhre auf. Ich beginne zu würgen und merke, wie Alex mich bestimmt von der Bar wegzieht und durch das überfüllte Restaurant führt. Mit Tempo.

Draußen angekommen, schlägt mir die eisige Nachtluft entgegen, die Übelkeit überwältigt mich und ich muss mich übergeben. Vor seinen Augen. Eindrucksvoll.

Als ich den Kopf hebe, werde ich fast ohnmächtig, und obwohl ich mich so schrecklich fühle, schäme ich mich zutiefst. Wie konnte ich mich nur so gehen lassen? Mir ist immer noch ziemlich übel und ich habe Angst, dass noch mehr kommen könnte. Ich versuche, es zu sagen, aber es gelingt mir nicht, ich bin unfähig, Worte zu bilden. Prosecco hat das noch nie mit mir gemacht.

Bei all dem ist Alex wunderbar; ich weiß nicht, was ich ohne ihn getan hätte. Er zieht seine Jacke aus und legt sie mir um die Schultern. Ich bin unverhältnismäßig weinerlich, ich habe schon gesehen, wie Männer das für andere Frauen getan haben, aber bis jetzt noch nie für mich. Und in der Gegenwart meiner Kotze auf dem Boden und der großen Wahrscheinlichkeit, dass noch mehr kommt, bin ich so voller Liebe für Alex, dass ich einfach anfange zu weinen.

»Es tut mir leid, es tut mir leid«, wiederhole ich immer wieder.

»Schatz, wirklich, es ist alles in Ordnung. Solche Dinge passieren ...«

»Es ist mir peinlich.«

»Das muss es nicht sein. Ich bin für dich da. Ich liebe dich, egal was du tust, das weißt du. Und jetzt lass uns ins Auto steigen.« Er führt mich hinten herum zum Parkplatz, wo er mich vorsichtig auf den Beifahrersitz setzt. »Lass uns dich nach Hause bringen, sicher und wohlbehalten.«

»Meine Freunde?«, sage ich. »Ich sollte mich ver... ver... verabschieden ...« Mein Kopf fühlt sich an wie Blei und fällt unfreiwillig nach vorne. Ich schließe die Augen, obwohl ich es nicht will. Ich habe mich noch nie so betrunken gefühlt wie jetzt.

»Gib mir dein Handy, dann schreibe ich Jas eine SMS und sage ihr, dass du gehst, sonst ruft sie dich alle fünf Minuten an.« Er öffnet meine Tasche und nimmt mein Handy heraus. »Wie lautet deine PIN?«

»Pin?«

»Um in dein Telefon zu kommen, damit ich ihnen sagen kann, dass du in Sicherheit bist und nach Hause gehst.«

»Oh ... alle fünf. Gehen wir dann nach Hause? Sag Jas, sie kann sich hier neben mich quetschen ...«, murmle ich. Ich kann nicht klar denken, nichts ergibt einen Sinn, und plötzlich jagt Helen mich die Hauptstraße hinunter, sie schreit mich an, und die Dunkelheit überkommt mich wie eine große, schwarze Welle, die uns auslöscht. Und alles wird schwarz.

29

Am nächsten Morgen wache ich in Alex' Bett mit den schlimmsten Kopfschmerzen auf, die ich *je* hatte.

»Ich weiß nicht, wie viel ich gestern Abend getrunken habe, aber ich habe mich in meinem ganzen Leben noch nie so schlecht gefühlt«, sage ich, während ich mich langsam aufsetze.

Alex steht mit einem Frühstückstablett über mir, das er vorsichtig auf meinen Knien abstellt. Ich blicke in seine sanften, freundlichen Augen und spüre wieder einen Anflug von Ärger, weil Jas ihn meinen Butler genannt hat. Es ist Dezember, aber er hat die süßesten Erdbeeren aufgetrieben, und auf dem Tablett stehen auch ein Teller mit Pfannkuchen mit Zitronenspalten, eine Flasche Ahornsirup, eine French Press und zwei Tassen. Ich möchte ihn umarmen, weil er sich so sehr kümmert.

»Der Kaffee riecht gut«, sage ich, während er die dampfende braune Flüssigkeit in die Tassen schüttet und zu mir ins Bett zurückkehrt, wo wir frühstücken. Samstagmorgen, keine Arbeit heute, draußen ist es frostig und drinnen unter der Bettdecke ist es warm. Während wir essen, berühren sich unsere Körper, und ich spüre Alex' Wärme, rieche den Geruch seines Aftershaves von letzter Nacht, moschusartig, mit einem sirupartigen Balsamduft, und diesem Hauch von Rauch, von dem ich sicher bin, dass nur ich ihn wahrnehmen kann. »Pfannkuchen und Kaffee – das beste Katerfrühstück aller Zeiten!«, sage ich und schiebe mir den süßen, luftigen Teig in den Mund.

»Ein Kater? Ist es das, was du hast?«

»Ja, aber das hier hilft.«

»Hannah ...«

»Ja«, sage ich, während ich den Pfannkuchen jetzt zusammen mit einem Bissen Erdbeeren in meinen Mund schiebe. Er isst nicht, er sieht mir nur zu und trinkt Kaffee.

»Du hast doch gestern Abend nicht so viel getrunken, oder?«

»Nein. Aber es hat mich völlig ausgeknockt. Ich kann mich nicht mehr an viel erinnern. Ich glaube, mir war übel, dann weiß ich nichts mehr.«

»Ja, dir war sehr übel.«

»Gott. Seit der Uni ist mir von Alkohol nicht mehr schlecht geworden – normalerweise vertrage ich meinen Drink.«

»Ja, ich weiß. Wir haben uns zu Hause ein paar Flaschen Rotwein geteilt, und dir ging es gut, und alle anderen an deinem Tisch schienen relativ nüchtern zu sein, soweit ich das beurteilen konnte.«

»Oh nein, waren sie das?« Jetzt ist es mir noch peinlicher.

»Ich weiß nicht – es ergibt keinen Sinn«, sagt er, »und es war nicht nur die Übelkeit, du konntest nicht aufstehen.«

»Hast du mich nach Hause gebracht?«, frage ich.

»Ja, natürlich. Gut, dass ich da war, die anderen haben nichts gemerkt, haben einfach weiter getrunken und nicht gemerkt, wie schlecht es dir ging. Du wurdest im Auto ohnmächtig. Ich war unschlüssig, ob ich dich ins Krankenhaus bringen sollte, aber ich habe dich hierhergebracht und die ganze Nacht über ein Auge auf dich gehabt.«

»Ah, danke, was würde ich nur ohne dich tun?«

»Das dachte ich auch.« Er hält inne. »Ich habe mich gefragt, ob ...«

»Was?« Ich höre auf zu kauen.

»Ob jemand etwas in deine Getränke getan hat?«

Daran hatte ich gar nicht gedacht, aber ich fühlte mich auf jeden Fall viel schlechter, als ich es normalerweise nach ein paar Drinks tun würde. »Du meinst jemand in der Weinbar? Aber wer? Ich meine, warum sollte jemand so etwas *tun*?«

»Wer weiß? Es gibt viele Verrückte. Ich habe einmal an einem Fall gearbeitet, bei dem ein Kellner Frauen Drogen in die Drinks gemischt hat, und wenn sie dann wirklich betrunken waren, fuhr er sie nach Hause – und vergewaltigte sie.«

»Jesus.« Ich schüttle angewidert den Kopf.

Alex zuckt mit den Schultern. »Ich weiß. Und ich glaube ehrlich gesagt nicht, dass es nur am Alkohol lag, dass es dir gestern Abend so erging, Hannah. Du solltest vorsichtig sein, besonders wenn du wieder mit einer Gruppe von Leuten ausgehst.«

»Was willst du damit sagen?«

Er stützt sich auf einem Arm ab und sieht mich an. »Was denkst *du*?«

Ich nehme sofort an, dass er von Helen spricht. »Oh mein Gott. Du hast sie auf der App gesehen, sie war in der Nähe, sie könnte in die Bar gekommen sein und ... Aber könnte sie ...? Könnte Helen dazu fähig sein ...?«

»Vielleicht«, sagt er. »Aber ich kann auch nicht sicher sagen, dass sie *in* der Bar war, und sie hat die Gegend schon ziemlich früh verlassen, lange vor deiner zweiten Flasche.«

»Du warst also da, in der Bar – Alex, du musst die ganze Nacht dort gewesen sein.«

»Ich weiß nicht, wie lang ... Ich bin einfach rübergefahren, als ich sah, dass Helen in der Nähe war.«

Ich atme tief durch. »Das ist gut ... denke ich, aber ...« Ich will gerade sagen, dass er nicht sein ganzes Leben damit verbringen kann, auf die App zu schauen und zu überprüfen, wo sie ist. Aber ich denke, solang die Möglichkeit besteht, dass sie sich über uns ärgert, ist es gut so.

»Es ist gut möglich, dass sie mich reingehen sehen hat ...«, beginne ich, doch er unterbricht mich.

»Ich glaube nicht, dass das Helens Art ist«, sagt er. »Nein. Ich habe mich gefragt – und jetzt sei mir nicht böse –, fällt dir jemand ein, mit dem du zusammenarbeitest, der vielleicht möchte, dass du so neben dir stehst, dass du dich ihr oder ihm wieder zuwendest?«

Und dann verstehe ich. »Du meinst Jas, nicht wahr?«

»Sag du es mir? Ich kenne sie nicht – aber wenn mir jemand sagen würde, dass einer von ihnen versucht hat, dich aus Spaß auszuknocken, würde ich vielleicht an Jas denken – oder an Harry, oder an die andere, Sameera, nicht wahr?«

»Im Grunde an alle meine Freunde«, sage ich jetzt verärgert. »Was ist mit Margaret? Sie ist fünfundsechzig und herzkrank, aber ich bin mir sicher, dass sie noch die ein oder andere Vergewaltigungsdroge in ihrer Handtasche hat. Warum werfen wir sie also nicht mit in den Topf?«

Alex seufzt. »Ich wusste, du würdest wütend sein.«

»Natürlich bin ich das. Warum in aller Welt sollte einer meiner Freunde so etwas tun? Das ist ja nicht einmal lustig.«

»*Jas* könnte es lustig finden. Harry könnte es als einen Weg sehen, dich verletzlich zu machen und –«

»Hör sofort damit auf, Alex, das ist lächerlich und verletzend. Das sind meine guten Freunde. Ich kenne sie länger, als ich dich kenne. Was hätte einer von ihnen davon, wenn ich außer Gefecht gesetzt wäre?«

»Ich weiß es nicht. Du hast gesagt, Jas sagt dir immer, wie sehr sie dich vermisst. Vielleicht hat sie gedacht, wenn es dir schlecht geht, musst du mit zu ihr gehen und bei ihr übernachten, und sie hat dich dann bei sich, wo sie dich haben will. Auf ihr Geheiß.«

Eine vage Erinnerung an die letzte Nacht blitzt auf und trifft mich. Jas legte ihren Arm um mich und sagte, ich könne bei ihr übernachten. Jetzt spüre ich einen Schauer. »Ich bin heute Morgen aufgewacht und hatte jede Menge Nachrichten und verpasste Anrufe von Jas, die mich gefragt hat, wo ich bin«, gebe ich zu. Ich habe ihr sofort zurückgeschrieben. Ich weiß, wie sehr sie sich Sorgen macht, aber das gibt mir zu denken.

»Ja. Ich wollte ihr von deinem Handy aus eine SMS schicken, nachdem ich dich hierhergebracht hatte, um ihr zu sagen, wo du bist, aber sie kam mir zuvor und rief dich an. Als ich abnahm, verlangte sie immer wieder, dass ich dich ans Telefon hole, redete ständig von deiner Sicherheit, als wäre ich ein Serienmörder.«

Jetzt mache ich mir Sorgen. »Du warst aber nett zu ihr?«

»So nett, wie man nur sein kann, wenn man praktisch beschuldigt wird, die eigene Freundin entführt zu haben. Es war ja nicht so, dass sie nicht wusste, wo du warst. Als wir die Bar verlassen hatten, nachdem dir schlecht geworden war, habe ich dich im Auto gelassen – ich habe es abgeschlossen – und bin wieder hineingegangen, um sie wissen zu lassen, dass du bei mir bist und ich dich nach Hause bringe.«

»Oh?«

»Ich konnte sie zuerst nicht finden, aber dann habe ich Jas an der Bar gesehen. Ich habe ihr gesagt, dass ich dich nach Hause bringe, und dass ich sie mitnehmen kann, wenn sie eine Mitfahrgelegenheit braucht.«

»War sie allein?«

»Nein, sie war bei einer Gruppe von Jungs. Ich hatte sie noch nie gesehen, und ich glaube nicht, dass sie sie kannte. Aber sie war total scharf auf sie ... igitt.«

»Sie ist manchmal so, wenn sie etwas getrunken hat. Sie hat harte Zeiten hinter sich. Ich denke, sie vermisst Tony und sucht eine Schulter, an der sie sich ausweinen kann. Sie hatte ein schwieriges Leben.«

»Ja, das hast du mir erzählt, aber das ist keine Entschuldigung. So wie sie sich an sie herangemacht hat. Sie hatte ihre Arme um einen von ihnen gelegt und hat alle möglichen obszönen Andeutungen gemacht.«

Ich muss lachen. »Alex, du übertreibst! Sie hat wahrscheinlich nur Spaß gemacht.«

Er lächelt. »Du hast recht, ich bin manchmal ein bisschen viel, ich weiß, aber ich hasse es einfach, wie manche Leute sich durch fremde Betten schlafen.«

»Genug, Herr Richter«, sage ich und verpasse ihm einen leichten Klaps. »Hoffentlich haben Harry und Sameera auf sie aufgepasst.«

»Nun, deine Freundin ist eine erwachsene Frau. Ich nehme an, es ist ihre Sache, wen sie in einer Weinbar belästigt.« Er seufzt.

»Was immer sie durch die Nacht bringt«, antworte ich.

Er sieht mich an, als ob er über etwas nachdenken würde, und dann sagt er: »Ich werde nie verstehen, wie ihr beide Freundinnen sein könnt – ihr seid so unterschiedlich.«

»Wir sind gar nicht so verschieden.« Ich seufze. Ich hoffe, er war nicht zu kurz angebunden mit Jas – sie scheint ihn unabsichtlich zu verärgern, und andersherum. Ist es zu viel verlangt, dass mein Partner und meine beste Freundin sich mögen? Ich schätze, es liegt an der Art von Mensch, die sie sind, beide stark und beide schnell verurteilend. Beide sind sich sehr ähnlich, wenn ich so darüber nachdenke.

»Weißt du«, beginnt er und macht es sich bequem, »Jas wusste nicht, dass ich mit in die Weinbar kommen würde, und wenn sie dir einen Schuss in den Drink getan hätte, hättest du alles getan, was sie wollte. Du wärst mit ihr nach Hause gefahren und hättest auch mit den Typen rumgehangen, mit denen sie zusammen war.«

Ich wünschte, er würde damit aufhören, er ist völlig auf dem Holzweg. »Alex, sie hat nichts in meinen Drink geschüttet – niemand hat das getan. Ich muss etwas Falsches gegessen haben, oder mein Körper hat auf den Drink reagiert – das ist alles. Und Jas braucht *mich* nicht, um Jungs aufzureißen.«

»Nun, ich hoffe, du hast recht – und ich liege falsch. Aber tu mir einen Gefallen und sei vorsichtig, wenn du wieder mit ihnen ausgehst – besonders mit Jas.«

»Alex, lass das, das sind meine Freunde«, sage ich leise, damit er weiß, dass ich weiß, dass er zu weit gegangen ist. »Ich glaube, ich bin im Moment selbst eine miese Freundin, was Jas angeht. Ich unternehme nur noch selten etwas mit ihr.«

»Ich weiß. Es ist nur ... Ich habe so etwas bei meiner Arbeit gesehen. Menschen tun gefährliche Dinge, wenn sie Angst haben, zu verlieren, was ihnen lieb ist, Hannah. Die Gerichte sind voll von vernachlässigten und verlassenen Menschen«, fügt er dramatisch hinzu, »und wenn Jas das Gefühl hat, dich wegen mir verloren zu haben, dann tut sie vielleicht ... etwas Ungewöhnliches, etwas Seltsames.«

»Warte mal, Alex.« Ich bin ziemlich wütend und möchte meine Freundin verteidigen, außerdem habe ich das Gefühl, dass er ein Heuchler ist. »Die einzige Person, die hier etwas Seltsames tut, ist deine Ex-Frau.«

»Ich möchte nur, dass du in Sicherheit bist, Hannah.« Er seufzt. »Und so sehr ich mir auch Sorgen mache, dass Helen eine Gefahr darstellt, bin ich nicht überzeugt, dass Jas dein Bestes will.«

»Wer will es denn?«, frage ich gereizt.

»Ich will es, und das weißt du.« Er sieht mich aufrichtig an. »Denk nur daran, was ich gesagt habe, sei vorsichtig.«

»Okay, ich *werde* vorsichtig sein, wenn ich das nächste Mal mit ihr ausgehe«, sage ich und bin mir sicher, dass er sich irrt.

30

»Hast du gesagt, dass Alex diese Woche lange arbeitet? Vielleicht könnten du und ich einen unserer legendären Mädelsabende veranstalten?« Das ist Jas' Eröffnung, sobald ich am Montagmorgen das Büro betrete. Sie hat mich bereits am Wochenende mehrmals angerufen, und als ich ihr vom Bad aus flüsternd erklärte, warum Alex in der Weinbar aufgetaucht ist, hat sie laut gelacht.

»Das ist es also, was er jetzt tut, ja? Er tut so, als wäre Helen hinter dir her, damit er eine Ausrede hat, um dort sein zu können, wo du bist?«

»Nein.« Ich seufzte, unfähig, ein richtiges Gespräch zu führen, denn er hätte es hören können und dann wieder gesagt, dass ich Jas zu viel erzähle. Ich erzähle ihr die meisten Dinge, aber sie ist meine beste Freundin, und das ist es, was Freunde tun, das ist es, was wir immer getan haben. Aber ihre Anrufe haben Alex verärgert, denn beim ersten Mal haben wir versucht, zusammen einen Film zu sehen, dann hat sie wieder angerufen, als wir zu Abend gegessen haben, und dann später, als wir miteinander geschlafen haben.

»Um Himmels willen, hört sie denn nie auf?«, sagte er jedes

Mal, wenn mein Telefon klingelte. Das machte das, was ein schönes, entspanntes Wochenende hätte werden sollen, sehr angespannt. Nachdem er sie im Büro getroffen und dann am Freitagabend mit irgendwelchen Männern gesehen hatte, wurde aus einer irrationalen Abneigung anscheinend etwas weitaus Schlimmeres.

»Also, wann machen wir einen Mädelsabend?«, fragt Jas jetzt wieder. »Schließlich ist nächste Woche Weihnachten und wir sollten fröhlich sein.«

»Lass uns etwas ausmachen«, sage ich vage. Ich will nicht nein zu ihr sagen, aber ich habe eine Menge Arbeit nachzuholen, und da Alex diese Woche länger arbeiten wird, hatte ich gehofft, es dann zu tun. Ich habe vor, ein paar Nächte bei mir zu Hause zu verbringen. Ich war seit gefühlten Wochen nicht mehr dort, außer um Kleidung abzuholen, und ich freue mich darauf, dort etwas Zeit zu verbringen. Ich verbringe gern Zeit mit Alex, aber es fällt mir schwer, mich zu konzentrieren, wenn noch jemand da ist. Es ist schon schlimm genug, dass ich auf der Arbeit von Jas' neuestem Dating-Desaster, Sameeras ständiger Hochzeitsplanung und Harry, der uns aufzieht und mir mit Tüten von Croissants vor der Nase herumwinkt, abgelenkt werde. Ich möchte wirklich nicht auf eine wertvolle Nacht allein in meiner Wohnung verzichten.

»Schlag mir einen Tag vor – wann werden wir beide in die Stadt gehen?« Jas legt den Kopf schief, ein Lächeln umspielt ihre Lippen.

Wie kann ich da nein sagen? Und würde sie jemals aufhören zu fragen, selbst wenn ich nein sagen würde? Ich willige ein, am Mittwoch mit ihr auszugehen, und Jas scheint glücklicher zu sein.

»Ich habe einfach das Gefühl, dass wir uns dringend unterhalten müssen«, sagt sie. »Ich vermisse dich, und Alex hat dich am Freitag zeitig mitgenommen, als wir gerade dabei waren, Spaß zu haben.«

»Ja, es war toll, aber es ging mir nicht gut. Schon nach ein paar Gläsern ging es mir richtig schlecht«, sage ich. Ich glaube nicht einen Moment lang, dass Jas etwas damit zu tun hat, aber ich muss daran denken, was Alex gesagt hat, und überprüfe ihr Gesicht heimlich auf verräterische Zuckungen. Sofort schäme ich mich dafür, dass ich überhaupt nur daran gedacht habe, meine Freundin könnte mir etwas in den Drink getan haben.

»Könnte es etwas gewesen sein, das du gegessen hast?«, bietet sie halbherzig an.

»Ja, wahrscheinlich. Wie auch immer, ich verspreche, dass ich am Mittwoch nicht betrunken sein werde, sondern nur angenehm beschwipst«, sage ich.

Sie kichert. »Ich auch!«

Ich beobachte, wie sie in ihr Büro zurückhüpft, die lockigen schwarzen Haare von einem Haargummi zusammengehalten, die langen Beine in dicke Wollleggins gekleidet und die Füße in den üblichen Converse-Sneakern. Sie sieht gut aus; sie sieht nicht wie zweiundvierzig aus – sie kleidet sich wie eine Achtzehnjährige und trägt den Stil mit Würde. Ich finde es toll, dass es ihr egal ist. Sie ist, wie sie ist, und sie würde es für niemanden ändern. Gleichzeitig will sie eine Beziehung, und in letzter Zeit habe ich das Gefühl, dass sie nicht mehr nur auf Sex aus ist, sondern so viel mehr will. Trotz ihres Draufgängertums glaube ich, dass sie gern das hätte, was sie einmal mit Tony hatte, und was ich mit Alex habe. Letzte Woche hatte sie fast jeden Abend ein Date, aber keines davon hat ihr gefallen. Sie sagt, sie wolle nicht noch ein Weihnachten allein verbringen, aber ich sage ihr, dass vieles vom Glück abhängt, vom richtigen Mann, vom richtigen Zeitpunkt und all dem.

So gern ich meine beste Freundin an meinem Glück teilhaben lassen würde, so sehr versuche ich, es ihr nicht aufzunötigen. Manchmal fällt es mir leichter, mit Sameera über Alex zu sprechen, weil auch sie verliebt ist und wir uns gegenseitig verzeihen können, dass wir die Welt mit unseren Freunden langweilen. Letzte Woche habe ich ihr erzählt, dass er überall im Haus kleine Zettel hinterlässt, auf denen steht, wie sehr er mich liebt, und sie hat vor Freude gequietscht.

Harry hörte es und fing an zu grinsen. »Ich kann euch Zettel im Büro hinterlassen, wenn ihr wollt«, sagte er. »Darauf könnte stehen: ›Hört auf zu tratschen und macht weiter mit eurer Arbeit.‹«

»Hm, vielleicht eher nicht, oder?« Ich kicherte. »Aber Harry, hinterlässt du Gemma denn nie romantische Nachrichten?«

»Nein.« Er schüttelte den Kopf, als wäre es das Lächerlichste, was er je gehört hatte, und Sameera und ich lachten. Wenn Jas nicht gewesen wäre, hätte er Gemma nicht einmal um ein Date gebeten. Sie ist eine gute Heiratsvermittlerin und vielleicht würde sie Alex mehr akzeptieren, wenn sie uns direkt zusammengebracht hätte. Ich weiß, dass sie ihn auf der App gesehen hat, aber es ist nicht ganz dasselbe, und sie ist nicht so engagiert, wie sie es sonst vielleicht gewesen wäre.

Ihre Kritik an Alex ist nichts, was ich persönlich nehmen sollte. Jas braucht meine Freundschaft und Unterstützung, wahrscheinlich wird sie sie immer brauchen. Wenn das bedeutet, dass ich eine ruhige Nacht zu Hause gegen einen heiteren Abend mit ihr in einer Weinbar eintausche, dann ist das keine große Sache.

Beim Abendessen bei Alex erzähle ich ihm, dass ich diese Woche ein paar Nächte in meiner Wohnung verbringen werde, während er lange arbeitet. »Ich dachte, Mittwoch und Donnerstag. Ich weiß, dass du auch viel zu tun hast – es wäre gut für uns beide, wenn wir etwas Zeit zum Arbeiten hätten«, sage ich.

»Aber ich liebe es, dich hier zu haben. Wir können abends *zusammen* arbeiten«, sagt er, und ich lächle über die schmollende Unterlippe, die er andeutet.

»Alex, ich bin gern hier, aber ich muss dafür sorgen, dass meine Wohnung in Ordnung ist, und du wirst lange arbeiten müssen, und ich habe auch jede Menge Arbeit und ...« Ich spüre, wie Panik aufsteigt, sobald ich auch nur an Chloe denke. Sie ist immer noch in einer Notunterkunft, aber für wie lange? Ich rief ihre Mutter Carol an, die sich tatsächlich Sorgen um ihre Tochter zu machen schien und zumindest in der Lage war, mit mir zu reden, ohne mich anzuknurren. Als ich sie fragte, was sie darüber wisse, dass Chloe in einer Beziehung sei, sagte sie, sie habe eine Ahnung und deutete sogar an, dass es einer von Chloes Lehrern sein könnte. Sie beharrte darauf, dass es nichts mit ihrem eigenen Freund Pete zu tun habe, und nahm Anstoß an meiner äußerst subtilen Andeutung, dass Pete derjenige sein könnte, der ihrer Tochter zu nahe kommt. Carol sagte zwar, sie fühle sich schlecht, weil sie ihre Tochter rausgeschmissen habe, beschwere sich aber, dass sie zwischen ihr und Pete »Ärger verursacht« habe. Sie sagte, ihr gefalle die Vorstellung, dass sie auf der Straße schlafe, ganz und gar nicht und sie wolle, dass sie nach Hause kommt, aber als ich Chloe die gute Nachricht überbrachte, weigerte sie sich. Und ich bin überzeugt, dass ihre Weigerung, nach Hause zu gehen, etwas mit diesem älteren Mann zu tun hat, mit dem sie sich trifft.

Unterdessen gibt es auch einen dreizehnjährigen Jungen namens Jack, der mir Sorgen macht. Der Hausarzt der Familie hat sich an uns gewandt und vermutet, dass er von seinem Vater körperlich misshandelt wird. Ich habe ihn zu Hause besucht, die Familie ist jetzt auf unserem Radar, aber der Junge erzählt uns nichts. Das ist das Problem bei der Arbeit mit Familien: Selbst wenn man da ist, um zu helfen, man ist außen vor – sie neigen dazu, sich gegenseitig zu schützen, selbst wenn dieser »Schutz« zu Schaden führt – oder zu Schlimmerem. Vielleicht habe ich mich deshalb für diesen Beruf entschieden, denn ich habe immer von außen nach innen geschaut – meine Erfahrung als Außenstehende ermöglicht es mir, eine Familieneinheit objektiv zu betrachten. Aber bei Einzelpersonen ist das anders, meine Tage bestehen aus den schrecklichen kleinen Knoten des Lebens, die gelöst werden wollen, und an manchen Tagen ist mein Kopf mit einer Collage aus Missbrauch, Schmerz und Leid gefüllt. Das ist es, wovon ich mich distanzieren muss. Deshalb sagt Jas zu Recht, dass ich mich etwas abgrenzen muss. Aber bei den wenigen Gelegenheiten, bei denen ich mein Telefon ausschalte und versuche, abends mit Alex eine Auszeit zu genießen, ist mir immer bewusst, dass einige meiner Klienten leiden. Und so sehr ich mir auch einrede, dass das in Ordnung ist, weil wir jetzt zu Hause sind, während das andere die Arbeit ist – es ist nicht okay. Nicht für mich. Der Missbrauch hört auch nach siebzehn Uhr nicht auf, wenn ich meine Arbeit für den Tag beende. Ich kann nicht die Tür vor diesen Kindern schließen, wenn ich nach Hause komme, und so tun, als wäre alles in Ordnung. Und wenn Weihnachten vor der Tür steht, kann das eine besonders schwierige Zeit sein. Während die Weihnachtszeit für viele Jugendliche lustig und aufregend ist, ist sie für andere sehr viel dunkler. Es ist mein Job und zugleich mein Leben, und ich verstehe, dass es für Alex nicht leicht ist. Er muss sich manchmal so fühlen, als würde er erst nach meiner Arbeit und den damit verbundenen Abgründen des menschlichen Lebens kommen.

»Du verstehst das, nicht wahr?«, sage ich jetzt. »Ich brauche nur etwas Zeit, um mich um meine Sachen zu kümmern.«

»Ich habe auch zu tun«, sagt er. »Ich arbeite an einem großen Fall. Er ist wichtig, aber nicht wichtiger als du«, faucht er.

»Moment mal, Alex, ich sage ja nicht, dass meine Arbeit wichtiger ist. Aber du musst verstehen, dass die Arbeit, die ich mache, manchmal rund um die Uhr stattfindet – das *muss* so sein, denn Kinder in Schwierigkeiten arbeiten nicht von neun bis fünf.«

»Jetzt bist du sarkastisch.« Er seufzt.

»Ich sage nur, dass es keine Bürozeiten sind und dass ich manchmal etwas Freiraum brauche, um über das Geschehen *nachzudenken* und vertrauliche Anrufe zu tätigen und entgegenzunehmen.«

»Vertraulich? Freiraum? Aber ich bin doch dein Partner, nicht wahr?«

»Ja, aber es wäre ethisch nicht vertretbar, vor dir mit Klienten zu telefonieren. Selbst im Büro haben wir einen kleinen Raum, in dem wir aus Respekt vor unseren Klienten vertrauliche Anrufe tätigen können.«

»Ich verstehe das, aber ich sehe nicht ein, warum man in seine Wohnung zurückkehren muss, um etwas Freiraum zu haben, es gibt hier genug Raum. Und man muss ein Gleichgewicht finden – eine Sozialarbeiterin zu sein, bedeutet nicht, dass man kein Privatleben haben kann. Es gibt Notrufnummern, weißt du.«

»Ja, die gibt es. Aber ich bin nicht Sozialarbeiterin geworden, um nur während der Bürozeiten erreichbar zu sein – diese Kinder müssen wissen, dass ich für sie da bin. Bei jemand anderem könnten sie sich unsicher fühlen – verraten.«

Alex kommt zu mir herüber und legt seinen Arm um mich. »Ich verstehe, meine Arbeit ist auch vertraulich, aber du könntest einfach in ein anderes Zimmer gehen, oder ich?«

»Nein, ich will nicht, dass du das Gefühl hast, ein Zimmer in deinem eigenen Haus verlassen zu müssen, weil ich dort arbeite, das ist nicht fair dir gegenüber. Und ich brauche einfach den Raum, die Ruhe ... weißt du?«

Erst Jas, jetzt Alex. Alles, was ich will, ist etwas Zeit für mich, um mich auf meine Arbeit und meine Klienten zu konzentrieren. Ich fange an, mich in meinem eigenen Leben etwas klaustrophobisch zu fühlen.

»Natürlich, ich verstehe das. Du brauchst einen ruhigen Ort zum Arbeiten, das liegt in der Natur deiner Arbeit. Das kann ich verstehen«, sagt er und gibt schließlich nach. Er drückt meinen Oberarm und küsst meine Wange.

»Danke, Schatz.« Ich erwidere den Kuss und bin überrascht, wie leicht er es akzeptiert hat, denn normalerweise akzeptiert er kein Nein.

»Du wirst also Mittwoch- und Donnerstagabend von deiner Wohnung aus arbeiten. Hast du das gesagt?« Er nimmt unsere Tassen.

»Ja. Na ja – tatsächlich werde ich am Donnerstagabend arbeiten, aber morgen gehe ich mit Jas aus.«

Er richtet sich auf, hält immer noch die Tassen in der Hand, lächelt immer noch, aber jetzt etwas angespannter. »Du gehst mit *Jas* aus? Aber ich dachte, du hättest zu tun. Ich dachte, das ist der Grund, warum du nicht hierbleibst.«

»Alex«, stöhne ich, »hör auf. Ich will nur ein paar Nächte in meiner Wohnung verbringen. Und ich kann es mit einem Abend mit Jas verbinden.«

»Ich verstehe nicht, warum du einen Abend mit ihr verbringen willst und nicht mit mir. Du hast letzte Woche gesagt, dass sie dir auf die Nerven geht, dass sie rechthaberisch ist.«

Ich bin verzweifelt. Können Männer jemals die Feinheiten, die komplexen Bindungen, die widersprüchlichen Gefühle in Frauenfreundschaften verstehen? »Manchmal kann ich sie nicht *leiden*. Aber sie ist meine beste Freundin, und ich liebe sie. Es ist schwer zu begreifen, ich weiß, aber wir lachen so viel, wenn wir zusammen sind, und wie ich am Wochenende gesagt habe, war ich eine miese Freundin und habe sie vernachlässigt, seit ich dich kenne.«

»Das tut mir leid«, sagt er aufrichtig.

»Nein, du brauchst dich nicht zu entschuldigen, es ist meine Entscheidung, ich will mit dir zusammen sein, ich bin lieber mit dir zusammen. Aber ich genieße ihre Gesellschaft, und ich glaube, sie fühlt sich einsam, besonders jetzt, wo ich in einer gesunden Beziehung bin und sie immer noch auf Dates geht und mit Männern schläft, die sie nicht liebt. Sie ist kein schlechter Mensch, sie hat nur nicht gefunden, wonach sie sucht.«

Er stellt die Tassen wieder auf den Couchtisch, setzt sich neben mich und schlingt seine Arme um meine Taille. »Es tut mir leid, ich vergesse manchmal, dass andere Menschen nicht das haben, was wir haben.«

Ich lächle, es fühlt sich an, als ob wir uns schon ewig kennen würden.

»Und ich mache Jas keinen Vorwurf, dass sie sich vernachlässigt fühlt«, fügt er hinzu. »Beide wollen wir dich für uns haben.«

Ich lege meinen Kopf auf seine Brust. »Danke für dein Verständnis.«

»Aber lass dein Handy an, damit ich weiß, wo du bist, ja?«

Ich nicke, dankbar, dass er keine große Sache daraus gemacht hat.

»Ich könnte euch beide abholen?«, bietet er an.

Ich seufze, es ist wie eine Schleife, die sich in meinem Kopf dreht, und ich denke tatsächlich, dass ein paar Nächte, in denen ich mich allein erhole, genau das sind, was ich brauche. »Nein. Nein, das ist in Ordnung – ich dachte sogar, ich könnte von der Arbeit aus hinfahren, damit Jas mich nicht unter Druck setzt, zu trinken. So sehr ich etwas Zeit mit ihr verbringen möchte, brauche ich im Moment auch einen klaren Kopf für die Arbeit.«

»Ja«, sagt er. »Es ist sinnvoll, dass du fährst.« Als er aufsteht, meine Hand nimmt und mich die Treppe hinauf ins Bett führt, fügt er hinzu: »Sei einfach vorsichtig. Wenn ich nicht da bin, um auf dich aufzupassen, könnte alles passieren.«

31

Wie immer komme ich heute nach der Arbeit direkt zu Alex, aber ich bin überrascht, sein Auto in der Einfahrt zu sehen, als ich ankomme – er sollte diese Woche länger arbeiten. Als ich reinkomme, telefoniert er gerade, und während ich im Flur meinen Mantel aufhänge und meine Stiefel ausziehe, kann ich ihn reden hören.

»Nein, sie ist morgen nicht den ganzen Tag oder Abend hier, du könntest also gleich morgen Früh kommen, wenn sie zur Arbeit gegangen ist«, sagt er. »Normalerweise geht sie am Morgen gegen sieben Uhr dreißig, wenn du also um acht Uhr kommst, ist die Luft rein ...«

Ich stehe auf einem Bein und ziehe meinen zweiten Stiefel aus, als ich das Gleichgewicht verliere und gegen den Kleiderständer falle.

Er hat es offensichtlich gehört und beendet den Anruf. Im nächsten Moment ruft er: »Liebling! Bist du okay?«

»Ja, bin okay«, sage ich verlegen und gehe, nachdem ich mich zusammengerissen habe, in die Küche, wo er das Telefon weggelegt und mit dem Vorbereiten des Abendessens begonnen hat. *Ist die Luft rein,* hat er gesagt. Hat Helen darauf bestanden, ihn hier zu treffen?

Er fragt mich nach meinem Tag, er erzählt mir von seinem, aber während ich den Tisch decke, gehe ich immer wieder durch, was ich gehört habe, und versuche, es in verschiedene Zusammenhänge zu stellen. Ich frage ihn, ob er morgen etwas vorhabe, um ihm die Gelegenheit zu geben, mir zu sagen, mit wem er telefoniert hat, aber er sagt nichts. Er weiß offensichtlich nicht, dass ich ihn gehört habe. Und ich kann mich des Eindrucks nicht erwehren, dass Helen vorbeikommen wird und er es mir nicht sagt. Ich frage mich, ob sie ihn unter Druck setzt, sich mit ihr zu treffen – droht sie damit, mir etwas anzutun, wenn er nicht einwilligt? Will sie zurück in das Haus, in dem sie früher gemeinsam gewohnt haben? Oder gibt es eine andere, weit weniger dramatische Erklärung? Trifft er hier einen Klienten? Oder einen Kollegen? Aber wenn ja, warum hat er es mir nicht gesagt?

Also versuche ich es etwas später noch einmal, während wir am Küchentisch Hühnerrisotto essen. »Wie sieht der morgige Tag für dich aus?«, frage ich beiläufig und mahle Pfeffer auf den cremigen Reis.

»Gut, gut«, sagt er abwesend und schaut dann von seinem Essen auf. »Und deiner? Gehst du morgen Früh direkt ins Büro?«

Ich nicke und esse weiter. Er will auf jeden Fall sicherstellen, dass ich aus dem Weg bin.

Als wir auf dem Sofa vor einem Fernsehfilm Kaffee trinken, kann ich mich nicht konzentrieren. Ich bin kurz davor, ihm einfach zu sagen, dass ich ihn am Telefon gehört habe, und zu fragen, was los sei. Aber das lässt mich hinterhältig aussehen, und ich habe ihn gebeten, mir zu vertrauen, also bin auch ich eine Heuchlerin – man hört seinem Partner nur durch die Tür zu, wenn man ihm nicht vertraut. Stellt sich die Frage, ob ich ihm vertraue. Wie kann ich das nach der ganzen Enthüllung um Helen?

Ich sage Alex, dass ich mich nicht gut fühle, dass ich duschen und früh ins Bett gehen werde. Sein Gesicht zeigt eine gewisse Besorgnis, aber ich sehe, dass er den Film genießt und sich unbedingt wieder darauf konzentrieren will, also gehe ich nach oben, um allein zu sein und nachzudenken.

Als ich sagte, dass ich diese Woche für ein paar Nächte in meine Wohnung gehen würde, hat er versucht, mich umzustimmen. Er wollte unbedingt, dass ich hier bei ihm bleibe – bestraft er mich also dafür, dass ich ihn allein lasse, indem er Helen zu sich einlädt? Gott, das wäre doch krank, das würde er doch nicht tun?

Etwas später, als er ins Bett kommt, tue ich so, als würde ich schlafen. Ich bin wütend und verletzt, aber jetzt ist nicht der richtige Zeitpunkt, um ihn zu verhören. Morgen Früh gehe ich zur Arbeit, verbringe die nächsten paar Nächte bei mir, bekomme den Kopf frei und bin für eine Weile »ich«. Danach werde ich hierher zurückkommen, und wenn er es immer noch nicht erwähnt, werde ich ihn danach fragen, und ich hoffe, dass er mich nicht anlügen wird. Aber im Moment muss ich ihm einfach vertrauen.

Heute Morgen kam ich mit einem furchtbaren Gefühl zur Arbeit. Ich konnte mich nicht einmal Harrys täglichem Geschenk, einem übrig gebliebenen Mandelcroissant, annehmen. Es liegt immer noch ungegessen auf meinem Schreibtisch, und das Butterfett ist inzwischen in die Papierserviette gesickert. Mir wird übel davon. Ich muss es loswerden, ohne dass er es sieht, aber ich bin zu sehr damit beschäftigt, mich um eine Betreuungsverfügung für Phoebe Cross zu kümmern, um eine neue Sozialwohnung für Craig Jackson, und beunruhigenderweise kann ich Chloe Thomson nicht erreichen. In der Zwischenzeit hat Jas um elf Uhr dreißig ein Treffen mit mir angesetzt, für das ich keine Zeit habe. Ich hoffe nur, dass es nicht eines ihrer »wichtigen« Treffen ist, bei dem wir ausführlich darüber diskutieren werden, was wir beide heute Abend anziehen. Es ist mir egal, was irgendjemand anzieht, wenn ich so viel anderes im Kopf habe. Jas ist offensichtlich anderer Meinung und ich sehe, dass sie ihre riesige Schminktasche und eine Reisetasche mit ins Büro gebracht hat, in der sich zweifellos eine Auswahl an Outfits befindet.

»Hast du noch nie etwas von einer Capsule Wardrobe gehört?«, sagte ich, als sie mit all ihren Taschen hereinschwankte.

»So etwas gibt es nicht. Eine Capsule Wardrobe ist aufgemotzte Arbeitskleidung. Und was ich zur Arbeit trage, ist das, was ich trage, wenn ich mir keine Mühe gebe. Oh, wie schnell du das vergisst, Hannah.« Sie lächelt. »Wenn man Single ist, muss man sich so anziehen, als könnte jeder Abend ›der Abend‹ sein.«

»Ich will dir ja nicht den Spaß verderben, Jas, aber ich bezweifle, dass George Clooney heute Abend im Orange Tree sein wird«, lachte Harry.

»Man kann nie wissen. Amal könnte mit einem großen Rechtsfall beschäftigt sein. Alex ist es, nicht wahr, Hannah?«, sagte sie.

»Ah, ich verstehe, während der arme Alex bis spät in die Nacht arbeitet, veranstaltet ihr zwei einen Frauenabend? Passt auf, Jungs, die Mädels sind im Anmarsch, um euch aufzureißen!« Harry fand die Vorstellung, dass ich mit Jas in der Stadt unterwegs bin, offensichtlich wahnsinnig komisch.

»Wir sind nicht im Anmarsch, um irgendjemanden aufzureißen, wie du so schön sagst.« Ich rollte mit den Augen.

»Du vielleicht nicht«, sagte Jas, die unter dem Gewicht des Schminkkoffers und der Tasche mit den Kleidern schwankte.

»Ja, aber ...«, begann ich und wollte sie daran erinnern, dass ich vergeben bin, aber dann erinnerte ich mich daran, dass ich es ihr nicht unter die Nase reiben wollte.

»Und wenn ich diesen süßen Typen treffe, der bei der Stadtverwaltung arbeitet, und er hat einen Freund, musst du mitspielen. Ich will nicht, dass du über deinen Freund redest und alles ruinierst«, warnte sie, als hätte sie gerade meine Gedanken gelesen.

Zweieinhalb Stunden später bin ich nicht überrascht, dass ich bei unserem Treffen um elf Uhr dreißig genau das tue, was ich eigentlich nicht tun wollte. Wir besprechen, was Jas anziehen soll, und ich erfahre, was sie von dem Telefonat hält, das ich gestern Abend bei Alex mitgehört habe. Ich hatte eigentlich nicht vor, es zu erwähnen, weil ich weiß, dass sie es nur benutzen wird, um eine Geschichte zu erfinden, in der er der Bösewicht ist, aber ich wollte es jemandem erzählen, und sie war da. Sie öffnete ihre Reisetasche und legte alle ihre Outfits auf den Tisch, und ich platzte einfach zwischen dem scharlachroten Overall und dem glitzernden Wollkleid damit heraus.

»Oh, Liebes, es tut mir leid«, sagt sie, faltet das Kleid und stützt ihr Kinn am Schreibtisch auf die Hände. »Das hört sich nicht so gut an, oder? ›Komm, wenn die Luft rein ist.‹« Sie schlägt mit der Faust auf den Tisch, und ich sehe, wie Sameera hersieht und etwas zu Harry sagt, woraufhin der noch unübersehbarer zu uns herüberschaut.

»Es muss nichts bedeuten«, sage ich und bereue sofort, dass ich den Mund aufgemacht habe, denn das hat die Sache nur noch realer gemacht. »Es könnte um alles gegangen sein ...«, versuche ich es herunterzuspielen.

»Okay.« Sie spricht mit ihrer Sozialarbeiterinnenstimme zu mir. Sie ist leicht herablassend und ich spüre, wie ich in die Defensive gerate. »Was glaubst *du*, was der Grund dafür sein könnte, dass er sagt: ›Sie geht früh am Morgen, komm gegen acht vorbei, dann ist die Luft rein‹?«

»Ich weiß es nicht. Ich weiß nicht, *was* ich denken soll, aber ich will keine voreiligen Schlüsse ziehen. Ich möchte nicht etwas Gutes ruinieren, Jas.«

Sie zieht die Augenbrauen hoch und schnalzt mit der Zunge. »Klingt für mich so, als hätte er das bereits getan«, sagt sie und schüttelt langsam den Kopf. »Ich frage mich, ob die Frau fest zu ihm gehört und das ganze Gerede von Scheidung nur das ist ... Gerede.«

»Nein. Nein«, sage ich. So hatte ich mir das nicht vorgestellt.

»Bist du sicher, dass du nicht die Geliebte bist, Hannah?«

Nach diesem Gespräch gehe ich zurück an meinen Schreibtisch und fühle mich noch paranoider. Hat Alex sich die ganze Zeit mit Helen getroffen? Ich überlege, ob ich direkt zu ihm nach Hause gehen und es mit ihm austragen soll. Aber wenn ich recht habe, besteht die Gefahr, dass ich sie zusammen erwische, und das könnte ich nicht ertragen. Ich muss mich schützen. Ich bleibe bei Plan A und kümmere mich am Freitag darum, wenn ich wie geplant nach der Arbeit zu Alex gehe.

Mein Telefon piept und kündigt eine SMS von Alex an. Das lässt mich zusammenzucken, was Harry amüsiert.

»Du bist heute ein bisschen nervös, Hannah«, lacht er.

»Ich habe gerade viel um die Ohren.« Dann füge ich schnell hinzu: »Beruflich.« Ich möchte nicht, dass jeder jedes Detail meiner persönlichen Angelegenheiten kennt. Es ist ein kleines Büro und wir wissen ohnehin schon zu viel über das Leben der anderen.

Ich schaue auf mein Handy.

Hey, Süße, ich wünsche dir einen schönen Abend. Und vergiss nicht, wenn du deine Meinung über das Autofahren änderst, kann ich den Chauffeur spielen. Ich bin den ganzen Abend zu Hause. xxx

Dieser Text gibt mir ein wenig Hoffnung. Warum sollte er anbieten, mich abzuholen, wenn Helen oder jemand anderes bei ihm übernachtet? Das ergibt doch keinen Sinn.

»Vielleicht gehe ich zu Alex, nachdem wir heute Abend ausgegangen sind«, sage ich etwas später zu Jas. Ich kann die Ungewissheit nicht ertragen, die Möglichkeiten, die mir ununterbrochen im Kopf herumschwirren.

»Was? Was? Warum? Geh einfach zurück in deine Wohnung. Oder besser noch, komm mit zu mir. Dann kannst du dein Auto hier stehen lassen und ...«

»Nein, nein. Es ist dumm, zu denken, dass ich das einfach ignorieren kann. Ich setze dich ab, nachdem wir ausgegangen sind, und fahre direkt zu ihm. Ich kümmere mich lieber darum, was auch immer da los ist, als mich deswegen zu quälen. Die Ironie ist, dass ich mir zu Hause Zeit nehmen wollte, um etwas zu arbeiten, aber ich kann nicht einmal klar denken.«

»Ich dachte, du nimmst dir eine Auszeit, um mit mir auszugehen?« Sie sieht ein wenig verletzt aus.

»Ja, natürlich. Das auch«, sage ich.

»Geht es euch gut?«, fragt Sameera, als ich Jas' Büro verlasse.

»Ja, ihr zwei scheint heute viele Geheimnisse zu haben«, stichelt Harry.

»Oh, es ist nichts weiter, ich will dich damit nicht langweilen.« Ich seufze. Jas meint es gut, aber ich glaube, Alex könnte recht haben. Ich glaube, sie möchte mehr Zeit mit mir verbringen, und das beeinflusst ihre Einschätzung der Situation. Sie will nur den Eindruck erwecken, dass Alex nichts Gutes im Schilde führt – andererseits deutet alles darauf hin.

Das ist das Problem, wenn man jemanden online kennenlernt: Egal, wie viel man zu wissen glaubt, man weiß nichts –

man kennt seine Geschichte, sein Leben, seine Freunde nicht. Als wir uns trafen, hat Alex mir ein Bild von seiner Vergangenheit und Gegenwart präsentiert, aber er hat das weggelassen, was seiner Meinung nach nicht passte, wie seine Ehe. Und nachdem ich ihn gestern Abend am Telefon gehört habe, frage ich mich, was er zugunsten des perfekten Bildes noch weggelassen hat.

32

Um sechzehn Uhr dreißig habe ich alles erledigt, was zu tun war, nur Chloe Thomson kann ich immer noch nicht erreichen; auch ihre Mutter geht nicht ans Telefon. Ich will es nicht länger dabei belassen, ich habe sie vor ein paar Tagen gesehen und es ging ihr nicht gut. Ich vermute, dass sie immer noch Drogen nimmt, auch wenn sie es geleugnet hat. Sie ist emotional verletzlich und wird Unterstützung brauchen, um von den Drogen loszukommen. Ich weiß immer noch nicht, mit wem sie sich trifft, aber wenn es der Freund ihrer Mutter *ist*, ergibt alles einen Sinn. Chloe weigert sich, mit mir darüber zu reden, und ich glaube, das liegt daran, dass er sie bedroht. Ich weiß nicht, was mich am meisten beunruhigt: die Drogen, die Selbstverletzung oder die Tatsache, dass Chloe in eine Beziehung mit einem älteren, missbrauchenden Mann verwickelt ist.

Da ich weder sie noch irgendjemanden, der mit ihr in Verbindung steht, erreichen kann, rufe ich alle anderen an, von der Polizei über das Jugendamt bis hin zu den Obdachlosenheimen. Nichts. Um achtzehn Uhr fünfzehn rufe ich in einem letzten verzweifelten Versuch, sie zu finden, in den Krankenhäusern an.

Mein erster Anruf gilt dem Worcester Royal Infirmary, dem größten Krankenhaus in der Gegend, und ich werde zu verschiedenen Stationen durchgestellt, um zu erfragen, ob eine Chloe Thomson dort ist. Schließlich spreche ich mit jemandem, der mir einige Informationen geben kann. Es scheint, dass Chloe heute Nachmittag um halb drei mit Verdacht auf Überdosis in die Notaufnahme gebracht wurde. Sie wurde in einem besetzten Haus in der Nähe des Stadtzentrums gefunden. Ihre Mutter wurde informiert und ist jetzt bei ihr. Chloe ist am Leben, doch sie liegt im Koma.

Ich eile sofort dorthin, aber sie liegt auf der Intensivstation und ich darf sie nicht sehen. Ich spreche mit einer der Krankenschwestern, die mir erzählt, dass sie heute Nachmittag von einem anderen Hausbesetzer gefunden wurde, der dachte, sie sei tot. Ihrem Zustand nach zu urteilen, scheinen die Ärzte zu glauben, dass sie letzte Nacht eine Überdosis genommen hat. Zu diesem Zeitpunkt kann mir niemand mehr sagen oder irgendeine Prognose abgeben, und nach einer Weile beschließe ich, zu gehen und morgen wiederzukommen.

Ich kehre ins Büro zurück und google ihren Zustand. Ich kann nichts Hilfreiches finden, außer dass die Heilungschancen eines Patienten umso schlechter sind und die Wahrscheinlichkeit, dass er ins Wachkoma fällt, umso größer, je länger er im Koma liegt. Das ist herzzerreißend, und alles, was ich tun kann, ist hoffen. Damit in Gedanken, versuche ich, optimistisch zu sein und einen Sozialarbeiter, der sich um ihre psychische Gesundheit kümmert, zu bestellen, falls sie wieder zu sich kommt.

»Ich unterstütze dich in dieser Sache«, sagt Jas, »und als ihre Betreuungskoordinatorin ist es deine Aufgabe, alles für sie zu regeln. Aber, Babe, du musst wissen, dass es nicht gut aussieht.«

»Ich weiß, aber ich darf die Hoffnung nicht aufgeben. Ich

habe das Gefühl, dass ich Mist gebaut habe, Jas«, sage ich ehrlich.

Sie legt ihre Arme um mich und drückt mich ganz fest. »Babe, wir sind manchmal außen vor – sie wollen oder können uns nicht in ihr Leben lassen – und du hast alles für Chloe getan, was du *konntest*. Du hast die anderen Behörden einbezogen, du hast Schutzmaßnahmen ergriffen – aber manchmal geschehen Dinge, die wir nicht beeinflussen können. Du bist schon lange genug in diesem Job, um das zu wissen. Also mach dich bitte nicht selbst fertig.«

»Ich will nicht, dass sie aufwacht und niemand da ist. Ich habe den Schwestern gesagt, dass sie mich anrufen sollen, wenn sie wieder zu sich kommt, und ich fahre gleich morgen Früh wieder hin. Ich habe das Gefühl, dass ich sie im Stich gelassen habe, Jas.«

»Nein, du hast dich hervorragend um sie gekümmert, und es lief gut. Sie hat sich mit deiner Unterstützung enorm weiterentwickelt, aber wir können nicht rund um die Uhr für sie da sein. Alles, was du tun kannst, ist, in der Zukunft für sie verfügbar zu sein.«

Seit ich mit dem Krankenhaus gesprochen habe und mir bestätigt wurde, dass Chloe dort ist, fühle ich mich verantwortlich dafür. Ich kann mich des Eindrucks nicht erwehren, dass dies vielleicht nicht passiert wäre, wenn ich präsenter und konzentrierter gewesen wäre.

Ich schlage Jas vor, das Ausgehen zu verschieben, ich bin wirklich nicht in der Stimmung, aber sie sagt – typisch Jas – das sei nur ein Grund mehr, um auszugehen.

»Du brauchst eine Auszeit und ein paar Drinks. Ich weiß, das mag angesichts von Chloes Situation herzlos klingen, aber es ist unser Job – es ist nicht unser Leben. Und wenn wir zu Hause blieben und uns jedes Mal schuldig fühlten, wenn so etwas passiert, würden wir nie wieder ausgehen.«

Sie hat recht, aber ich finde es irgendwie falsch, mich zu amüsieren, wenn Chloe in diesem Zustand ist.

Harry tröstete mich ein wenig. »Chloe war schon einmal in dieser Situation«, sagte er, »und, Gott bewahre, sie wird es wahrscheinlich wieder tun. Und wie bei allen Chloes zuvor und danach können wir ihr nur begrenzt helfen. Sie ist ein zähes Kerlchen, wenn es jemand schafft, durchzukommen, dann sie.«

Ich hoffe, er hat recht.

»Also, du ziehst es ernsthaft in Erwägung, zu ihm zu fahren und in seinen romantischen Abend hineinzuplatzen?«, fragt Jas, als wir später zum Parkplatz gehen. Ich kann mir nicht helfen, aber die Grausamkeit in Jas' Worten verletzt mich. Sie scheint sich an der Vorstellung zu erfreuen, dass Alex einen Abend mit Helen verbringt, während ich weg bin, und ich ignoriere ihren Kommentar. Ich glaube, sie ist ein wenig schnippisch, weil sie nicht gerade erfreut darüber ist, dass ich fahre und nicht trinke, aber ich lasse mich von ihr nicht beirren. Ich will die Kontrolle behalten. Ich bin erschüttert über das, was mit Chloe passiert ist, und das Letzte, was ich tun möchte, ist trinken. Außerdem will ich am Ende des Abends zu Alex rüberfahren und herausfinden, was zum Teufel hier los ist. Und dafür muss ich unbedingt nüchtern sein.

Als wir beide im Auto sitzen, stecke ich den Schlüssel ins Zündschloss und höre das Geräusch, das kein Autofahrer jemals hören möchte: ein unheimliches Klicken.

»Oh Scheiße.« Ich seufze. Ich habe den Wagen letzte Woche warten lassen, also ergibt das keinen Sinn – hätte die Werkstatt das nicht bemerken müssen?

Wir schauen uns beide an und Jas schnalzt mit der Zunge, aber sie lächelt.

»Sieht so aus, als würdest du doch noch mit mir trinken, Mädel!«

Das Vernünftigste wäre, die Pannenhilfe anzurufen, aber wie Jas sagt, ist es eiskalt und wir würden ein paar Stunden herumstehen müssen, und es ist unser Abend.

»Lass uns jetzt gehen und etwas trinken. Du kannst heute bei mir übernachten und ich kann dich morgen herfahren. Dann können wir die Pannenhilfe anrufen und sie den Schaden beheben lassen, während wir in einem warmen Büro sitzen.«

Sie scheint wild entschlossen zu sein, dass ich mit ihr trinke und bei ihr übernachte, wie sie es letzten Freitag, als wir ausgingen, auch schon von mir wollte. Ich versuche, Alex' seltsame Andeutung zu verdrängen, dass sie mir etwas in die Drinks getan haben könnte. Ich erinnere mich daran, dass ich Jas seit vielen Jahren kenne und sie immer eine gute Freundin für mich war, also wer ist Alex, dass er mir sagt, ich solle mich vor ihr in Acht nehmen? Weiß der Teufel, was er vorhat. Die Wahrheit ist, dass ich mich sehr verunsichert fühle und anfange, mich verrückt zu machen.

»Hier im Parkhaus ist es sicher, nachts ist es abgeschlossen, und es ist wahrscheinlich nur der Alternator«, sagt Jas.

»Seit wann kennst du Wörter wie *Alternator*?« Ich lächle und erwärme mich ein wenig für den Gedanken an eine schummrige Bar und ein paar kalte Getränke.

»Der Typ, mit dem ich ausgegangen bin – Carl? Craig?« Sie kann sich wirklich nicht erinnern, was mich zum Lächeln bringt. »Jedenfalls war er Mechaniker und hat mir gezeigt, wie man Autos repariert.«

»Ich wette, das hat er«, sage ich, als wir uns auf den Weg zur Hauptstraße machen.

Wir biegen gerade auf die Hauptstraße ab, als ein Auto vorbeifährt und uns beide mit Wasser vollspritzt, was uns zum

Lachen bringt. Dann hält das Auto an und sorgt dafür, dass das nachfolgende beinahe auffährt.

»Schau mal«, sagt Jas laut, »das ist Harrys Auto. Geht es ihm gut?«

Wir laufen beide rüber und Harry kurbelt das Fenster herunter.

»Hast du ein Schleudertrauma?«, frage ich.

»Nein. Dieser Schwachkopf ist mir beinahe in den Arsch gekrochen.« Er lacht. »Wo wollt ihr zwei denn hin? Ich dachte, du wolltest in die Weinbar *fahren*, Hannah?«

Wir erklären die Situation und innerhalb von Sekunden sitzen Jas und ich auf dem Rücksitz von Harrys Auto, der uns die kurze Strecke zum Orange Tree fährt.

»Einer von euch hätte sich zu mir nach vorne setzen können«, sagt er. »Ich komme mir vor wie ein verdammter Taxifahrer.«

Jas kichert. »Das liegt daran, dass du einer bist.«

Er setzt uns vor dem Orange Tree ab, und wir sind so dankbar, dass wir ihn auf einen Drink einladen, aber er sagt mit einem Augenzwinkern: »Gemma wartet zu Hause mit etwas Warmem.«

Jas seufzt. »Hör auf zu prahlen.«

Er verdreht die Augen. »Kommt ihr zwei Verrückten später nach Hause?«

»Wir werden nach Hause kommen, danke«, sagt Jas, »wir nehmen ein Taxi zu mir.«

»Wenn ihr hier festsitzt, ist es kein Problem, euch abzuholen.«

»Ah, das ist lieb von dir, Harry«, sage ich, »aber wir kommen schon klar.«

»Hey, und Hannah?«, sagt er, als ich aus dem Auto steige.

»Ja?«

»Mach dir keine Sorgen um Chloe Thomson, sie wird schon wieder gesund.«

Das berührt mich sehr. Nach außen hin wirkt Harry immer wie ein Kerl, der nur grinst und sich über alles lustig macht, aber dass er sich kümmert, rührt mich. Chloe ist vielleicht nicht mehr seine Klientin, aber weil er seinen Job gut macht, hat er immer noch eine Verbindung zu ihr, und was am wichtigsten ist, er sorgt sich noch immer.

»Ich hoffe, sie wird wieder gesund«, sage ich, »aber es geht ihr schlecht.«

»Wunder können geschehen.« Er lächelt, und ich denke, wie reif und fürsorglich er für einen Mann in seinen Zwanzigern ist.

»Wenn ich zehn Jahre jünger wäre«, raune ich Jas zu, als wir die Bar betreten.

»Er ist so ein Junge«, sagt sie, »du brauchst einen *Mann*.«

Ich lächle. »Ich dachte, ich hätte einen. Apropos, du hast Harry gesagt, wir würden später ein Taxi zu dir nehmen. Nun, ich glaube, ich muss nach wie vor zu Alex fahren.«

»Oh nein, Hannah. Ehrlich, du willst doch nicht hingehen, um mit ihm zu sprechen, und ihn dann mit ihr finden – *stell dir das vor*! Vergiss das alles, bleib bei mir. Wir können in diesen neuen Nachtclub gehen, tanzen und lachen – *das* wird lustig. Du musst dich mal austoben, du hast in letzter Zeit so viel Scheiße erlebt. Ruiniere nicht einen schönen Abend für einen Mann. Er ist es nicht wert, Babe«, sagt sie.

Ich denke wieder an das, was Alex gesagt hat, dass sie nicht mein Bestes im Sinn hat. Ich habe das Gefühl, dass sie versucht, den Abend in die von ihr gewünschte Richtung zu lenken, ohne auf meine Gefühle Rücksicht zu nehmen. »Lass uns einfach den Abend genießen«, sage ich, »und was auch immer passiert, passiert.«

Das Orange Tree ist warm und festlich, die Wände sind mit bunten Lichtern geschmückt, und in einer Ecke steht ein trendiger Tannenbaum, stachelig und weiß, mit Kunstschnee und silbernen Kugeln. Es versetzt mich in einen Rausch und ich denke an das Wochenende und an meine und Alex' Pläne, letzte Weihnachtseinkäufe zu erledigen und dann Weihnachtsfilme zu schauen. Doch plötzlich fällt mir ein, dass ich am Wochenende vielleicht nicht bei Alex sein werde.

In der Zwischenzeit bestellt Jas vier Porn-Star-Martinis – zwei für jeden von uns. Es gibt zwei zum Preis von einem und sie plant eine lange Nacht, während mich alles einholt. Ich fühle mich einsam. Ich vermisse Alex. Es fühlt sich an wie Heimweh – etwas, mit dem ich als Kind gelebt habe. Es war wirklich verdammt dämlich von mir, ihn nicht direkt nach dem Telefonat zu fragen. Ich habe versucht, mir den Schmerz zu ersparen, habe verzweifelt gehofft, dass er etwas dazu sagen würde, wenn ich es lange genug hinauszöge, aber er hat es nicht getan, und mir ist klar geworden, dass der wahre Schmerz in der Ungewissheit liegt.

»Ich werde Alex einfach anrufen«, sage ich zu Jas.

»Um Himmels willen, Hannah, können wir nicht einfach einen Abend zusammen verbringen, ohne ausschließlich über ihn zu reden?« Dann wird sie etwas sanfter. »Ich mache mir nur Gedanken um dich, Liebes.«

»Okay, ich rufe ihn später an«, sage ich, denn sie hat recht, es ist nicht fair, dass sich unser Mädelsabend nur um ihn dreht.

Um dreiundzwanzig Uhr dreißig haben wir beide eine Menge Porn-Star-Martinis getrunken und Jas macht dem Barmann schöne Augen, was uns beide zum Lachen bringt, denn nach so vielen Cocktails ist alles lustig. Dann, plötzlich, inmitten eines Schleiers aus Lichterketten und Porn Stars (die Martinis!), vibriert mein Handy. Es ist Alex.

»Hey, amüsierst du dich?«, fragt er, als ich den Anruf annehme.

»Ja ... irgendwie schon. Ich ... Alex«, beginne ich und entferne mich ein wenig von Jas, die jetzt versucht, nüchtern auszusehen, während sie mit dem Barmann spricht. Ich kann Alex vor lauter Lärm kaum hören, und »I Wish It Could be

Christmas Every Day« hat gerade angefangen zu spielen – sehr laut. Ich halte mir das freie Ohr zu, aber es hilft nicht.

»Klingt, als hättest du eine gute Zeit«, sagt er.

»Ja, ich brauchte eine Aufmunterung«, sage ich und erzähle ihm von Chloe.

»Oh, Liebling, du hast so hart gearbeitet, um sie zu beschützen.«

»Das ist leider ein Risiko in diesem Job – mal gewinnt man, mal verliert man.« Ich seufze und versuche, lässig zu klingen, aber Chloes Situation geht mir heute Abend nicht mehr aus dem Kopf.

»Es tut mir so leid. Mach dir keine Vorwürfe, du hättest nicht mehr tun können.«

»Danke, dass du das sagst.« Es herrscht Schweigen, und ich sehe mich gezwungen, zu reden. »Alex ... da ist noch etwas, das mich beunruhigt.«

»Okay, was ist es?«

»Ist Helen heute bei dir zu Hause vorbeigekommen?«

»Nein.«

»Ich habe dich gestern am Telefon gehört. Du hast *jemandem* gesagt, er oder sie solle vorbeikommen, nachdem ich zur Arbeit gegangen bin.«

»Oh?«

»Du sagtest, er oder sie solle um acht Uhr morgens kommen.« Ich bin leicht benebelt, aber ich bin das in den letzten vierundzwanzig Stunden so oft durchgegangen, dass sich bestimmte Wörter und Sätze in mein Gehirn eingeprägt haben.

»Ich bin mir nicht sicher, wovon du sprichst«, sagt er.

Ich tippe Jas auf die Schulter, um ihr zu sagen, dass ich zum Eingang gehe, um der Musik und dem Geplapper zu entkommen. Sie nickt und flirtet weiter mit dem Barmann. Am Ende muss ich wegen des Lärms nach draußen gehen und stehe jetzt in der Kälte und im Regen und friere, aber wenigstens kann ich Alex hören.

»*Gestern* habe ich dich gehört«, wiederhole ich besorgt. »Du hast jemandem erzählt, wann ich zur Arbeit gehe, und ihn oder sie eingeladen ... Du hast gesagt« – jetzt kommen mir die Tränen – »du hast gesagt, die Luft wäre rein.«

»Oh ... oh das.« Ich höre ihn leise lachen. Dann ist es still am anderen Ende des Telefons. Alles, was ich höre, ist peitschender Regen und das leise Echo von »I Wish It Could be Christmas Every Day«, das von drinnen herausschallt. Ich versuche, im Türrahmen Schutz zu suchen, als plötzlich jemand die Tür aufreißt und mich fast umwirft. Ich drehe mich um und sehe einen jungen Mann in den Zwanzigern, der heraustaumelt, gefolgt von einem nüchternen Freund.

»Hallo, meine Schöne«, sagt der Betrunkene und fällt fast in mich hinein.

Der Nüchterne rollt mit den Augen und zieht ihn weg. »Tut mir leid, Liebes.«

»Kein Problem.« Ich lächle.

»Wer ist das?« Alex' Stimme am Telefon ist angespannt.

»Niemand, es ist niemand.«

»Du bist schön«, sagt der Betrunkene, und sein Freund lächelt mich an.

»Ignoriere ihn, er ist immer so nach einem Glas Sekt.«

»Ich trinke Pints«, sagt er mit gespielter Angeberei und schlägt sich die Fäuste auf die Brust.

Ich kann mir ein Lächeln nicht verkneifen, ich habe jeden Tag mit Teenagern zu tun, und diese Jungs sind nicht viel älter.

»Sollen wir dich nach Hause begleiten? Sollen wir sie nach Hause begleiten?«, sagt er zu seinem Freund.

»Nicht nötig, danke.« Ich lächle. »Gute Nacht.«

»Ja, ihr geht es gut, Josh, du musst selbst nach Hause kommen.« Sein Freund lacht. »Nacht, meine Liebe.«

»Weihnachtskuss?«, sagt derjenige, der Josh heißt, als sie an mir vorbeilaufen, um sich auf den Heimweg zu machen, aber sein Freund zerrt ihn lachend weg. Ich wende mich von ihnen ab und suche Schutz in der Tür. Plötzlich gibt es hektische Bewegungen, und es sieht aus, als würden die Jungs miteinander kämpfen. Es geht alles so schnell, und bevor ich sehen kann, was passiert, sackt der Betrunkene mit dem Geräusch eines verwundeten Tieres zu Boden.

»Was zum Teufel?«, sagt der nüchterne Typ.

Ich schreie, und jemand packt mich und hält mich zu fest. »Lass mich los!« Ich schreie erneut und trete um mich, mein Gesicht befindet sich jetzt auf seiner Brust, und dann erkenne ich den warmen, rauchigen Duft seines Pullovers. Es ist Alex.

»Liebling, es ist okay – es ist okay. Ich bin's!« Er schreit mir ins Gesicht, seine Hände halten meine Oberarme zu fest umklammert.

»Was ... was ist passiert?« Ich bin verwirrt und schockiert.

»Kumpel, was hast du *getan*?« Der nüchterne Kerl hockt auf dem Boden und versucht, den anderen, der bewusstlos ist, aufzuwecken.

»Er wollte dich angreifen, sie waren zu zweit«, sagt Alex.

Und dann wird mir klar, dass Alex derjenige war, der ihn verprügelt hat.

Ich schaue nach unten. Die Lichter der Kneipe scheinen in den Regen und erhellen die Szene. Der junge Mann liegt auf dem Boden, und in den Regen, der auf den Boden und in den Rinnstein plätschert, mischt sich etwas Rotes, das sich seinen Weg bahnt. Blut.

33

»Ist er ... geht es ihm gut?« Ich zittere, wahrscheinlich vor Schreck.

»Es geht ihm gut, ich habe ihn nur geschubst«, sagt Alex.

»Du hast ihn *geschlagen*, auf den Kopf!«, schreit der andere Mann.

»Alex, was zum Teufel!«, schreie ich nun hysterisch.

»Aber ... er hat dich angegriffen ...«

Ich schubse Alex mit beiden Händen aus dem Weg und bücke mich, um zu sehen, ob ich etwas tun kann. Aus der Nähe sieht es nicht gut aus, und sein Freund ist in Tränen aufgelöst und schreit: »Ruft einen Krankenwagen, jemand muss einen Krankenwagen rufen!«

»Er sieht ... er sieht ...« Ich will gerade »tot« sagen, aber ich bekomme das Wort nicht heraus.

»Lass uns von hier verschwinden«, drängt Alex und zieht an meiner Hand.

»Nein, wir können ihn nicht allein lassen, wir müssen Hilfe holen.«

»Nein, Hannah! Es geht ihm gut, er atmet, er ist nur ohnmächtig, das ist alles.«

»NEIN, Alex!«

Zu meiner großen Erleichterung rührt sich der junge Mann – Josh – jetzt und stöhnt.

»Schau, er kommt zu sich.« Alex versucht, mich wegzuziehen.

Ein Paar kommt aus der Weinbar und fragt, was los sei.

»Scheiße«, höre ich Alex neben mir murmeln, als der Freund ihnen erzählt, dass sein Kumpel niedergeschlagen wurde. Die Frau holt ihr Telefon heraus, um Hilfe zu rufen.

»Das war der da«, schreit der Typ und zeigt auf Alex, der den Kopf gesenkt hat und versucht, mich mit Gewalt wegzuziehen.

»Alex, NEIN!«, schreie ich erneut.

Weitere Leute treffen ein und setzen Josh auf, stützen ihn mit ihren Mänteln. Er stöhnt immer noch, jetzt hält er sich den Kopf – und ich kann nur denken: *Gott sei Dank ist er nicht tot.*

»Ich darf nicht hierbleiben, ICH DARF NICHT!«, sagt Alex, als er mich vom Bürgersteig auf die Straße zieht. Ich bin jetzt in Tränen aufgelöst. Ich habe keine Ahnung, wohin wir gehen oder warum er hier ist. Plötzlich sehe ich seinen Wagen auf der anderen Straßenseite, und er zieht mich dorthin. Die Autos hupen, während er uns blindlings in den Gegenverkehr zieht. Er öffnet die Beifahrertür und stößt mich fast hinein, dann rennt er zur Fahrerseite. Innerhalb von Sekunden lässt er den Wagen an und wir fahren mit überhöhter Geschwindigkeit die Straße hinunter.

»Alex, wir können nicht einfach wegfahren.« Ich bin immer noch leicht betrunken und kann nicht begreifen, was gerade passiert ist.

»Wir *müssen* es tun.«

»Alex, was zum Teufel ist hier los? Warum hast du das getan? Warum warst du überhaupt dort?«

»Hannah, hör auf! Ich muss *nachdenken*«, sagt er in

gereiztem Ton. Ich habe ihn noch nie so gesehen, er ist verängstigt, starr vor Schreck. Wütend.

Ich schaue zurück auf die Straße und sehe, dass sich eine Menschenmenge um den armen Kerl versammelt hat, der auf dem Bürgersteig liegt.

»Alex, was ist los mit dir? Du hättest ihn umbringen können!«, sage ich unter Tränen.

Er antwortet mir nicht. Ich schaue ihn im flackernden Licht des Verkehrs und der Straßenlaternen an und sehe, wie sich sein Kiefer anspannt. Wir fahren weiter, bis die Kneipe aus seinem Rückspiegel verschwunden ist und endlich kein Geschrei, kein Gekreische und kein »MERRY CHRIST-MAAAAAS« mehr in meinem Kopf dröhnt.

Als wir vor Alex' Haus halten, zittere ich. Alex stellt den Motor ab, und wir sitzen lange in der dunklen Stille des Autos.

Irgendwann sage ich etwas. »Warum, Alex? WARUM?«

Er starrt eine Weile vor sich hin und wendet sich schließlich mir zu. »Ich habe es dir gesagt. Ich dachte, er würde dir wehtun.«

»Das hat er nicht, sie waren dabei nach Hause zu gehen. Sie haben gelacht, ich auch. Das *musst* du doch gesehen haben.«

Er legt seinen Kopf in die Hände. »Ich weiß nicht, was ich gesehen habe. Ich saß da, wartete in der Kälte auf dich und fragte mich, ob du jemals diese Bar verlassen würdest ...«

»Was zum Teufel hast du dort gemacht? Wir hatten nicht abgemacht, dass du mich abholst. Ich habe dir gesagt, dass du mich nicht abholen musst, dass ich zurechtkomme. Ich dachte, wir hätten das besprochen?«

»Ich weiß, ich weiß. Aber ich habe auf meinem Handy nachgesehen und Helen war in der Nähe – und ich habe mir Sorgen gemacht. Dann hatte ich Angst, dass Jas etwas in dein Getränk schütten könnte, wie zuvor, zum Spaß, und ich ... Es tut mir so leid, ich bin einfach in Panik geraten und ins Auto gesprungen.«

»Du bist mir gefolgt«, sage ich und starre geradeaus, unfähig, ihn auch nur anzuschauen. Ich erinnere mich daran, was Jas gesagt hat, dass er Helen als Vorwand benutzt, um überall unangemeldet aufzutauchen – ich glaube, sie könnte recht haben. Ich spüre, wie die Wut in mir brodelt.

»Ich habe total überreagiert«, sagt er, »aber ich mache mir Sorgen, dass Helen etwas tun könnte, und dass Jas nicht aufhören kann, dich anzurufen und von dir *besessen* zu sein – und dann diese Typen.«

Das erinnert mich daran, dass ich Jas in der Bar vergessen habe. Ich bin so eine beschissene Freundin! Ich schreibe ihr sofort eine SMS, um sie zu fragen, ob es ihr gut geht und ihr zu sagen, dass ich nach Hause gegangen bin, dass ich schreckliche Kopfschmerzen habe und in ein wartendes Taxi gesprungen bin, sie aber morgen sehen würde.

»Wem schreibst du eine SMS?«

»Jas«, sage ich. »Es scheint, als hättest du mich wieder einmal von einem Abend weggezaubert – nur dieses Mal bist du zu weit gegangen, Alex«, zische ich.

»Ich habe dich *beschützt,* Hannah.«

»Ich will *diese* Art von Schutz nicht, Alex. Ich wusste nicht einmal, dass du da bist. Ich meine, was zum Teufel? Und lass Jas aus dem Spiel. Du machst dich lächerlich und bist paranoid wegen der verdammten Drinks und den verrückten Ex-Frauen – ich frage mich langsam, ob nicht *du* der verdammte Verrückte bist, der mir überallhin folgt und mich kontrolliert, nicht Helen!«

Mein Handy summt, es ist Jas, die sagt, dass sie mit dem Barmann plaudert, dass er süß ist und es ihr gut geht und sie mich morgen sehen wird. »Gott sei Dank ist Jas nicht sauer auf mich, sie hätte allen Grund dazu«, schnauze ich und schreibe ihr zurück, dass sie mir Bescheid sagen soll, wenn sie zu Hause ist, damit ich mir keine Sorgen machen muss.

»Hannah, es tut mir so leid.« Er versucht, meine Hand zu ergreifen.

»Fass mich nicht an!«, schreie ich.

»Ich bin ein Idiot, ich habe alles kaputt gemacht.«

»Ja, das hast du, und du bist vor dem, was du dort getan hast, weggelaufen wie ein Feigling, ohne an den Kerl zu denken, nur an dich selbst.«

»Das bin ich. Aber wir beide dürfen dort nicht gefunden werden, wenn die Polizei kommt. Ich bin Anwalt, du bist Sozialarbeiterin – stell dir das mal vor.«

»Das ist wohl kaum der Punkt. Außerdem habe *ich* nichts getan.«

»Nein, aber du würdest als Zeugin oder ... als Komplizin gelten.«

»Wir wissen beide, dass das nicht der Fall ist. Aber was ist, wenn ... was ist, wenn er schwer verletzt ist? Hat das irgendeine Bedeutung für dich?« Es fällt mir schwer, diesen kalten, egoistischen Kerl mit dem in Einklang zu bringen, den ich zu lieben glaubte.

»*Natürlich* hat das eine Bedeutung für mich. Scheiße, ich weiß nicht, ob ich weiterleben könnte, wenn ...«

Ich habe die feste Absicht, morgen selbst die Polizei anzurufen, aber ich sage ihm das nicht, weil er bereits aufgebracht ist.

»Ich bin einfach so ... Ich bin so von dir eingenommen, dass ich gar nichts dagegen machen kann«, sagt er. »Ich kann es nicht ertragen, nicht zu wissen, wo du bist, ob es dir gut geht. Ich will mich nur um dich kümmern.«

»Aber das ist nicht gesund, Alex. Du musst nicht rund um die Uhr mit mir zusammen sein. Warum musst du dich so benehmen? Es verdirbt mir dich, es verdirbt *alles*.«

»Sag das nicht, bitte ... Ich habe einfach tiefe Gefühle, das war schon immer so. Deshalb war es auch so schwierig mit Helen. Wenn ich mich einmal in jemanden verliebt habe, ist es für immer.«

»Ich verstehe das, du bist engagiert und das liebe ich an einem Partner. Aber du bist zu viel.«

»Ich weiß, ich weiß, ich bin es. Du bist nicht die Erste, die das zu mir sagt, aber bitte ...«

»Ich kann das nicht, Alex.« Ich höre meine Stimme, und kann es kaum glauben. »Ich liebe dich wirklich, aber was heute Abend passiert ist ...«

»Nein, nein, bitte.« Er beginnt zu weinen und ich fühle mich so hilflos.

»Alex, ich glaube, wir brauchen einfach etwas Zeit. Ich brauche Freiraum.«

Er streckt beide Arme nach mir aus und hält mich fest, während er weint. Ich bin nicht in der Lage und nicht willens, ihn zu trösten. Ich bin einfach wie betäubt.

»Ich weiß, ich erwarte viel von einer Partnerin. Ich glaube, ich brauche Hilfe, Hannah. Ich habe ihn dabei beobachtet, wie er sie geschlagen hat, wie er ihren Kopf gegen die Wand geschlagen hat. Ich höre den Aufprall noch immer, ich könnte kotzen.«

»Was? Von wem sprichst du? Das verstehe ich nicht. Alex?«

»Ich kann mir nicht verzeihen, dass sie all die Jahre gelitten hat, und ich habe nichts getan.«

»Deine Mutter?«

Er nickt. »Ich habe es nie jemandem erzählt ... Meine Schwester und ich haben uns immer im Schrank versteckt, als er anfing. Meine Mutter hat uns immer gesagt, dass wir dorthin gehen sollen. Ich war noch sehr jung und verstand es zuerst nicht. Aber schon als kleines Kind konnte ich ihre Schreie hören, und später spülte meine Schwester ihre Wunden aus. Vater tat so, als wäre nichts passiert. *Er* war ein Feigling, und das bin ich auch.«

Ich wusste das alles nicht, ich wusste nicht einmal, dass er eine Schwester hat.

»Gott, ich bereue, was heute Abend passiert ist, du hast ja

keine Ahnung. Aber als ich ihn auf dich zugehen sah, sah ich meine Mutter und all die Male, die ich sie nicht gerettet habe.«

»Ich hatte keine Ahnung. Du sagtest, deine Mutter starb, als du neun warst.«

Er nickt. »Mum starb an Krebs.« Er hält inne. »Aber er lebt noch. Ich spreche nicht mit ihm, ich habe ihm nie verziehen, was er getan hat. Meine Schwester ist ein besserer Mensch als ich, sie hat es geschafft, darüber hinwegzukommen, aber ich bin immer noch so wütend. Heute besucht sie ihn – und ich sehe auch sie nicht mehr. Es ist zwar schon ein ganzes Leben her, aber wenn ich ihn sehen würde, würde ich ihn umbringen.«

Ich schaue ihn an, und sein Gesichtsausdruck jagt mir einen Schauer über den Rücken.

»Alex, sag so etwas nicht.«

»Ich möchte nur, dass du verstehst, warum heute Abend ... warum das passiert ist. Ich fühle mich schrecklich, ich weiß nicht, was ich tun soll, Hannah.«

»Wir sollten die Polizei verständigen und ihnen sagen, was passiert ist. Du brauchst Hilfe, Alex.«

Er nickt und wendet sich mir zu. »Hilfst du mir, Hannah?«

Er hätte irgendetwas anderes sagen können und ich wäre einfach gegangen, aber um meine Hilfe zu bitten, ist etwas, das mich zutiefst berührt. Ich wollte schon immer den Job machen, den ich mache, weil ich Menschen helfen will. Ich kann niemals jemanden abweisen, der leidet – und im Moment leidet Alex. Was er heute Abend getan hat, war entsetzlich, er hat ohne nachzudenken um sich geschlagen, er war außer Kontrolle, aber er wurde von der Wut und dem Schmerz seiner Kindheit angetrieben. Er muss sich so hilflos gefühlt haben, als er mit ansehen musste, wie sein Vater seine Mutter angriff, und das und die Schuldgefühle schleppt er jetzt mit sich herum. Das erklärt, warum er so ist, wie er ist. Und abgesehen von den Anteilen, die heute Abend reagiert und dafür gesorgt haben, dass jemand ernsthaft verletzt wurde, liebe ich ihn so, wie er ist.

Und ich weiß nicht, ob ich jemals in der Lage sein werde, ihn zu verlassen.

»Bleibst du heute Nacht hier?«, fragt er, seine Stimme noch immer heiser von den Tränen. »Ich kann nicht allein sein.«

Ich nicke. »Ja, aber wir müssen reden. Ich fühle mich plötzlich wie damals, als ich das mit Helen erfuhr. Ich sehe dich jetzt mit anderen Augen. Du musst mir alles sagen, bevor wir überhaupt darüber nachdenken können, nach vorne zu schauen oder zusammenzubleiben.«

»Aber das habe ich, du weißt jetzt alles über mich.«

»Ich wusste nichts über deine Kindheit oder warum du so überfürsorglich mit den Menschen umgehst, die du liebst. Es fällt uns allen schwer, loszulassen, aber du hast ein Jahr lang an der Idee festgehalten, dass Helen zurückkommt, und selbst jetzt frage ich mich, ob du das noch tust.«

»Ich habe dir doch gesagt, dass ich sie nie wieder zurückhaben will, jetzt, wo ich dich habe.«

Ich seufze. »Hör auf zu lügen. Ich habe dir gesagt, dass wir nicht gemeinsam nach vorne schauen können, wenn du mich weiterhin anlügst. Das Telefonat, das ich mitgehört habe. Du hast ein Treffen mit ihr arrangiert, nicht wahr?«

Er beginnt zu lachen. Zuerst ist es ein leises Lachen, dann wird es lauter und unkontrollierter. Er schlägt mit dem Kopf auf das Lenkrad, und ich merke, dass Alex nicht mehr lacht. Er weint.

Ich sitze da und warte, dass es aufhört. Es ist eine Panikattacke, eine leichte Hysterie. Ich habe das schon bei einigen der Kinder gesehen, mit denen ich gearbeitet habe, man muss sie in den Arm nehmen oder sie einfach damit fertig werden lassen.

Schließlich hört er auf zu weinen, und ich berühre seinen Arm.

»Alles okay?«

Er schüttelt den Kopf und lacht, während ihm immer noch die Tränen über das Gesicht laufen. »Wahrscheinlich werde ich nie wieder gesund werden, aber wenn du mich verlässt, Hannah, weiß ich nicht, was ich tun soll.«

»Ich werde dich nicht verlassen. Nicht heute Abend. Lass uns noch ein bisschen reden. Lassen uns besprechen, was wir tun können, damit du dich besser fühlst. Der erste Punkt ist Vertrauen – du musst mir vertrauen, aber ich muss dir auch vertrauen können – und wir müssen vollkommen ehrlich zueinander sein.«

»Dachtest du wirklich, ich würde Helen treffen?«

»Ja, das denke ich noch immer. Dass du sie zu dir nach Hause eingeladen hast. Ich weiß nicht, warum. Aber ich wünschte, du hättest es mir gesagt.«

»Ich war nicht mit Helen verabredet, sondern habe etwas für dich organisiert. Komm«, sagt er und steigt aus dem Auto, »ich zeige es dir.«

34

Ich steige aus dem Auto und folge ihm den Weg hinauf. Die Haustür ist mit einem schönen Weihnachtskranz geschmückt. Es stimmt mich traurig, wenn ich daran denke, wie wir den Baum aufgestellt und Weihnachten geplant haben. Jetzt fühle ich mich wie in einem Paralleluniversum. Wir sind gerade aus einer Bar geflohen, in der Alex jemanden niedergeschlagen und zum Sterben zurückgelassen hat.

Mein Telefon klingelt; es ist Jas. Ich habe drei verpasste Anrufe von ihr. Ich schreibe ihr zurück und frage, ob sie schon zu Hause ist. Es kommt mir in den Sinn, dass sie noch in der Bar sein könnte, und ich frage mich, ob sie von dem Streit weiß und etwas ahnt. Mir geht so viel durch den Kopf, dass ich mich nicht um Alex' »Überraschung« kümmern kann, was immer das auch sein mag, aber er ist wild entschlossen, sie mir zu zeigen, und drängt mich ganz aufgeregt durch die Tür. Es ist so, als wäre nichts passiert, als hätte er nicht gerade einen Mann niedergeschlagen, als wäre alles, was zählt, das, was hier in seinem Haus zwischen uns beiden passiert. Das ist seine einzige Realität.

»Komm mit nach oben.« Er winkt mir von der untersten

Stufe aus zu. Er hat sich mir gerade im Auto geöffnet, sich offenbart, und ich bin mir nicht sicher, ob er die Kraft hat, eine Zurückweisung von mir zu verkraften. Also folge ich ihm widerwillig die Treppe hinauf, und er steht auf dem Treppenabsatz und wartet. »Jetzt werde ich dir die Augen zuhalten«, sagt er, und ich fühle mich ein wenig verwundbar. So habe ich mich bei Alex noch nie gefühlt, ich habe ihm immer bedingungslos vertraut, aber jetzt? Ich bin mir nicht hundertprozentig sicher, aber was kann ich tun?

»Du wirst mich doch nicht in ein Zimmer werfen und mich dort gefesselt zurücklassen, oder?«, sage ich mit einem freudlosen Kichern. Ich bin mir nicht einmal sicher, ob ich scherze.

»Pst, hier entlang«, sagt er und führt mich weiter. Während wir uns bewegen, öffne ich instinktiv meine Augen, aber ich kann durch seine Hand nichts sehen.

»Nicht gucken«, sagt er, als ich höre, wie er eine Tür aufmacht. Ich bin so nervös, dass mein Mund trocken ist und es mir schwerfällt, zu schlucken. In der Stille höre ich, wie er die Tür hinter uns schließt.

Ich spüre, wie er mich mit festem Griff an eine Stelle manövriert, die er offensichtlich dafür vorgesehen hat, und ich warte nervös, weil ich nicht weiß, ob ich überhaupt sehen will, was die »Überraschung« ist.

»Du hast doch gesagt, dass du hier nicht arbeiten kannst, weil du einen Schreibtisch brauchst und Privatsphäre und ein Telefon und ...« Damit nimmt er seine Hände weg. Ich stehe in dem Raum, der früher das Gästezimmer war und jetzt ein luxuriöses Büro ist, mit zwei zueinanderpassenden Schreibtischen und Blick auf den Garten. Zwei verstellbare Schreibtischlampen werfen ein warmes, gelbliches Licht auf je einen Apple-Mac-Computer für »sie und ihn«. An den Wänden hängen gerahmte Schwarz-Weiß-Fotos von uns beiden, und an der Wand gegenüber den Schreibtischen steht ein kleines Sofa mit einem Couchtisch, einer Kaffeemaschine und einem Mini-Kühlschrank.

»Oh!«, sage ich, weil ich nicht weiß, wie ich mich fühlen soll. Ich bin froh, dass es etwas so Normales ist, denn ich habe mir alle möglichen seltsamen Dinge vorgestellt – ein frisch gestrichenes Verlies, eine Gummizelle. Nein, das passt zu Alex – und ich weiß, dass es von Freundlichkeit herrührt, ich habe nichts zu befürchten – aber ich bin ein wenig überfordert.

»Der Telefonanruf, den du gehört hast, ›die Luft ist rein‹, war mein Gespräch mit den Dekorateuren«, sagt er mit einem strahlenden Lächeln. »Ich musste auch dafür sorgen, dass die Computer und Schreibtische ankommen«, fügt er stolz hinzu. »Jetzt können du und ich gemeinsam von zu Hause aus arbeiten – Seite an Seite.«

»Oh, das ist ... großartig«, sage ich unsicher. Er ist so begeistert von dem, was er getan hat, und er will so sehr, dass ich glücklich bin, dass ich ihn nicht enttäuschen kann, und ich will nicht undankbar erscheinen. Aber er hat das Thema verfehlt. Das Hauptproblem, das ich hatte, war, dass ich allein arbeiten möchte und Privatsphäre brauche.

»Oh, und wenn du daran denkst, dass du diese vertraulichen Anrufe tätigen musst, keine Sorge, du kannst mich rausschicken.« Er lächelt. Es ist, als ob er meine Gedanken lesen könnte.

»Okay«, sage ich langsam.

Er geht zum Couchtisch hinüber und scheint meine Reaktion nicht wahrzunehmen. Entweder merkt er nicht, dass ich nicht begeistert bin – oder er will es nicht merken.

»Wir könnten in diesem Raum leben und es würde uns an nichts fehlen«, sagt er mit weit ausgebreiteten Armen, die seine kleine Welt umfassen, das Universum, das er hier für uns beide geschaffen hat. »Stell dir vor, Hannah, ich könnte von zu Hause aus arbeiten, und du könntest eine Lehrveranstaltung besuchen. Ich erinnere mich, dass du bei unserem ersten Date gesagt hast, du würdest gern eines Tages einen Master in Sozialarbeit machen?«

Ich wechsle von einem Bein auf das andere. »Ja, ja, das *würde* ich gern. Ich habe mit Jas darüber gesprochen – aber ich würde es tun, während ich arbeite, die Gemeinde würde vielleicht sogar dafür bezahlen.«

»Liebling, wenn wir verheiratet sind und ich Partner in meiner Firma werde, *brauchst* du nicht mehr zu arbeiten. Und ich bezahle alle Weiterbildungen, die du machen willst, damit wir nicht auf die Gemeinde angewiesen sind.«

»Aber es hätte keinen Sinn, einen Master in Sozialarbeit zu *machen*, wenn ich nicht länger Sozialarbeiterin wäre – und ich liebe meinen Job, ich möchte ihn *nicht* aufgeben.« Ich fühle mich beim Gedanken daran leicht panisch.

»Okay, wie auch immer«, sagt er abweisend. »Solang du weißt, dass dies dein Zufluchtsort ist. Ich habe ihn für dich geschaffen. Ich möchte, dass du glücklich bist und alles hast, was du brauchst.« Er ist begeistert, sogar überglücklich, so habe ich ihn noch nie gesehen. »Sieh nur, ich habe sogar die Wände in dem Rosa gestrichen, das du so liebst.« Er streicht mit den Händen an der Wand entlang.

»Es ist wunderschön«, murmle ich und kann nicht mit ihm mithalten. Es ist alles zu viel.

»Und?«

Ich sehe ihn etwas verwirrt an.

»Also, Hannah, willst du bei mir einziehen?«

Ich antworte ihm nicht, sondern schaue mich nur im Raum um.

»Wenn du alles neu einrichten willst, eine neue Küche, irgendetwas Neues, dann ist das für mich in Ordnung. Es wird auch dein Haus sein, Hannah. Hannah?«

Ich höre ihm beim Reden zu. Er ist wie ein Verkäufer, und er verkauft mir den Traum, nach dem ich mich immer gesehnt habe: ein eigenes Heim, mit jemandem, der mich liebt. Bei unserem ersten Treffen, als wir über Kinder und Hunde und weiße Lattenzäune sprachen, hätte ich mir das nicht einmal zu erhoffen gewagt. Und jetzt ist er hier und serviert es mir auf einem Tablett. Ich habe mir vorgestellt, hier zu leben, mit ihm in seinem schönen Haus. Ich habe an meine Kleider in den Schränken gedacht, an meine Bücher in den Regalen, an meine Fotos an den Wänden. Ich habe mir vorgestellt, wie ich im Sommer die Rosen im Garten blühen sehe, wie ich mit Freunden in der Küche Wein trinke, wie Alex und ich uns an langen, dunklen Winterabenden in den Armen liegen und es uns gut gehen lassen. Ich bin immer noch das Pflegekind, das nach einem Zuhause für immer sucht, und ich dachte wirklich, ich hätte es gefunden – aber jetzt … bin ich mir da nicht mehr so sicher.

Alex geht zu den Schreibtischen hinüber, die nebeneinanderstehen. Zwei perfekte Schreibtische. Aber alles, woran ich denken kann, sind *zwei perfekte Särge*.

»Und das ist noch nicht alles«, sagt er. »Ich habe noch ein paar andere Überraschungen für dich. Ich wollte sie dir eigentlich zu Weihnachten schenken, aber ich war zu aufgeregt, um zu warten.« Er nimmt meine Hand und führt mich zu dem kleinen Sofa neben dem Couchtisch. Auf dem Tisch liegt die Broschüre eines scheinbar sehr gehobenen Urlaubsunternehmens.

»Also, der gelbe Labrador ist bestellt, aber bevor wir ihn nach Weihnachten abholen – oh, er heißt übrigens Kevin. Ich musste ihm einen Namen geben, damit sie ihm seine Impfungen und alles andere geben können. Anscheinend brauchen Tierärzte einen Namen. Ich fand Kevin ziemlich lustig.«

Ich nicke langsam. Ich hatte mir eine Hündin gewünscht, ich wollte sie Rosie nennen.

»Ich dachte, du würdest begeisterter sein, Liebling. Weißt du noch, wie wir bei unserem ersten Date über einen Labrador gesprochen haben?«

»Ja, aber ich hätte mir gern einen ausgesucht – wenn die Zeit reif ist.«

Alex legt leicht überrascht den Kopf zurück. »Oh ... okay. Nun, ich denke, wir können Kevin abbestellen und wenn du denkst, dass die Zeit reif ist, können wir einen neuen bestellen.«

»Nein – ich wollte nicht ...«

»Also *behalten* wir Kevin.« Er strahlt, wieder ganz erwartungsvoll.

»Alex, ich weiß nicht, hör einfach auf, das ist eine ganze Menge, die ich verarbeiten muss.«

»Aber wir haben über all das gesprochen – bei unserem ersten Date hast du mir von deinen Träumen erzählt, und ich werde sie wahr machen. Wie ich es versprochen habe.«

»Ich weiß es nicht mehr. Um ehrlich zu sein, fühle ich mich etwas überfordert.«

»Oh, es tut mir leid, ich habe es wieder getan, nicht wahr? Ich kann nie etwas richtig machen.« Er ist niedergeschlagen, und ich fühle mich schrecklich. Ich schaue in seine Hundeaugen und erinnere mich gleichzeitig an den Hieb, das harte Aufschlagen, an das Blut, das auf den Bürgersteig läuft und sich mit dem Regen vermischt.

»Ich glaube, ich brauche einfach Zeit, um darüber nachzudenken, was ich wirklich will«, sage ich leise.

»Oh.« Die Traurigkeit in seinem Gesicht ist schwer zu ertragen. Er hat sich offensichtlich so sehr auf das Homeoffice und den Hund gefreut, und so sehr ich mir auch Zeit zum Nachdenken wünsche, möchte ich ihm nicht alles verderben. Vielleicht hat er den Kerl heute Abend nicht geschlagen. Er sagte, er habe ihn nur geschubst. Vielleicht war es einfach nur Pech, dass er gestürzt ist und sich den Kopf aufgeschlagen hat. Und als wir ihn verließen, kam er wieder zu sich.

»Kann ich etwas Zeit haben, um über den Einzug nachzudenken?«, frage ich. Ich will ihn nicht verletzen, also sage ich: »Es hat mehr mit der Logistik zu tun und ...«

»Ja, natürlich, aber ich verstehe nicht, warum die Logistik eine Rolle spielt. Das hier ist näher an deinem Arbeitsplatz als deine Wohnung, die, seien wir ehrlich, heruntergekommen ist.«

Ich nicke, ich habe keine Energie, um jetzt darüber zu reden. »Es ist eine große Entscheidung«, sage ich. »Es ist schon sehr spät, ich muss morgen Früh arbeiten und ich bin so erschöpft. Ich will nur noch schlafen.«

»Und Kevin?« Sein Gesicht leuchtet wie das eines Kindes. »Ich hatte als Kind nie einen Hund, ich habe mich so darauf gefreut, ihn abzuholen.«

»Okay, lass uns Kevin nehmen«, sage ich, denn ich kann den Gedanken nicht ertragen, dass ein einsamer Welpe nicht abgeholt wird. Ich weiß, dass er das für mich tut, aber Alex will es auch, und es ist ein kleiner Trost zu wissen, dass, wenn ich mich entscheide, nicht einzuziehen, er mit einem neuen Welpen um sich wenigstens einen Gefährten haben wird.

»Ich weiß, dass du müde bist, Liebling, aber ...« Er wedelt jetzt mit der Broschüre und ich kann mir nicht helfen, aber ich werde leicht panisch bei dem Gedanken daran, was für eine weitere »Überraschung« er in petto hat. »Bei unserem ersten Date haben wir neben dem Hund und den drei Kindern auch über einen Urlaub am Meer in Devon gesprochen.«

Ich sitze da und warte darauf. Ich weiß, was die Überraschung ist, aber ich bin nicht so glücklich darüber, wie ich sein sollte.

»Und dieses Wochenende fahren wir beide hierhin«, verkündet er.

»Ich kann nicht einfach nach Devon abhauen, Alex. Ich habe Dinge zu erledigen.«

Er ignoriert mich und schlägt die Broschüre auf, in der ein Bild des schönsten kleinen Häuschens abgebildet ist. Von außen ist es ein traditionelles pastellfarbenes Fischerhäuschen, aber weitere Bilder zeigen, dass das Innere modern ist, mit allem ausgestattet, was man für ein romantisches Winterwochenende braucht. Es ist perfekt, aber jetzt gerade fühlt es sich nicht *richtig* an.

»Mach dir keine Sorgen um Essen und Trinken, ich habe eine Bestellung bei diesem tollen Feinkostladen in der Nähe der Hütte aufgegeben. Ich habe sie heute angerufen und sie liefern, sobald wir am Freitag ankommen.«

Ich bekomme fast keine Luft mehr. »Alex, es tut mir leid, ich kann mir Freitag nicht einfach freinehmen, es ist unser letzter Tag vor der Weihnachtspause. Es ist eine anstrengende Zeit.«

»Keine Sorge«, sagt er, »ich denke an alles. Ich habe Jas heute angerufen und ihr gesagt, dass du dir Freitag freinehmen musst.«

»Ich ... Schau, Alex, es tut mir leid. Ich mag einfach keine Überraschungen. Ich muss wissen, was ich tue. Überraschungen und plötzliche Veränderungen machen mir Angst – das kommt daher, dass ich ein Pflegekind war. Wenn jemand in mein Leben tritt und mir sagt, dass ich umziehen oder irgendwohin gehen soll, habe ich das Gefühl, dass ich die Kontrolle verliere. Ich weiß, dass es für dich schwer zu verstehen ist, aber so bin ich nun einmal. Ich bin dankbar und weiß deine Fürsorge zu schätzen, aber ich fühle mich sehr unwohl mit dem, was gerade passiert.«

»Oh.« Er legt die Broschüre ernüchtert auf den Tisch. »Entschuldigung. Ich bin so verdammt rücksichtslos, was bin ich für ein Idiot.«

»Nein, bist du nicht. Du kannst nicht wissen, wie es mir mit all dem geht.«

»Ich bin dein Partner, ich *sollte* es wissen. Ich sollte *alles* über dich wissen. Ich werde unsere Devon-Reise gleich morgen Früh absagen, es tut mir so leid.«

Ich seufze tief. »Du brauchst dich nicht zu entschuldigen, du warst freundlich und aufmerksam. So bin ich nun mal. Hast du eine Anzahlung geleistet?«, frage ich.

»Ja, aber das spielt keine Rolle.«

Jetzt fühle ich mich noch schlechter. »Lass uns drüber schlafen und morgen Früh reden, ja? Ich brauche Zeit, um alles zu verarbeiten, was heute Abend passiert ist. Im Moment fühle ich mich überfordert und bin nicht in der Lage, eine Entscheidung zu treffen.«

»Ja, okay. Ich bin ein bisschen dämlich, nicht wahr?«, sagt er mit gerunzelter Stirn, und die vorherige Freude und Hoffnung sind nun verflogen.

»Nein, das bist du nicht, du bist überhaupt nicht dämlich«, sage ich, aber tief in mir drin fange ich an zu glauben, dass ich nicht weiß, wer Alex überhaupt ist.

Später im Bett umarmen wir uns und Alex erzählt von all den Dingen, die wir in Devon tun könnten.

»Fish and Chips, romantische Spaziergänge an stürmischen Stränden, das Cottage, warm und einladend. Oh, Hannah, dieser ganze Ärger mit Helen und dass ich diese blöde Sache heute Abend gemacht habe, ich habe das Gefühl, dass wir uns auseinandergelebt haben. Ein langes Wochenende, nur wir beide – das ist genau das, was wir jetzt brauchen, bitte sag ja.«

Und schon fast im Schlaf sehe ich uns Hand in Hand, wie wir über Steine laufen, warm eingepackt, eine Flasche Merlot am prasselnden Feuer trinken. Und ich weiß, dass ich besiegt bin.

»Klingt perfekt«, flüstere ich, bevor ich erschöpft in einen unruhigen Schlaf falle.

35

Heute Morgen fühlte sich mit Alex alles wieder normal an. Er war liebevoll, lustig und fröhlich. Ich wollte die Stimmung nicht verderben, aber ich wollte unbedingt wissen, ob er immer noch vorhatte, die Polizei über die Geschehnisse der letzten Nacht zu informieren.

»Natürlich«, sagte er, einen Kaffee in der einen Hand, einen Toast in der anderen. »Ich werde heute hingehen, meinen Freund auf dem Revier besuchen, ihm alles erzählen und sehen, was wir tun können.«

»Du meinst nicht etwa, du willst versuchen, davonzukommen?« Ich bin immer noch verunsichert über das, was gestern Abend passiert ist.

»Nein, aber vielleicht gibt es einen Weg, mit dem Kerl ins Reine zu kommen, eine private Vereinbarung zu treffen – über eine Entschädigung oder so?«

»Okay, in Ordnung.«

»Schließlich darf ich jetzt nicht arbeitslos werden, ich habe eine zukünftige Frau und Kinder, an die ich denken muss.« Er strahlt. »Ganz zu schweigen davon, dass ich Kevin mit Hundefutter versorgen muss!«

Ich antworte ihm nicht. Er redet von einer Frau, aber ich kann mich nicht an einen Heiratsantrag erinnern – oder daran, dass ich ja gesagt hätte. Alex lässt sich so sehr von seinen Plänen mitreißen, und er ist so pedantisch, dass er es im Grunde unmöglich gemacht hat, dass ich *nicht* mit nach Devon fahre. Andererseits, was können ein paar Tage Auszeit schon schaden? Vielleicht gibt mir die gemeinsame Zeit ohne Ablenkungen die Möglichkeit zu entscheiden, was ich wirklich will. Wenn ich anfange, mich mit ihm wieder wohlzufühlen, dann können wir uns vielleicht einigen? Wenn nicht, muss ich einen Ausweg aus dieser Situation finden.

Ich rufe im Krankenhaus an, um mich nach Chloe zu erkundigen. Sie haben sie von der Intensivstation verlegt, ich sollte sie besuchen können, also verlasse ich das Haus und fahre direkt dorthin. Seit gestern ist so viel passiert, dass es mir vorkommt, als hätte ich sie wochenlang nicht gesehen, und ein kleiner Teil von mir hofft verzweifelt, dass ich dort ankomme und sie im Bett sitzend vorfinde. Ich bringe ihr eine Schachtel Brownies und eine Modezeitschrift mit, aber die Krankenschwester am Schreibtisch sagt mir, dass sich nichts geändert hat. Als ihre Sozialarbeiterin wird mir Zutritt gewährt, und die Schwester führt mich in ihr Zimmer.

»War ihre Mutter da?«, frage ich die Krankenschwester, denn ich weiß, dass Freunde und Angehörige von Menschen im Koma ermutigt werden, bei ihnen zu sitzen und mit ihnen zu sprechen.

»Ja, sie ist gerade erst nach Hause gegangen, um sich umzuziehen. Sie war seit gestern hier«, sagt die Krankenschwester.

Es sieht so aus, als ob Carol sich endlich aufgerappelt hat, das ist doch schon mal was, wenn auch zu wenig und zu spät.

Ich bin schockiert, als ich das Zimmer betrete und Chloe

zwischen Schläuchen und Monitoren sehe. Eine Maschine beatmet sie und ihre Haut ist weiß wie Porzellan. Nur der Monitor über ihrem Bett gibt ein Lebenszeichen von sich, und ich weiß, dass die Chancen für Chloe im Moment sehr gering sind.

Hier drinnen zu sein, erinnert mich daran, wie ich das erste Mal in ein solches Zimmer kam, Jahre zuvor, als ich noch viel jünger war. Meine Mutter lag in einem Gewirr von Schläuchen, genau wie hier. Ich berührte ihre weiße, pergamentartige Haut, die dunkle Haut unter den Augen – die Spuren – bevor ich mich verabschiedete. Aber ich kann es nicht ertragen, mich von Chloe zu verabschieden – sie darf mir nicht auch noch durch die Finger gleiten.

»Ich kann Ihnen nur ein paar Minuten geben«, sagt die Krankenschwester, bevor sie verschwindet.

Ich setze mich neben Chloes Bett und berühre ihre Hand. »Ich glaube, ich habe dich im Stich gelassen, Chloe«, sage ich, »aber ich verspreche dir, wenn du aufwachst, werde ich für dich da sein.«

Ich öffne die Brownies und halte sie in die Nähe ihres Gesichts, in der Hoffnung, dass der Schokoladenduft sie weckt, aber nichts. Ich unterhalte mich mit ihr, während ich in dem Hochglanzmagazin blättere. Ich weiß, dass sie so etwas mag – Mode, Prominente, eine völlig andere Welt als die, in der Chloe lebt.

Zehn Minuten später kommt die Krankenschwester zurück und sagt mir, dass ich gehen muss. Ich lasse die Zeitschrift da und bitte sie, Chloes Mutter von mir zu grüßen und ihr zu sagen, dass ich morgen wiederkomme. Ich bezweifle, dass Carol mich sehen will, sie mag keine Sozialarbeiter. Harry sagte, sie sei ein Albtraum gewesen, als er mit Chloe arbeitete, also weiß ich, dass es nicht nur an mir liegt.

Ich verlasse das Krankenhaus mit dem Gefühl, versagt zu

haben, und hoffe verzweifelt, dass Chloe aufwacht und durchkommt, damit ich ihr und mir selbst beweisen kann, dass es Erlösung, Hoffnung – eine Zukunft gibt.

Sobald ich bei der Arbeit ankomme, schnappt Jas mich. »Hey, hast du letzte Nacht etwas gesehen?«

»Was?«, frage ich.

»Als du die Bar verlassen hast? Anscheinend hat ein Typ draußen auf dem Bürgersteig einen anderen Typen fast umgebracht.«

»Oh nein ... es ... muss gewesen sein, nachdem ich gegangen bin«, lüge ich und hoffe, dass sie mein lautes Herzklopfen nicht hören kann.

»Ja, sie haben ihn in die Bar gebracht. Er sah furchtbar aus, überall Blut.«

Übelkeit überkommt mich. »Oh Gott. Geht es ihm gut?«

»Ich weiß nicht, sie haben einen Krankenwagen gerufen.«

»Haben sie den Kerl, der es getan hat, erwischt?«

»Das glaube ich nicht. Ich meine, er hat geredet, aber ich glaube nicht, dass er wusste, wer es war ...«

»Geredet ... Hat er mit der Polizei gesprochen?« Ich spüre, wie mir das Blut in den Kopf schießt.

»Nein, die Polizei war nicht da – ich meinte, er hat geredet, er war also nicht tot. Er wollte nicht einmal in den Krankenwagen einsteigen, er ist einfach davongelaufen.«

»Oh gut, gut. Er war also nicht allzu schwer verletzt?«

Sie schüttelt den Kopf. »Nein, da war eine Menge Blut, aber als er ging, sah er für mich gut aus.«

Ich bin so erleichtert, dass mir die Tränen kommen und ich so tun muss, als würde ich in meiner Handtasche nach etwas suchen, damit sie es nicht sieht. Es hätte so leicht anders ausgehen können. Alex hat nicht einmal nachgedacht, er hat einfach reagiert und zugeschlagen.

»Also, was ist passiert?«, drängt Jas.

»Ich weiß nichts. Ich habe dir gesagt, dass es passiert sein muss, nachdem ich gegangen war.«

»Ich habe nicht von dem Streit gesprochen, du dumme Kuh, ich meinte, was zwischen dir und Alex passiert ist? Das Telefonat, in dem er jemandem gesagt hat, wann die Luft rein ist? Hast du ihn damit konfrontiert?«

»Ach das.« Wieder durchströmt mich Erleichterung. »Ja, also er hat veranlasst, dass Dekorateure kommen und die Ausstattung geliefert wird. Er hat eines der Schlafzimmer in ein Büro verwandelt.«

»WTF?«

»Ich weiß.«

»Plant er, dich als eine Art Heimarbeiterin einzusetzen und im Haus einzusperren?«, scherzt sie.

Ich verdrehe nur die Augen, ich bin wirklich nicht in der Stimmung dazu.

»Und ...« Sie sieht mich an, in Erwartung einer Reaktion auf das, was sie gleich sagen wird. »Warum hat er mich heute Morgen um fünf Uhr dreißig angerufen und gefragt, ob du morgen frei haben könntest?«

Mir dreht sich der Magen um. »Er will, dass wir übers Wochenende wegfahren ... nach Devon. Aber gestern Abend sagte er, du hättest es bereits genehmigt. Dass er mit dir gesprochen hat und du einverstanden bist, dass ich mir den Tag freinehme.«

Sie schüttelt langsam den Kopf. »Nein, er hat mich im Morgengrauen geweckt und gefragt – und es ist in Ordnung. Ich habe mich nur gewundert, warum du mich nicht gefragt hast.«

Ich fühle mich unwohl. Ich hätte diejenige sein müssen, die um eine Auszeit in meinem Job bittet, nicht mein verdammter Freund. Ich weiß, wie das auf Jas wirkt, und ich muss es ihr erklären, bevor sie ihn beschuldigt, mein Leben *und* meine Arbeit zu übernehmen und mich wie eine Ehefrau aus den fünfziger Jahren zu behandeln. So sieht es zwar nicht aus, und alles in allem ist es auch keine große Sache, aber er hat mir gesagt, dass er sie bereits angerufen hat, obwohl das nicht der Fall war, und ich frage mich wieder einmal, warum er so viel vor mir zu verbergen scheint.

»Devon war als Überraschung gedacht«, sage ich. »Aber als er mich gestern Abend ›überrascht‹ hat, habe ich ihm gesagt, dass ich nicht mitkommen kann, weil ich zur Arbeit gehen muss und nicht einfach freinehmen kann. Doch dann hat er gesagt, dass er dich schon gefragt hat.« Ich ziehe die Augenbrauen hoch, um zu zeigen, dass es für mich genauso schwer zu verstehen ist wie für sie.

»Wow, er ist wirklich *viel*«, sagt sie.

»Mmh.« Dann wird mir etwas klar. »Ich wusste nicht einmal, dass er deine Nummer hat«, sage ich. »Ich habe sie ihm nie gegeben. Warum sollte ich auch?«

»Meine Nummer? Oh ja, als er dich von Sameeras Junggesellinnenabschied abgeholt hat, warst du nicht ganz bei dir und er kam zurück in die Bar, um mir zu sagen, dass er dich nach Hause bringt. Ich habe sie ihm damals gegeben und ihn gebeten, mich anzurufen, um mir zu sagen, dass es dir gut geht.« Ich nicke. Dann wird sie ernst. »Ich denke, du solltest wissen, dass er heute Morgen angerufen hat und angedeutet hat, dass ihr über eine Heirat redet.«

Mein Magen dreht sich erneut um. »Hat er?«

»Ja, er hat nicht direkt etwas *gesagt*, aber es gab ein paar unmissverständliche Andeutungen. Du bist dir dessen sicher, ja?«

»Ich bin mir dessen *gar nicht* sicher, Jas«, gebe ich zu. »Aber ich werde wegfahren und sehen, wie es zwischen uns läuft. Die Sache ist die, dass ich das Gefühl habe, ihn nicht zu kennen ... Er scheint so viel für sich zu behalten und mich dann plötzlich damit zu überraschen.«

»Was zum Beispiel?« Sie steht auf und schließt ihre Bürotür, wobei sich ihr Tonfall augenblicklich ändert. »Mein Gott, er hat dich doch schon mit seiner früheren Ehe überrascht. Mit was jetzt?«

»Oh, mit nichts, was uns betrifft. Er hat mir gestern Abend nur erzählt, dass seine Mutter Opfer häuslicher Gewalt war und dass er sich in einem Schrank versteckt hat, wenn sein Vater sie geschlagen hat. Er hat noch nie von seiner Mutter oder seinem Vater gesprochen. Er hat sogar eine Schwester, und ich bin mir sicher, dass er sagte, er sei ein Einzelkind!«

»Oh.« Sie verzieht ihr Gesicht. »Er klingt wirklich ein bisschen verkorkst, Liebes. Und es ist recht praktisch, dass er wie ein Zauberer Dinge aus dem Hut zaubern kann, wenn er sie braucht«, sagt sie und inspiziert ihre Nägel.

»Ich glaube nicht, dass er sich etwas ausdenkt – ich glaube, er will mich einfach beeindrucken, er will mir gefallen, und deshalb versucht er, sich auf diese perfekte Weise zu präsentieren.«

»Und er ist nicht perfekt – wer ist das schon? Es geht also nach hinten los?«, sagt sie.

»Genau. Und dann bin ich desillusioniert und er fühlt sich beschissen und wir streiten uns. Ich wünschte nur, er wäre ... ehrlicher.«

»Ja, aber das eigentliche Problem ist, dass er alles für dich sein will und niemanden sonst um sich haben will. Wann immer du ohne ihn ausgehst, scheint er aufzutauchen. Er ist immer da, am Ende der Bar oder am Ende des Abends. Wie letzte Woche bei Sameeras Junggesellinnenabschied – und dann war da noch das Picknick, das er im Büro veranstaltet hat.«

Ich erschaudere leicht bei der Erinnerung daran.

»Findest du es nicht seltsam, dass er nicht will, dass du ins Fitnessstudio gehst?« Sie hat ihr Gesicht verzogen, ihre Lippen sind gekräuselt, sie mag ihn wirklich nicht.

»Er hat nie gesagt, dass er nicht *will*, dass ich hingehe, er dachte nur, es wäre romantisch, zusammen zu trainieren«, sage ich abwehrend.

»Romantisch? Eher klaustrophobisch. Ich meine, sieh es dir an, Hannah. Er kann dich nicht ohne ihn ausgehen lassen, er hat ein Büro in einem Zimmer im Obergeschoss eingerichtet, einen Fitnessraum in der Garage, er will nicht, dass du *jemals* das verdammte Haus verlässt, Liebes!«

Ich denke an die beiden nebeneinanderstehenden Tische, an das Geräusch, das der Kopf des Mannes macht, der auf dem Boden aufschlägt, an das Blut und das Regenwasser. Ich sage mir, dass ich damit aufhören muss, ich denke schon wieder zu viel nach. Alex hat ihn geschlagen, ja, aber er ist hingefallen, deshalb der Aufprall auf den Kopf. Und was Alex angeht, er wird heute zur Polizei gehen und alles aufklären und es in Ordnung bringen, sich nicht verstecken. Ich will Jas das nicht alles erklären, ich habe das Gefühl, dass ich ihr Alex immer erklären muss, also behalte ich das, was gestern Abend passiert ist, weiterhin für mich.

»Nachdem er mir gestern Abend das Arbeitszimmer gezeigt hat«, sage ich, »hat er mir erzählt, dass er einen gelben Labrador bestellt hat. Jas, er will mich einfach nur glücklich machen.«

Sie schürzt missbilligend die Lippen, dann beugt sie sich vor. »Hör mal, Hannah, ich will nicht so tun, als wüsste ich, was in eurer Beziehung vor sich geht, aber Sachen für ein Fitnessstudio, für ein Büro kaufen, Rassehunde und ein Wochenende in Devon? Wenn du das alles sagst, klingt es okay ... sogar gut, aber siehst du nicht, was es ist? Alles, was er tatsächlich tut, ist, dir einen vergoldeten Käfig zu bauen.« Sie lehnt sich zurück. »Und viel Glück dabei, *da* wieder rauszukommen, wenn er erst einmal die Tür verriegelt hat.«

Ich fühle mich sehr unwohl. Sowohl Jas als auch ich interpretieren Alex' Verhalten unterschiedlich. Ich sehe Liebe und Freundlichkeit, sie sieht Besitzdenken und Kontrolle.

»Sei einfach vorsichtig, Hannah – ich traue ihm nicht«, sagt sie.

Das ist genau das, was Alex über Jas sagt.

36

Als ich nach Hause komme, ist Alex sehr gut gelaunt und bestätigt, was Jas mir erzählt hat, nämlich dass es dem jungen Mann, den er niedergeschlagen hat, gut ging und er nach Hause gegangen ist

»Ich war bei meinem Kumpel Dave, dem Polizisten. Ich habe ihm gesagt, dass ein Klient von mir befürchtet, von Zeugen in die Sache hineingezogen zu werden, aber dass er nicht schuldig ist. Also hat er bei der Dienststelle nachgefragt, und bisher hat niemand etwas gemeldet.«

»Gott sei Dank. Theoretisch war's das also?«, frage ich. Ich bin mir nicht sicher, was ich darüber denken soll, dass er die Polizei angelogen hat, aber er ist Anwalt und Dave ist sein Freund. Außerdem, solang niemand verletzt wurde, hat er vielleicht eine Lektion gelernt und wir können nach vorne schauen.

»Ja, ich meine, wenn der Kerl in Zukunft beschließt, Anzeige zu erstatten, dann sieht das natürlich anders aus«, sagt Alex. Er sitzt auf einem Stuhl in der Küche und rutscht in seinem Sitz hin und her. Ihm ist die Wahrheit offensichtlich unangenehm, denn er will mir immer nur absolut gute Nachrichten überbringen. Ich finde es eigentlich gut, dass er ehrlich ist und sagt: Im Moment ist es okay, aber wir sollten nicht zu blauäugig sein. Vielleicht gibt es ja doch noch Hoffnung für uns.

»Ich hoffe, er ist heute Morgen mit einem höllischen Kater aufgewacht«, fährt er fort, »und weder er noch sein Kumpel wissen, was passiert ist oder wer es getan hat. Und bevor du etwas sagst: Das entschuldigt nicht, was ich getan habe, und ich sollte nicht ungeschoren davonkommen. Aber ich habe heute Nachmittag fünfhundert Pfund an eine Wohltätigkeitsorganisation für häusliche Gewalt gespendet – nenn es Schuldgeld, wenn du willst, aber irgendetwas Gutes muss aus dieser schrecklichen Sache, die ich getan habe, hervorgehen.«

Das ist eher der Alex, den ich kenne. Im Grunde ist er ein guter Mensch. Was passiert ist, war untypisch und es ist klar, dass er sich schlecht fühlt. Ich glaube, das war ein Weckruf für ihn, und vielleicht wird er jetzt erkennen, dass er nicht immer da sein kann, wo ich bin. Bei seinem nicht ganz lupenreinen Umgang mit der Wahrheit ging es immer um mich, darum, mir ein perfektes Bild zu präsentieren, das ich lieben kann. Und es gibt eine Menge zu lieben. Er war in vielerlei Hinsicht der beste, liebevollste und aufmerksamste Partner, den ich je hatte, und wer hat keine Probleme in seiner Beziehung? Keiner ist perfekt. Man muss entscheiden, ob die guten Seiten die schlechten überwiegen, und in diesem Fall denke ich, dass sie das tun. Ich muss der Sache zumindest noch eine Chance geben, bevor ich das Handtuch werfe. Ich bin kein Drückeberger und es wäre eine Schande, wenn ich alles beenden und ihn wegen ein paar Problemen, an denen wir vielleicht arbeiten können, verlieren würde.

»Alex, ich liebe dich«, beginne ich.

Aber er unterbricht mich. »Ich will dich nicht verlieren, Hannah.« Er klingt aufgebracht.

»Wenn – und die Betonung liegt auf ›wenn‹ – wir zusammenbleiben wollen, müssen wir einige Dinge angehen, und es muss sich einiges verändern, Alex.«

»Meinetwegen. Ich werde alles tun, was nötig ist ... Ich kann mich ändern«, sagt er und legt sanft beide Arme um mich.

»Du musst ehrlich zu mir sein und darfst mir nichts verheimlichen, weil du glaubst, dass ich dich dann in einem anderen Licht sehe. Und du musst aufhören, dir Sorgen um mich zu machen und an Orten aufzutauchen, wo ich bin. Und wir müssen mit Helen reden. Wir beide müssen uns ihr stellen, mit ihr reden und sie bitten, damit aufzuhören.«

Er sieht zweifelnd aus. »Wir können es versuchen ...«

»Wir *müssen* es tun, Alex. Nur so kann ich überhaupt daran denken, weiterzumachen, denn im Moment bin ich mir hinsichtlich der Zukunft wirklich nicht sicher.«

Er nickt eifrig. »Was immer du willst. Wenn es bedeutet, dass du bleibst. Lass uns am Wochenende darüber reden, während wir weg sind.«

»Okay, dann machen wir das so«, sage ich und hoffe, dass das Wochenende die Antworten liefert und ich dann weiß, wie es weitergeht.

Wir brechen gleich am Freitagmorgen auf. Die Fahrt von den Midlands wird mindestens drei Stunden dauern, und da Schnee und Schneeregen vorhergesagt sind, könnten wir noch länger brauchen, aber Alex ist zuversichtlich, dass wir bis Mittag ankommen.

»Wir suchen uns einen schönen Ort zum Mittagessen«, sagt er, als wir auf die Autobahn auffahren.

Er liebt gutes Essen, schöne Dinge – und er will auch nur schöne Dinge für mich. Warum also macht mich das nicht glücklich? Ich versuche, an das Positive zu denken, dieses Gefühl zurückzubekommen, ihn so zu lieben wie gestern, aber ich höre immer wieder den Aufprall des Mannes auf dem

Bürgersteig. Ich denke an Alex' Angst, seine Feigheit. Das Blut, das sich durch das Regenwasser schlängelte. Kann ich jemals darüber hinwegkommen?

Ich mache mir Gedanken über das, was Jas gesagt hat. Das Fitnessstudio in der Garage, das Büro zu Hause, die Art, wie er mich überall hinfahren will, wie er bei meinen Abenden mit Freunden auftaucht. Die subtile, wenig greifbare Art und Weise, in der er mich unwohl fühlen lässt, wenn ich mit jemand anderem als mit ihm zusammen bin. Will ich das für den Rest meines Lebens? Manche Frauen würden es lieben. Helen ist einmal weggelaufen; vielleicht fühlte sie sich so wie ich mich jetzt? Aber sie merkte bald, dass sie einen Fehler gemacht hatte und kam zurück. Ich bin sicher, sie wäre jetzt gern an meiner Stelle, das Objekt seiner Zuneigung, das von ihrem hochmodernen Apple-Computer aus in den Garten blickt, ohne den Druck arbeiten zu müssen, nur den ganzen Tag herumhängen und angebetet werden. Alex würde es lieben, wenn seine Partnerin den ganzen Tag sicher an ihrem Schreibtisch im Gästezimmer säße und sich nie ohne ihn aus dem Haus trauen oder mit anderen Menschen sprechen würde, aber so bin ich nicht, und ich werde mich nicht für ihn ändern. Er muss mich entweder so akzeptieren, wie ich bin, und meiner Unabhängigkeit vertrauen, oder wir werden nicht weiterkommen.

Ich schaue aus dem Fenster, die Landschaft ist weiß, mit Schnee überzogen, aber sie wird immer schroffer. Ich muss aufhören, nach dem Negativen zu suchen und freundliche Gesten als etwas anderes anzusehen. Ich atme tief durch, und während der weiße Himmel auf den weißen Boden trifft, sage ich mir, dass ich dieses romantische, weihnachtliche Wochenende genießen sollte – und Alex noch eine Chance geben.

Aber dann piept mein Telefon und er sieht mich an. »Wer ist das?«

Ich schaue auf den Bildschirm. »Jas.«

»Scheiße! Kann sie dich nicht in Ruhe lassen? Ehrlich, Hannah, es ist, als würde sie uns überallhin begleiten.«

»Sie fragt mich nur, ob wir schon da sind«, sage ich.

Mein Telefon piept erneut, und Alex seufzt und umfasst das Lenkrad etwas fester, was mich irritiert. Ich will keinen Streit anfangen, während er fährt, aber Jas als Teil meines Lebens zu akzeptieren, ist auch etwas, das ich mit ihm besprechen muss.

Babe, schick mir die Adresse, wo du wohnst. Harry und Gem besuchen dieses Wochenende Freunde in Somerset. Also, wenn es nicht gut läuft, kannst du mit ihnen zurückfahren.

Ich schicke ihr die Adresse. Ich erwarte nicht, dass es so schlimm wird, dass ich eine Mitfahrgelegenheit brauche, aber Vorsicht ist besser als Nachsicht.

»Sie ist so *verdammt* eifersüchtig«, sagt Alex. »Sie wäre gern an deiner Stelle, auf dem Weg zu einem Wochenendausflug.« Er überholt ein Auto vor ihm ein wenig zu schnell.

»Pass auf, Alex«, sage ich, als das Auto leicht ausbricht. Alles wird weiß vor unseren Augen und die Straße beginnt, glitschig zu werden. »Und mach dir keine Illusionen, Jas will nicht mit *dir* einen Wochenendausflug machen«, sage ich böse und meine Wut überwältigt mich.

»Sie *würde* es tun«, beharrt er.

Es ist die Art, wie er es sagt, die meine Aufmerksamkeit erregt. »Wovon redest du?«

Er seufzt. »Ich wollte nichts sagen, aber Jas hat mir gesagt, dass sie mich *mag.*«

»Dass sie dich *mag*? In welcher Hinsicht?«

»Sie mag mich, im Sinne von ›sie *steht auf* mich‹.«

Sicherlich scherzt er nur, das könnte nicht weiter von der Wahrheit entfernt sein. »Das ist doch nicht dein Ernst, oder, Alex?«

»Doch.« Seine Augen sind auf die Straße gerichtet, sodass ich sie nicht sehen kann, aber seine Stimme ist ernst. »Sie hat es mir gesagt. Als ihr alle auf eurem Betriebsausflug wart und ich dich im Auto gelassen habe und zurück in die Bar gegangen bin, um ihr zu sagen, dass ich dich nach Hause bringe.«

»Ja, aber du hast gesagt, dass sie sich mit einer Gruppe von Männern an der Bar unterhalten hat.«

»Ja. Und ich habe dir gesagt, dass sie sich an sie herangemacht hat?«

»Ja«, sage ich und fühle mich zunehmend unwohl.

»Es stimmte zwar, dass sie da waren, aber sie hatte es auf *mich* abgesehen. Ich war angewidert. Als ich dir am nächsten Tag davon erzählte, sagtest du, ich würde übertreiben oder so, aber deshalb sagte ich, sie sei abscheulich, denn in dieser Nacht hätte sie *alles* getan ... aber nicht mit ihnen, sondern mit mir.«

»Nein, nein. Sie hat nur herumgealbert, sie hat es nicht so gemeint«, sage ich und versuche, mich genauso wie ihn zu überzeugen.

»Du kennst sie wirklich nicht, oder?«, sagt er und starrt auf die Straße vor sich. »Sie hat mir gesagt, dass sie für mich geschwärmt hat, noch bevor du mich getroffen hast.«

»Was?« Ich bin verblüfft.

»Sie sagte, sie war mit dir zusammen, als ihr beide mein Foto auf der Meet-your-Match-App gesehen habt. Sie meinte, sie habe dir gesagt, du sollst es versuchen, weil ich so gut aussehe.«

»Was zum Teufel?« Ich bin schockiert und entsetzt, aber vor allem, weil das, was er sagt, wahr ist. Ich habe Alex nie erzählt, dass Jas und ich die App gemeinsam durchforstet haben, um einen passenden Partner für mich zu finden, das kam mir etwas respektlos vor, als hätten wir eine Fleischbeschau veranstaltet. Und sie hat immer wieder gesagt, wie gut er aussieht.

»Sie sagte, sie wäre interessiert, wenn es zwischen dir und

mir nicht klappen sollte, und dass sie nichts dagegen hätte, die zweite Wahl zu sein.«

Oh Gott, das hat sie. Das hat sie *wirklich* gesagt. Ich erinnere mich nur zu gut daran – wir waren im Orange Tree, sie drückte mir die App in die Hand, fand Alex' Foto und sagte, wenn es nicht klappen würde, würde sie ihn nehmen. Das war typisch Jas. Aber sie hat einen Scherz gemacht – oder?

Ich stehe unter Schock. »Das würde sie nicht tun, du bist mein Freund.«

»Meinst du, das würde sie abhalten? Die Tatsache, dass ich mit dir zusammen bin, macht mich für eine Frau wie sie noch attraktiver. Und, seien wir ehrlich, sie würde uns nur zu gern auseinanderbringen. Ich wollte es dir nie sagen, aber du musst es wissen. Ich habe schon einmal gesagt, dass sie nicht in deinem Interesse handelt. Ich *weiß* es, Hannah ... sie hat versucht, mich zu küssen.«

Eine Zeit lang sitzen wir schweigend da. Er kann nichts davon wissen, also muss er die Wahrheit sagen – und *wenn* er die Wahrheit sagt, dann könnte sie ihn angemacht haben. Ich denke über Jas' Warnungen vor Alex nach, über ihre verzweifelte Suche nach einem Partner, und frage mich, warum sie die ganze Zeit versucht hat, meine Beziehung zu ihm zu untergraben. Es war mir bis jetzt noch nie in den Sinn gekommen, aber will sie Alex für sich selbst?

Ich denke immer noch an Jas, als wir in der Hütte ankommen. Ich fühle mich verletzt, als wäre meine Haut empfindlich, weil ich zu viel nachgedacht habe. Es ist noch nicht lange her, da hätte ich Alex und Jas bedingungslos vertraut, und jetzt weiß ich nicht mehr, wem ich trauen kann. Kann ich überhaupt einem von ihnen vertrauen? Ich verbringe eine romantische Auszeit mit einem Mann, der einen anderen Mann zum Sterben zurückgelassen hat, weil er meint, er wolle mich beschützen, und meine beste Freundin sagt mir ständig, dass man meinem Freund nicht trauen kann, weil *sie* mich beschützen will. Ich weiß wirklich nicht mehr, wem ich noch glauben soll.

Als wir an der Hütte ankommen, ist sie genauso schön wie auf den Bildern im Prospekt. Sie steht einsam im Grünen, ist im Moment mit Schnee bedeckt und sieht aus wie auf einer Weihnachtskarte. Drinnen verzaubern mich die Holzbalken, ein offener Kamin, ein riesiges, weiches Federbett. Und in der hübschen kleinen Küche mit dem Aga-Herd und den schicken Geschirrtüchern steht der Korb mit Lebensmitteln und Wein aus dem Feinkostladen bereit – genau wie Alex es versprochen hat.

Ich sehe Alex zu, wie er das Feuer anzündet, und fühle mich glücklich und wohlig; draußen liegt Schnee, und er macht dieses Feuer für uns, für mich. Und als die Flammen zu züngeln beginnen und wir vor ihnen auftauen, denke ich, dass Heimat kein Ort ist, sondern ein Gefühl. Gerade jetzt, hier mit Alex, fühle ich mich wie zu Hause.

»Lass uns einen Wein aufmachen und uns ein wenig aufwärmen«, schlägt er vor. Innerhalb von Sekunden sitzen wir vor dem Kamin, jeder ein Glas in der Hand, es ist warm, und ich fühle mich sicher. Hier ist der Neuanfang, auf den ich gehofft habe.

In Worcester war ich von Jas' Kritik an Alex vereinnahmt, und obwohl ich unsere Beziehung ihr gegenüber verteidigte, gingen mir die Kommentare unter die Haut und ich war verwirrt. Aber jetzt, wo ich hier mit ihm allein bin, habe ich das Gefühl, dass es richtig war, Alex eine Chance zu geben, und ich glaube, dass wir vielleicht alles, was passiert ist, überwinden und glücklich werden können. Ich kann sein Verhalten von dem Abend neulich nicht entschuldigen, und es gibt Dinge, an denen wir noch arbeiten müssen, aber ich drehe mich zu ihm um, seine Augen flackern im Licht des Feuers, und ich weiß in diesem Moment, dass mich niemand so geliebt hat oder möglicherweise jemals lieben wird wie er.

Wir fangen an, uns zu küssen, und wie aufs Stichwort fängt mein Handy an zu summen, und der »neue« Alex zieht sich zurück. »Willst du rangehen?«

»Nein, will ich nicht«, sage ich und greife nach ihm. Bald schon lieben wir uns innig, draußen fällt dichter Schnee, drinnen flackert das Feuer, und wir beide kommen endlich zusammen und löschen alle Zweifel, Ängste und Verletzungen aus.

»Bist du glücklich?«, fragt Alex anschließend.

»Ja, das ist genau das, wovon ich geträumt habe«, sage ich, als wir zusammen auf dem Boden vor dem Kamin liegen.

Er schenkt uns den restlichen Wein ein und geht in die Küche, um etwas zu essen aus dem Korb zu holen.

»Bring alles mit«, rufe ich, »ich bin am Verhungern.«

»Lass es mich wenigstens auf einen Teller legen, du Heidin.« Er lacht, und ich höre, wie er den Inhalt auspackt und ohne Zweifel jedes Glas, jedes Stückchen Pastete unter die Lupe nimmt.

Das ist mein Alex, denke ich – und mag, wie es klingt – *mein* Alex.

Da ich weiß, dass es eine Weile dauern wird, schaue ich träge auf mein Handy, um zu sehen, ob es irgendwelche Neuigkeiten über Chloe gibt, aber ich bin irritiert, dass ich eine Menge verpasster Anrufe und Nachrichten von der verdammten Jas sehe. Selbst *sie* würde normalerweise nicht so oft anrufen, wenn ich weg bin, schon gar nicht an einem vermeintlich romantischen Wochenende. Da ich mich nicht zurückgemeldet habe, macht sie sich vielleicht Sorgen, dass Alex mir erzählt haben könnte, dass sie versucht hat, ihn zu küssen. Wahrscheinlich hat sie Angst, dass ich herausgefunden habe, was sie vorhat. Ich öffne die letzte Nachricht – sie enthält einen Anhang.

Bitte sag mir, dass es dir gut geht. Schick mir eine SMS. Ich mache mir Sorgen. Ich habe das gerade gefunden – erinnerst du dich an die Nacht, in der wir dein Profil in die App geladen haben? Wir waren in der Weinbar und haben Selfies gemacht? Nun, sieh dir das an.

Verblüfft öffne ich den Anhang und sehe mich und Jas in die Kamera blicken, mit Lipgloss und Cocktails. Zuerst denke ich, dass sie mir das Bild nur schickt, um mich an die guten Zeiten zu erinnern, die wir als Freundinnen hatten. Ich frage mich, ob es sich um Schadensbegrenzung handelt, für den Fall, dass Alex mir erzählt hat, dass sie versucht hat, sich an ihn heranzumachen. Aber als ich noch einmal hinschaue, sehe ich, dass sie einen roten Kringel um etwas im Hintergrund gemalt hat – und je genauer ich hinschaue, desto unglaublicher ist es.

Alex, der Mann, mit dem ich mich erst einige Wochen nach der Aufnahme des Fotos zu einem ersten Date verabredet habe, steht hinter uns – und er sieht mich direkt an.

37

Ich schaue mir das Foto immer wieder an und bin völlig aus dem Häuschen. Instinktiv weiß ich, dass ich das erst einmal für mich behalten sollte, aber Alex ruft mir zu, dass »das Delikatessen-Festessen« fast fertig ist, also sage ich ihm, dass ich kurz ins Badezimmer gehe, wo ich die Tür abschließe und Jas zurückschreibe.

WTF? Warum war er dort? Ich versteh das nicht.

Ich warte auf ihre Antwort.

Ich weiß! Seltsam. Sieht so aus, als hätte er dich vor eurem ersten Date gestalkt? Soooo unheimlich. Bist du ok?

Ich bin kurz davor, zurückzuschreiben, aber wo soll ich anfangen? Ich weiß nicht, was das bedeutet, aber ich weiß, dass die Seifenblase jetzt definitiv geplatzt ist. Eine weitere SMS von Jas kommt an.
Willst du, dass ich die Polizei rufe?, schreibt sie.

NEIN! Ich bin sicher, dass alles in Ordnung ist. Eine Fotobombe ist kein Verbrechen. Aber ich werde ihn danach fragen.

Ich glaube nicht, dass alles in Ordnung ist, ich möchte nur, dass sie sich keine Sorgen mehr macht, damit sie aufhört, SMS zu schreiben und ich nachdenken kann. Könnte es ein Zufall sein, dass er in dieser Nacht dort war?

»Hannah? Wo bist du, mein Schatz?« Ich schrecke auf, als Alex' Stimme ertönt. Er steht vor dem Badezimmer, ich höre seine Hand an der Tür auf und ab streichen.

Ich betätige die Toilettenspülung, schalte mein Telefon auf lautlos und stecke es in meine Jeanstasche.

»Ich bin gleich bei dir, Alex«, rufe ich, unsicher, wie ich mich fühle, unsicher, wem ich vertrauen kann.

Ich lasse die Wasserhähne laufen, um mehr Zeit zu gewinnen, und sehe seinen Kulturbeutel, in dem zuvor das bekritzelte Foto von Helen versteckt war. Ich weiß nicht, warum, aber ich taste an der Seite des Beutels entlang, um zu sehen, ob es noch da ist, aber meine Finger berühren etwas anderes, etwas aus Stoff. Langsam ziehe ich es aus der Innentasche, wo es versteckt ist, heraus und halte es in der Hand. Es ist eine Serviette. Aber nicht irgendeine Serviette, ich erkenne den Lippenstift – es ist meine Serviette von unserer ersten Verabredung, diejenige, die er in seine Tasche steckte, als wir das Restaurant verließen. Ich taste in der Tasche weiter nach unten, und da ist der Kaffeelöffel, mein Kaffeelöffel. Sind das Andenken, Erinnerungen an einen wunderbaren Abend, oder etwas anderes? Ich kann beinahe Jas' Stimme hören: »Er ist ein Serienmörder und das sind seine Trophäen. HAU AB JETZT!«

Ich bin erschrocken, aber ich weiß, dass ich aus dem Bad kommen muss, also nehme ich mich zusammen und versuche, lässig ins Wohnzimmer zu gehen. Das Feuer lodert noch immer, mein Glas Wein ist nachgefüllt, auf dem kleinen Couchtisch steht ein Teller mit köstlichem Essen, und Alex sitzt am Feuer.

Ich lasse alles einen Moment lang auf mich wirken. Es hätte so anders laufen können, so wunderbar, der Beginn eines Lebens, von dem ich immer geträumt habe. Ich wünsche es mir immer noch so sehr, dass ich es entgegen meinem Instinkt wage, mich zu fragen, ob es noch eine Chance für mich gibt, nach dieser Zukunft zu greifen. Vielleicht gibt es eine ganz harmlose Erklärung dafür, warum Alex im Hintergrund eines Fotos von mir und meiner Freundin zu sehen ist – bevor ich ihn getroffen habe? Mir fällt keine ein, aber in einem letzten Versuch, ein Happy End zu erreichen, mache ich mich bereit, denn ich weiß, dass das, was ich gleich sagen werde, alles ändern könnte.

Ich setze mich neben ihn und schlage meine Beine übereinander. Ich will die Kontrolle behalten, ich will nicht, dass er mich abspeist.

»Alex –«, beginne ich.

»Ja?« Er wendet seinen Blick vom Feuer ab und greift nach meiner Hand, aber ich ziehe sie schnell weg. Er schaut beunruhigt aus. »Was ist los?« Er setzt sich auf und sieht mir ins Gesicht. »Hannah?«

Ich nehme mein Handy heraus, öffne die Nachricht und zeige ihm das Foto.

Er nimmt mir das Telefon aus der Hand. Schaut von mir zum Bild, verwirrt.

»Es ist von Jas«, erkläre ich.

»Oh, ich verstehe, *noch* eine SMS von Jas. Was versucht sie *jetzt*, etwa uns auseinanderzubringen?«, knurrt er.

»Sag du es mir. Das Foto wurde aufgenommen, bevor wir uns kennengelernt haben. Was zum Teufel, Alex?«

Er studiert das Bild sehr genau, als ob er nach einer Begründung suchen würde.

»Versuch bitte nicht, mir zu sagen, dass es ein Zufall ist, denn ich bin kein Idiot«, sage ich.

»Ja, okay, das bin ich, natürlich bin das ich – ich habe dich in dieser Nacht erblickt und dachte, du wärst das süßeste

Mädchen, das ich je gesehen habe«, sagt er und starrt das Foto intensiv an.

Ich bin erstaunt über seine Ehrlichkeit – aber andererseits, wie könnte er überhaupt versuchen zu leugnen, dass er dort war?

»Du gibst es also zu? Du hast mich *gestalkt*?«

»Du verbringst wirklich zu viel Zeit mit Jas – sie ist so dramatisch.« Er schüttelt den Kopf.

»*Sag* mir einfach, was du dort gemacht hast, Alex«, sage ich und ignoriere sein Gezeter über Jas.

Er seufzt und schaut auf den Teller mit dem Essen. »Sie hat alles verdorben. Schon wieder.«

Ich reagiere nicht darauf, sondern starre ihn nur weiter an und warte auf eine Erklärung.

Er seufzt. »Hannah, du willst, dass ich dir vertraue, aber wann wirst du mir vertrauen? Ich war etwas trinken gegangen. Ich war eigentlich auf der Suche nach Helen. Ich hatte gehört, dass sie aus Schottland zurückgekommen war, und dachte, sie sei vielleicht im Orange Tree. Aber sie war nicht da, und ich wollte gerade gehen – da kamst du herein.«

»Und ...«

»Du hast mit Jas, deiner nervigen Freundin, an der Bar gesessen. Sie war laut und hat nicht aufgehört, zu viele Drinks zu bestellen, und du schienst nett zu sein, wirklich hübsch, aber du sahst ein bisschen traurig aus. Ich habe zufällig mitbekommen, wie ihr euch über eine Dating-App unterhalten habt, also ... habe ich einen Drink bestellt und mich nah genug hingesetzt, um alles hören zu können, was ihr gesagt habt. Wenn ich dir das jetzt erzähle, klingt das zugegebenermaßen ein bisschen gruselig ...«

»Und ob!«

»Aber das war es wirklich nicht. Es war nur ein zufällig mitgehörtes Gespräch in einer Bar – und als du dein Profil erstellt hast, war ich schon verliebt.«

»Du hast dich wohl eher über eine Enttäuschung hinweggetröstet«, sage ich und stelle mir vor, wie er an jenem Abend in die Bar geht, in der Hoffnung, Helen zu sehen, und sich, als sie nicht da ist, an die erste blonde Frau hängt, die ihr auch nur annähernd ähnlich sieht. An mich!

»Nein, ich verspreche, ich war nicht darauf aus, mich über sie hinwegzutrösten, wir hatten uns schon vor Monaten getrennt. Ich habe dich einfach gesehen und fühlte mich erleichtert, belebt. Es war, als hätte ich durch dich verstanden, dass ich jemand anderen als Helen lieben kann – es war befreiend.« Seine Augen scheinen bei der Erinnerung daran zu glänzen.

»Du kannst nicht wissen, dass du jemanden lieben wirst, den du in einer Bar siehst«, murmle ich, unsicher, was ich davon halten soll.

»Ich wusste es. Ich bin ein Romantiker. Ich glaube an Liebe auf den ersten Blick, und genau das war es bei dir. Und als ich hörte, wie du über Meet your Match sprachst, habe ich mein Foto und meine Bio hochgeladen und den Rest dem Schicksal überlassen.«

»Aber das ist nicht Schicksal, Alex. Du hast gehört, wie ich Jas gesagt habe, was ich im Leben will, ich erinnere mich genau. Ich habe es aufgelistet – einen netten Freund, der mir Aufmerksamkeit schenkt, einen gelben Labrador ... drei Kinder ... Wochenenden in Devon.« Ich sehe mich im Raum um. »Und hier sind wir nun.«

»Ja, aber, Hannah, du lässt es hinterhältig klingen. Wir haben uns verliebt. Der Zweck heiligt die Mittel – ich habe einfach die Informationen genutzt, die ich hatte, um den Dingen auf die Sprünge zu helfen«, sagt er mit einer solchen Aufrichtigkeit, als ob er wirklich nicht verstehen würde, was das Problem ist.

»Aber, Alex, das ist *unehrlich*! Du hast mich in dem Glauben gelassen, dass wir dasselbe wollen – aber du hast einfach alles reproduziert, was ich gesagt habe. Liebe ist keine Einkaufsliste – es geht darum, dass zwei Menschen ehrlich und offen zueinander sind, und das bist du nicht, das warst du nie«, sage ich laut und erkenne, dass diese Beziehung von Anfang an eine Lüge war.

»Wie kannst du das *sagen*?« Seine Augen flehen mich an.

»Es gibt so viele Gründe, und abgesehen davon, dass du in der Bar herumhingst, bevor du mich kanntest, und meine Liste abgearbeitet hast, war da auch noch die Kleinigkeit, dass du mir nicht gesagt hast, dass du VERHEIRATET bist«, schreie ich aus Frustration, Wut und Schmerz. »Es gibt immer so viele Schichten, so viele Lügen bei dir, ich kann nicht glauben, dass ich das so lange zugelassen habe, nur weil ich dachte, du würdest dich ändern, sodass wir eine Chance haben.«

»Hannah, sag so etwas nicht. Es fällt mir nur manchmal schwer, dir alles zu sagen, weil ich denke, dass du dann nicht mehr in mich verliebt sein könntest. Bitte beende das nicht – bitte! Ich möchte dich einfach nur lieben, und möchte, dass du mich auch liebst«, sagt er, fasst mich mit seinen Händen an beiden Armen, zwingt mich, ihm mein Gesicht zuzudrehen, und versucht, mich dazu zu bringen, ihn anzusehen. »Und ich habe nicht gelogen, als ich sagte, dass ich das Gleiche will wie du – nur damit du es weißt, ich *liebe* gelbe Labradore, ich will drei Kinder. Und Devon scheint ziemlich nett zu sein.« Er ist atemlos, sein Gesicht liegt auf meinem, seine Hände umklammern immer noch meine beiden Oberarme.

»Du warst noch nie in Devon?«, sage ich in die dichte, angespannte Stille hinein.

»Nein, nicht vor heute, aber das macht nichts. Ich weiß, dass ich den Ort genauso lieben werde wie du. Ich liebe ihn jetzt schon so sehr wie du.«

»Aber darum geht es nicht ... Du hast gelogen, du hast mir gesagt, dass es dir hier gefällt«, versuche ich es, aber er hört mir nicht zu, er macht sich bereit. Seine Augen sind auf meine gerichtet, aber er *sieht* mich nicht.

»Ich wette, sie konnte es kaum erwarten, dir das Foto zu schicken. Sie hat die ganze Zeit versucht, uns auseinanderzubringen.«

»Alex, warum verstehst du das nicht? Es geht nicht um Jas, es geht um *dich*. Ich habe die letzten Monate damit verbracht, zu glauben, dass ich dich liebe, ich habe mir so sehr gewünscht, verliebt zu sein, dass ich die Warnsignale ignoriert habe.«

»Es gibt keine Warnsignale. Und ich habe dir gesagt, dass ich mich ändern werde, sag mir einfach, was ich tun soll«, drängt er. »Was willst du, Hannah? Ich würde *alles* tun, damit wir zusammenbleiben – ich kann ohne dich nicht leben.«

»Ich dachte, ich liebe dich, Alex, aber jetzt weiß ich es nicht mehr. Vielleicht habe ich mich nur in den Mann verliebt, den ich bei unserem ersten Date kennengelernt habe. Aber ich bin mir nicht sicher, ob er existiert.«

Tränen steigen ihm in die Augen, und ich weiß, dass ihn das umbringt, und mich auch, denn ich liebe ihn immer noch, ich kann es nicht einfach abschalten.

»Ich kann verstehen, dass herauszufinden, dass ich dich vorher gesehen und nie etwas gesagt habe ...«

»Und dass du über Hunde gelogen hast und ... Devon und so vieles mehr«, unterbreche ich ihn.

»Aber, Hannah, überleg doch mal, wenn du eine Facebook-Seite hättest, hätte ich dort vielleicht ähnliche Dinge sehen können, deine Vorlieben und Abneigungen, deine Träume. Ich habe nichts Schädliches oder Unheimliches getan – ehrlich.«

»Aber die Tatsache, dass du es mir nicht gesagt hast, gibt mir das Gefühl, dass ich dir nicht vertrauen kann, Alex. Ich habe das Gefühl, dass ich anfange, dir zu vertrauen, und dann finde ich etwas anderes heraus und das ganze Vertrauen ist wieder weg.«

»Hannah, bitte, bitte lass nicht zu, dass uns das auseinanderbringt. Jas ist einfach nur eifersüchtig und unehrlich und versucht, mich komisch aussehen zu lassen. Ich hätte dir doch gesagt, dass ich dich in der Weinbar gesehen habe ...«

»Hättest du? Du meinst, wie alles andere, was du mir nicht gesagt hast?«

Er schaut zu Boden und beginnt, meine Hand zu streicheln. Ich reagiere nicht darauf, ich starre nur in das Feuer vor mir, das jetzt eher raucht als flackert.

»Ich werde zum Abendessen Nudeln machen«, sagt er. »Das wird dir schmecken. Ich dachte, es wäre schön, sich hier zu verkriechen, sich dumm und dämlich zu essen, Wein zu trinken und die Welt auszusperren. Es wird perfekt sein, Hannah, nur du und ich.«

Er hat kein Wort von dem gehört, was ich gesagt habe. Er denkt, wenn er alles gemütlich herrichtet und ein Essen kocht, sind alle Probleme verschwunden. Früher habe ich das auch gedacht, und als jemand, der einst von einem Haus und einer Familie träumte, glaubte ich, dass eine Zukunft mit einem liebevollen Partner in einem schönen Haus alles wert sei. Aber das ist es nicht, und alle gemütlichen Abende und selbstgekochten Mahlzeiten der Welt werden nicht die Probleme in unserer Beziehung ausgleichen. Ich spüre den Druck seiner Hand auf meiner und werfe einen Blick auf die hölzerne Hüttentür, die er unbedingt abschließen wollte, als wir vom Strand zurückkamen. Und ich frage mich, wo der Schlüssel ist – und was er tun würde, wenn ich versuchen würde zu gehen.

38

Alex ist in der Küche und bereitet den Nudelauflauf vor, als ich Jas zurückschreibe.

Ich bin mir nicht sicher, was hier los ist. Mir geht es gut, aber A hat das Foto nicht so gut aufgenommen. Werde in Kontakt bleiben. x

Ich gehe in die Küche, wo Alex gerade Paprika schneidet und vor sich hin summt, es ist ein Bild des häuslichen Glücks. Aber das ist alles, was es ist – ein Bild.

»Gott, ich liebe diesen Ort«, sagt er, als ich hereinkomme.

»Ich auch«, sage ich und versuche, so zu klingen, als ob ich es ernst meine, während ich zusehe, wie das Messer wie Butter in die Paprikaschoten gleitet. »Ich gehe nur kurz ins Bad«, füge ich hinzu, verlasse die Küche und gehe nach oben, um zu sehen, wo er die Haustürschlüssel hingelegt hat. Aus Erfahrung weiß ich, dass er seine Hausschlüssel normalerweise in seine Jeanstasche steckt, aber er trägt eine Jogginghose ohne Taschen, also müssen die Schlüssel irgendwo sein. Ich hebe seine Jeans auf, die fein säuberlich gefaltet auf dem Schlafzimmersessel liegt, schiebe meine Hand in seine Tasche, und da sind sie! Ich stecke sie in die Tasche meines Kapuzenpullis und versuche dabei, den Boden im Schlafzimmer nicht knarren zu lassen.

»Weißt du, ich habe mir gedacht ...«, ruft er von unten aus der Küche.

Ich lege die Jeans wieder zusammen, gehe ins Bad und spüle die Toilette, damit er denkt, dass ich dort war. Ich will nicht, dass er weiß, dass ich im Schlafzimmer bin, sonst könnte er eins und eins zusammenzählen. Er weiß, dass ich nicht glücklich bin, und er hofft, dass der verdammte Nudelauflauf alles ändern wird, aber das wird er nicht.

»Warte mal ...«, rufe ich und gehe die Treppe hinunter. »Was hast du gesagt?«

Er dreht sich um, als ich in die Küche komme, und lächelt mich an. »Da bist du ja. Ich habe gerade gesagt, Babe – wir könnten hierherziehen, ein nettes kleines Häuschen kaufen und unsere drei Kinder am Meer großziehen.«

Ich nicke. »Das klingt gut«, sage ich, aber innerlich schreie ich NEIN!

Er lacht, beinahe als wäre er allein. »Ich meine, wir haben bereits den Hund, wir holen Kevin nächste Woche ab ... Ich lasse Träume wahr werden, nicht wahr, Babe?«

»Das tust du allerdings.« Ich lächle und gehe langsam zurück ins Wohnzimmer, so als ob ich nur herumschlendern würde, aber dort angekommen, schiebe ich die Schlüssel unter die Sofalehne.

Ich weiß nicht, was ich als Nächstes tun soll. Er hat auch die Autoschlüssel, und Gott weiß, wo sie sind. Ich frage mich, ob ich schnell genug nach draußen kommen und das Auto starten könnte, bevor er es merkt und mir hinterherkommt, als ich mein Handy in die Hand nehme und mehrere verpasste Anrufe und eine SMS von Jas in den letzten Minuten sehe. Verdammt, warum habe ich mein Handy hiergelassen? Sicher kam er herein, als ich oben war, und hat die ersten Zeilen ihrer SMS gesehen, in denen steht:

Verschwinde so schnell wie möglich von dort!

Ich höre Schneidegeräusche und Alex, der in der Küche vor sich hin singt, also öffne ich schnell ihre Nachricht. Sie hat mir einen Link zu einer Nachrichtenseite geschickt, und für einen Moment bleibt mein Herz stehen, weil ich denke, dass es um Chloe geht, dass die Polizei denjenigen verhaftet hat, der ihr die Drogen gegeben hat, oder, noch schlimmer, dass sie es nicht geschafft hat. Aber als ich den Link öffne, ist es ein Bericht über einen Mann, der am Mittwochabend vor der Weinbar The Orange Tree *getötet* wurde. *Getötet?* Er wies den Krankenwagen ab, der kam, beteuerte, es gehe ihm gut, und machte sich auf den Heimweg, wurde aber später gefunden und in ein Krankenhaus gebracht, wo er an seinen Verletzungen starb.

Ich schaue in die Küche zu Alex, der immer noch summt. *Weiß er es?*

Ich lese weiter. Offenbar sucht die Polizei nach einem Mann, der vom Tatort geflohen ist. Ich habe Jas nie von dieser Nacht erzählt, und Alex sagte, er habe seinen Freund, einen Polizisten, getroffen, der gesagt habe, dem Mann gehe es gut.

Ich schreibe Jas sofort zurück.

Woher wusstest du das?

Der Typ sagte, ein Geschäftsmann im Anzug habe ihn angegriffen. Da habe ich es mir gedacht. Du warst am nächsten Tag ziemlich nervös. Ich wusste, dass etwas nicht stimmte. Jetzt MUSST du es der Polizei sagen. x

Gerade als ich das Telefon weglege, kommt Alex herein. Ich

sitze zwischen den Kissen am Feuer und er kommt und stellt sich über mich.

»Wer schreibt dir, Hannah?«

»Niemand.«

Er lächelt, aber das Lächeln ist auf seinem Gesicht eingefroren. Er hält immer noch das Messer in der Hand, mit dem er die Paprikaschoten geschnitten hat.

»Weißt du *es*?«, frage ich und schaue zu ihm auf.

»Was weiß ich?«

»Dass er tot ist – der Typ, den du geschlagen hast.«

Er holt tief Luft und nickt dann langsam. »Ja, ich weiß es. Es war heute Morgen in den Nachrichten ...«

Ich ringe nach Luft. »Ich habe es gerade erst gesehen. Du musst die Polizei anrufen.«

»Ich kann nicht. Hannah, du musst verstehen, dass ich alles verlieren würde – auch dich.«

»Du hast mich schon verloren«, sage ich.

»Nein, das habe ich nicht. Ich muss darüber nachdenken, gib mir einfach etwas Zeit. Sobald ich es erfahren hatte, habe ich die Ferienhausfirma angerufen und das Haus für zwei weitere Wochen gebucht. Auf einen anderen Namen.« Dann sieht er mich mit einem so seltsamen Blick an. »Bitte sag mir, dass du deiner idiotischen Freundin nicht gesagt hast, wo wir sind.«

»Nein, habe ich nicht«, lüge ich. »Aber wir können uns hier nicht verstecken. Wir müssen die Polizei anrufen.«

»Das können wir nicht – wir müssen uns einfach bedeckt halten, dann wird sich alles wieder beruhigen ... Niemand weiß, dass ich es war. Wir sind gegangen, bevor jemand anderes aufgetaucht ist. Hannah, wir können hier Weihnachten feiern«, sagt er begeistert, als ob nichts passiert wäre.

»Alex, hast du den Verstand verloren? Du redest über Weihnachten – ein Mann ist tot, du hast ihn *umgebracht*. Das ist etwas, vor dem du dich nicht verstecken kannst, die Polizei wird dich finden.«

»Es ist okay, mach dir keine Sorgen. Wenn sie mich jemals finden, werde ich sagen, dass ich ihn geschlagen habe, weil er versucht hat, dich anzugreifen. Ich habe dich gerettet, und du kannst für mich einstehen, sagen, wie viel Angst du hattest – du könntest sogar sagen, dass er dich ein bisschen verprügelt hat. Dann werden wir sagen, dass du so verzweifelt warst, dass ich dich vom Ort des Vorfalls wegbringen musste.« Er sagt das, als würde er ein gut ausgearbeitetes Drehbuch vorlesen. »Aber es ist sehr unwahrscheinlich, dass jemand erfährt, dass ich es war«, sagt er und streckt die Hände aus, als würde er darauf warten, dass ich ihm zu seiner Geschichte gratuliere.

»Halt, Moment mal«, sage ich und stehe auf. »Das sind alles Lügen und das weißt du.«

Er hebt beide Hände, als wolle er mich beruhigen, aber da er in einer von ihnen ein Küchenmesser hält, hat es den gegenteiligen Effekt. Ich traue mich nicht, den Blick davon abzuwenden, während er langsam mit mir spricht, als wäre ich ein Kind, das nichts versteht.

»Hannah, hör mir zu, wir müssen uns an die Geschichte halten – und wenn wir sagen, dass es Selbstverteidigung war, ist alles in Ordnung. Ich werde damit durchkommen.«

»Aber das ist eine *Lüge*, Alex, das ist *Meineid* – wir müssen die Wahrheit sagen. Du wolltest ihn nicht töten, es war ein Unfall.«

»Das ist keine Lösung«, sagt er und beginnt auf und ab zu gehen. »Sie werden mich wegen Totschlags verurteilen. Ich würde trotzdem für Jahre eingesperrt sein. Ich werde dich nicht sehen, ich werde mich nicht um dich kümmern können«, sagt er und klingt dabei wie ein Kind, das sein Lieblingsspielzeug verlieren wird. »Jemand könnte dich mir wegnehmen, oder du könntest mich verlassen.«

Ich stehe vom Boden auf, wo ich am Feuer gesessen habe,

und setze mich auf das Sofa. Als ich sicher bin, dass er nicht hinsieht, greife ich unter das Sitzkissen, während ich weiterhin das glitzernde Messer in seiner Hand beobachte.

»Du wirst mich doch nicht verlassen, Hannah?«, fragt er erschrocken, als er plötzlich stehen bleibt und sich mir zuwendet.

»Ich ... Nein, nein, das werde ich nicht«, sage ich und nehme diskret die Schlüssel, ohne das Messer aus den Augen zu lassen – es liegt an seinem Oberschenkel an. Er dreht es mit seinen Fingern, und mir ist nur zu bewusst: eine schnelle Bewegung, ein falsches Wort – und das Messer könnte in meiner Brust stecken.

Ich habe die Haustürschlüssel in der Hand, aber er beobachtet mich aufmerksam.

Plötzlich ertönt ein Wecker in der Küche, der uns beide aufschrecken lässt.

»Die Nudeln«, murmelt er fast zu sich selbst und wendet sich für einen Sekundenbruchteil ab.

Ich sehe meine Chance und renne wie eine Verrückte zur Tür. Ich schiebe den Schlüssel entschlossen hinein, er ist schwergängig und es kostet mich all meine Kraft, ihn zu drehen und dann die Holztür aufzuhebeln. Ich kann nicht glauben, dass ich es geschafft habe, und schreie auf, als ich durch die Tür trete. Aber Alex ruft meinen Namen und rennt auf mich zu. Gerade als er mich erreichen und festhalten will, schlage ich ihm die Tür vor der Nase zu – mit Wucht. Ich höre ihn vor Überraschung und Schmerz aufschreien, aber ich renne bereits in Hausschuhen und einem dünnen Pullover durch den beißenden Wind.

Es ist dunkel und eiskalt, aber das ist mir egal. Ich fühle nichts, nur das dringende Bedürfnis zu entkommen, zu überleben. Ich muss nur genug Abstand zu ihm schaffen und die Polizei anrufen. Ich biege jetzt auf die Hauptstraße, eine Küstenstraße, wo der Wind bitter und unbarmherzig ist, aber ich laufe weiter. Ich bin diese Anstrengung nicht gewohnt, und schließlich, nur ein paar hundert Meter weiter, muss ich anhalten, auch wenn er dicht hinter mir sein könnte. Ich bleibe hinter den Bäumen am Straßenrand stehen, die Hände auf den Knien, kurzatmig und röchelnd. Ich halte mein Handy in der Hand, bereit, es zu benutzen, aber plötzlich dreht sich mein Magen um und ich übergebe mich in das gefrorene Gras. Ich warte in der Stille. Vor mir ist die Straße leer und dunkel, und hinter mir ist nur das Rauschen der Bäume zu hören. Nach einer Weile, als ich sicher bin, keine Anzeichen von Alex wahrzunehmen, drücke ich auf mein Telefon und versuche, die Polizei anzurufen, aber ich habe keinen Empfang.

Der Wind pfeift, Schnee fällt aus großer Höhe, eine stille Decke, die auf der Welt liegt. Dann höre ich, wie er meinen Namen ruft, er ist durch den Schnee nur gedämpft zu vernehmen, aber ich höre den Verlust, die Verzweiflung, den Kummer in der Dunkelheit.

Er hat das Messer und ich erinnere mich an seine Worte, als wir glücklich und verliebt waren und die Welt noch eine andere war. »Menschen tun gefährliche Dinge, wenn sie Angst haben, das zu verlieren, was sie lieben, Hannah.«

Wer weiß, was er jetzt tun wird? Also bleibe ich am Baum stehen und warte, während seine Stimme in der Ferne leiser wird. Er kann mich nicht finden, und wie ein verlorenes Kind wird er immer hoffnungsloser, immer verzweifelter. Dann sehe ich plötzlich ein Auto in der Ferne. Ist es gefährlicher, hier bei den Bäumen zu bleiben, ohne Hoffnung, und vor Kälte zu sterben. Darauf zu warten, dass Alex mich findet und in die Hütte zurückbringt, um mich dort in einer schrecklichen Parodie der Liebe festzuhalten, die sich Wochen oder Jahre hinzieht? Oder soll ich auf die Straße rennen und das Auto anhalten?

Ich treffe eine schnelle Entscheidung. Es ist nicht einmal eine rationale Entscheidung, die mein Gehirn trifft, mein Körper schießt einfach auf die Straße hinaus, meine Arme fuchteln. Ich schreie und rufe um Hilfe. Als sich das Auto nähert, versperren mir die Scheinwerfer die Sicht, und für einen Moment denke ich, es könnte Alex sein, der aus der anderen Richtung kommt, um mich zu täuschen. Ich halte den Atem an, weil ich weiß, dass mein Schicksal von diesem Auto abhängt, aber dann höre ich Alex in der Ferne wieder meinen Namen rufen.

Ich laufe auf den Wagen zu. Ich weiß, dass er hinter mir ist. Ich hoffe nur, dass der Fahrer, wer auch immer es ist, mich einsteigen lässt und wegfährt, ohne Fragen zu stellen. Wenn wir nicht entkommen, könnte Alex auch ihn angreifen. Er hat bereits einen Menschen getötet und ich weiß, dass er es wieder tun würde.

Das Auto hält an, die Fahrertür öffnet sich, und es ist Harry, der winkt. »Hannah, Hannah, bist du das?«

Ich breche fast zusammen vor Überraschung und Erleichterung. »Harry, Harry.« Ich schluchze jetzt, und er rennt zur Beifahrertür und hilft mir hinein. In dieses warme Auto zu steigen ist das beste Gefühl, ich fühle mich schwach vom Laufen und Weinen und von der Kälte.

»Ich bin die ganze Straße auf und ab gefahren und habe überall nach dir gesucht.«

»Gott sei Dank. Aber wie hast du ...?« Dann lache ich. »Jas?«

»Sie rief mich an und sagte, sie mache sich Sorgen um dich.«

»Und du und Gemma seid dieses Wochenende in Somerset?«

»Ja, ich habe weniger als eine Stunde gebraucht, um hierherzukommen, und dann noch eine halbe Stunde, um die Hütte zu finden, aber es war niemand da.«

»Jas wusste, dass etwas nicht stimmte.« Ich keuche, immer noch außer Atem von der Kälte und dem Laufen und der Angst.

»Ja, sie hat mich angerufen, um mir von der ... der Schlägerei zu erzählen ... der Typ ist gestorben.«

»Ja, ich ...«

»Und das Foto von Alex, der euch im Orange Tree beobachtet – mein Gott!«

»Ich weiß, es war so seltsam, dass er da war ...« Ich beende den Satz nicht. Ich kann Alex nicht einmal ansatzweise einem netten, vernünftigen Menschen wie Harry erklären, der nicht jemandem nachstellt, um seine Freundin zu werden, oder Menschen vor Weinbars umbringt.

Er tätschelt meinen Arm. »Es ist okay, Hannah, wir müssen nicht darüber reden.«

Ich bin überwältigt vor Erleichterung. »Ich kann dir nicht genug danken, Harry. Wenn du nicht gekommen wärst, hätte ich vielleicht ... Ich hatte solche Angst ...« Ich fange an zu weinen, und ich weiß, dass ihm Emotionen ein bisschen zu viel sind, weil er ein Kerl in den Zwanzigern ist, aber er wendet sich mir zu und sagt gefasst:

»Hannah, bitte weine nicht. Ich hasse es, wenn Mädchen weinen. Ich weiß nicht, was ich dann tun soll.«

Das bringt mich trotz allem zum Lächeln, und ich lege meinen Kopf auf seine Schulter und drücke seinen Arm, weil ich mich nach einer tröstenden Umarmung sehne. Er hat eine Hand am Lenkrad und umarmt mich, so gut er kann, als plötzlich ein Auto vor uns hält und Alex aussteigt.

»Er hat ein Messer«, rufe ich Harry zu, der das Auto mit der Zentralverriegelung absperrt.

»Es ist okay, wir haben das im Griff. Er tut niemandem etwas«, sagt er ruhig und wendet seinen Blick nicht von Alex ab, einer dunklen Gestalt, die sich im Scheinwerferlicht abzeichnet und die Arme in die Luft streckt.

Er kommt näher heran, geht zum Beifahrerfenster und sieht dann Harry. Die Erkenntnis lässt seinen Mund vor Überraschung offen stehen, und er fängt an, mit aller Kraft gegen mein Fenster zu schlagen, als ob er mir ins Gesicht schlagen wollte.

Ich zucke zusammen und schreie: »Fahr, fahr«, und Harry gibt Gas. Wir schlingern auf der vereisten Straße, wobei der Schnee die Räder zusätzlich ins Rutschen bringt und Alex Zeit gibt, wieder in sein Auto einzusteigen. Ich beobachte ihn im Seitenspiegel und rufe Harry zu: »Los, los«, und schließlich setzen wir uns in Bewegung und rutschen über den Untergrund, während Alex hinter uns herfährt.

Harry hat genauso viel Angst wie ich, und er fährt so schnell, dass ich um unser Leben fürchte. Auf der Küstenstraße ist bereits das Gefälle beängstigend, aber mit dem Glatteis ist es tückisch. In der Dunkelheit können wir nichts sehen, und Harry hat Mühe, das Auto auf der Straße zu halten. In einer Kurve stürzen wir fast über den Fahrbahnrand, und Harry erschrickt so sehr, dass er an der nächsten geeigneten Stelle am Straßenrand anhält, mit Alex direkt hinter uns.

»Harry – wir können hier nicht anhalten.« Ich schaue hinter mich und sehe, wie Alex ein paar Meter entfernt hält. »Harry! Er steigt aus dem Auto aus! Bitte fahr«, flehe ich ihn voller Angst an.

»Nein«, sagt er ruhig und stellt den Motor und das Licht ab. »Ich werde mit ihm reden.« Und er öffnet seine Tür, der eisige Wind peitscht durch das Auto, kalt und gefährlich, und er tritt hinaus in die Dunkelheit.

»NEIN!«, schreie ich lauthals. Aber er ist schon weg, hat die Autotür hinter sich geschlossen und die Türen verriegelt. Ich beobachte ihn im Rückspiegel, wie er ein paar Meter zurückläuft, wo ich vermute, dass Alex wartet. Ich kann ihn nicht sehen, und jetzt kann ich auch Harry nicht mehr sehen.

Ich sitze und warte und frage mich, ob ich aus dem Auto hätte aussteigen und Harry helfen sollen. Ich weiß, dass er reden wollte, aber Alex hat es vielleicht in einen Kampf verwandelt, und ich habe gesehen, wie wütend er wird. Zu zweit hätten wir Alex vielleicht überwältigen können, aber ich kann mir nicht vorstellen, dass Harry allein eine große Chance hat, wenn Alex auf ihn losgeht. Harry hat immer gesagt, dass er ein Liebhaber und kein Kämpfer ist, und während er glaubt, dass es funktionieren wird, mit Alex zu reden, bin ich nicht überzeugt. Ich hoffe bei Gott, dass es nicht Alex ist, der zurückkommt und mich im Auto eingesperrt vorfindet, eine sitzende Zielscheibe. Ich prüfe mein Handy, um die Polizei anzurufen, aber ich habe hier draußen immer noch keinen Empfang. Ich habe nichts, um mich zu schützen, und wenn Alex Harry verletzt und mit dem Messer zurückkommt, weiß ich, dass mein Leben vorbei ist.

Irgendwann sehe ich jemanden im Rückspiegel. Er geht auf das Auto zu, und ich schwöre, ich sehe das Aufblitzen von Metall. Es ist Alex, er muss Harry erstochen haben und jetzt ist er hinter mir her. Ich ducke mich und lege meinen Kopf auf den Schaltknüppel, ich kann nicht atmen, so viel Angst habe ich. Ich höre, wie das Schloss mit dem Autoschlüssel geöffnet wird, und höre mich selbst keuchen, dann nehme ich ein Wimmern wahr und weiß, dass ich es bin. Die Tür öffnet sich, ein eiskalter Windstoß peitscht ins Auto und ich hebe langsam den Kopf, um zu sehen, wer es ist.

»Alles in Ordnung?« Es ist Harry, und als er einsteigt, packe ich ihn und umarme ihn zu fest.

Er umarmt mich zurück und wir sitzen lange Zeit einfach nur da und halten uns gegenseitig, während ich an seiner Brust schluchze.

Schließlich ziehen wir uns zurück. »Hat er dir wehgetan?«, frage ich, aber er antwortet nicht, sondern stützt sich mit dem Kopf auf das Lenkrad und wirkt einige Augenblicke lang erschüttert.

»Harry, was ist passiert, wo ist er?«, frage ich und schaue hinter das Auto – meine Erleichterung war nur vorübergehend, jetzt habe ich wieder Angst.

Harry schaltet das Innenlicht ein, er ist sichtlich aufgebracht. »Hannah, ich kann nicht glauben, dass du mit diesem Kerl zusammen warst. Du hättest hören sollen, was er gesagt hat, die unheimliche Art, mit der er gesprochen hat – die Dinge, die schrecklichen Dinge, die er dir in dieser Hütte antun wollte.«

Mir dreht sich der Magen um. Ich bin nicht komplett überrascht, aber es ist trotzdem nicht einfach, es zu hören. Ich schaue wieder hinter mich, um zu sehen, wo Alex ist; vielleicht plant er immer noch diese schrecklichen Dinge.

»Lass uns fahren«, sage ich. »Er könnte versuchen, uns von der Straße zu rammen, wenn er glaubt, nichts mehr zu verlieren zu haben.«

»Nein, das wird er nicht, das verspreche ich dir. Ich habe ein ernstes Gespräch mit ihm geführt, ich glaube, ich habe ihn zur Vernunft gebracht. Nach dem, was er gesagt hat, ist es wahrscheinlicher, dass er *sich* das Leben nimmt.« Er seufzt.

»Oh nein.« Ich beginne zu weinen, denn trotz allem möchte ich nicht, dass Alex etwas Schreckliches zustößt. Ich werde nicht Teil seines Lebens sein, aber ich will nicht, dass er stirbt.

»Hey, hey, ich bin sicher, dass es ihm gut gehen wird. Ich mache mir nur Sorgen um dich«, sagt Harry.

»Ich ... Ich weiß nicht ... Ich will mir nicht vorstellen, was passiert wäre, wenn Jas dich nicht angerufen hätte.«

Er nickt. »Ja, ja. Hey, nicht weinen«, sagt er sanft und wischt meine Tränen mit dem Ärmel seines Pullovers weg. »Ich habe die Polizei angerufen, sie sind auf dem Weg. Wir müssen hier auf sie warten. Ist dir warm genug?«, fragt er, und ich nicke, aber er zieht trotzdem seinen Mantel aus und legt ihn mir um.

»Vielen Dank, ich bin dir und Jas so viel schuldig.«

»Eine Menge *Alkohol*.«

Ich lächle und ergreife seine Hand, ich muss einfach die Wärme eines anderen Menschen spüren. »Ich kannte ihn nicht – ich dachte, ich kenne ihn, wir haben über Heirat gesprochen. Aber er ist ein Fremder für mich.«

»Tja, da bist du gerade noch mal davongekommen, Kumpel.« Er lächelt und lässt das Auto an, um uns warm zu halten. »Ich habe der Polizei am Telefon so viel wie möglich erklärt, aber wenn sie hier sind, werden sie mit dir sprechen wollen.«

»Ja, natürlich. Meinst du, Alex wird sich aus dem Staub machen?«, frage ich.

»Nee, der ist erledigt.« Harry seufzte. »Er weiß, was er zu tun hat. Ich habe ihn am Straßenrand sitzen lassen, er weiß, dass die Polizei kommt, ich denke, er wird sich geschlagen geben.«

Einige Minuten später hören wir Sirenen und sehen Blaulichter.

»Es ist alles vorbei, Hannah.« Harry lächelt. »Die Polizei kann sich jetzt um ihn kümmern. Und wenn wir mit der Polizei gesprochen haben, bringe ich dich nach Hause.«

»Ich komme mir so blöd vor, Harry.«

»Nicht«, sagt er. »Du hast dich nur in den Falschen verliebt – hoffen wir, dass es beim nächsten Mal der Richtige sein wird.«

39

Alex meinte es ernst, als er sagte, er könne ohne mich nicht leben, und heute habe ich mich zum letzten Mal von ihm verabschiedet. Es fällt mir immer noch schwer, das Geschehene zu verarbeiten. Es scheint, dass er sich in dieser kalten, verschneiten Nacht, nur wenige Tage vor Weihnachten, das Leben genommen hat, als er merkte, dass er keine Chance mehr hatte.

Harry und ich warteten am Straßenrand, bis die Polizei eintraf, in der Annahme, dass Alex noch immer weiter unten auf der Straße sein würde, wo Harry ihn zurückgelassen hatte. Aber als sie dort ankamen, konnten die Polizisten ihn nicht finden und sagten, er müsse sich aus dem Staub gemacht haben. Bis am nächsten Tag die Leiche von einer Rettungsbootbesatzung auf dem Grund der Salcombe Cliffs geborgen wurde. Harry sagte, er habe an der Art, wie er sprach, gemerkt, dass er seinem Leben ein Ende setzen wollte, aber obwohl ich wusste, dass er verzweifelt war, hinterließ der Schock, als ich hörte, dass Alex sich das Leben genommen hatte, ein Gefühl von Traurigkeit und Schuld. Mir war nie klar gewesen, wie sehr er in Schwierigkeiten steckte und wie gepeinigt er war. Ich dachte, ich liebe ihn, aber ich kannte ihn nicht wirklich. Ich wünschte nur, ich hätte ihm helfen können.

Es war so schwierig und traurig, mir nach Alex' Tod einen Reim auf sein Leben zu machen. Jeden Tag erfahre ich etwas anderes über ihn, was beweist, wie wenig ich ihn wirklich kannte. Traurigerweise scheint es, dass ich ihm am nächsten stehe, so wie er mir am nächsten gestanden hätte. Wir waren kaum mehr als Kinder ohne Wurzeln, beide auf der Suche nach einer Familie und einem Zuhause, und glaubten, dies im anderen gefunden zu haben.

Ich fand nähere Informationen zu seiner Schwester Lara und lud sie und alle anderen Familienmitglieder ein, zur Beerdigung zu kommen. Lara schrieb mir zurück, dass der Tod ihrer Mutter ihn zutiefst getroffen habe und dass er immer mit emotionalen Problemen zu kämpfen gehabt habe. Sie sagte, ihr Vater sei zu krank, um an der Beerdigung teilzunehmen, und sie könne ihn nicht allein lassen, also würden beide nicht dabei sein. Es brach mir das Herz, wenn ich daran dachte, dass ich die Person bei seiner Beerdigung sein würde, die ihm am nächsten stand, jemand, den er weniger als ein Jahr lang kannte.

Die Beerdigung war schrecklich, und was es noch schlimmer machte, war, dass ich mir während des gesamten Gottesdienstes bewusst war, dass Helen wie eine schwarze Witwe im hinteren Teil der Kirche stand. Ich hörte kaum die Worte des Pfarrers, ich wollte es einfach nur hinter mich bringen. Ich hatte Angst, sie könnte mir die Schuld an seinem Tod geben und einen neuen Rachefeldzug gegen mich führen. Das Letzte, was ich brauchte, war eine rachsüchtige Ex-Frau, die mich verfolgte.

Ich, Jas, Harry – und natürlich Helen – waren die einzigen Menschen auf der Beerdigung, und das war herzzerreißend. Nicht einmal Alex' frühere Kollegen waren gekommen. Die Tatsache, dass nach ihm wegen des Todes eines jungen Mannes gefahndet wurde, hat nicht gerade dazu geführt, dass sie in

Scharen gekommen sind, um sein Leben zu feiern oder seinen Tod zu beklagen. Ich verstehe das, aber es war trotzdem erschütternd, dass sein Leben so wenigen so wenig bedeutet hat.

Nach der Beerdigung stand Jas wie eine Wächterin neben mir, als Helen sich näherte. Ich hielt den Atem an und fürchtete eine Konfrontation.

»Du bist also Hannah«, sagte sie und hielt mir ihre Hand hin.

Vorsichtig bot ich meine an, und wir lächelten uns verlegen an.

»Danke fürs Kommen.« Ich zuckte mit den Schultern und wusste nicht so recht, was ich sagen sollte.

»Ich weiß, dass Alex ein wenig impulsiv sein kann, aber ich war überrascht, als ich hörte, was passiert ist. Ich meine, Selbstmord? Das passt einfach nicht zu ihm, er hatte immer so einen Optimismus ... blinden Optimismus eigentlich. Wie kann sich jemand wie Alex das Leben nehmen?«, sagte sie verwirrt.

»Ja, es ist erschreckend, welche Dunkelheit die Menschen in sich tragen«, erwiderte ich und war erstaunt, dass Helen so warm und freundlich zu sein schien.

»Ich hoffe, der ganze Blödsinn mit dir hat jetzt aufgehört?« Jas ging ohne Umschweife zur Sache, ohne sich besonders höflich auszudrücken.

»Was? Ich weiß nicht, wovon du redest«, antwortete Helen.

Ich weiß nicht, wie gut sie schauspielern kann, deshalb war ich mir nicht sicher, ob ihre Verwirrung echt war.

»Die Blumen, die Voicemail, die du mir hinterlassen hast, die Drohungen, mir wehzutun«, sagte ich. »Ich weiß, du wolltest ihn zurück, aber du hast mir das Leben zur Hölle gemacht, Helen ... und ihm auch.«

Sie fasste sich an die Brust, mit einem Ausdruck des absoluten Entsetzens im Gesicht. »Oh, Hannah, du verstehst da etwas falsch«, sagte sie und schüttelte energisch den Kopf. »Ich habe nie gedroht oder angerufen ...«

»Aber du hast mich durch Worcester verfolgt ... du hast meinen Namen gerufen, du –«

»Ja, weil ich mit dir reden wollte. Ich hatte Alex vor einigen Monaten gefragt, ob wir uns zum Mittagessen treffen könnten, aber nicht weil ich ihn zurückwollte. Gott, nein. Ich war erleichtert, als er sagte, er hätte jemanden kennengelernt. Er zeigte mir Fotos von dir auf seinem Handy, er schien so glücklich zu sein. Ich wollte Alex nicht zurück. Er war ein guter Kerl, freundlich und fürsorglich – aber zu fürsorglich. Er wollte mich ganz für sich. Was als schöne Beziehung begann, wurde klaustrophobisch.«

Ich hörte zu und merkte, dass es ihr genauso ergangen war wie mir. Auch sie hatte sich von seiner scheinbaren Wärme und Freundlichkeit zu einer Beziehung verleiten lassen, die sie nicht wollte.

»Er wurde zu kontrollierend, so besitzergreifend. Es gefällt mir nicht, dies angesichts der Umstände sagen zu müssen, aber ich wollte ihn nie wiedersehen, nachdem ich gegangen war – ich habe sogar viele meiner Sachen im Haus gelassen, einige meiner Kleider waren noch im Schrank. Ich bin einfach weggelaufen.«

Es erinnerte mich daran, wie ich mich an jenem Tag in der Hütte gefühlt hatte. Ich war auch einfach losgerannt.

»Als du mich an diesem Tag in Worcester sahst – warum wolltest du mit mir sprechen?«, fragte ich.

»Ich dachte, du könntest vielleicht helfen, indem du ihn davon überzeugst, aus dem Haus auszuziehen.«

Ich verstand nicht und musste verwirrt dreinschauen, als sie plötzlich lächelte.

»Ah, ich verstehe ... er musste dich glauben lassen, dass ich ihn zurückhaben wollte und dass ich dich bedrohte. Er musste dafür sorgen, dass du Angst vor mir hast, weil er nicht riskieren wollte, dass wir jemals miteinander reden.«

»Ich verstehe nicht ...«

»Er hat dir Dinge verheimlicht. Das hat er auch mit mir gemacht.«

»Ja, er war nicht immer ganz ehrlich ... aber warum wolltest du, dass ich ihn dazu bringe, das Haus zu verkaufen?«, fragte ich, immer noch nicht sicher, ob ich glaubte, was sie sagte.

Sie schüttelte den Kopf. »Es ging nicht darum, das Haus zu *verkaufen* ... meine Freundin wollte ihr Haus *zurück*.«

»Aber er hat dir das Haus abgekauft, als ihr euch getrennt habt.«

Wieder schüttelte Helen den Kopf und rollte mit den Augen. »Nein, das Haus gehört meiner Freundin von der Uni. Sie hat es an uns vermietet, und als ich wegging, hat sie ihm erlaubt, es allein weiter zu mieten. Sie hatte einen tollen Job im Ausland und wollte den Ärger nicht, den eine Neuvermietung mit sich bringt, und sie wollte nicht an jemanden vermieten, den sie nicht kannte. Außerdem war er der perfekte Mieter, denn sie wusste, dass er die Wohnung nicht verwüsten würde, ganz im Gegenteil, er war ein Ordnungsfanatiker. Während ihrer Abwesenheit war er also der perfekte Mieter – all ihre Sachen waren in dem Haus, weißt du. Ihr ganzes Geschirr, ihre Fotos, sogar ihre Bücher – wir haben nur dort gewohnt, wirklich, wir haben kein einziges Möbelstück gekauft. Wahrscheinlich war das auch gut so, denn als wir uns trennten, gab es nichts zu teilen, kein ›meins‹ und ›deins‹ und keine chaotischen Geldangelegenheiten, nur die Scheidung. Jedenfalls endete der Job meiner Freundin Anfang November und sie zog zurück nach Großbritannien und wollte wieder einziehen. Also verabredete ich mich an diesem Tag mit Alex, um ihm zu sagen, dass er ausziehen *müsse* – das war alles ziemlich peinlich, weil sie meine Freundin war und so. Die Sache ist die, dass sie schon ein paarmal bei ihm war und er sich weigerte, die Tür zu öffnen. Er hatte nicht nur die Schlösser ausgetauscht, sondern auch alles doppelt verriegelt, sogar die Garage. Meine Freundin kennt einige zwielichtige Leute, die aus Alex Hackfleisch gemacht hätten, aber trotz mehrerer Drohungen weigerte er sich einfach auszuziehen. Als ich ihn sah, sagte er, dass du das Haus lieben würdest und er für dich dortbleiben wolle. Ich hatte das Gefühl, dass er dir gesagt haben könnte, dass es ihm gehört, und deshalb hoffte ich, dass ich dich bitten könnte, dich einzumischen und ihn zum Auszug zu bewegen, falls ich dich an diesem Tag in Worcester erwischen würde. Aber typisch Alex, er wollte alles perfekt machen, auch wenn es nur eine Fassade war – er wollte unbedingt ein Nest bauen, auch wenn es nicht sein eigenes Nest war, das er baute.«

Ich war schockiert über die Enthüllung. Jetzt ist mir klar, dass Alex mit dem Anruf und der Voicemail versucht hat, mich davon abzuhalten, Kontakt zu Helen aufzunehmen. Vielleicht waren sogar die früheren Vorfälle, die sich ereignet hatten, bevor ich von ihrer Existenz wusste, der Geruch von Parfüm in meinem Auto und die Rosen, Vorbereitungen von ihm, um sie später als eifersüchtige Ex hinstellen zu können.

Das erklärte auch, warum er die Haustür immer doppelt verriegelte, wenn wir zu Hause waren, und warum er an dem Abend, als ich zum Abendessen kam, durch die Scheibe schaute. Ich hatte angenommen, dass er Angst hatte, dass Helen, »unsere Stalkerin«, vor seiner Tür auftauchen könnte. Aber ich glaube Helen und es sieht so aus, als hätte er Angst gehabt, dass die Hausbesitzerin, Helens Freundin, jemanden schicken würde, um ihn rauszuwerfen oder ihm sogar wehzutun.

»Wir hätten früher reden sollen.« Ich seufzte.

»Ja, aber das hätte er nicht zugelassen.« Sie lächelte. »Er war so entschlossen. Es scheint so, als wäre in seiner Beziehung zu uns beiden alles geplant gewesen, nicht wahr?«

»Selbst nachdem du gegangen warst, konnte er dich nicht

loslassen«, sagte ich und wusste, dass er mich nicht so leicht aufgegeben hätte, wenn er noch leben würde. Ich erzählte ihr, dass er eine Handy-App benutzte, um immer zu wissen, wo wir beide waren, und wie er sich meine Wünsche angehört und sie bei unserem ersten Date benutzt hatte.

»Ja, das ist Alex.« Sie nickte. »Unheimlich, dass er wusste, wo wir waren, aber er musste uns auseinanderhalten, er lebte so viele Lügen. Er war wie eine leere Leinwand, und es mag hart klingen, aber wenn ich mit ihm zusammen war, schien er keine eigenen Gedanken und keine eigene Meinung zu haben, er schien nur meine wiederzugeben. Er fing sogar an, Gin zu trinken, weil ich das trank, er sagte, es sei ›unser‹ Getränk, aber ich hörte, wie er einmal einem Freund sagte, dass er Gin verabscheue.«

Ich dachte an »*unser*« Getränk, an die Flaschen Merlot, die wir gemeinsam getrunken hatten und von denen er behauptet hatte, sie zu lieben, und fragte mich erneut, ob irgendetwas an Alex echt war.

»Zunächst schien er der perfekte Partner zu sein.« Sie seufzte. »Wir hatten gute Zeiten. Aber rückblickend habe ich den Eindruck, dass er schon früh meine Gefühle für ihn auf die Probe gestellt hat.«

Ich dachte einen Moment lang nach und begriff, was sie meinte. »Ja, unsere erste Verabredung war wundervoll, aber er ließ mich warten, bevor er mich nach einem zweiten Date fragte, nicht lange, aber gerade lange genug, um mich zu verunsichern«, sagte ich, als mich die Erinnerung überkam. »Und er kam zu spät zu unserer zweiten Verabredung und ich musste ewig im eiskalten Regen warten.«

»Ja, das war Alex.« Sie lächelte. »Ich meine, was für ein Test – dich bei schlechtem Wetter warten zu lassen, nur um zu sehen, ob du ihn genug magst, um zu bleiben. Er hat dich wahrscheinlich von der anderen Straßenseite aus beobachtet.«

»Gott, jetzt wo du es sagst – er meinte: ›Wo ist dein Regenschirm?‹, als ob er gewusst hätte, dass ich einen gehabt hatte, während ich auf ihn wartete. Er muss also in der Nähe gewesen sein«, sagte ich, erstaunt darüber, wie weit er gegangen war.

»Das ist typisch Alex«, sagte sie. »Er hat mich auf dem Standesamt warten lassen und mir später verraten, dass er schon eine Stunde vorher da war. Das war seine Art, sich zu vergewissern, dass er dich wirklich für sich hatte.« Sie kicherte bei der Erinnerung daran.

»Ich glaube, es lag daran, dass er das Gefühl hatte, nicht gut genug zu sein. Er konnte nicht glauben, dass sich jemand wirklich für ihn interessierte«, sagte ich.

»Oh, Alex – er wollte so sehr gefallen, nicht wahr? Ich glaube, das hatte seinen Ursprung in der Kindheit. Seine Mutter starb, als er noch klein war, und sein Vater war sehr grausam, weißt du.«

Ich nickte, als ich dieses Fünkchen Wahrheit inmitten all der Lügen anerkannte, und ich werde nie vergessen, wie Helen plötzlich ernst dreinschaute, meinen Arm berührte und sagte: »Aber, Hannah, weißt du was? Ich habe ihn geliebt, und trotz allem wird er immer einen Platz in meinem Herzen haben.«

Und wir beide lächelten uns an, als wir dies erkannten, denn letztendlich wollte Alex nur das, was jeder von uns will, nämlich lieben und geliebt werden. Seine Lügen waren ein Versuch, die Dinge besser erscheinen zu lassen, aber am Ende verursachten sie nur noch mehr Schmerz.

Leider habe ich seit seinem Tod noch mehr von Alex' Lügen aufgedeckt. Es stellte sich heraus, dass er tatsächlich kein Anwalt war, sondern ein Rechtsanwaltsgehilfe, und dass er nur wenige Wochen, nachdem wir uns kennengelernt hatten, entlassen worden war. Es schien, als hätte er sich nicht mehr konzentrieren können, einige Fehler gemacht und wäre regelmäßig nicht zur Arbeit erschienen, ohne dass er Bescheid gesagt hätte. Ich fragte mich oft, wie er die Zeit fand, an komplexen Rechtsfällen zu arbeiten und zudem üppige Mahlzeiten zu kochen, wenn ich abends nach Hause kam, aber es schien, als hätte er seinen Job im Grunde aufgegeben, um sich um mich zu kümmern. Da er in seinen letzten Monaten kein Einkommen mehr hatte und verschwenderisch viel Geld für Essengehen, die zum Fitnessstudio umgebaute Garage, das Büro zu Hause und romantische Wochenenden ausgab, starb er mit einem Vermögen an Kreditkartenschulden. Es macht mich traurig, wenn ich daran denke, dass er das alles für mich getan hat. Ich wollte immer jemanden, der sich um mich kümmert, aber Alex hat sich zu sehr gekümmert.

Der Abschied von Alex fiel mir schwer, und ich vermisse ihn, aber ich vermisse nicht die ständigen SMS und Anrufe, die Art und Weise, wie er alle meine Freunde abzulehnen schien und auf jeden eifersüchtig war, dem ich Aufmerksamkeit schenkte.

»Er mochte mich wirklich nicht, oder?«, sagte Jas neulich.

»Du hast ihn auch nie gemocht«, antwortete ich ihr. »Ich weiß, dass du nur auf mich aufpassen wolltest, aber dass du ständig gesagt hast, ich solle vorsichtig sein, und deine Kommentare über Warnsignale haben mich genervt. Irgendwie hast du ihn durchschaut. Ich schätze, du hattest eine bessere Intuition als ich«, sagte ich, aber andererseits war ich verliebt, und Liebe macht blind. Ich habe nichts gesehen, bis es zu spät war.

Ich habe Jas nie erzählt, dass Alex mir gesagt hat, dass sie versucht hat, ihn zu küssen. Ich habe das Gefühl, dass es keinen Sinn hat, es jetzt zu erwähnen, es würde sie nur verletzen. Wir bauen jetzt unsere Freundschaft wieder auf und außerdem vertraue ich Jas wieder. Ich bezweifle sehr, dass sie sich an meinen Freund herangemacht hat, so etwas tun beste Freundinnen nicht. Jas und ich sind so stark wie eh und je, und wir gehen wieder jeden Dienstagabend ins Orange Tree und trinken Porn-Star-Martinis – obwohl wir im Moment kein Online-Dating machen.

Nach Devon habe ich sogar Weihnachten mit Jas verbracht. Es war ein bisschen schwierig – ich dachte daran, wie es mit Alex hätte sein können – aber Jas tat ihr Bestes, um mich abzulenken. Und auch die Arbeit hat mich auf Trab gehalten. Ich gehe jeden Tag ins Krankenhaus, um nach Chloe zu sehen. Nach Alex' Tod ist es immer noch schwierig, Chloe zu besuchen, aber ich bin fest entschlossen, für sie da zu sein. Carol, ihre Mutter, scheint wieder zu ihren alten Gewohnheiten zurückgekehrt zu sein, jetzt, wo Pete wieder da ist, und schaut vielleicht einmal pro Woche vorbei, sodass ich mich noch mehr verpflichtet fühle, mich um Chloe zu kümmern. Ich weiß, dass es für sie ein langer Weg zurück sein wird, und sie wird jemanden an ihrer Seite brauchen, der sie nicht im Stich lässt und nicht weggeht. Alex und ich hatten beide einen schwierigen Start ins Leben, und das hat uns beide geprägt. Ich möchte, dass Chloe eine Chance und die Unterstützung und Führung bekommt, die ich nie hatte. Sie liegt jetzt seit drei Wochen im Koma, und es sieht nicht gut aus, aber, wie der Arzt sagte, »Wunder geschehen«, und ich hoffe auf ein Wunder.

40

Ich habe sie immer geliebt. Die schöne, blonde Hannah mit den langen Beinen und dem ansteckenden Kichern. Sie dachte, wir wären nur Freunde, aber ich wusste, dass wir eines Tages zusammen sein würden, ich musste nur warten.

Alle wollten sie, aber keiner von ihnen liebte sie so, wie ich es tat. Wie ich es tue. Ich war immer für sie da, wartete im Schatten. Ich blieb lange im Büro, folgte ihr nach Hause und sorgte dafür, dass sie sicher war.

Als sie sich von Tom trennte, war ich bereit, zur Stelle zu sein, aber er rief sie immer wieder an, und ich hatte Angst, dass er sie mürbe machen könnte. »Ich fühle mich so schuldig«, sagte sie immer wieder. »Er hat nichts falsch gemacht.« Aber seien wir mal ehrlich, er hat überhaupt *nichts* gemacht, Punkt. Meine Freude über die Trennung der beiden verwandelte sich in Angst, dass sie ihm wieder über den Weg laufen und sie wieder zusammenkommen könnten – Hannah lässt sich sehr leicht manipulieren, und ich wusste, dass er sie zurückhaben wollte. Warum hätte er sie auch nicht zurückhaben wollen? Also beschloss ich, dem Ganzen einen Strich durch die Rechnung zu machen, und schickte allen Mitarbeitern der Stadtverwaltung eine E-Mail von einer weltweiten Gruppe von Frauen, die Tom »sexuell belästigt« hatte, in der sie forderten, dass der Stadtrat etwas unternimmt. Ich habe die Essenz wütender #Metoo-Frauen eingefangen, die Schaum vor dem Mund haben und seinen sofortigen Tod fordern. Am Ende sagte ich, er sei eine Gefahr für Frauen und wir würden alle rechtliche Schritte einleiten. Ich dachte mir, wenn er seinen Job bei der Stadtverwaltung verliert, wird er die Gegend verlassen und dorthin zurückkehren, wo er herkommt.

Offensichtlich wurde meine E-Mail innerhalb der Stadtverwaltung zum Renner; jeder sprach darüber. Mein Freund, der dort arbeitet, sagte, es sei das Gesprächsthema schlechthin gewesen. Ich musste nicht lange auf die Wirkung warten, denn Tom tauchte in unserem Büro auf, er war stinksauer und wütend und beschuldigte Hannah, die E-Mail geschickt zu haben. Hannah war bestürzt, aber er hat fast geweint, hat sich wirklich blamiert. Es war alles sehr peinlich. Eine Zeit lang sah es so aus, als würde er entlassen werden, aber leider gab es keine Beweise, keine empörten Opfer, die bereit waren, sich zu äußern, und keine wirklichen Indizien, und so wurde er weiterbeschäftigt. Es war jedoch kein kompletter Fehlschlag, denn sie und der Rest des Büros hatten seine Wut miterlebt, und danach nahm sie an, dass die Telefonanrufe, bei denen jemand schwer atmete, und alle anderen merkwürdigen Vorkommnisse von Tom stammten. Das bedeutete, dass sie ihn mied und fürchtete, also hat es funktioniert, auch wenn es nicht ganz so gelaufen ist, wie ich es geplant hatte.

Aber sie zu sehen, zu beobachten, wie sie sich über die Lippen leckte, wie sie den Kopf zurückwarf, wenn sie lachte, und wie sie mich über ihre Kaffeetasse hinweg ansah, war die reinste Qual. So nah und doch so fern. Aber ich sagte mir, dass ich geduldig sein musste, ich wollte keine plötzlichen Schritte unternehmen und sie damit verunsichern. Aber ich sah ihr beim Tippen zu, strich in der Küche an ihr vorbei, atmete ihr

Parfüm, ihr Shampoo und ihren Sonnenschein ein – manchmal stand ich an ihrem Schreibtisch und plauderte mit ihr, nur um sie einzuatmen. Es war wie eine Krankheit, und manchmal fühlte es sich so schlimm an, dass die einzige Möglichkeit mich besser zu fühlen, die war, in ihrer Nähe zu sein. In manchen Nächten stellte ich mich auf die Straßenseite gegenüber ihrer Wohnung und schaute einfach zu ihrem Fenster hinauf, meist mitten in der Nacht.

Manchmal habe ich auf den Hund eines Freundes aufgepasst – ich kann gut mit Haustieren umgehen, und ich bin mit dem Hund noch spät spazieren gegangen. Es konnte regnen, schneien, was auch immer, ich schleppte den kleinen Hund zu Hannahs Haus.

Einmal hatte jemand die Außentür nicht richtig geschlossen, sodass ich in ihr Haus hineingekommen bin und lange Zeit vor ihrer Tür stand. Ich habe meine Wange gegen das kühle Holz gedrückt und mir vorgestellt, es sei ihr Gesicht. Ich fing an, mir auszumalen, wie sie da drin im Bett lag, nackt, und ich gebe zu, das hat mich ziemlich erregt. Aber dann fing der verdammte Hund an, mit seiner Schnauze an der Unterseite der Tür entlangzufahren und dieses Schnüffelgeräusch zu machen, von dem ich sicher war, dass es sie aufwecken würde, und es war nur eine Frage der Zeit, bis er angefangen hätte zu bellen und mich zu verraten. Ich sollte klarstellen, dass ich ihr nichts Böses wollte und dies nur tat, um nach ihr zu sehen, um sicherzugehen, dass es ihr gut ging – und ich schloss die Außentür ab, als ich hinausging, damit sie vor vorbeigehenden Spinnern sicher war.

Nachdem ich sie lange Zeit aus der Ferne geliebt hatte, wusste ich, dass meine Gefühle erwidert wurden, als sie mir eine große Packung Smarties in Form eines Weihnachtsmanns kaufte. »Ich weiß, wie sehr du sie liebst, Harry«, hatte sie gesagt, und ich wusste, dass das ihre Art war, mir zu sagen, dass sie mich liebt. Ich war völlig aus dem Häuschen. Es war ungefähr zu der Zeit, als sie anfing, sich mit *ihm* zu treffen, und ich vermute, es war ihre Art zu sagen, dass es ihr leidtat, dass ich derjenige war, den sie wollte, aber ich war zu dem Zeitpunkt schon mit Gemma zusammen, also nahm sie an, ich sei vergeben. Aber das hat sie nicht vom Flirten abgehalten. Einmal sagte sie sogar zu mir: »Was würde ich ohne dich tun, Harry?« Sie war so neckisch, mit ihrem langen blonden Haar und diesem heimlichen Lächeln, das sie mir manchmal im Büro schenkte.

Ich habe schon vor Wochen mit Gemma Schluss gemacht, aber niemand hat es bemerkt. Ich bin überhaupt nur mit ihr ausgegangen, weil Hannah mit Tom zusammenlebte und ich sie eifersüchtig machen wollte. Am Ende blieb ich fast ein Jahr lang mit Gemma zusammen. Der einzige Vorteil war, dass sie in der Nähe von Hannah wohnte, sodass ich nicht weit fahren musste, um nach ihr zu sehen.

Ich ließ Gemma während Hannahs Tom-Phase gewähren, während ich plante, es zu beenden und mich dann bei Hannah auszuweinen. Auf keinen Fall wollte ich mich zu schnell mit Hannah einlassen, sie war zu besonders, also wollte ich dafür sorgen, dass Gemma mit mir Schluss macht und Hannah, die die netteste Person ist, die ich kenne, meinem traurigen Hundeblick nicht widerstehen kann. Aber während ich das alles plante und gemein zu Gemma war, damit sie mit mir Schluss machte, meldete sich Hannah bei irgendeiner App an und traf diesen Idioten, Alex. Ich war so wütend.

Ich hatte mich wirklich um sie gekümmert, sie mir all ihre Probleme mit Tom erzählen lassen, ihr jeden Tag Mandelcroissants gekauft, sogar ihre verdammte Katze gefüttert, bis sie starb. Und nein, ich habe sie nicht umgebracht, ich halte nichts von Klischees. Außerdem war es sinnvoll, die alte Tiddles zu füttern, denn so hatte ich Zugang zu ihrem Allerheiligsten und die Möglichkeit, ihre Sachen durchzusehen und ihr *wirklich* nahe zu kommen. Manchmal nahm ich etwas von ihr mit, nichts Großes oder Wichtiges, das sie bemerkt hätte, nur Kleinigkeiten, wie eine Haarlocke oder einen Lippenstift. Wie auch immer, nach all dem fängt sie an, einen Schwachkopf zu vögeln, den sie im Internet aufgegabelt hat. Unglaublich!

Alex. Gott, ich habe ihn gehasst. Reich und vornehm und dumm – wohlgemerkt, ich habe gehört, dass er gar nicht so reich war. Wie ich schon sagte, Hannah ist leicht zu manipulieren, sie ist ein bisschen naiv, aber das macht für mich einen Teil ihres Charmes aus. Ich möchte sie beschützen, für ihre Sicherheit sorgen, aber ich hatte das Gefühl, dass ich sie im Stich gelassen habe, als sie ihn traf. Ich habe alles an ihm verabscheut, schon bevor ich ihn getroffen habe. »Alex sagt dies und Alex denkt das«, und ich gebe zu, dass ich eifersüchtig war. Ich lag nachts im Bett und dachte darüber nach, wie ich ihn quälen könnte. Aber ich habe mir immer wieder gesagt, dass ich eine langfristige Strategie verfolgen muss, und wenn ich lange genug warte, kann ich das Problem lösen. Geduld war der Schlüssel.

Als sie anfing, sich mit ihm zu treffen, kam sie ganz errötet und mädchenhaft ins Büro, einfach total verknallt in ihn, bis ich auf die Toilette gehen und mich buchstäblich übergeben musste. Ich konnte nicht zusehen, wie der Karren gegen die Wand fuhr, ich musste mich einmischen, wenn auch nur mit Kleinigkeiten – das war der einzige Weg, um bei Verstand zu bleiben! Sie hatte auf der Arbeit ein romantisches Essen für zwei in den Kühlschrank gestellt, und die Vorstellung, dass die beiden das essen und danach wahrscheinlich Sex haben würden, fraß mich einfach auf. Also riss ich den Deckel ab und goss saure Milch in das Rindfleisch-Dingsbums, und dann, als niemand in der Nähe war, stellte ich mich auf die Schachtel mit den Käsekuchen-Scheiben. Ich trat meine Boots in die Schachtel, bis sie zu Brei wurden, und stellte sie dann zurück in den Kühlschrank unter eine große Packung Orangensaft. Ich kann Ihnen gar nicht sagen, wie viel Freude mir das gemacht hat.

Sie ließ ihre Autoschlüssel immer auf ihrem Schreibtisch

liegen, und eines Tages konnte ich nicht widerstehen, sie zu nehmen. Ich wollte ihr einen Schrecken einjagen und gab ein Vermögen für ein schickes Unisex-Parfüm von Creed aus, um ihr Auto zu verpesten. Es war die Art von Parfum, von der ich dachte, dass es Alex tragen würde, und ich wollte, dass sie denkt, er würde sie kontrollieren. Es war sehr witzig. Ich werde diese Nacht nie vergessen, als sie zu ihrem Auto ging. Es war dunkel, und ich beobachtete sie von der Hintertür aus. Ich gebe es nur ungern zu, aber es hat mich sehr erregt, sie so verängstigt und hilflos zu sehen. Und das Parfüm war das ganze Geld wert, denn später, als sie herausfand, dass er verheiratet war, ließ die Tatsache, dass das Parfüm nicht geschlechtsspezifisch war, sie glauben, dass es Helen, seine Ex, sein könnte, die ihr nachstellte. Ja, die ständige Angst machte Hannah verletzlich, was ich sehr attraktiv fand – sie verhinderte auch, dass sie sich mit jemandem zu sehr einließ. Sie wusste einfach nicht, wem sie vertrauen konnte.

Ein anderes Mal habe ich hundert Pfund für Rosen ausgegeben, eine Karte ausgedruckt, sie in einen Briefumschlag gesteckt und den Floristen gebeten, sie zusammen mit den Blumen zu liefern. Jas und Sameera hatten sich darüber ausgelassen, wie kontrollsüchtig Alex war, also dachte ich, ich würde es einfach so aussehen lassen, als hätte er sie geschickt. Aber das hat nicht so gut funktioniert, denn Hannah dachte, die Rosen seien von dem verdammten Tom, was dazu führte, dass sie sich noch mehr an Alex anlehnte – ein großer Fehlschlag und hundert Pfund, die ich aus dem Fenster geworfen hatte.

Jedenfalls erzählte sie uns kurz darauf, dass seine Ex eine Psychopathin sei, die ihr wehtun wolle, was ein Geschenk für mich war. Ich rief Hannah von einem Münztelefon aus an, damit sie dachte, die Ex würde ihr nachstellen, und so viel Angst hatte, dass sie ihn abservieren würde.

Obwohl ich immer wusste, dass sie die Richtige für mich war, gab es Momente, in denen ich an ihren Gefühlen zweifelte und mich fragte, ob ich meine Zeit verschwendete. Aber dann lächelte sie mich auf eine bestimmte Art an oder sagte etwas Nettes über mich – und meine Hoffnung war zurück. Ich werde nie vergessen, wie Jas mir erzählte, dass Alex dachte, Hannah hätte »eine heimliche Schwäche« für mich. Ich lachte darüber, war aber insgeheim sehr zufrieden. Ich meine, wenn ihr Freund dachte, sie hätte etwas für mich übrig, dann hatte sie das auch. Und als wir alle zusammen auf unserer Weihnachtsfeier waren, habe ich mit eigenen Augen gesehen, wie eifersüchtig sie wurde, als mir ein Mädchen schöne Augen gemacht hat. »Er ist vergeben«, rief sie laut. Ja, sie war definitiv scharf auf mich.

Hören Sie, ich war nicht perfekt, und es gibt Dinge, auf die ich nicht stolz bin, aber ich habe es immer nur für sie getan, wie am Abend der Weihnachtsfeier, als ich dachte, sie würde allein in ihre Wohnung zurückgehen. Ich hatte vor, sie selbst nach Hause zu bringen. Ich gebe zu, dass ich ihr etwas in den Drink getan habe, aber das ging nach hinten los, weil *er* auftauchte und sie stattdessen nach Hause brachte. Es mag falsch erscheinen, das zu tun, aber ich hätte Hannah nicht *wehgetan*, ich wollte nur die Nacht mit ihr verbringen.

Ein anderes Mal, als sie mit Jas ausgehen wollte, habe ich am Alternator ihres Autos herumgepfuscht, damit sie nicht zur Bar fahren konnte. Ich blieb nach der Arbeit in der Nähe und tauchte aus dem Nichts auf, um sie mitzunehmen. Jas sagte, ich sei der Taxifahrer – freches Luder. Ich hatte gehofft, später, wenn sie gehen würden, wieder dasselbe zu tun – einfach draußen auftauchen, sagen, dass ich zufällig vorbeigekommen bin, und Hannah nach Hause bringen. Ich dachte, sie würde mich auf einen Kaffee einladen, ich würde ihr sagen, wie ich fühle, und sie würde mir in die Arme fallen, aber ihr jämmerlicher Freund machte auch *das* zunichte. Er konnte sich nicht fernhalten, und dieses Mal tauchte er auf und geriet richtig in Rage, als er einen Kerl vor dem Orange Tree mit ihr reden sah.

Er stieg einfach aus seinem Auto aus und schlug ihn, dann rannte er weg, Hannah im Schlepptau – Feigling. Wie auch immer, der Typ war okay, nur ein bisschen betrunken, sodass er umfiel, als der schwächliche Alex seinen rückgratlosen Schlag austeilte. Ich sah das alles von meinem Auto aus, das ich an der Straße geparkt hatte, in der Hoffnung, zufällig in der Nähe zu sein und »den Mädchen« eine Mitfahrgelegenheit nach Hause anzubieten. Ich stieg aus dem Auto aus und blieb eine Weile in der Nähe, während ein paar Mimosen einen Krankenwagen riefen, aber als dieser eintraf, wollte der Kerl nicht einsteigen. Ihm ging es gut, er war nur betrunken, und inzwischen wurde er wieder nüchtern und schämte sich ein bisschen für den ganzen Wirbel. Nach ein paar Minuten gingen er und sein Kumpel die Straße hinunter und verschwanden, und irgendetwas sagte mir, dass ich ihnen folgen sollte. Nach etwa zehn Minuten trennten sie sich. Es war niemand in der Nähe, es war sehr spät, sehr dunkel, und ich überraschte ihn und schlug einfach zu. Ich schlug ihm auf den Kopf, so wie Alex es *versucht* hatte, damit er auf dieselbe Art und Weise stürzte wie vorhin und die blauen Flecken dazu passen würden. Nur habe ich darauf geachtet, dass ich ihm diesmal richtig weh tue. Der arme Kerl schlug mit dem Kopf auf dem Bürgersteig auf – noch einmal – und als ihn am nächsten Morgen ein paar Mimosen auf dem Weg zur Arbeit fanden, war er schon tot. Auch wenn es keine Zeugen vom Vorabend gab, die Alex identifizieren konnten, sahen ihn doch einige Leute den Tatort verlassen, darunter auch ich. Ich hätte gesagt, dass ich vorbeigekommen bin, und hätte der Polizei geholfen, indem ich das Kennzeichen seines Wagens durchgegeben hätte. Aber das brauchte ich nicht, denn die Dinge nahmen schnell ihren Lauf, als die Polizei annahm, dass die Verletzungen, an denen der Typ starb, von dem Mann stammten, der ihn vor der Bar angegriffen hatte. Eigentlich eine Schande, denn der Tote war noch ziemlich jung – aber dumm, dass er sich zweimal hat angreifen lassen, wenn Sie mich fragen.

Auf der Arbeit lief es derweil nicht ganz so gut. Es gab Probleme mit einer Klientin, und irgendwann sah es so aus, als würde alles entgleisen, auch ich! Die Sache ist die, dass Chloe Thomson schon auf mich stand, als ich ihr Sozialarbeiter war. Ich habe sie nicht ermutigt – zum Teufel, *sie brauchte keine Ermutigung*, glauben Sie mir. Zuerst war es nur ein Flirt, und okay, ich habe vielleicht ein bisschen zu viel Zeit mit Besuchen verbracht, wenn ihre Mutter nicht da war. Dann haben wir uns geküsst, und eins führte zum anderen. Ich meine, sie wollte es, sie wollte es wirklich, die kleine Schlampe. Ich wusste, dass ich es nicht tun sollte, verdammt noch mal, da war sie erst fünfzehn, also minderjährig, *und* meine Klientin – sie hätten mich so hart wie möglich bestraft. Aber sie wollte es unbedingt, und ich weiß, das ist keine Entschuldigung, aber mit Make-up sah sie aus wie achtzehn.

Dann passierte das Schlimmste: Chloe wurde mir weggenommen und Hannah übergeben – wenn sie ihren dummen kleinen Mund ihr gegenüber geöffnet hätte, wäre ich ruiniert gewesen, in vielerlei Hinsicht. Um sie am Plappern zu hindern, ließ ich Chloe zappeln, und zuerst dachte ich, ich käme damit durch. Aber dann erzählte mir Hannah, dass sie von Chloes Psychologin Informationen über ein kürzlich stattgefundenes Gespräch erhalten hatte, und ich machte mir große Sorgen. Was, wenn Chloe etwas gesagt hatte? Ich fragte Hannah, ob sie schon Zeit gefunden hätte, den Bericht zu lesen. Das hatte sie nicht, aber ich sorgte vor, indem ich auf nette Art und Weise sagte, dass die dumme kleine Schlampe nicht immer die Wahrheit sagte. Außerdem ließ ich, für jeden, der es hören wollte, gewichtige Hinweise auf den Freund ihrer Mutter fallen, sodass sie, wenn Chloe etwas über Sex mit einem älteren Mann sagen würde, dort nachschauen würden. Ich wusste, dass ich an die Akten, die an Hannah geschickt worden waren, herankommen musste, und so schlich ich mich eines Abends, als ich dachte, dass alle nach Hause gegangen waren, durch die Hintertür in das Büro, in der Hoffnung, sie mitnehmen zu können. Aber Hannah war da, und ich musste in einer dunklen Ecke des Büros stehen. Ich habe sie einfach nur beobachtet. Normalerweise hätte ich das genossen, vielleicht hätte ich sogar ein Geräusch gemacht, um sie zu erschrecken, aber dieses Mal war ich zu besorgt, die Akten in die Hände zu bekommen.

Ich versuchte, keinen Laut von mir zu geben und betete, dass sie verschwinden würde, aber sie muss mich gehört haben, denn sie begann zu sagen: »Hallo? Hallo?« Ich dachte, *Scheiße, wenn sie mich sieht, werde ich das nie erklären können*, also bin ich gegangen. Aber als ich mich davonstahl, sah ich ihn in seinem schicken Auto vor dem Büro sitzen, dieser verdammte Stalker, und ich bin sicher, er sah mich weglaufen. Ich versteckte mich auf der anderen Straßenseite, und als sie zusammen weggingen, folgte ich ihnen unauffällig in die Kneipe, wo sie zu meiner großen Freude einen ziemlich üblen Streit hatten. Doch das Sahnehäubchen war, dass sie ihn zurückließ und die Akten auf dem Boden vergaß! Ich konnte mein Glück kaum fassen, ich war sofort zur Stelle, nahm die Akten mit auf die Toilette und entfernte alle Notizen, in denen die Psychologin berichtete, dass Chloe ihr gesagt hatte, sie habe »eine Beziehung mit einer älteren Person in einer Autoritätsposition«, deren Namen sie sich aber weigerte zu nennen.

Ich habe nicht aufgehört, mich mit Chloe zu treffen, ich konnte es nicht, weil es sie glücklich machte und, was noch wichtiger war, sie zum Schweigen brachte. Außerdem war es nicht gerade eine lästige Pflicht – sie hatte einen schönen Körper, welcher Teenager hat den nicht? Aber ich bin kein Pädophiler – ich bevorzuge eigentlich ältere Frauen wie Hannah. Chloe war nur ein bisschen Spaß, eine Ablenkung, während ich auf das einzig Wahre wartete.

Nach einer kurzen Flitterwochenphase sah es schließlich so

aus, als ob die Dinge für Hannah und Alex aus dem Ruder zu laufen drohten, und ich war bereit, mich von Gemma zu trennen, damit ich frei war, wenn Hannah sich von Alex lossagte. Aber da war noch Chloe, und wenn ich nicht richtig mit ihr umging, konnte sie alles auffliegen lassen. Also setzte ich mich mit ihr zusammen und sagte ihr, dass ich sie wirklich gernhätte, sie aber zu jung sei. Ich erzählte ihr Unsinn. Dass wir eines Tages zusammen sein würden, wenn sie älter wäre, und ich dachte, sie würde es schlucken. Aber ich hatte nicht damit gerechnet, dass sie ein richtiges kleines Miststück ist. »Aber Harry, ich *bin* doch älter, ich bin jetzt sechzehn«, hatte sie gesagt. Ich habe ihr geantwortet, dass sie noch zu jung sei und es aufhören müsse – und da hat sie sich wirklich verwandelt. Die dumme kleine Kuh drohte, ihrer Mutter von uns zu erzählen, und ihrer Sozialarbeiterin – Hannah. Sie sagte, sie würde ihnen erzählen, dass wir Sex gehabt hatten, als sie fünfzehn war, dass ich sie dazu gezwungen hätte – was ich nicht getan habe – und sie würde ihnen erzählen, dass ich ihr Drogen gegeben hatte, was ich zugegebenermaßen gelegentlich tat. Ich musste mich beherrschen, und glauben Sie mir, das war nicht leicht, denn sie war so verdammt kindisch und unvernünftig. Das Nächste, was ich weiß, ist, dass sie verschwand und Hannah überall nach ihr suchte, und ich wusste, dass ich sie zuerst finden musste.

Also habe ich mich bei den Obdachlosen in Worcester umgehört – einige von ihnen sind ehemalige Klienten – und es gelang mir schließlich, sie ausfindig zu machen. Sie freute sich so sehr, mich zu sehen, dass es mir fast das Herz brach, wie sie sich an mich klammerte, wie ein kleines Hündchen war sie. Und sie war so dankbar, als ich ihr ein paar Sachen schenkte, dass ich mich fast zurückgehalten hätte, aber dann dachte ich an Hannah und daran, wie viel ich zu verlieren hatte. Ich wusste, dass es nur eine Frage der Zeit wäre, also sagte ich ihr, dass sie ein reizendes Mädchen sei und dass es mir leidtäte, dass es so enden muss, aber ich wäre in Hannah verliebt. Ich erklärte ihr, dass ich nicht zulassen könne, dass sie alles ruiniert, indem sie etwas über uns ausplaudert – ich meine, was würde Hannah denken?

Ich dachte, meine Probleme wären gelöst, und Chloe Thomson würde eine weitere Größe in der Statistik der obdachlosen Drogentoten werden, Gott hab sie selig. Doch am nächsten Tag verkündete Hannah unter Tränen, dass Chloe im Krankenhaus lag, im Koma, aber noch am Leben. *Noch am Leben!* Ich konnte es nicht glauben, denn als ich sie an den Fluss gelegt hatte, war sie praktisch tot. Also rief ich als einer ihrer »besorgten Sozialarbeiter« im Krankenhaus an und weinte fast vor Erleichterung, als man mir sagte, dass ihre Aussichten nicht vielversprechend seien. Gott sei Dank! Sie liegt jetzt seit drei Wochen im Koma, und solang sie schläft, geht es mir gut. Und je länger sie in diesem katatonischen Zustand bleibt, desto geringer ist die Chance, dass sie wieder zu sich kommt, und desto *größer* ist die Wahrscheinlichkeit, dass sie irgendwann die Erlaubnis bekommen, das Beatmungsgerät abzuschalten. Dann werde ich sicher sein, und die hübsche Krankenschwester, mit der ich mich angefreundet habe, hat mir traurig mitgeteilt, dass es nur noch eine Frage der Zeit ist.

Ich habe Chloe ein paarmal besucht, wurde aber von ihrem Bett weggenötigt, als Hannah mit diesem Verrückten nach Devon fuhr. Ich fuhr am selben Tag hin wie sie, damit ich da sein konnte, wenn etwas schief ging, okay – *wenn* es schief ging. Ich wusste, dass am Freitagnachmittag der tote Kerl gefunden werden würde, dass jeder in der Bar befragt werden würde und dass ein anonymer Zeuge (ich) das Autokennzeichen des Mörders durchgeben würde. Also sagte ich beiläufig zu Jas, dass ich das Wochenende bei Freunden in Somerset verbringen würde, und dass sie mir Bescheid geben sollte, wenn sie sich Sorgen um Hannah machen würde, da ich nicht weit weg sei. Jas nahm an, dass Gemma bei mir war, was natürlich nicht der

Fall war; ich hatte sie schon vor Ewigkeiten abserviert. Also checkte ich allein in einem Travelodge-Hotel in Somerset ein, bestellte Essen, schaltete den Fernseher ein und wartete auf den Aufruf zur Mithilfe. Ich muss zugeben, dass ich nicht erwartet hatte, dass Alex sich als der Psycho entpuppen würde, der er war. Gott, ich wäre schon früher eingeschritten und hätte Hannah bestimmt nicht mit ihm wegfahren lassen, wenn ich das gewusst hätte.

Als ich Hannah im Scheinwerferlicht sah, wurde ein Traum wahr, und sie freute sich so sehr, mich zu sehen, dass ich mir nicht mehr hätte wünschen können. Mein Auto war warm und sauber – ich hatte es an diesem Tag vorsichtshalber reinigen lassen, damit es für sie bereit war. Sie war so verängstigt, und als Jas mich anrief und sagte, er sei »verrückt«, war ich ehrlich gesagt selbst ein bisschen erschrocken. Ich wusste ja nicht, wie »verrückt« er sein würde, wenn ich auf ihn traf. Aber ich ließ sie im Auto zurück und ging »mutig« in die Nacht hinaus, und da stand er zitternd am Straßenrand. Es war dunkel und windig und er war nicht mehr ganz so wichtig und vornehm.

Das Erste, was er zu mir sagte, war: »Was machst *du* hier?« Als wäre ich Dreck an seinem Schuh. Ich habe nichts gesagt, sondern nur dagestanden und ihn angestarrt. Ich glaube, er wusste schon immer instinktiv, dass ich eine Bedrohung darstellte, dass Hannah und ich mehr als nur Kollegen waren. Er sagte, er wisse, dass er Probleme habe, dass er kontrollierend und besitzergreifend sein könne, aber er liebe sie, bla, bla, bla.

Ich sagte, ich wolle es nicht hören und meinte: »Ich weiß nur, dass du ein Messer hast und dass sie Angst hat.« Das war übrigens eine weitere Sache, die er für mich übernommen hat – er trug ein Messer bei sich! Alex machte es einem aber auch wirklich leicht.

»Du verstehst das nicht, ich habe Paprika geschnitten, ich hatte es in der Küche in der Hand. Um Himmels willen, ich habe sie nicht damit *gejagt*«, sagte er mit seiner dummen, hochnäsigen Stimme. Er hat immer wieder betont, dass er es nie als Waffe benutzen würde. Und so weiter und so fort. Schwuchtel. Ich konnte diese weinerliche Stimme einfach nicht mehr ertragen, also habe ich ihm eine Ohrfeige verpasst. Ich wünschte, ich könnte sagen, dass es geplant war, denn seien wir ehrlich – es war der perfekte Mord, aber ich tat es spontan. Und während er sich schockiert über die Ohrfeige, die ich ihm gerade verpasst hatte, herumdrehte, habe ich ihn geschubst. Nur mit den Spitzen meiner Finger. Es hat mich nicht ins Schwitzen gebracht. Und ehe ich mich versah, war er hintenübergefallen und über die Klippe verschwunden. Und das war's. Ich konnte nicht glauben, wie einfach es war und wie schnell es ging. Aber wie immer war ich geistesgegenwärtig, rief sofort die 999 an und sagte der Polizei, dass ich den gesuchten Kerl hätte, der »diesen armen Mann« vor der Bar in Worcester getötet hatte. Ich sagte, er habe gerade gestanden – er könne die Schuld nicht ertragen und drohe, sich von einer Klippe zu stürzen.

»Beeilen Sie sich«, sagte ich am Telefon, »ich kann ihn nicht länger hierbehalten, er will einfach nur weg.«

Es war so einfach, und als ich ein paar Minuten später wieder in das Auto stieg, war die Umarmung, die ich von Hannah bekam, *alles*.

EPILOG

»Du willst also keinen Labrador?«, frage ich mit einem Lächeln.
»Nein, ich hätte viel lieber einen roten Setter«, sagt er.

Ein weiteres erstes Date in einem anderen Restaurant. Und es läuft gut, er ist witzig und nett und charmant. Aber das wirklich Gute ist, dass dieser Typ mich offensichtlich nicht heimlich vor dem Date gestalkt hat, denn er passt überhaupt nicht zu mir – er hat mir gerade gesagt, dass er VIER Kinder will!

Ich lache viel und habe eine schöne Zeit. Ich habe einfach das Gefühl, dass heute Abend der erste von vielen ist, und nein, ich bin nicht vorschnell, und ja, ich habe meine Lektion gelernt. Das ist nicht irgendein gutaussehender Fremder, den ich online kennengelernt habe, das hier ist anders. Wie konnte ich das übersehen? Wer hätte gedacht, dass man jahrelang Seite an Seite mit jemandem arbeiten kann und plötzlich merkt, dass er nett, lustig und sogar *sehr* attraktiv ist?

Die Sache ist die, dass ich ihn immer wie einen Bruder gesehen habe, einen nervigen, neckischen kleinen Bruder, der außerdem zehn Jahre jünger ist als ich. Aber in jener Nacht, als er in Devon auftauchte und die Verantwortung übernahm, sah ich Harry in einem ganz anderen Licht. Er schritt einfach ein, übernahm ruhig die Kontrolle über die Situation und rettete mir wahrscheinlich das Leben. Ich glaube, es war während dieses ganzen Dramas und der Angst, dass Gefühle in mir geweckt wurden. Ich erinnere mich, dass es sich so unangemessen anfühlte, plötzlich in seiner Nähe sein zu wollen, aber mein Instinkt in jener Nacht in seinem Auto war, meinen Kopf in seinem Wollpullover zu vergraben. Damals habe ich mich natürlich gewehrt, aber heute Abend möchte ich es nachholen, ich möchte ihn halten und küssen und ich kann es kaum erwarten, mit ihm zu schlafen. Es ist, als wäre etwas in mir erwacht, das ich nicht ignorieren kann – und das will ich auch nicht, denn dieses Mal fühlt es sich *so* richtig an.

Harry erzählte mir nach Weihnachten, dass er mit Gemma Schluss gemacht hatte, und ich konnte sehen, dass es ihn schmerzte. Aber trotz allem war er in der Zeit nach Alex so unterstützend und freundlich, und ich konnte spüren, wie sich die Dinge zwischen uns seit dieser schrecklichen Nacht in Devon verändert hatten. Harry sagt, er hat es auch gespürt.

Natürlich tut Jas das Übliche, sogar heute sagte sie: »Geh nicht zu diesem Date heute Abend. Du kannst nichts mit einem Kollegen anfangen, es wird peinlich, wenn es nicht klappt.« Sie hatte sogar die Frechheit zu behaupten, dass er vielleicht nicht so unschuldig ist, wie er scheint, und dass ich mich zu schnell verlieben und es bereuen werde – schon wieder.

Aber, wie ich zu ihr sagte: »Nur weil du mit Alex recht hattest, heißt das nicht, dass jede Beziehung, die ich anfange, in Mord und Chaos endet. Ich meine, wir reden hier von *Harry*.«

Mir ist jetzt klar, dass sie diese Dinge sagt, weil es für sie schwierig ist, wenn ich in einer Beziehung bin und sie nicht, sie will ihre beste Freundin nicht verlieren. Und das wird sie auch nicht, ich werde immer für sie da sein, so wie sie immer für mich da war.

»Ich will nicht aufdringlich sein, aber ich habe mich gefragt, ob du am Freitag das neue indische Restaurant in der Foregate

Street ausprobieren möchtest?«, sagt Harry jetzt mit einem Augenzwinkern. »Wenn du Zeit hast?«

»Ich bin dabei«, sage ich und fühle einen vertrauten Rausch, als würde ich mich auf eine aufregende Reise begeben. Mein Kopf sagt mir, dass ich mich gut festhalten soll, aber mein Herz springt direkt hinein. Nach allem, was ich erlebt habe, sollte man meinen, dass es mir widerstrebt, eine neue Beziehung einzugehen, aber es fühlt sich einfach richtig an. Wie zur Bestätigung greift Harry nach meiner Hand und drückt sie.

»Wer hätte das gedacht?« Er seufzt. »Wir waren beide mit anderen zusammen und haben unser Leben gelebt, wir haben uns nicht einmal bemerkt – und doch sind wir jetzt hier.«

»Ja, und wir mussten eine Menge durchmachen, um jetzt hier zu sein«, sage ich.

»Glaubst du, wir erzählen unseren vier Kindern, was *alles* passieren musste, bis wir zusammenkamen?«, fragt er.

»Vielleicht nicht *alles*.« Ich mache ein erschrockenes Gesicht, und er lacht.

Dann beginnt mein Telefon zu klingeln.

»Das ist das Krankenhaus«, sage ich. »Das muss wegen Chloe sein.«

Er sieht mich ängstlich an, als ich ans Telefon gehe. Ich sehe, dass er genauso verzweifelt auf Neuigkeiten wartet wie ich, und wir beide beten, dass sie wieder wach und gesund ist.

»Was?«, murmelt er, als ich in den Hörer nicke.

»Ich bin auf dem Weg«, sage ich ins Telefon, während er mich anschaut, verzweifelt, etwas zu erfahren.

»Du wirst es nie erraten ...«, beginne ich. Er starrt mich an, unsicher, ob die Nachricht gut oder schlecht ist. Er weiß nicht, wie er sich verhalten soll.

»Chloe ist aufgewacht, und ...« Ich halte inne. »Sie *redet*, Harry.«

Das Blut ist aus seinem Gesicht gewichen, und ich kann

sehen, dass es für Harry eine ebenso große Tortur war wie für mich.

»Ist schon gut, die Polizei ist bei ihr«, füge ich atemlos hinzu. »Anscheinend kennt sie den Kerl, der ihr die Drogen gegeben hat. Er war derjenige, mit dem sie geschlafen hat – und in dieser Minute erzählt sie ihnen *alles*.« Ich schaue ihm in die Augen und sehe, dass ihm die Tränen kommen.

»Komm schon, du alter Softie, lass uns zu ihr gehen«, sage ich. Ich kann mir das Lächeln nicht verkneifen, als ich aufstehe, um zu gehen. »Harry, unser Wunder ist geschehen!«

MEHR VON BOOKOUTURE DEUTSCHLAND

Für mehr Infos rund um Bookouture Deutschland und unsere Bücher melde dich für unseren Newsletter an:

deutschland.bookouture.com/subscribe/

Oder folge uns auf Social Media:

 facebook.com/bookouturedeutschland
 twitter.com/bookouturede
 instagram.com/bookouturedeutschland

EIN BRIEF VON SUE

Ich möchte mich ganz herzlich dafür bedanken, dass ihr euch entschieden habt, *Das perfekte Paar zu* lesen. Wenn es euch gefallen hat und ihr über meine Neuerscheinungen auf dem Laufenden bleiben möchtet, meldet euch einfach unter folgendem Link für den Newsletter an. Eure E-Mail-Adresse wird nicht weitergegeben und ihr könnt euch jederzeit wieder abmelden.

deutschland.bookouture.com/subscribe/

Das perfekte Paar zu schreiben, hat mir große Freude bereitet. Als Autorin, die auch romantische Komödien verfasst, wollte ich erkunden, wie etwas, das oberflächlich betrachtet wie die perfekte Liebesgeschichte aussieht, sich im Inneren als faul erweisen kann. Meine Lektorin hatte die Idee, dass eine Frau ihren perfekten Mann über eine Dating-App kennenlernt und bei ihrem ersten Date feststellt, dass sie die gleichen Vorlieben und Abneigungen, ja sogar die gleichen Träume teilen. Es scheint fast zu schön, um wahr zu sein, und in Psychothriller-Manier dauert es nicht lang, bis das Glück verblasst und Dunkelheit hereinbricht.

Wenn ihr also Online-Dating betreibt, wünsche ich euch viel Erfolg und hoffe, dass es zu einer wundervollen, weltbewegenden Liebe und einem großen Happy End führt. Aber lasst euch nicht zu schnell hinreißen, denkt an Hannah, und seid euch immer bewusst: Wenn es zu schön scheint, um wahr zu sein, ist es das meistens auch ...

Ich hoffe, dass euch *Das perfekte Paar* gefallen hat, und wenn ja, wäre ich euch sehr dankbar, wenn ihr eine Rezension schreiben könntet. Ich würde gerne hören, was ihr denkt, und Rezensionen machen einen großen Unterschied und helfen neuen Leser:innen, zum ersten Mal eines meiner Bücher zu entdecken.

Ich höre gerne von meinen Leser:innen, also schreibt mir! Ihr könnt mich über meine Facebook-Seite, Twitter, Goodreads oder meine Website kontaktieren.

Danke,

Sue

www.suewatsonbooks.com

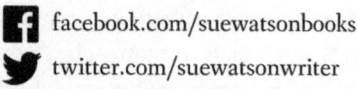

facebook.com/suewatsonbooks

twitter.com/suewatsonwriter

DANKSAGUNG

Wie immer geht mein großer Dank an das wunderbare Team von Bookouture, das so viel Mühe in jedes einzelne Buch steckt.

Ich danke meiner Lektorin Isobel Akenhead dafür, dass sie die ursprüngliche Idee für dieses Buch hatte, dass sie mich durch die Welt des Online-Datings begleitet hat und dass sie mir einmal mehr geholfen hat, meine Wort- und Gedankenfluten in einen Roman zu verwandeln.

Danke an Kim Nash, Noelle Holten und Sarah Hardy für ihre intensive Arbeit, meine Bücher zu veröffentlichen, an Jade Craddock für ihr wunderbares Lektorat und an Lauren Finger, meine brillante Korrekturleserin aus Down Under. Ein ganz besonderer Dank geht an Sarah Hardy, die das Buch bereits in einem frühen Stadium gelesen hat und ihre klugen und wertvollen Erkenntnisse mit mir geteilt hat. Ein großes Dankeschön geht auch an Ann Bresnan, die freundlicherweise jedes Kapitel mit ihrem forensischen Auge durchgesehen hat und mit einigen tollen Ideen aufwarten konnte – und dabei nichts übersehen hat!

Ein weiteres riesengroßes Dankeschön geht an Lisa Horton für die Gestaltung eines weiteren außergewöhnlichen Covers, das mich jedes Mal in Verzückung versetzt, wenn ich es ansehe.

Ich habe dieses Buch während des Lockdowns geschrieben, also eine große Umarmung an meinen Mann Nick und meine Tochter Eve, die keine andere Wahl hatten, als mich auf meiner Schreibreise zu begleiten. Sie nahmen Anteil an den Höhen und Tiefen, der Inspiration und der Verzweiflung und waren bei der abschließende Porn-Star-Martini-Feier dabei, als der Lockdown nachließ, gerade zu der Zeit, als ich *Das Ende* schrieb.

www.ingramcontent.com/pod-product-compliance
Lightning Source LLC
LaVergne TN
LVHW041617060526
838200LV00040B/1319